EXCALIBUR

Herausgegeben von
Melissa Andersson
und
Gerd Rottenecker

Die Chroniken von Amarid

Band 1: Der Fluch des Magiers
Band 2: Der Kristall der Macht
Band 3: Das dunkle Herz von Lon-Ser
Band 4: Die Retterin des Landes
Band 5: Der Adlerweise
Band 6: Der Frieden von Lon-Tobyn

Über den Autor:

David B. Coe wurde in New York geboren. Er studierte Geschichte und lebt heute mit seiner Frau und seiner Tochter in Tennessee.

David B. Coe

# DIE CHRONIKEN VON AMARID III

## Das dunkle Herz von Lon-Ser

Aus dem Amerikanischen
von Regina Winter

Knaur

Die amerikanische Originalausgabe erschien 1999 unter dem Titel
The Outlanders – Part One bei Tor Books, New York.

Besuchen Sie uns im Internet:
www.knaur.de
www.knaur-fantasy.de

Deutsche Erstausgabe 2002

Redaktion: Alexander Groß
Umschlaggestaltung: ZERO Werbeagentur, München
Umschlagabbildung: Attila Boros,
Agentur Thomas Schlück, Garbsen
Die Landkarten wurden unter Verwendung einer Vorlage
von Elissa Mitchell gezeichnet.
Satz: Ventura Publisher im Verlag
Druck und Bindung: Nørhaven Paperback A/S
Printed in Denmark
ISBN 3-426-70231-2

2 4 5 3 1

Dem Andenken an meine Eltern,
Sylvia W. Coe (1922–1995) und
Jacques Coe jr. (1919–1997) gewidmet.
Sie haben mich gelehrt zu lieben,
mich zum Träumen ermutigt und mir erlaubt,
der Mann zu werden, der ich bin.

# KARTEN

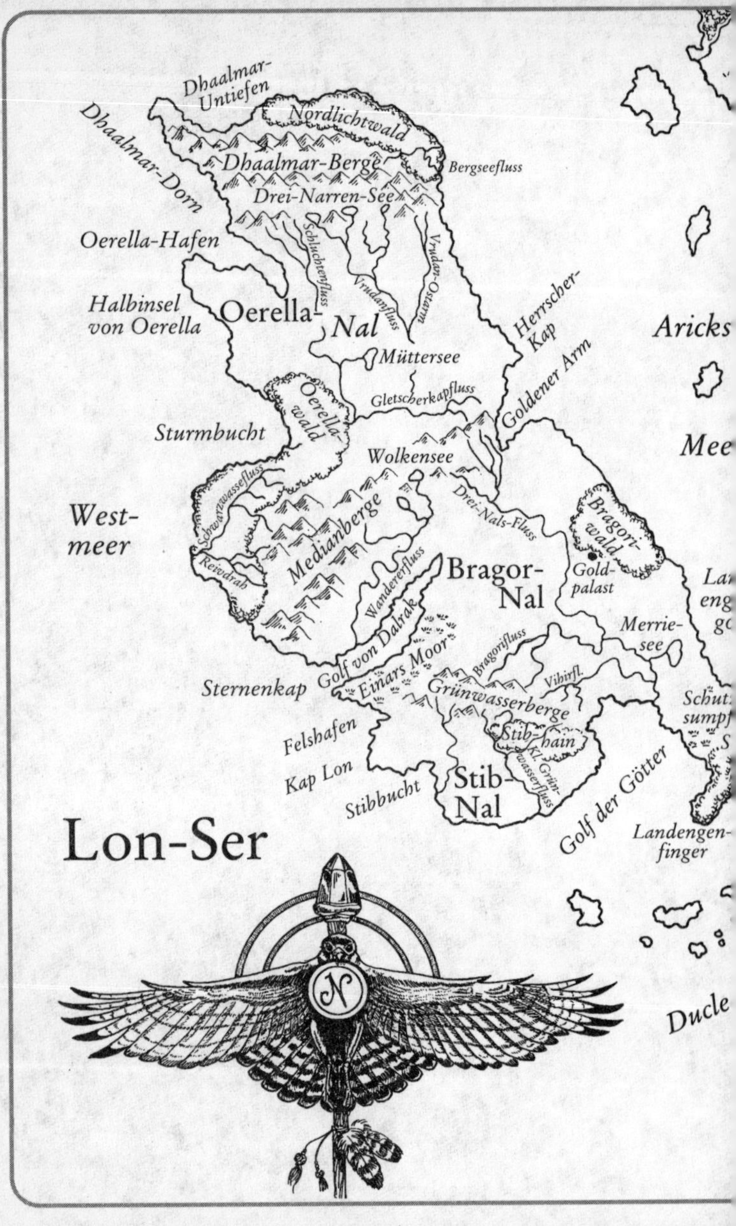
Lon-Ser
Dhaalmar-Untiefen
Dhaalmar-Dorn
Nordlichtwald
Dhaalmar-Berge
Bergseefluss
Drei-Narren-See
Oerella-Hafen
Schluchtenfluss
Vrudanfluss
Vrudan-Ostarm
Halbinsel von Oerella
Oerella-Nal
Herrscher-Kap
Aricks
Müttersee
Goldener Arm
Gletscherkapfluss
Oerella-wald
Sturmbucht
Mee
Wolkensee
Schwarzwasserfluss
Drei-Nals-Fluss
Bragori-wald
West-meer
Medianberge
Reivdrah
Wandererfluss
Bragor-Nal
Gold-palast
Golf von Dalrak
Merrie-see
Einars Moor
Bragorifluss
Sternenkap
Grünwasserberge
Vihirfl.
Felshafen
Stib-hain
Kl. Grünwasserfluss
Kap Lon
Stib-Nal
Stibbucht
Golf der Götter
Landengen-finger
Ducle

Tobyn-Ser
Aborij
Meerenge von Aborij
Falkenfinder-
wald
Leoras
Wald
Bergseefluss
Brisalli
Greenbough
Taima
Accalia
Dacia-
See
Amarid
Parnesheimberge
Larian-Fl.
Kleiner
Fluss
Nord-
ebene
Prannai
Vier
Fälle
Oberes
Horn
Dhaalisminfluss
Tobyns Wald
Halcya
Nordbucht
Seeberge
Wald-
nebel-
see
Flußdreieck-
Traverse
Aricks
Zorn
Saphirfluss
Phelans Dorn
Südbucht
Lastri
Smaragdhügel
Dünen-
see
Kaera
Wildflut
Unteres
Horn
Sern
Große
Wüste
Tobyns Ebene
Wasserbogen
Lange
Fluss
Morriandrafl.
Südsumpf
on-Tobyn-
Landenge
Ducleas
Tränen
Feuergrassee
Therons Hain
Schatten-
wald
Flusshafen
Golf von Creyllon
Halsschmuck
Sägeblatt
Südarchipel
Ceryllhöhle
Ceryllon

# Bragor-Nal

Aricks Meer
Nord
Goldener Arm
Medianberge
Wolkensee
3. Bez.
2. Bez.
4. Bez.
1. Bez.
23. Bez.
22. Bez.
Cedrychs Herrschafts-bereich
Alt-Trestor
Bragoriwald
24. Bez.
Alt-Bragor
5. Bez.
Gold-palast
26. Bez.
Wandererfluss
25. Bez.
8. Bez.
Cedrychs Herrschaftsbereich
10. Bez.
28. Bez.
Der Hof
6. Bez.
27. Bez.
Drex-Nals-Fluss
9. Bez.
Alt-Merne
Newells Herrschafts bereich
Golf von Dalrak
7. Bez.
11. Bez.
29. Bez.
30. Bez.
13. Bez.
Bragori-Fluss
15. Bez.
Wildons Herrschafts bereich
20. Bez.
Merrie-see
12. Bez.
Einars Moor
17. Bez.
Vibir-Fl.
14. Bez.
16. Bez.
18. Bez.
21. Bez.
19. Bez.
Grünwasserberge
Schutz-sumpf

# EINLEITUNG
# Das Land der Falkenmagie

Vor langer Zeit entdeckte der Magier Amarid das Geheimnis des Landes Tobyn-Ser: Auserwählte erhalten dort besondere Fähigkeiten, wenn sich ein Vogel – ein Falke oder eine Eule – telepathisch mit ihnen verbindet. Magier und Vogel sind so lange aneinander »gebunden«, bis der Vogel stirbt. Zusätzliche Konzentration erhält die Magie durch den Ceryll. Sobald ein Magier einen dieser zunächst farblosen Kristalle berührt, beginnt er, in einer allein auf seinen neuen Besitzer abgestimmten Farbe zu leuchten. Die meisten Magier tragen ihren Ceryll auf einem Stab, den sie auch als Wanderstab benutzen.

Amarid machte sich auf die Suche nach anderen Männern und Frauen, denen die Götter diese besondere Begabung verliehen haben. Zusammen mit seinem besten Freund Theron gründete er den Orden der Magier und Meister, der tausend Jahre später in einer inzwischen nach Amarid benannten Stadt in der Großen Halle seine alljährlichen Versammlungen abhält. Oberhaupt des Ordens ist ein Eulenmeister, der von den Mitgliedern gewählt wird.
Theron war der Erste, der sich an eine Eule band. Nach einiger Zeit aber es kam zu Rivalitäten zwischen den beiden ehemaligen Freunden, die damit endeten, dass Theron der vom jungen Orden gegen ihn verhängten Todesstrafe zuvorkam und sich das Leben nahm. Dabei belegte er alle Magier, die zu einem Zeitpunkt sterben, zu dem sie gerade

nicht an einen tierischen Begleiter gebunden sind, mit einem Fluch: Sie sind für immer dazu verurteilt, als »Unbehauste« am Ort ihrer ersten Bindung zu spuken.

Die Ordensmitglieder Amarids folgen Gesetzen, die besagen, dass ein Magier in erster Linie dem Volk von Tobyn-Ser dienen soll: Wunden und Krankheiten heilen, Streitigkeiten schlichten, das Land in Kriegszeiten vor Feinden beschützen. Magier lassen sich entweder in einer Gemeinde nieder oder sie durchwandern das Land und bieten ihre Hilfe an, wo sie gebraucht wird. Zu erkennen sind sie an ihren waldgrünen Umhängen, den Vögeln auf ihrer Schulter und den Stäben mit dem bunt leuchtenden Ceryll.

# Was bisher geschah

Der junge Jaryd wird von seinem Onkel, dem Eulenmeister Baden, in die Stadt Amarid gebracht, nachdem der Meister die magische Begabung seines Neffen entdeckt hat. Jaryd bindet sich an seinen ersten Falken, nimmt an seiner ersten Ordensversammlung teil und erfährt, dass er sein Leben als Magier in einer Zeit der Krise begonnen hat: Berichte von abtrünnigen Magiern, die den Menschen Schaden zufügen, statt ihnen zu helfen, häufen sich. Baden hat den Geist des Ersten Eulenmeisters im Verdacht, hinter diesen Vorfällen zu stecken.

Jaryd, Baden, die Eulenweise Jessamyn und ein paar andere Magier machen sich daher auf die Reise zu Therons Hain, dem verwunschenen Ort, an dem der Geist immer noch spuken soll. Sie ahnen nicht, dass der Verräter mitten unter ihnen ist: Eulenmeister Sartol will dem Volk von Tobyn-Ser nicht mehr dienen, sondern es beherrschen. Verbündete findet er in einer Gruppe von als Magier verkleideten Fremden, auf die er zufällig stößt. Diese Fremden kommen aus dem Nachbarland Lon-Ser, einer technologisch hoch entwickelten Zivilisation. Sie wurden ausgesandt, um den Orden in Misskredit zu bringen, das Vertrauensverhältnis zwischen der Bevölkerung und ihren Beschützern zu zerstören und somit eine zukünftige Eroberung Tobyn-Sers zu ermöglichen.

An Therons Hain angekommen, will Sartol seine Gefährten umbringen und dem Geist Therons die Schuld dafür geben. Fast gelingt sein teuflischer Plan, doch im letzten Moment können Jaryd und die junge Magierin Alayna sich in den

Hain retten. Dank ihrer Aufrichtigkeit gelingt es ihnen, den Geist des verbitterten Ersten Meisters auf ihre Seite zu ziehen.
Schließlich können die Ordensmagier den Verräter in ihrer Mitte entlarven. Der Versuch, die Fremden mit Hilfe der unbehausten Geister gefangen zu nehmen, misslingt allerdings aufgrund der Einmischung Sartols, der vor seinem Tod bewusst seine Eule umbringt und so freiwillig zum Unbehausten wird. Nur mit Mühe können sich die Magier und der unbehauste Geist des Wolfsmeisters Phelan, eines legendären Kriegshelden, gegen die Fremden verteidigen und sie bis auf einen Mann töten. Als Eulenmeister Baden den Gefangenen verhört, wird ihm klar, dass die Gefahr noch nicht gebannt ist. Lon-Ser hat seine natürlichen Ressourcen weitgehend vernichtet: Das Land ist extrem überbevölkert, Luft und Wasser sind verschmutzt. Baden und seine Freunde glauben, dass es nur eine Frage der Zeit ist, bis ein neuer Angriff aus Lon-Ser erfolgen wird ...

# 1

*Wenn ich die Verhöre, die ich mit Baram, dem Mann aus Lon-Ser, geführt habe, zusammenfasse, dann muss ich leider annehmen, dass weitere Begegnungen mit aggressiven Eindringlingen aus Lon-Ser unvermeidlich sein werden. Die Bedingungen in Lon-Ser, die schließlich zu diesem ersten Versuch geführt haben, den Orden zu vernichten und die Macht in Tobyn-Ser an sich zu reißen, plagen das Land schon seit mehr als zwei Jahrhunderten und wurden im Lauf der Zeit immer schlimmer. Sie werden in der Zwischenzeit nicht verschwunden sein. Es ist eher anzunehmen, dass sich in den vergangenen vier Jahren das Interesse von Barams Auftraggebern, etwas zu unternehmen, noch verstärkt hat. Daher liegt es nun an uns, die Umstände unserer nächsten Begegnung mit ihnen auszuwählen: Sollen wir darauf warten, bis sie das nächste Mal zuschlagen und damit riskieren, dass wir nicht im Stande sein werden, uns gegen ihre Angriffe zu wehren? Oder handeln wir als Erste und legen damit selbst die Bedingungen für die Konfrontation fest? Zweifellos wird niemand, der mich kennt, überrascht sein, dass ich mich für das Letztere ausspreche.*

Aus Kapitel Neun des »Berichts von Eulenmeister Baden über seine Verhöre des Ausländers Baram«, vorgelegt auf der 1014. Versammlung des Ordens der Magier und Meister, im Frühjahr des Gottesjahres 4625.

Schon das Papier an sich stellte eine Botschaft dar: makellos weiß, die Kanten so gerade wie Sonnenstrahlen und so scharf, dass man sich daran schneiden konnte. Der Brief war im ersten Morgenlicht in der Großen Halle von Amarid eingetroffen – abgeliefert, wie man Sonel informierte, von einem Kaufmann aus Abborij, der damit über Aricks Meer, durch die Meerenge von Abborij und um die Nordostspitze von Tobyn-Ser in Ducleas Meer gesegelt war. Aber obwohl der Brief eine so weite Entfernung zurückgelegt hatte, war er immer noch präzise in einem schmalen Zylinder aufgerollt und mit einem glänzenden goldenen Seidenband gebunden. Tatsächlich wirkte er so elegant, so unnatürlich vollkommen, dass Sonel, noch bevor sie die beleidigend knappe Antwort auf ihren eigenen Brief las, gewusst hatte, was dort in dieser kunstvollen, makellosen Schrift geschrieben stand. Sie musste wieder an ihren eigenen Brief denken und verzog verlegen das Gesicht. Sie hatte das beste Pergament im Land benutzt, sich die Mitarbeit des besten Schreibers in Amarid gesichert und ihren Brief mit einem Band aus der feinen blauen Seide gebunden, die für alle Briefe des Ordens verwendet wurde. Aber im Vergleich mit dieser Antwort aus Lon-Ser verblasste nun das Bild ihres eigenen Briefes und schien zu welken. In Sonels Erinnerung sah das Pergament nun grob und schmuddelig aus, die Schrift ungelenk und ungleichmäßig, die blaue Seide bäurisch und unangemessen. Der Brief der Herrscher von Lon-Ser schien ihre Anstrengungen zu verhöhnen.

Und darum ging es selbstverständlich auch. Die Worte, die in so klarer Schrift unter dem goldenen Siegel des Herrscherrats von Lon-Ser standen, machten das mehr als deutlich:

*Eulenweise Sonel –*

*betreffend deinen Brief vom vergangenen Winter: Wir haben keinerlei Kenntnis von den Ereignissen, die du beschreibst, und wir wünschen auch nicht, in etwas verwickelt zu werden, das für uns vollkommen wie eine der internen Streitigkeiten aussieht, wie sie in Tobyn-Ser nun einmal üblich sind.*

Das war alles, bis auf das Datum, das in einer Weise berechnet war, die Sonel nichts sagte, und ein zweites Siegel in goldenem Wachs unterhalb des Textes.
Sie lehnte sich in ihrem Sessel zurück und schloss die Augen. In der Luft hing der Duft des süßen Brotes und des Shan-Tees, der auf dem niedrigen Tisch vor ihr stand, immer noch unberührt und inzwischen vermutlich kalt. Der Morgen war schon zur Hälfte vergangen, und sie konnte sich immer noch nicht dazu aufraffen, sich zu rühren. Basya war schon zweimal hereingekommen und hatte sie gedrängt, etwas zu essen, und ihr angeboten, bei den Vorbereitungen für die morgige Versammlung zu helfen, und zweimal hatte Sonel sie weggeschickt. Ein drittes Mal stand wahrscheinlich kurz bevor. Wieder las sie den Brief, wie sie es vermutlich schon ein Dutzend Mal getan hatte. Es war eine Ablehnung, kühl und verächtlich. Nicht mehr und nicht weniger. Sie war nicht sicher, was sie erwartet hatte, obwohl es bestimmt nicht viel gewesen war. Mehr als dies hier allerdings – sie brauchten mehr als das.

Die Idee, diesen Brief zu schreiben, war ihr zum ersten Mal gegen Ende des Herbstes gekommen, während einem von Badens häufigen Besuchen in Amarid. Wieder einmal war er zur Stadt des Ersten Magiers gereist, um seine Gespräche mit Baram fortzusetzen. Aber bei jedem von Badens Besuchen hatten der Eulenmeister und die Eulenweise mehr Zeit miteinander verbracht, und Sonels Erinnerung an diese Gelegenheit war besonders lebhaft und brachte ein Lächeln auf ihre Lippen, noch während sie weiterhin den Brief aus Lon-Ser anstarrte. Vor diesem Besuch war es mehrere Jahre her gewesen, dass sie mit einem Mann geschlafen hatte, und noch länger, seit sie das mit Baden getan hatte. Ihr Lächeln wurde intensiver und verging dann wieder, als sich die Erinnerung dem zuwandte, was auf diese schönen Stunden gefolgt war. Als sie hier in ihrem Zimmer nebeneinander gelegen hatten und das Mondlicht durch die halb durchlässigen weißen Fenster fiel und die zerwühlten Laken und nackten Körper beleuchtete, hatte Sonel dem Eulenmeister davon erzählt, wie sehr es sie frustrierte, dass der Orden in den letzten vier Jahren nichts unternommen hatte. Seit Sartol, der abtrünnige Eulenmeister, von den Magiern des Ordens in der Großen Halle getötet worden war und man die Bande von Fremden, mit denen Sartol sich verbündet hatte, auf Phelans Dorn besiegt hatte, hatte Sonel versucht, den Orden dazu zu bringen, der Gefahr, die Lon-Ser darstellte, aktiv entgegenzutreten. Aber jeder Vorschlag, etwas zu unternehmen, hatte heftigen Widerstand einer kleinen, aber radikalen Gruppe älterer Magier und Meister erregt, und obwohl eine Mehrheit des Ordens der Ansicht war, dass irgendetwas getan werden musste, war es Sonel nicht gelungen, genügend Zustimmung für einen bestimmten Plan zu gewinnen. Das Problem dauerte sogar noch an, als mit Odinan der leidenschaftlichste Sprecher der älteren Magier kurz vor der letzten Versammlung gestorben war. Wenn überhaupt, dann hatte Odinans Dahinscheiden seine Verbündeten gestärkt und ihnen ein Symbol gegeben, um das sie sich versammeln konnten. Nachdem der ehrwürdige Eulenmeister nun tot war, hatte die Gruppe einen neuen Anführer gefunden, einen Eulenmeister namens Erland, der zwar von den anderen nicht so verehrt wurde wie Odinan, sich aber als energischer und überzeugender Sprecher erwiesen hatte.

»Wir haben überhaupt nichts erreicht«, hatte Sonel an diesem Herbstabend beinahe verzweifelt zu Baden gesagt und sich das weizenblonde Haar aus der Stirn gestrichen. »Es könnte gut sein, dass bereits eine weitere Gruppe von Fremden in Tobyn-Ser ihr Unwesen treibt, und wir sitzen hier untätig herum.«

Baden hatte sich verlegen geräuspert, bevor er sie mit seinen nächsten Äußerungen vollkommen verblüfft hatte. »Sie planen vielleicht etwas«, sagte er und griff nach ihrer Hand. »Vielleicht sind sie sogar schon auf dem Weg. Aber sie sind noch nicht hier. Das zumindest ist sicher.« Und so hatte Sonel von dem geistigen Netz erfahren, das Baden und seine Freunde im Westen von Tobyn-Ser gebildet hatten. Es war eine altbekannte Anwendung der Magie, die Amarid persönlich entwickelt hatte, als er nach dem Tod von Theron, seinem Freund und Gegenspieler, und dem Verschwinden von Therons Anhängern aus Tobyn-Ser befürchtet hatte, die Schüler des Eulenmeisters würden zurückkehren und versuchen, ihren Anführer zu rächen. Daher hatte der Erste Magier dieses geistige Netz eingerichtet, das alle Magier des Landes miteinander verband, ein Netz des Bewusstseins, das die Grenzen des Landes überwachte. Selbst nach Amarids Tod mehrere Jahrzehnte später hatte der Orden das Netz aufrechterhalten. Beinahe dreihundert Jahre lang hatte Amarids geistiges Netz das Land geschützt. Aber es verlangte einen gewaltigen Einsatz von Macht, der sowohl die Magier als auch ihre Vögel erschöpfte, und schließlich hatte man die Überwachung aufgegeben.

Nun hatten Baden und seine Freunde ein ähnliches Netz im Westen von Tobyn-Ser eingerichtet, zweifellos kleiner, aber wenn es auf die richtige Weise betrieben wurde, war es kaum weniger wirkungsvoll als das von Amarid. Und sie hatten es ohne angemessene Erlaubnis getan. Der Orden hatte die Wiedereinrichtung des geistigen Netzes in den vergangenen Jahren mehrmals abgelehnt, obwohl das Thema weiterhin ein Grund für erbitterte Streitigkeiten im Orden war. Eine gewisse Zeit, bis die Magier erfahren hatten, dass tatsächlich Fremde für die Angriffe auf Tobyn-Ser verantwortlich waren, hatte sich Baden selbst gegen das Netz ausgesprochen. Später hatte er in dieser Debatte die Seiten gewechselt, aber jene, die gegen das Netz waren, hatten sich durchgesetzt. Und nun hatten Baden und seine Freunde etwas getan, was ausdrücklich den Wünschen der Mehrheit des Ordens zuwiderlief. Sonel hätte empört sein sollen. Aber sie war so ungeheuer erleichtert über diese Nachricht, dass sie eigentlich nur Dankbarkeit empfand.

»Du hast jedes Recht, wütend auf uns zu sein«, sagte Baden, die blauen Augen auf sie gerichtet und mit Sorgenfalten im hageren Gesicht. »Genauer gesagt auf mich – es war meine Idee. Aber wenn Erland und seine Anhänger davon hören, wird es ihnen egal sein, ob du wirklich etwas damit zu tun hattest oder nicht. Sie werden dir die Schuld geben.«

Sie musste lächeln, als sie sah, wie ernstlich besorgt er war, weil er sie dieser Gefahr aussetzte. Seit sie sich kannten hatte er immer versucht, sie zu beschützen. Dann nahm sie sich zusammen. »Wenn sie von deinem Netz erfahren«, erklärte sie in einem Tonfall, der keinen Widerspruch duldete, »werde ich ihnen sagen, dass ich von Anfang an davon wusste und dass ihr mit meinem Segen gehandelt habt. Denn genau so wäre es gewesen, wenn ich wirklich davon gewusst hätte.« Sie hielt inne und freute sich, ihn lächeln zu sehen, gleichermaßen überrascht und stolz. »Also solltest du mir lieber noch ein paar Einzelheiten verraten«, fügte sie einen Augenblick später hinzu. »Ich will schließlich so überzeugend wie möglich wirken.«

Dass Trahn und Radomil in die Sache verwickelt waren, wunderte sie nicht. Der dunkelhäutige Magier aus der Großen Wüste war Badens bester Freund, und Radomil, der rundliche Falkenmagier mit dem Bart, der Leoras Wald diente, war auf seine stille Art in seiner Hingabe zum Land mutiger und standfester als die meisten. Es überraschte die Eulenweise auch nicht zu hören, dass Jaryd und Alayna sich dem Netz angeschlossen hatten. Jaryd, Badens Neffe, war einmal Schüler des Eulenmeisters gewesen. Aber mehr als das, sowohl er als auch Alayna – die ehemalige Schülerin Sartols – hatten beim Zurückschlagen der Angriffe und beim Sieg über die Fremden eine wesentliche Rolle gespielt. Erst jetzt verstand Sonel die Entscheidung der jungen Leute, dem Unteren Horn zu dienen, statt in Alaynas Dorf nahe der Meerenge von Abborij oder in Jaryds Heimat in Leoras Wald zu ziehen.

Sonel war allerdings erstaunt zu hören, dass sich auch Orris, Ursel und Mered Badens kleiner Verschwörung angeschlossen hatten. Mered neigte dazu, politischen Verpflichtungen jeder Art aus dem Weg zu gehen, und Ursel hatte zwar auf Phelans Dorn gegen die Fremden gekämpft und war eng mit Orris und den anderen jungen Magiern verbündet, aber Sonel hätte ihr einen solch gewagten Schritt nicht zugetraut. Und dann war da Orris selbst. Sicher, der große, kräftige Magier war mit Baden, Trahn, Jaryd und Alayna zu Therons Hain gereist und hatte sich mit Baden und Trahn gegen Sartol gestellt, als der Abtrünnige die drei des Verrats und des Mordes bezichtigte. Aber Orris und Baden waren nie sonderlich gut miteinander ausgekommen, und sie waren bei den hitzigsten Debatten innerhalb des Ordens häufig auf entgegengesetzten Seiten zu finden gewesen. Selbst nach allem, was während des Kampfes gegen Sartol und die Fremden geschehen war, fiel es Sonel schwer, sich Baden und Orris als Verbündete vorzustellen.

»Es ist ein zerbrechliches Bündnis«, gab Baden zu, als sie ihn nach dem Falkenmagier fragte, »aber Orris hat sich eng an Jaryd und Alayna angeschlossen, und mit Trahn kam er immer schon gut zurecht.«

»Deshalb hat er also zugestimmt, mit dir zusammenzuarbeiten«, meinte Sonel.

Baden schüttelte den Kopf. »Er tut es, weil er es für das Richtige hält. Mir ist niemals jemand begegnet, der seinen Schwur, diesem Land zu dienen, ernster genommen hätte als Orris.«

Sonel dachte schweigend einen Augenblick lang darüber nach und schaute dabei zu den beiden Eulen hin, die zusammen auf der Fensterbank saßen. Sie hatte sich noch nicht daran gewöhnt, Baden mit seinem neuen Vogel zu sehen, obwohl er sich schon vor über drei Jahren an Golivas gebunden hatte. Die Eule ähnelte dem Vogel, an den Jessamyn, Sonels Vorgängerin als Eulenweise, sich gebunden hatte. Sie war ein beeindruckendes Exemplar ihrer Art, viel größer als Sonels Vertraute, mit schneeweißem Gefieder und hellen, gelben Augen in einem runden Gesicht.

Nach einiger Zeit wandte Sonel sich wieder Baden und der Gefahr aus Lon-Ser zu. »Ihr habt also nichts bemerkt? Keine Spur von den Fremden?«
»Keine Spur.«
*Noch nicht.* Er sprach es nicht aus, aber das brauchte er auch nicht. Es wurde in seinem Tonfall deutlich, und in den Schatten in seinen Augen. Sie würden kommen.
Der Eulenmeister hatte offenbar ihre Gedanken gelesen. »Wir halten Wache, aber das ist alles. Wir tun nichts, was den nächsten Angriff von vornherein verhindern könnte.«
Sonel seufzte. »Ich weiß. Ich habe daran gedacht, den Orden schon vor der nächsten offiziellen Versammlung nach Amarid zu rufen.«
»Warum?«
Der Frage überraschte sie. »Um über Möglichkeiten zu sprechen und einen Plan zu entwickeln, wie wir mit Lon-Ser umgehen sollen.«
»Was bringt dich darauf, dass wir nun mehr Erfolg haben könnten als bei der letzten Versammlung zu Mittsommer?«
»Was schlägst du denn vor?«, fragte sie gereizt. »Dass wir weiterhin nichts tun sollen? Dass wir einfach warten sollen, bis sie uns wieder angreifen?«
»Ich wollte nur wissen«, entgegnete der Eulenmeister ruhig, »wieso du eine weitere Versammlung brauchst. Du bist die Eulenweise, du bist das Oberhaupt des Ordens. Ich glaube nicht, dass du für alles, was du in dieser Funktion tust, die Zustimmung des Ordens benötigst.« Er lächelte – dieses hinreißende, entwaffnende Lächeln, dass sie im Lauf der Jahre so gut kennen gelernt hatte. »Es war nur ein Gedanke.«
Als sie jetzt in ihrem Zimmer saß, mit Tee und Brot vor sich,

gestattete sie sich ein Lächeln bei dem Gedanken an diese letzte Bemerkung. *Nur ein Gedanke.* Nichts, was Baden je sagte, konnte leicht abgetan werden, und dieser bestimmte Gedanke hatte sie die nächsten Tage verfolgt und immer wieder an den Rändern ihres Geistes gezupft wie ein beharrliches Kind, das nach Aufmerksamkeit verlangt. Erst eine Woche später allerdings, als ein zweiter Besucher zu ihr kam und Neuigkeiten brachte, hatten Badens Anmerkung und ihre eigene Frustration über die Untätigkeit des Ordens zu dem Entschluss geführt, den Brief zu schreiben.

Es war einer dieser kalten, grauen Herbsttage, die den Winter vorwegnehmen, und Sonel hatte sich fest in ihren waldgrünen Umhang gewickelt, den Sessel vor die Feuerstelle gerückt und sich dort Wärme suchend niedergelassen, als Basya an der Tür klopfte und die Besucherin ankündigte. Die Eulenweise musste ihre Dienerin zweimal bitten, den Namen zu wiederholen, und selbst nachdem sie ihn zum dritten Mal gehört hatte, war Sonel nicht sicher, ob sie es wirklich glaubte. Aber einen Augenblick später kam Linnea hereingerauscht, die höchste Autorität unter den Hütern von Aricks Tempel im ganzen Land. Die Älteste der Götter, wie ihr offizieller Titel lautete, war eine hoch gewachsene, kräftige Frau und trug das für die Hüter übliche silbergraue Amtsgewand.

Als junges Mädchen war Sonel kurze Zeit als Schülerin im Tempel in ihrer Heimat ausgebildet worden, und wie so oft in Gegenwart von Hütern musste sie dem Impuls widerstehen, auf die Knie zu fallen. Stattdessen erhob sie sich nun, lächelte und breitete die Arme in einer Geste des Willkommens aus. Als die Älteste direkt vor ihr stehen blieb, deutete sie eine Verbeugung an, um den angemessenen Respekt für den Tempel und Linneas Stellung zu zeigen, aber nicht so tief, dass es als Unterwürfigkeit betrachtet werden konnte. Das entsprach dem zerbrechlichen Gleichgewicht, das die Oberhäupter des Ordens seit beinahe einem Jahrtausend gegenüber den Kindern der Götter anstrebten. Seit Amarid gelernt hatte, die Magie zu beherrschen, waren die Beziehungen zwischen den beiden Institutionen nicht leicht gewesen. Von Anfang an hatten die Tempel den Söhnen und Töchtern Amarids misstraut und die Magier und Meister als Gefahr für ihre Autorität betrachtet. Wo der Orden den Menschen von Tobyn-Ser Heilung von Krankheit und Wunden und Schutz vor den Feinden des Landes bieten konnte, hatten die Tempel nur Überlieferung und Glauben. Die Söhne und Töchter der Götter waren nicht im Stande gewesen, mit den Magiern mitzuhalten, und ihr Einfluss war geschwunden. Und obwohl der Orden nichts unternommen hatte, um ihr Misstrauen zu bestätigen oder aktiv ihre Macht zu untergraben, hatten sich die Magier auch nicht sonderlich angestrengt, ein Bündnis mit den Hütern zu pflegen – eine Nachlässigkeit, die die Kinder der Götter als Beleidigung gewertet hatten.

In den letzten Jahren hatte der Orden für diese Provokation bezahlen müssen. Nach den Angriffen auf Tobyn-Ser durch Fremde, die sich als Magier ausgaben, und der trägen Reaktion des Ordens auf diese Gefahr, waren die Menschen des Landes enttäuscht von der Magie und hatten sich wieder an die Tempel um Führerschaft gewandt. Gedemütigt hatten die Magier gehofft, dass sie durch ihren Sieg über die Angreifer auf Phelans Dorn Wertschätzung der Bevölkerung zurückgewinnen würden. Aber das war nicht geschehen. Stattdessen war aller gute Wille, der aus diesem Erfolg entstanden sein konnte, von Badens berechtigtem, aber unbeliebtem Beharren darauf vernichtet worden, dass Baram, der überlebende Fremde, nicht hingerichtet, sondern im Gefängnis bleiben und weiter verhört werden sollte. Es war wenig überraschend, dass die Tempel es genossen hatten, dass ihre alten Rivalen die Gunst der Bevölkerung verloren, und sich eilten, ihren eigenen Wiederaufstieg zu festigen, indem sie sowohl die Kritik an der Reaktion des Ordens auf die Angriffe als auch die Forderung nach Barams Tod heftig unterstützten. Die Beziehung zwischen den Söhnen und Töchtern Amarids und den Söhnen und Töchtern der Götter waren nie zuvor derart angespannt gewesen; Sonel hatte sich nicht vorstellen können, dass es noch schlimmer hätte werden können.

Aber genau das war geschehen. Bald nach Sonels Aufstieg zur Eulenweisen war Raina, seit mehr als einem Jahrzehnt Tempelälteste von Tobyn-Ser, gestorben, und die Hüter hatten Linnea zu ihrer Nachfolgerin gemacht. Raina war so herzlich und freundlich gewesen, wie man nur hoffen konnte, aber Linnea war bereits mit dem Ruf angetreten, gegenüber dem Orden sehr feindselig eingestellt zu sein. Weil sie relativ jung und nur dem Titel nach »Älteste« war, spekulierten Baden und Trahn, dass man sie genau aus diesem Grund gewählt hatte. Und in den folgenden Monaten und Jahren hatte Linnea bewiesen, dass sie Recht gehabt hatten, denn sie hatte jede Gelegenheit genutzt, die Menschen des Landes an das Versagen des Ordens zu erinnern.

Noch während sie die Älteste an diesem Nachmittag so höflich begrüßte, wie sie konnte, fragte sich Sonel unweigerlich, wieso Linnea hergekommen war. »Älteste«, sagte die Weise immer noch lächelnd, »sei willkommen in der

Großen Halle. Du ehrst uns mit diesem unerwarteten Besuch.« Die Eulenweise hatte sich der Tür zugewandt, wo die Dienerin immer noch stand und die beiden Frauen mit kaum verhohlener Neugier anstarrte. »Basya«, rief sie streng und zwang die junge Frau damit, sich wieder an ihre Pflichten zu erinnern. »Bitte bring uns frischen Tee und etwas zu essen.«

Basya errötete leicht und nickte. »Sofort, Eulenweise.«

Linnea sah der Dienerin nach, ein sardonisches Grinsen auf dem breiten, bleichen Gesicht. »Frech, wie?«, sagte die Älteste arrogant, als Basya weg war.

»Ich würde es nicht als frech bezeichnen«, erwiderte Sonel, die sich anstrengen musste, ihren Zorn nicht zu zeigen. Sie bedeutete Linnea mit einer Geste, sich auf den Sessel zu setzen, der direkt neben ihrem stand. »Sie ist einfach nur jung und leicht zu beeindrucken.«

Noch in der Bewegung erstarrte die Älteste und öffnete den Mund zu einer Erwiderung. Aber dann schien sie es sich überraschenderweise anders zu überlegen. Und als sie schließlich saß und ungeschickt ihr Gewand mit einer fleischigen Hand zurechtzupfte und sich unruhig umsah, fragte sich Sonel abermals, wieso die Frau gekommen war.

»Ich nehme an, es geht dir gut?«, fragte Linnea flüchtig und richtete den Blick ihrer hellblauen Augen schließlich auf Sonels Gesicht.

»Ja, Älteste, danke. Und dir?«

»Ja, gut.« Und dann, als wäre es ihr nachträglich eingefallen: »Ich danke dir.« Die kräftige Frau zupfte weiterhin an ihrem schimmernden Gewand herum, bis sie schließlich mit einem tiefen Atemzug zu einem Entschluss zu kommen schien. »Eulenweise«, begann sie und überraschte Sonel, indem sie den förmlichen Titel benutzte, »ich bin heute hergekommen, weil ich deinen –«

Ein Klopfen an der Tür ließ sie innehalten, und Basya kam mit eine Kristalltablett mit Obst, Käse und Brot und einer Kanne dampfenden Shan-Tees herein. Mit raschen, sparsamen Bewegungen setzte die junge Frau das Tablett auf dem niedrigen Tisch zwischen der Weisen und der Ältesten ab und goss zwei Tassen Tee ein. Dabei schien ihr nicht im Geringsten aufzufallen, dass Linnea ihren Bewegungen mit deutlicher Ungeduld folgte.

»Danke, Basya«, sagte Sonel, als das Mädchen fertig war. »Das ist jetzt alles.«

Basya nickte und schloss leise die Tür hinter sich.

Die Älteste dachte offenbar daran, eine weitere Bemerkung über Basyas Manieren zu machen. Stattdessen holte sie schließlich abermals tief Luft, um sich wieder zu sammeln, und begann ein zweites Mal, diesmal weniger leise als zuvor und den Blick auf ihre Hände gerichtet. »Wie ich schon sagte, ich bin gekommen, um dich um deinen ... Rat zu bitten«, erklärte sie mit offensichtlichem Unbehagen. »Und zwar in einer ausgesprochen heiklen Angelegenheit.«

Linnea steckte wirklich voller Überraschungen.

»Selbstverständlich, Älteste«, erwiderte Sonel. »Welche Anleitung ich auch immer bieten kann, wird dir zuteil werden, und ich verspreche selbstverständlich meine Diskretion.«

Die Hüterin blickte bei diesen Worten auf und nickte anerkennend. »Erinnerst du dich an Cailin?«

»Selbstverständlich«, antwortet Sonel, der plötzlich kalt wurde. Ein Bild des Mädchens stand sofort vor dem geistigen Auge der Weisen: ihr glattes, dunkles Haar, das hübsche, offene Gesicht, die hellblauen Augen, die denen der

Frau, die nun vor ihr saß, so ähnlich waren. Und die Traurigkeit in diesen Augen. Denn Cailin war die einzige Überlebende des Massakers in Kaera gewesen.
In einer Nacht voller Blut, Flammen und Schrecken hatte dieses Kind mit ansehen müssen, wie zwei Männer, die sich als Magier ausgaben, Cailins Dorf vollkommen zerstörten und ihre Eltern, ihre Freunde, alle Menschen, die sie auf der Welt gekannt hatte, umbrachten. Cailin war die einzige Überlebende gewesen, und das auch nur, weil die Fremden sie zu ihrer Botin gemacht hatten, damit sie bei der Kampagne zur Zerstörung des Ordens eine Rolle spielte.
Danach hatte man das Mädchen nach Amarid gebracht, wo der Orden die Verantwortung für sie übernehmen wollte. Aber Cailin hatte weiterhin den Söhnen und Töchtern Amarids die Schuld am Tod ihrer Eltern gegeben, auch dann noch, nachdem man ihr mehrere Male erklärt hatte, dass die Männer, die ihre Stadt zerstört hatten, sich nur als Magier verkleidet hatten. Als die Hüter von Aricks Tempel verlangt hatten, Cailin sollte in ihre Obhut gegeben werden, hatte Sonel sich geweigert. Aber sie konnte sich nicht Cailins eigener Bitte wiedersetzen, dass man ihr erlauben möge, die Große Halle zu verlassen. Am Ende war Sonel gezwungen gewesen, das Mädchen den Hütern zu übergeben, die keine Zeit verschwendet hatten, Cailin zu einem Symbol ihres eigenen Aufstiegs und der Unfähigkeit des Ordens zu machen, das Land zu beschützen.
»Selbstverständlich erinnere ich mich an sie«, sagte Sonel. »Wie alt ist sie inzwischen? Zehn?«
Linnea nickte zerstreut. »Ich glaube schon. Ja, zehn.«
»Geht es ihr gut?«
»Selbstverständlich geht es ihr gut!«, fauchte die Älteste

mit blitzenden Augen, und ihre runden Wangen färbten sich rot. »Wir Hüter haben geschworen, dass wir uns um sie kümmern! Zweifelst du etwa an unserem Wort? Oder glaubst du, es fehlt uns an dem Mitgefühl, um ein Kind aufzuziehen?«

»Selbstverständlich nicht, Älteste«, erwiderte Sonel beschwichtigend. »Ich wollte dich nicht beleidigen. Aber du bist hierher gekommen und hast mich um meinen Rat gebeten und gefragt, ob ich mich an Cailin erinnere. In welcher Hinsicht war meine Frage denn so unangemessen?«

Linnea schloss die Augen und schwieg. Erst nach einiger Zeit brachte sie ein dünnes Lächeln zu Stande und schüttelte den Kopf. »Deine Frage war nicht falsch, Eulenweise. Es ist nur ... schwierig für mich.« Sie öffnete die Augen wieder. »Bitte verzeih mir.«

»Selbstverständlich«, versicherte Sonel ihr und erwiderte das Lächeln. »Und jetzt erzähle mir bitte von Cailin.«

»Sie ist ein gutes Kind: immer noch hübsch, wie du sie zweifellos in Erinnerung hast, und klug. Sie ist eine gute Schülerin. Sie liest gerne, aber sie kann auch mit Zahlen gut umgehen. Und sie ist so stark und geschickt wie die Jungen im Tempel.« Linnea lächelte nun liebevoll, und Sonel fiel in diesem Augenblick auf, dass die Älteste das Mädchen offenbar wirklich gern hatte. Im nächsten Augenblick allerdings war Linneas Lächeln verschwunden, und ihr Blick verfinsterte sich. »Es liegt, wie man wohl erwarten würde, eine gewisse Traurigkeit über ihr. Aber was seltsam ist – diese Traurigkeit kann sich ganz plötzlich und aus dem Nichts ungemein verstärken, unter allen erdenklichen Umständen. Einen Augenblick lang lacht sie noch und er-

zählt voller Begeisterung von der letzten Geschichte, die sie gelesen hat, und im nächsten ist sie plötzlich still, und diese Finsternis liegt in ihrem Blick.« Die Hüterin schüttelte den Kopf und trank einen Schluck Tee. »Seit einiger Zeit gehen diese melancholischen Stimmungen mit einer rebellischen Laune einher, die wir vorher nicht an ihr bemerkten.«
»Und deshalb bist du hier?«, fragte Sonel und strich sich eine Strähne hellen Haars aus der glatten Stirn.
Linnea lächelte müde und schüttelte abermals den Kopf. »Ich bin durchaus in der Lage, mit Wutanfällen von Kindern zurechtzukommen, Eulenweise«, erwiderte sie ruhig. »Wenn es nur das wäre, wäre ich nicht hier.«
»Es gibt also mehr?«
»Ja.« Die Älteste zögerte, aber nur ein Sekunde. »Es ist nicht möglich, dieses Thema vorsichtig anzusprechen, also werde ich es dir einfach sagen: Cailin legt seit mehr als einem Jahr Anzeichen des Blicks an den Tag. Wir dachten damals schon daran, zu dir zu kommen, haben es uns aber wieder anders überlegt. Im letzten Monat jedoch hat sie sich an einen Falken gebunden. Sie ist eine Magierin.«
Sonel hätte nicht entsetzter sein können, wenn Linnea behauptet hätte, sie hätte sich selbst an einen Falken gebunden. Aber das Staunen der Weisen wich beinahe sofort Zorn und Empörung. *Seit mehr als einem Jahr? Im letzten Monat?* »Der Orden hätte sofort informiert werden müssen!«, zischte sie und schleuderte der Ältesten diese Worte wie eine Anklage entgegen.
»Ich informiere dich jetzt!«, entgegnete Linnea hitzig.
Sonel erhob sich und begann, vor der Feuerstelle auf und ab zu gehen. »Ich möchte, dass sie sofort in die Große Halle zurückkehrt.«

Linnea starrte die Eulenweise trotzig an. »Das werde ich nicht erlauben.«
»Du musst!«
»Ich werde es nicht tun. Und Cailin will auch nicht herkommen!«
»Das kannst du nicht wissen«, erwiderte Sonel, aber sie war sich selbst keineswegs sicher.
»Doch, ich weiß es«, sagte die andere Frau, die offenbar die Unsicherheit der Eulenweisen spürte. »Du hast immer noch nicht alles gehört, Sonel.«
Die Weise blieb vor der Ältesten stehen und verschränkte die Arme vor der Brust, als wollte sie ihr Herz gegen einen Schlag schützen. »Sag es mir«, verlangte sie.
Linnea schluckte. »Was immer du von uns halten magst, eins solltest du wissen: Wir sind nicht dumm, und wir unterschätzen eure Macht nicht. Wir werden zwar nicht zulassen, dass du Cailin wieder in deine Obhut nimmst, aber wir werden ihr auch nicht erlauben, die Magie als Spielzeug einzusetzen. Wir haben sie über den Orden informiert und ihr Amarids Gesetze erklärt.« Wieder ein Innehalten, und dann: »Sie hat sich geweigert, sich ihnen zu unterwerfen.«
»Wie bitte?«, rief Sonel. »Das ist nicht dein Ernst!«
»Leider doch. Sie gibt dem Orden immer noch die Schuld am Tod ihrer Eltern, und –«
»Ja!«, fauchte Sonel. »Ich bin sicher, dass ihr dafür gesorgt habt.«
Linnea sprang nun ebenfalls auf, und ihre rundlichen Wangen waren wieder rot vor Zorn. Sie zeigte mit einem starren Finger auf die Eulenweise. »Das kannst du mir nicht in die Schuhe schieben, Sonel! Der Orden hat sich den Hass dieses armen Mädchens selbst zugezogen!«

»Wir haben weder Cailins Eltern getötet noch ihr Dorf zerstört! Das weißt du genau, und dennoch verbreitet ihr weiter diese Lügen!«
»Wir haben den Orden nie des Angriffs auf Kaera bezichtigt«, entgegnete die Älteste. Ihre Stimme war leiser geworden, und sie hatte ihren Zorn wieder unter Kontrolle. »So etwas hätten wir niemals behauptet.«
Sonel setzte zum Widerspruch an, aber Linnea hielt sie mit einer abrupten Geste davon ab. »Lass mich zu Ende sprechen! Wir haben nie behauptet, dass ihr Cailins Eltern getötet habt, aber wir machen euch verantwortlich für den Schaden, der entstand, weil ihr eure Versprechen nicht gehalten habt. Ihr Magier habt geschworen, das Land zu schützen, und ihr habt tausend Jahre der Verehrung genossen, überwiegend dank des Erfolgs eurer Vorgänger. Aber der Orden, wie wir ihn heute kennen, der Orden, den Cailin in ihren wenigen Jahren auf dieser Erde kennen gelernt hat, hat sich als unfähig erwiesen, das Volk von Tobyn-Ser zu schützen. Cailin glaubt nicht, dass ihr ihre Eltern getötet habt – oh, sie dachte das einige Zeit lang, aber sie versteht nun schon seit Jahren, dass es Fremde waren, die sich als Magier ausgaben –, aber sie wirft euch vor, dass ihr es nicht verhindert habt. Und um ehrlich zu sein, ich tue dasselbe.«
Linnea wollte mehr sagen, aber dann hielt sie inne. Sie atmete schwer. Der leidenschaftliche Zorn in ihren hellen Augen war verschwunden, und etwas anderes, etwas Unerwartetes, war zurückgeblieben. Keine Selbstgerechtigkeit, keine Freude am Unbehagen der Eulenweisen, sondern Schmerz.
Sonel hatte keine Antwort, weder für die Worte der Ältesten noch auf den Blick in ihren Augen. Sie und Baden

hatten seit beinahe vier Jahren dasselbe über den Orden gesagt, und sie konnte es Linnea kaum übel nehmen, dass sie die Wahrheit aussprach. Ihr Mund war trocken, wie von Staub oder Asche, und sie trank einen großen Schluck Tee. Sie fühlte sich vollkommen erschöpft, und als sie schließlich sprach, war ihre Stimme heiser. »Und jetzt willst du wissen, was du mit Cailin anfangen sollst?«, fragte sie. »Wie sich ihre Macht beherrschen lässt?«

»Ja.«

»Tatsächlich«, begann die Weise und strich sich abermals die Haarsträhnen aus der Stirn, »gibt es nur wenig, was du tun kannst. Wir kümmern uns um unsere Leute; die gemeinsame Macht aller Magier im Orden hält die Einzelnen auf dem richtigen Weg – das, und der Schwur, den wir ablegen, wenn wir unsere Umhänge erhalten. An Amarids Gesetzen ist eigentlich nichts Magisches; es liegt keine Macht in den Worten selbst außer der Ehre und den Skrupeln, die jeder Magier damit verbindet. Nach allem, was du mir erzählt hast, würde ich annehmen, dass Cailin durch ihre Charakterstärke an den Geist des Gesetzes gebunden ist, selbst ohne den Schwur abzulegen.«

»Das kann ich nur hoffen«, stimmte Linnea ihr nachdenklich zu.

»Die Gefahr liegt in ihrem Alter und in dieser Neigung zur Rebellion, von der du gesprochen hast. Ein Kind in diesem Alter, so normal es sonst auch sein mag, kann Wutanfälle bekommen. Und damit müsst ihr vorsichtig umgehen – du musst ihr beibringen, sich zu beherrschen. Ich will nicht einmal daran denken, was euch bevorsteht, wenn sie erst ein paar Jahre älter ist.« Die Weise schüttelte bedächtig den Kopf und kraulte das Kinn ihrer Eule, die auf dem Sims des

Kamins hockte. Der Vogel öffnete die Augen und begann sich zu putzen. »Ich habe noch nie gehört, dass sich jemand so jung gebunden hätte«, murmelte Sonel eher zu sich selbst als zu der Ältesten. »Du sagst, es sei ein Falke?«
»Ein kleiner, ja. Ein Turmfalke, glaube ich.«
Wieder schüttelte die Weise den Kopf. »Bemerkenswert.«
»Gibt es noch mehr, was du mir sagen kannst, Eulenweise?«, fragte Linnea und erhob sich mit raschelndem Gewand.
»Leider nicht viel. Um ehrlich zu sein, wäre mir wohler zumute, wenn Cailin in der Großen Halle wäre und wir sie beaufsichtigen könnten, aber ich muss akzeptieren, was du sagst: dass sie dem nicht zustimmen würde. Ansonsten kann ich nur raten, sie weiterhin so zu erziehen, wie ihr es zuvor getan habt. Soweit das möglich ist, solltest du sie behandeln wie alle anderen Kinder. Sie sollte sich nicht wie etwas Besonders fühlen und auch nicht annehmen müssen, dass ihr sie fürchtet.« Sonel holte tief Luft und lächelte dünn. »Ich beneide dich nicht, Älteste. Aber wenn es noch etwas gibt, was ich für dich tun kann, zögere nicht zu fragen.«
Die Hüterin sah sie einen Augenblick lang an, dann nickte sie. »Danke, Sonel. Ich werde dich über Cailin auf dem Laufenden halten.« Sie setzte dazu an zu gehen, aber als sie die Tür erreicht hatte, blieb sie noch einmal stehen. Schließlich drehte sie sich um und schaute Sonel abermals an. »Ich weiß nicht, ob du mir das glauben wirst, Sonel, schon deshalb, weil es von mir kommt. Aber wir im Tempel haben nicht gewollt, dass der Orden versagt. Sicher, wir haben es ausgenutzt, dass die Menschen euch weniger vertrauten und bewunderten, und dafür werde ich mich nicht ent-

schuldigen. Aber wir wissen, dass dem Land letzten Endes am besten gedient ist, wenn ein starker Tempel und ein starker Orden Seite an Seite arbeiten. Ich persönlich freue mich auf den Tag, an dem so etwas möglich sein wird.«

Vollkommen verblüfft über diese Worte der Ältesten starrte Sonel sie mehrere Sekunden lang an. Linnea schien ehrlich zu meinen, was sie gesagt hatte, aber es fiel der Eulenweisen schwer zu akzeptieren, dass diese Frau tatsächlich so empfand. Am Ende nickte sie nur und sagte mit so viel Gefühl, wie sie aufbringen konnte: »Auch ich freue mich auf diesen Tag, Älteste.«

Ohne ein weiteres Wort verließ die Hüterin das Zimmer. Sonel lauschte dem Geräusch von Linneas Schritten, die draußen im Versammlungssaal immer leiser wurden, und kam zu einem Entschluss. Trotz der freundlichen Worte, mit denen Sonel und die Älteste ihre Begegnung abgeschlossen hatten, würden die Beziehungen zwischen dem Orden und dem Tempel nicht so leicht zu verbessern sein, und der Ruf der Söhne und Töchter Amarids würde sich nicht über Nacht wiederherstellen lassen. Aber der Orden war schon zu lange untätig gewesen. Und jetzt musste ein zehnjähriges Mädchen in einem Tempel nur ein paar Meilen außerhalb der Stadt die Magie beherrschen lernen, ohne dass sie jemand dabei anleitete. Es musste endlich etwas geschehen!

Sie ging zu dem Klappschreibtisch neben ihrem Bett und griff nach Pergament und Schreibblei. Sie begann einen unautorisierten Brief an den Rat der Herrscher von Lon-Ser. Seit ihrem Gespräch mit Baden hatte die Eulenweise häufig darüber nachgedacht, was sie in einem solchen Brief sagen wollte, und nun fiel ihr das Schreiben leicht.

*An den Herrscherrat:*
*Ich wende mich an euch als Vertreterin des Volkes von Tobyn-Ser und als Oberhaupt des Ordens der Magier und Meister dieses Landes.*
*Vor nun beinahe vier Jahren ist eine Bande von Bürgern aus Lon-Ser in unser Land eingedrungen und hat, verkleidet als Magier, gewaltsame Akte gegen unsere Bevölkerung begangen. Es ist uns zwar gelungen, diese Eindringlinge zu besiegen und alle bis auf einen zu töten, aber ihre Angriffe haben zu beträchtlichen Verlusten an Eigentum und Leben geführt.*
*Wie verlangen keine Wiedergutmachung für die Verbrechen, die an uns begangen wurden, aber wir möchten weitere Feindseligkeiten vermeiden. Zu diesem Zweck schlage ich ein persönliches Treffen vor, an einem Ort und zu einer Zeit, die wir gemeinsam bestimmen sollten, um über die von mir beschriebenen Ereignisse und über alle weiteren Konflikte zu sprechen, die zwischen unseren Völkern bestehen könnten.*
*Wir haben diesen Konflikt nicht gesucht und wünschen auch nicht, ihn zu verlängern. Aber eines solltet ihr wissen: Unser Wunsch nach Frieden ist nicht größer als unsere Entschlossenheit, ein freies Land zu bleiben.*
*In Freundschaft*
*Sonel*
*Eulenweise von Tobyn-Ser*

Am Ende des folgenden Tages war der Brief offiziell niedergeschrieben und abgeschickt worden. Sonel hatte niemandem davon erzählt, nicht einmal Baden, der das Thema nicht wieder ansprach, nachdem er in jener Nacht in ihrem

Bett gesagt hatte, was zu sagen war. Die Eulenweise sprach auch mit niemandem über Linneas Besuch. Cailins Bindung, so entschied sie an diesem Herbstabend, war eine Angelegenheit, die sie bei einer Versammlung dem gesamten Orden mitteilen musste.

Und so wartete sie und trug die Last ihrer Geheimnisse. Durch den kalten Schnee und die Winterstürme und die graue, feuchte Kälte der Regenzeit versuchte sie, sowohl ihre Angst als auch ihre Hoffnung zu beherrschen, und hielt dabei stets nach Schülern des Tempels Ausschau, die ihr hin und wieder Nachricht von Cailin brachten, und wartete unruhig auf eine Antwort aus Lon-Ser. Als die letzten Regenwolken davongeweht waren und die Frühlingswärme dem Sommer wich, wurden Sonels Vorahnungen düsterer. Im Winter hatte sie sich auf die Ankunft eines jeden neuen Handelsschiffes gefreut und gehofft, dass es vielleicht die Antwort des Rates bringen würde, aber nun fürchtete sie es eher, wenn eines dieser Schiffe anlegte, ebenso wie die grimmigen Stunden des Wachens und Wartens hinterher, nachdem die Schiffe mit dem Löschen ihrer Fracht begonnen hatten.

Es lag daher eine gewisse Ironie darin, dass die Antwort an diesem Tag vor Mittsommer ausgerechnet im Morgengrauen eintraf und von einem Schiff, das in der Nacht eingelaufen war, als Sonel bereits geschlafen hatte. Angesichts des knappen Inhalts des Briefes war das allerdings nur ein geringer Trost. Sonel strich sorgfältig das strahlend weiße Papier glatt und las die Botschaft ein letztes Mal. Ein solcher Brief war schlimmer als überhaupt keine Antwort, erkannte sie verzweifelt, denn nun hatte sie keine Ahnung, was sie noch tun konnte.

Basya klopfte zum dritten Mal an diesem Morgen zögernd an die Tür, und einen Augenblick reagierte die Weise nicht. Dann erhob sie sich widerstrebend. Schon bald würden Besucher kommen, das wusste sie: Magier und Meister, die in Amarid eintrafen und die ihr erster Weg zur Großen Halle führte, um die Eulenweise zu begrüßen und zu versuchen herauszufinden, wie Sonel über die Dinge dachte, die ihnen wichtig waren. Es war eine Art von Ritual und ebenso ein Teil der Versammlungen wie die Eröffnungsprozession, ebenso ein Teil von Sonels Pflichten, wie die Magier zur Ordnung zu rufen. Sie erinnerte sich immer noch gern an ihre eigenen Gespräche mit Jessamyn, als sie einfach nur eine Magierin und Jessamyn das Oberhaupt des Ordens gewesen war, und sie fragte sich, ob die kleine, zierliche weißhaarige Frau damals hinter all ihrer herzlichen Gastfreundschaft auch so schwer daran gearbeitet hatte zu verbergen, wie sehr ihre Verantwortung auf ihr lastete.
»Aber selbstverständlich war das so«, sagte Sonel laut und streckte den Arm nach ihrer dunklen Eule aus. »Wieso bilde ich mir ein, dass es bei ihr anders war?« Der Vogel flog zu ihr, sprang auf ihre Schulter und sah sie schweigend an.
Noch ein Klopfen, diesmal ein wenig lauter.
»Ja, Basya«, rief Sonel mit gezwungener Fröhlichkeit. »Komm herein.«
Die junge Frau öffnete zögernd die Tür und schien überrascht zu sein, dass Sonel vom Sessel aufgestanden war. »Es tut mir Leid, wenn ich dich störe, Eulenweise, aber es sind Besucher da.«
Sonel lächelte. Immerhin tat das Mädchen nur seine Arbeit. »Du störst mich nicht, Basya. Bitte führe sie herein.«
»Sofort, Eulenweise.«

Sonel sah, wie das Mädchen sich umdrehte und jemandem winkte, hörte Stimmen näher kommen, und dann erinnerte sie sich an das Stück makellosen Papiers, das sie immer noch in der Hand hatte. Rasch und unauffällig verbarg sie den Brief des Herrscherrats in den Falten ihres Umhangs. Im Lauf der Versammlung würde noch viel Zeit für solche Angelegenheiten sein. Das hier war ein Tag für Begrüßungen und das Erneuern von Freundschaften. Als ihre ersten Gäste schon in der Tür standen, fiel ihr jedoch etwas ein: Wenn ein Brief nicht die Aufmerksamkeit der Anführer von Lon-Ser erregte, dann würde es vielleicht eine Gruppe von Botschaftern tun.

# 2

*Es wird kaum überraschen, dass die Regierungsstruktur von Bragor-Nal erheblich komplizierter ist als alles, was wir hier in Tobyn-Ser kennen. Tatsächlich könnte man sie bestenfalls mit dem Landpachtsystem, das sich unter den Potentaten von Abborij entwickelt hat, vergleichen. Sowohl in Bragor-Nal als auch in Abborij führt eine einzelne Person – Baram benutzte den Begriff »Herrscher« – eine komplizierte Hierarchie von Oberlords, so genannten Nal-Lords und schließlich deren Untergebenen und Mietlingen an. Und ebenso wie die Potentaten ermutigen der Herrscher von Bragor-Nal und vermutlich auch die Herrscher der beiden anderen Nals den Wettbewerb unter ihren Untergebenen und profitieren davon. An dieser Stelle findet die Ähnlichkeit allerdings auch schon ein Ende. Denn während bei der Landpachtstruktur von Abborij Wohlstand durch Ackerbau und Viehzucht geschaffen wird und dieses System seine Stabilität durch Verehrung und Tribute erhält, bereichern sich die Anführer der Nals durch Korruption und Erpressung, und sie schützen ihren Status teils mit gewaltsamer Einschüchterung und Vergeltung.*

Aus Kapitel Fünf des »Berichts von Eulenmeister Baden über seine Verhöre des Ausländers Baram«, vorgelegt auf der 1014. Versammlung des Ordens der Magier und Meister, im Frühjahr des Gottesjahres 4625.

Melyor sah sich in der Bar um und verbarg ihren scharfen Blick hinter einer lässigen Haltung und einer gleichmütigen Miene. In einem anderen Teil des Nal, nur ein paar

Blocks von hier, hätte das niemanden getäuscht, und jeder Mann und jede Frau, denen sie begegnet wäre, wären schon bei ihrem Blick zurückgezuckt. Aber hier, wo niemand sie kannte, wurde Melyor leicht zu einem Teil ihrer Umgebung, ebenso wie die in den Ecken zusammengesackten Betrunkenen oder die alten, schmutzigen Leuchtschilder, die über der Theke hingen, an der sie saß. Es half selbstverständlich auch, dass sie die halb durchsichtigen, bunten Tücher eines *Uestra*-Mädchens trug, in Lila und Blau, passend zu den Amethyst-Ohrsteckern und den Saphirlinsen, mit denen sie ihre Augenfarbe – ein helles Grün – geändert hatte.

Die Gäste hier waren offenbar die typische Mischung; Melyor hätte wahrscheinlich in jeder anderen Bar im Vierten Bezirk des Nal dieselbe Versammlung von Uestras, Gesetzesbrechern und Dummköpfen finden können. Nur, dass sie in ihrem Terrain nicht nach Savil Ausschau gehalten hätte. Ebenso wenig wie er in seinem nach ihr. Melyor verkniff sich ein Lächeln und schaute sich ihre Umgebung noch einmal an. Die Betrunkenen würden sicher kein Problem darstellen, und die meisten Gesetzesbrecher schienen ihren eigenen Angelegenheiten nachzugehen. An einem Tisch ganz in der Nähe saß allerdings eine Gruppe, die nun seit schon beinahe eine Stunde trank und laut feierte, und sie hatten vor einer Weile begonnen, Melyor mit Blicken zu bedenken, die sie nur zu gut kannte. Im Augenblick konnte sie dagegen allerdings nichts tun. Savil war noch nicht da.

»Bier«, sagte sie zu dem verbeulten Getränkespender neben sich.

»Hell oder dunkel?«, erwiderte die metallische Stimme.

»Dunkel. Und gekühlt«, fügte sie in Vorwegnahme der nächsten Frage der Maschine hinzu.

»Bar oder Kredit?«
Beinahe hätte sie sich vertan. Beinahe. Normalerweise erledigte sie alles per Kredit, denn normalerweise, im Vierten Bezirk, versuchte niemand je zu kassieren. Selbst die Wirte gestanden den Nal-Lords gewisse Privilegien zu. Aber hier, in Savils Bezirk, wäre es natürlich sehr unpassend, wenn jemand hörte, wie sie sich als Melyor i Lakin vorstellte, selbst einem Getränkespender gegenüber. Sie hatte die ganze Sache schon zu lange geplant und war ihrem Ziel zu nahe gekommen, um sich jetzt auf eine so dumme Weise zu verraten. »Bar«, antwortete sie und holte zwei Silberstücke aus dem kleinen Beutel an ihrer Schärpe, um sie in den Schlitz neben dem Lautsprecher zu stecken. Einen Augenblick später hörte sie das Klirren des Metallkrugs und das leise Zischen des Biers, das hineingepumpt wurde.
Melyor nahm den Krug aus der Maschine und musste grinsen. Nur drei viertel voll, selbst mit Blume. *Einige Dinge sind überall gleich,* dachte sie. Sie trank einen Schluck und sah sich noch einmal um. Und dabei entdeckte sie sich selbst im Spiegel auf der anderen Seite der Theke. Das dick aufgetragene Make-up verlieh ihren ansonsten weichen Zügen eine Schärfe, an die sie nicht gewöhnt war, und trotz all ihrer Vorbereitung war sie einen Augenblick lang überrascht, ihr leicht gewelltes, bernsteinfarbenes Haar in weiche Locken gedreht und beinahe zu Blond aufgehellt zu sehen. Es gefiel ihr sogar. Mit der Spur eines Lächelns fuhr sie sich zerstreut durch die Locken. Aber schnell wurde ihre Miene wieder ernst. Das Wichtigste war, dass ihr Aussehen zu der angenommenen Rolle passte.
Vielleicht ein wenig zu gut, gestand sie sich mit einer innerlichen Grimasse ein. Den Blick immer noch auf den

Spiegel gerichtet, beobachtete sie, wie einer der Männer an dem Tisch in der Nähe aufstand, sein Glas leer trank und auf sie zuschlenderte. Langsam stellte sie ihr Bier auf die Theke und holte tief Luft. *Sei vorsichtig,* mahnte sie sich.

»Du bist neu hier«, sagte der Mann zu ihr und lehnte sich so dicht neben ihr an die Theke, dass sie seinen Atem an der Seite ihres Halses spüren konnte. Er stank nach Whiskey.

»Ach ja?«, fragte sie und machte sich erst gar nicht die Mühe, ihn anzusehen. Aber sie verlagerte ihr Gewicht ein wenig, um von ihm Abstand zu nehmen.

»Ja«, sagte er und bewegte sich mit ihr, um den Abstand wieder zu verringern. »Ich kenne die Uestras in diesem Teil des Nal ganz genau, besonders die hübschen. Ich bin sicher, du wärst mir aufgefallen. Ich heiße Dob, und ich bin sehr erfreut, dich kennen zu lernen.«

Sie warf ihm einen raschen, abschätzenden Blick zu, bevor sie erneut geradeaus starrte. Er war ein großer, kräftiger Mann, einen ganzen Kopf größer als sie und mit breiten Schultern und breiter Brust. Sein Haar war schwarz, und er trug es lang und offen, sodass es ihm auf die Schultern und beinahe auch in die kalten, blauen Augen fiel. Wie bei den meisten Gesetzesbrechern im Nal war sein Bart nicht lang, sondern sah nur so aus, als hätte er sich ein paar Tage lang nicht rasiert. Ihr war schon lange aufgefallen, dass das ein Aussehen war, das die Gesetzesbrecher kultivierten. Andererseits hatte dieser Mann es anders als die meisten seiner Art nicht geschafft, sich die Nase auch nur ein einziges Mal brechen zu lassen – seine war gerade und aristokratisch, was Melyor anzeigte, dass er bei seiner Arbeit entweder sehr gut oder sehr neu war. Aus seiner selbstsicheren Haltung schloss sie das Erstere.

All das hatte sie schon mit einem kurzen Blick erkannt. All das, und noch zwei andere Dinge, die unter diesen Umständen viel wichtiger waren. Erstens war der Mann gut bewaffnet. Er trug einen Werfer am Gürtel, einen Dolch mit langem Griff in einer Scheide, die an den Oberschenkel geschnallt war, und hatte spitz zugeschliffene Stacheln an den Spitzen seiner schwarzen Stiefel und den starren Manschetten seiner langen, schwarzen Jacke. Und zweitens nahm sie aufgrund der Position seines Werfers und der Klinge an, dass er Linkshänder war.

»Ich heiße Kellyn«, sagte Melyor schließlich kühl und dachte dabei an die lange, dünne Klinge des Dolchs, der in ihrem Stiefel versteckt war und sich beruhigend an ihren Unterschenkel schmiegte. Dank der Tücher war das die einzige Waffe, die sie hatte mitnehmen können, die einzige, die sie hatte verstecken können. Normalerweise waren Uestras nicht bewaffnet; das brauchten sie nicht. Nicht, dass sie bezweifelte, dass die Klinge genügen würde, aber sie hoffte, es würde nicht zu einem Kampf kommen, zumindest nicht mit dem da. Sie trank einen Schluck Bier und sah sich noch einmal um. *Wo bleibt Savil nur?*, dachte sie ungeduldig.

»Woher kommst du, Kellyn?«

»Ich habe für eine Reihe von Bars oben in Alt-Trestor gearbeitet«, sagte sie und fuhr zerstreut mit dem Finger über den Rand des Bierkrugs.

»Im Sechsundzwanzigsten Bezirk?«, fragte Dob und strich sich über den kratzigen Bart.

»Im Vierundzwanzigsten. Aber es wurde zu eng da – zu viele Mädchen im selben Block. Und ich brauchte Abwechslung.«

»Der Vierundzwanzigste Bezirk«, wiederholte er. »Das ist Brens Gelände, nicht wahr?«
Sie nickte.
»Bist du da je einem Mann namens Lavrik begegnet?«
Sie wandte sich Dob zu und verzog angewidert das Gesicht. »Ja, ich kenne Lavrik. Der Mann ist ein Schwein. Er schuldet mir immer noch das Geld für zwei Male, und um ehrlich zu sein, es war beide Male alles andere als gut.«
Dob starrte sie einen Augenblick lang an, als wäre er nicht sicher, was er da gehört hatte. Und dann fing er an zu lachen, lauter und lauter, bis ihm Tränen über die Wangen liefen. Melyor bemerkte, dass auch seine Freunde am Tisch ganz hysterisch geworden waren. Offenbar hatten sie ein Publikum. Das würde alles, was als Nächstes zu erwarten war, erheblich schwieriger machen.
Irgendwann hörte er dann auf zu lachen und legte eine schwielige Hand auf ihre nackte Schulter. »Du gefällst mir, Kellyn«, sagte er, und sein Blick wanderte von ihrem Gesicht zu ihren Brüsten. »Du gefällst mir sehr. Und da du neu hier im Zweiten bist, begreifst du vielleicht nicht, was du für ein Glück hattest, mir begegnet zu sein. Ich bin in diesem Teil des Nal ein wichtiger Mann – ich habe viele Freunde, und einige von ihnen sind ziemlich mächtig.« Er drängte sich dichter an sie, die Hand immer noch auf ihrer Schulter, und sein Blick wanderte weiter über ihren Körper. »Es würde mir gefallen, wenn wir Freunde werden würden«, fügte er viel sagend hinzu.
»Was mich angeht, sind wir das bereits, Dob«, erwiderte sie, lächelte entwaffnend und nahm seine Hand von ihrer Schulter. »Ich bin sehr froh, dass ich dich kennen gelernt habe. Ich fühle mich hier jetzt schon wie zu Hause.« Sie

wandte sich von ihm ab, wieder der Theke zu, und griff nach ihrem Bier.
Dob hielt sie auf, indem er sie am Handgelenk packte. Einer der Männer am Tisch lachte leise und höhnisch. »Du hast mich falsch verstanden.« Sein Tonfall war kälter geworden, obwohl er immer noch ein dünnes Lächeln auf den Lippen hatte. »Ich möchte, dass wir Freunde werden. Aber eine so wertvolle Freundschaft wie die meine gibt es nicht umsonst, sie muss verdient werden.«
Abermals, und nun entschiedener, pflückte sie seine Hand weg. Dann sah sie ihn an. »Ich mag keine Spielchen, Dob«, sagte sie und gab sich keine Mühe, das Eis in ihrer Stimme zu verbergen. »Wenn du etwas willst, dann frag. Ansonsten verschwinde.«
Mehr Kichern von den Freunden des Gesetzesbrechers, aber Dob war jetzt todernst. Einen Augenblick lang befürchtete Melyor, er würde sie schlagen, und machte sich darauf gefasst. Aber dann grinste er breit und lachte schließlich laut. »Wie ich schon sagte, Kellyn: Du gefällst mir.« Er schaute wieder zu seinen Kumpanen zurück und zwinkerte. »Also gut, du bist für direkte Worte, ebenso wie ich.« Er zögerte und fuhr sich durchs lange, dunkle Haar. »Ich schlage einen Tauschhandel vor«, fuhr er nach einem weiteren Blick auf seine Freunde fort. »Meine Freundschaft, und alle Vorteile, die dazugehören, im Austausch für deine ... Dienste heute Abend.«
Sie lächelte verführerisch. »Das ist ein sehr attraktiver Vorschlag, Dob –«
»Einer, den du lieber annehmen solltest.« Jede Spur von Heiterkeit war nun aus seiner Miene gewichen. Das unrasierte Kinn war störrisch vorgereckt, der kalte Blick drohend.

Melyor richtete sich auf und sah ihn ernst an. »Ich kann leider nicht.«
»Warum nicht?«, wollte Dob leise und drohend wissen.
»Weil ich auf jemanden warte«, erklärte sie sachlich. »Ich werde ihm meine Dienste für heute Abend anbieten.«
Der Schurke kniff die Augen ein wenig zusammen. »Wer soll das denn sein?«
»Nal-Lord Savil.«
In ehrlicher Überraschung zog Dob die Brauen hoch. Und dann begann er wieder zu lachen. »Savil?«, fragte er ungläubig. Auch seine Kumpane lachten, und er drehte sich zu ihnen um. »Sie wartet auf den Nal-Lord Savil«, wiederholte er, und seine Stimme kündete zu gleichen Teilen von Heiterkeit und Spott. Das Lachen der anderen Männer wurde lauter, und Dob wandte sich wieder Melyor zu und schüttelte bedächtig den Kopf. »Du magst ja hübsch sein, Kellyn«, sagte er. »Vielleicht sogar schön. Aber du musst über diesen Teil des Nal noch viel lernen. Savil ist der wichtigste Mann im Bezirk; über ihm stehen nur noch sein Oberlord und der Herrscher, und er lässt sich ganz bestimmt nicht von solchen wie dir ansprechen. Er kann jede Uestra haben, die er will. Und hier tauchst du auf, neu im Bezirk, und glaubst, du kannst ihn dir einfach aussuchen wie das Bier aus einem Spender.« Wieder schüttelte er den Kopf. »Es wäre komisch, wenn es nicht so erbärmlich wäre. Du hast Glück, wenn er dich überhaupt zur Kenntnis nimmt.«
Melyor betrachtete den Schurken kühl. »Du scheinst eifersüchtig zu sein, Dob. Bin ich dir auf die Zehen getreten? Vielleicht hattest du ja vor, Savil heute Nacht mit nach Hause zu nehmen.«

Sie war eine gute Kämpferin – das musste sie sein, um so weit zu kommen, wie sie gekommen war, und trotz ihrer schlanken Gestalt war sie ungewöhnlich stark. Dennoch, und trotz der Tatsache, dass sie auf Dobs Reaktion vorbereitet gewesen war, überraschte der Mann sie mit seiner Schnelligkeit. Noch bevor ihr das letzte Wort von den Lippen gekommen war, hatte Dob ihr Haar gepackt und sie auf sich zugerissen, sodass die glitzernden Stacheln an seiner Manschette drohend an ihrer Schläfe zu liegen kamen. »Ich hab Leute schon für weniger umgebracht!«, zischte er und packte sie mit der anderen Hand an der Kehle.

»Da bin ich sicher«, antwortete sie ruhig. »Aber in diesem Fall willst du deine Reaktion vielleicht doch ein wenig mäßigen.«

»Pah!«, schnaubte er verächtlich.

Zur Antwort tippte Melyor mit ihrer Klinge, die sie schon in der Hand hatte, leicht an seinen Schritt. Sie spürte, wie er nach unten schaute, hörte ihn voller Angst und Unglauben keuchen.

»Sag deinen Männern, sie sollen sich zurückziehen«, befahl sie leise, denn sie spürte, dass Dobs Freunde einen Halbkreis um sie gebildet hatten, »und dann lässt du mich los. Langsam, Dob, denn du möchtest sicher auf keinen Fall, dass ich nervös werde.«

Einen Augenblick tat er nichts, und Melyor drückte die Klinge ein klein wenig fester gegen seine Hose. »Schon gut«, flüsterte er erschrocken. »Schon gut.«

»Sag es *ihnen,* Dob«, wies sie ihn ruhig an. »Nicht mir.«

»Es ist alles in Ordnung«, erklärte er nun lauter. »Alles in Ordnung.« Und dann lockerte er vorsichtig seinen Griff in ihrem Haar.

Sobald er sie losgelassen hatte, trat Melyor ein paar Schritte zurück und zeigte ihm ein dünnes Lächeln. Dob atmete schwer und starrte sie in gequältem Schweigen an, die Lippen fest zusammengepresst und Empörung und gekränkten Stolz im Blick. Seine Freunde regten sich nicht und schauten nervös von ihr zu ihm, unsicher, was Dob nun von ihnen erwartete.

»Du kannst gut mit dem Ding umgehen«, sagte der Mann schließlich und wies mit dem Kinn auf Melyors Dolch, als sie die Klinge wieder in den Stiefel steckte. Sein Argwohn war ihm deutlich anzumerken. »Uestras können normalerweise nicht so gut mit Waffen umgehen.«

»Ich habe in Alt-Trestor gelernt, auf mich aufzupassen«, erwiderte sie lässig, obwohl sie wachsam blieb, falls Dob oder einer seiner Freunde noch einmal versuchen sollte, sie anzugreifen. »Die Leute dort sind nicht so freundlich wie hier.«

Er schien das zu akzeptieren und keinerlei Ironie in dieser Bemerkung zu erkennen. »Ich hoffe, du begreifst, dass du dir heute einen Feind gemacht hast«, sagte er tonlos.

Zum ersten Mal, seit Dob sie angesprochen hatte, gestattete sich Melyor ein Lachen. Und obwohl es ein sanftes und leises Lachen war, erkannte sie an der Miene des Mannes, dass ihn das mehr erzürnte als alles, was sie ihm bisher angetan hatte. »Verzeih mir das Lachen, Dob – ich wollte dich nicht beleidigen –, aber um ehrlich zu sein, hatte ich das von Anfang an erwartet.« Das schien ihn ein wenig zu besänftigen, und sie redete weiter. »Es ist vielleicht nur ein kleiner Trost, aber ich bleibe nie lange an einem Ort; ich werde bald wieder weg sein, und dann steht es dir frei zu vergessen, dass es diesen Abend jemals gegeben hat.« In ihren Worten lag eine gewisse Wahrheit. Mehr sogar als in allem anderen, was sie seit dem Beginn ihrer Begegnung gesagt hatte. Aber Melyor wusste auch, dass das Letzte, was sie gesagt hatte, die größte Lüge von allen war: Sie war sicher, dass Dob und seine Kumpane diesen Abend niemals vergessen würden.

Immer noch rot vor Zorn setzte der Gesetzesbrecher zu einer Antwort an. Aber in diesem Augenblick ging die Tür der Bar auf, und eine andere Gruppe von Männern kam herein.

Als Melyor zur Tür schaute, wusste sie sofort, dass ihr Warten nun ein Ende hatte. Sie erkannte es an der plötzlichen Aufmerksamkeit von Dob und den anderen Schurken, sie wusste es, weil jedes Gespräch in der Bar verstummt war, sobald sich die Tür öffnete, und sie sah es an der seltsamen Gruppe von Uestras, Bandenmitgliedern und Leibwächtern, die die einzelne Gestalt begleiteten, als sie die Bar betrat; und selbst wenn sie nicht hin und wieder Bilder von Savil gesehen hätte, hätte sie ihn an der verblüffenden Ähnlichkeit mit Calbyr, dem ehemaligen Nal-Lord des Zweiten Bezirks und Savils Vetter, erkannt. Wie bei Calbyr waren das Haar und der Bart dieses Mannes von der Farbe von Sand, und trotz seiner weiten Hose und der langen dunklen Jacke, die er über dem elfenbeinfarbenen Hemd trug, konnte Melyor deutlich erkennen, dass er die drahtige, muskulöse Figur eines geübten Kämpfers hatte. Seine Augen waren dunkel und undurchdringlich, und er strahlte die Arroganz eines Mannes aus, der an Macht gewöhnt ist. All das hatte er mit Calbyr gemeinsam, dessen Nachfolger als Nal-Lord er war. Und wenn die Berichte, die Melyors Spione ihr geliefert hatten, der Wahrheit entsprachen, dann teilte Savil auch den Ehrgeiz und die Gnadenlosigkeit seines Vetters, von seinen Fähigkeiten als Mörder gar nicht zu reden. Melyor fiel auf, dass Savil ebenso wie Dob einen Werfer und eine Klinge trug.

Savil blieb direkt hinter der Tür stehen und sah sich in der Bar um, wie man sich vielleicht das Angebot eines Essensspenders ansehen würde. Kaum etwas, was er sah, schien ihn zu interessieren, bis sein Blick schließlich auf Melyor und Dob zu ruhen kam und ein gieriges Lächeln seine scharfen Züge erhellte. Der Nal-Lord kam entschlossen auf sie zu, rief Dobs Namen und streckte die Hand zum Gruß aus.

»Schön, dich zu sehen, Nal-Lord«, verkündete Dob, warf Melyor einen Seitenblick zu, und irgendwie gelang es ihm nicht, einen letzten Rest von Schmerz und Demütigung aus seiner Stimme zu verbannen.

»Hallo, Dob«, entgegnete Savil, als er vor ihnen stehen blieb. Er stand Melyor in der Größe näher als Dob, aber irgendwie wirkte er größer als der Gesetzesbrecher, oder vielleicht sah Dob auch kleiner aus, wenn der Nal-Lord in der Nähe war – es war schwer zu sagen. Melyor wusste jedoch, welche Gefahr Dob auch immer dargestellt hatte – er war harmlos verglichen mit diesem schlanken, auf den ersten Blick eher unauffälligen Mann.

»Deine Anwesenheit hier ist uns eine Ehre, Nal-Lord. Was können wir für dich tun?« Sie hörte, wie angespannt Dob war. Sie konnte sich gut vorstellen, wie der Verlust an Ehre, den er ihr zu verdanken hatte, sich auf seine Position in Savils Bezirk auswirken würde.

Savil lächelte großzügig. Das wirkte seltsam unglaubwürdig auf seinem Gesicht. »Immer mit der Ruhe, Dob. Alles in

Ordnung.« Dieselben Worte, die Dob zuvor ausgesprochen hatte – Melyor lächelte innerlich. Savil sah nun sie an, und sein Grinsen wurde intensiver. »Aber vielleicht möchtest du mich deiner Freundin vorstellen.«

»Sie ist nicht meine Freundin«, sagte der Gesetzesbrecher ein wenig zu heftig. Savil warf ihm einen scharfen Blick zu, und Melyor konnte sehen, dass Dob seinen Ton sofort bereute.

»Aha«, meinte Savil. Wieder schaute er Melyor an. »Wie heißt du?«

»Kellyn, Nal-Lord. Ich habe auf dich gewartet.«

»Sie kommt angeblich aus dem Vierundzwanzigsten Bezirk, Nal-Lord«, fügte Dob rasch hinzu. »Aber ich traue ihr nicht. Ich glaube, sie ist eine Attentäterin; sie hat einen Dolch in ihrem rechten Stiefel.«

Savil zog die Brauen hoch. »Stimmt das, Kellyn?«

Melyor lächelte freundlich. »Es stimmt, dass ich diesen Dolch habe. Was den Rest angeht, solltest du wissen, dass ich nur eine einzige Antwort geben kann, ganz gleich, wie die Wahrheit lautet.«

Der Nal-Lord starrte sie einen Augenblick lang an. Seine Züge verrieten nichts. Dann nickte er und lachte leise, bevor er sich wieder dem Gesetzesbrecher zuwandte. »Danke, Dob. Ich weiß deine Wachsamkeit zu schätzen.« Das war eine Entlassung. Der große, kräftige Mann wurde rot, und einen Augenblick lang sah es so aus, als wollte er noch etwas sagen, aber ein zweiter Blick von Savil hielt ihn davon ab. Er starrte Melyor noch einen Moment länger an, dann stapfte er in den hinteren Teil der Bar, und seine Kumpane folgten ihm wortlos.

»Darf ich den Dolch sehen?«, fragte Savil immer noch

grinsend, obwohl sein Blick nicht sonderlich freundlich war.
»Selbstverständlich«, erwiderte Melyor und holte den Dolch geschickt heraus. Sie reichte ihn Savil mit dem Griff voran. »Du darfst ihn auch gerne behalten.«
»Das wird nicht nötig sein«, sagte er und betrachtete die Waffe forschend, »obwohl ich ihn heute nicht mehr zurückgeben werde.« Er blickte auf und lächelte abermals. »Nur als Vorsichtsmaßnahme.«
Melyor erwiderte das Lächeln und fuhr mit einem Finger seitlich an dem bärtigen Kinn des Mannes entlang. »Heißt das, wir gehen zusammen von hier weg?«
Er sah sie von oben nach unten an und nahm ihren Anblick in sich auf. »Je eher desto besser.« Dann schaute er sich nach seinen Begleitern um. »Noch eine Minute«, sagte er, »dann können wir gehen.« Er sprach mit einem seiner Leibwächter, einem großen, kräftigen Mann mit einem goldenen Ring in einem Ohr und einem großen Werfer, den er an den Gürtel geschnallt hatte. Savil flüsterte dem Mann etwas zu, und dieser warf Melyor einen gleichgültigen Blick zu, bevor er nickte. Dann kam Savil zu ihr zurück, nahm sie an der Hand und führte sie hinaus auf die Straße.
Nach dem Lärm in der Bar wirkte die warme, säuerliche Luft auf der Straße ungewöhnlich ruhig und still. Es hatte geregnet – ein seltener, flüchtiger, aber intensiver Mittsommerregen, wie eine Erinnerung an den Frühling. Dampf stieg von dem dunklen Straßenpflaster auf wie Rauch von einem ersterbenden Feuer, und Wasser floss leise über die glatten metallischen Fassaden der hoch aufragenden Gebäude zu beiden Seiten der Straße. Ein Transporter brummte vorbei, die Gesichter der Passagiere, gerahmt von den

kleinen Fenstern, starrten in die Nacht wie Porträts in einer sich bewegenden Galerie. Noch nachdem das Fahrzeug vorbei war, stach der ätzende Geruch seiner Rückstände Melyor in die Nase und ließ ihre Augen tränen. Aber ansonsten war die Straße leer. Es war noch früh.

Savil ging auf eine der schmaleren Straßen zu, die vom Hauptplatz des Blocks wegführten, und Melyor folgte ihm. Sie nahm an, dass sie auf dem Weg zur Wohnung des Nal-Lords waren.

»Ich weiß nicht, was da drinnen passiert ist, Kellyn«, begann Savil in lässigem Ton, »aber Dob mag dich nicht besonders.«

Melyor warf ihm einen Seitenblick zu und grinste. »Ich weiß. Aber das ist sein eigener Fehler: Er kann mit Zurückweisungen einfach nicht umgehen.«

»So geht es all meinen Männern; das haben sie von mir gelernt. Aber sag mir«, fuhr er fort, »welche Rolle hat dein Dolch dabei gespielt?«

Wieder warf sie ihm einen Blick zu. »Sagen wir einfach, dass Dob es nicht mag, wenn jemand besser ist als er.«

Savil lächelte kalt. »Ein weiteres Produkt meiner Führung. Meine Männer haben etwas gegen Niederlagen, denn sie wissen, dass ich noch nie besiegt wurde. Das solltest du lieber nicht vergessen ... Melyor i Lakin.«

Bei diesen Worten verspürte Melyor zum ersten Mal in dieser Nacht so etwas wie Angst. Und obwohl sie sie sofort wieder wegschob, wusste sie, dass Savil es bemerkt hatte. Er hatte immerhin danach Ausschau gehalten.

»Was macht du in meinem Bezirk, Melyor?« Der Mann mit dem hellen Haar hatte die ganze Zeit die Hände tief in den Manteltaschen gehabt, und er nahm sie auch jetzt nicht

heraus. Aber sein Tonfall gab Melyor das Gefühl, als hätte er einen Werfer auf ihr Herz gerichtet.
»Wann hast du es herausgefunden?«, fragte sie in der Hoffnung, noch etwas Zeit gewinnen zu können.
»Als du mir die Klinge gegeben hast. So, wie du die Waffe aus dem Stiefel gezogen und mir gereicht hast – das war zu gut ausgebildet für eine Uestra.«
Melyor lachte leise. »Dob hat dasselbe gesagt.«
»Dann darf ich nicht vergessen, ihn für seine Aufmerksamkeit zu loben.«
»Aber warum hast du mich nicht für eine Attentäterin gehalten?«, drängte sie. »Woher wusstest du, dass ich es war?«
Savil zögerte. »Calbyr hat mir einmal von dir erzählt«, erklärte er schließlich. »Bis heute Abend war ich mir nicht sicher, warum. Er sagte, er hätte einmal gesehen, wie du einen Messerkampf gegen einen viel größeren, stärkeren Gegner gewonnen hast, obwohl du schon eine Schnittwunde am Handrücken hattest. Er sagte, es sei eine der beeindruckendsten Zurschaustellungen von Geschicklichkeit im Kampf gewesen, die er je gesehen hatte. Ich glaube, er wollte mich vor dir warnen.« Savil blieb einen Moment stehen, dann bog er in eine weitere schmale Gasse ein. Er wies mit dem Kinn auf ihre Hand. »Ich habe zwei parallele Narben auf deinem Handrücken bemerkt.«
Melyor betrachtete ihren rechten Handrücken und grinste bedauernd. »Geschieht mir recht, weil ich nicht eitel genug war, um es abzudecken. Ich würde wahrscheinlich keine gute Uestra abgeben.«
Savil blieb einen Augenblick stehen und wandte sich ihr zu. Noch einmal sah er sie von oben bis unten an und versuchte dabei nicht, die Begierde in seinem Blick zu

verbergen. Melyor fiel auf, dass sie das Ende der Gasse erreicht hatten.

»Du bist sehr schön, Melyor«, sagte er heiser. »Sogar noch schöner, als man mich glauben machen wollte, und zweifellos schöner als jede Uestra, mit der ich bisher zu tun hatte.« Melyor bemerkte unwillkürlich die Doppeldeutigkeit seiner Worte, und plötzlich wurde sie verlegen. Bei dieser Verkleidung waren die durchscheinenden Tücher einfach notwendig. Aber nun fühlte sie sich verwundbar; sie gerieten ihr zum Nachteil. Savil schien das zu spüren, und er grinste, als freue er sich über ihr Unbehagen. Einen Augenblick später jedoch änderte sich seine Miene. »Aber bevor wir an solche Zerstreuungen denken können«, fügte er hinzu, und das Eis war in seine Stimme zurückgekehrt, »muss ich wissen, wieso du dich in meinem Bezirk aufhältst!«

Sie erwiderte seinen stechenden Blick einen Moment, bevor sie antwortete: »Es ist kein Geheimnis, dass Cedrych dir das Kommando über die nächste Truppe geben wird, die nach Tobyn-Ser geschickt wird«, sagte sie schließlich sachlich und geschäftsmäßig. »Ich bin hergekommen, um dich davon zu überzeugen, dass du eine Partnerin brauchst.«

Savil lachte. »Eine Partnerin? Wieso sollte das notwendig sein?«

»Es ist ein großer Auftrag. Zu groß für die meisten.«

»Zu groß für mich?«, fragte er spitz.

»Ich glaube, er war zu groß für Calbyr«, wich sie seiner Frage aus. »Und es wäre mir nicht recht, wenn du ebenfalls nicht zurückkehrst.«

Die Antwort schien ihn nicht zufrieden zu stellen. Er bedachte sie mit einem bohrenden Blick, die Lippen fest

zusammengepresst. »Und was ist mit dem Rest deines Plans?«, fragte er schließlich. »Falls du mich nicht überzeugen könntest, was dann?«
Sie zuckte die Achseln. »Nun, dann hatte ich wahrscheinlich vor, dich umzubringen.«
Er fletschte die Zähne zu einem freudlosen Grinsen und schüttelte den Kopf. »Ich glaube dir nicht«, sagte er. »Um mir diese Botschaft zu übermitteln, hätte es für dich auch andere Möglichkeiten gegeben. Aber du kommst zu mir, verkleidet und bewaffnet. Ich denke, du hattest ohnehin vor, mich zu töten, in der Hoffnung, dass sich Cedrych dann an dich wenden würde. Ich denke, du hast gehofft, mich ins Bett locken zu können, und dann hättest du mir mit diesem Dolch die Kehle durchgeschnitten.«
»Du könntest Recht haben«, gab Melyor mit einem rätselhaften Lächeln und einem Schütteln der für sie so ungewohnten blonden Locken zu. »Aber nun ist eigentlich nur wichtig, dass wir hier sind und ich dir eine Partnerschaft vorschlage.«
»Du schlägst vor, dass wir etwas teilen, von dem du bereits zugegeben hast, dass es mir wahrscheinlich schon gehört. Was hätte ich zu gewinnen?«
»Ich habe dir doch schon gesagt: Es ist zu viel für einen. Aber indem du dich mit mir zusammentust, kannst du deinen Erfolg garantieren.«
Ein zweites Mal schüttelte Savil den Kopf, und dasselbe grausame Lächeln umspielte seine Lippen. »Nein«, sagte er entschlossen, »ich brauche keine Hilfe. Und um ehrlich zu sein, Melyor, ich traue dir nicht. Ich glaube nicht, dass du eine gute Partnerin wärst. Irgendwann hätte ich doch diesen Dolch im Rücken.«

Melyor sah ihn schweigend an, dann zuckte sie abermals die Schultern. »Also gut.« Sie neigte den Kopf zur Seite und lächelte. »Aber es ist schade, Savil. Ich denke, wir hätten Spaß haben können. Falls du es dir noch anders überlegen solltest«, fügte sie hinzu und setzte dazu an zu gehen, »dann weißt du, wo ich zu finden bin.«

»Moment mal, Melyor!«, rief er in einem Ton, der sie erstarren ließ. »Ich kann dich leider nicht gehen lassen.« Sie drehte sich wieder zu ihm um. »Ich kann dir als Partnerin nicht trauen, aber nach dieser Nacht, nachdem ich dich hier gesehen habe und weiß, dass du einen meiner begabtesten Männer besiegt hast, kann ich mir auch nicht erlauben, dich zum Feind zu haben.« Er sah sie eindringlich an. »Du verstehst sicher, dass ich dich jetzt töten muss.«

Melyor nickte. »Ich verstehe, Savil. In deiner Situation würde ich dasselbe tun.« Aber noch während dieser Worte, während sie sozusagen ihrem eigenen Tod zustimmte, spürte sie, wie die vertraute Ruhe über sie kam, sie zu diesem stillen Punkt tief in ihrem Inneren trug, den sie im Lauf der Jahre so gut kennen gelernt hatte. Savil sprach wieder, sagte etwas darüber, wie enttäuscht er war, dass sie nun doch nicht zu seiner Wohnung gingen. Aber sie hörte ihn kaum. Und als er seinen Werfer hob, hatte sie bereits begonnen, sich zu bewegen.

Sie duckte sich, als die roten Flammen aus seiner Waffe zischten und über ihre Schulter hinwegschossen, dann drehte sie sich auf dem rechte Fuß und schwang den Linken in einem weiten, schnellen, harten Bogen. Auch Savil hatte begonnen, sich zu bewegen, und sich gedreht, um das zu schützen, was er für Melyors offensichtlichstes Ziel hielt. Sie hatte mit dieser Bewegung gerechnet. Und daher veränderte sie mitten in der Drehung ein wenig ihre Richtung – gerade genug, um ihn mit der Fußspitze hart in die Nieren zu treffen. Der Nal-Lord ging mit einem würgenden Keuchen in die Knie, die Augen fest zugedrückt, und die Waffe flog ihm aus der Hand und landete klappernd auf dem nassen Straßenpflaster. Savil konnte sich kaum mehr aufrecht halten und strengte sich verzweifelt an, das Messer aus der Scheide an seinem Oberschenkel zu ziehen. Aber noch bevor er das tun konnte, hatte Melyor wieder zugeschlagen und ihm mit einem Hieb an die Kehle die Luftröhre zerrissen. Der schlanke, hellhaarige Mann fiel auf den Rücken, rang mit einem schrecklichen, krächzenden Geräusch nach Luft und starrte sie aus großen, entsetzten Augen an.

»Du hattest Recht, Savil«, sagte Melyor, als sie seinen Werfer aufhob. »Ich hatte tatsächlich von Anfang an vor, dich heute Abend zu töten. Cedrych wäre vermutlich wirklich so dumm gewesen, dich nach Tobyn-Ser zu schicken, und du hättest versagt, genau wie dein Vetter. Es ist nicht deine Schuld. Aber diese Aufgabe verlangt nach geistigen Fähigkeiten, über die du nicht verfügst.« Sie lächelte. »Es tut mir Leid.« Der Nal-Lord versuchte vergeblich, auf die Beine zu kommen, und sie ging näher zu ihm hin und sah ihn mitleidig und ein wenig verächtlich an. »Es gibt noch etwas, was ich dir gerne sagen möchte, bevor ich dich töte; es ist ein Geheimnis. Ich habe es schon anderen erzählt, aber nur, bevor sie sterben – auf diese Weise ist es ein Geheimnis geblieben. Du kannst es als eine Art Tradition betrachten.« Sie hielt inne, holte tief Luft, und dann sprach sie die Worte, wie sie es schon so oft zuvor getan hatte. Und es gefiel ihr zu sehen, wie seine Augen größer wurden, als sie es sagte; es gefiel ihr so sehr, dass sie ihn sogar rasch tötete, mit einer einzigen Salve direkt ins Herz, und seinen Tod nicht länger ausdehnte, wie sie es manchmal mit jenen tat, die sie erzürnt hatten.

Danach ging es nur noch darum, Savils Bezirk so schnell wie möglich zu verlassen und in ihre sichere Wohnung zurückzukehren. Dort nahm sie die blauen Linsen aus den Augen, entledigte sich der Tücher, wusch die Locken und die Farbe weg und fiel schließlich erschöpft ins Bett. Sie war zufrieden damit, wie der Abend verlaufen war. Wahrscheinlich werde ich schon morgen von Cedrych hören, dachte sie. Spätestens übermorgen. Sie lächelte ins Dunkel, schloss die Augen und gestattete sich, auf den Schlaf zuzudriften. Und erst jetzt fiel ihr mit gewissem Bedauern wieder ein, dass sie vergessen hatte, den Dolch mitzunehmen.

# 3

*Bei meinen Gesprächen mit Baram haben wir ein weites Feld von Themen berührt, und ich habe viel über Lon-Ser, seine riesigen Städte oder Nals, wie Baram sie nennt, und den verblüffenden mechanischen Fortschritt des Landes gelernt. Ich verstehe inzwischen sogar ein wenig von der Sprache der Menschen dort, obwohl ich zugeben muss, dass ich sie längst nicht so gut beherrsche wie Baram die unsere. Ich war zwar gezwungen, einen großen Teil dieser Informationen mit Hilfe ausführlicher Sondierung von Barams Geist zu erlangen, aber ich konnte ihn auch schon früh überzeugen, einiges von dem, was er weiß, freiwillig mitzuteilen. Diese Gespräche kamen mir erheblich produktiver und zufriedenstellender für beide Beteiligten vor. Im Lauf der Zeit hat er mir allerdings immer mehr Widerstand entgegengesetzt, und die Zahl dieser freiwilligen Gespräche nahm ab. Ich glaube immer noch, dass wir viel von ihm erfahren können, und ich bin noch nicht bereit, den Forderungen nach seiner Hinrichtung zuzustimmen.*

Aus Kapitel Drei des »Berichts von Eulenmeister Baden über seine Verhöre des Ausländers Baram«, vorgelegt auf der 1014. Versammlung des Ordens der Magier und Meister, im Frühjahr des Gottesjahres 4625.

Es hatte Zeiten gegeben – und sie lagen weniger weit zurück, als er gegenüber jedem in diesem Saal zugegeben hätte –, da hatte Baden darüber nachgedacht, wie es wohl sein würde, Eulenweiser zu werden. Er hatte konkrete Vorstellungen darüber, wie die Zukunft des Ordens aussehen sollte; er hatte viel und häufig darüber nachgedacht, wie und wo die Magie in den Zusammenhang der Kultur von Tobyn-Ser passte. Er hatte zugesehen, wie zwei seiner besten Freundinnen, Jessamyn und Sonel, mit den Herausforderungen und Anstrengungen der Führerschaft rangen, und obwohl er die Schwierigkeiten, denen sie gegenüberstanden, nie unterschätzt hatte, war er in Gedanken doch auch nie vor einer solchen Bürde zurückgeschreckt. Und was vielleicht am wichtigsten war, er wusste, dass die Eulenmeister Sonel vor vier Jahren nur mit einem gewissen Zögern gewählt hatten, denn er, Baden, war ihre erste Wahl gewesen. Er war einer der wenigen Meister gewesen, die das Vertrauen sowohl der älteren als auch der jüngeren Magier genossen; viele waren der Ansicht gewesen, das er allein im Stande wäre, die Spaltung innerhalb des Ordens zu überbrücken. Nur der Tod seines Vogels auf Phelans Dorn hatte die Meister davon abgehalten, ihm die Position offen anzutragen. Sonel schien das ebenfalls zu wissen. Sie hatte Andeutungen darüber gemacht – zurückhaltende selbstverständlich –, als sie sich ein Jahr nach ihrer Wahl darüber unterhalten hatten, und Baden betrachtete es als Beweis dafür, wie nahe sie sich standen, dass solche Umstände ihre Beziehung nicht beeinträchtigt hatten.

Damals hatte er sich nicht gestattet, seiner Enttäuschung nachzuhängen. Tatsächlich war er viel zu sehr in seine Trauer um Anla versunken gewesen, um viel über diese verpasste Gelegenheit nachzudenken. Denn die Eule war nicht einfach gestorben; er hatte sie selbst getötet. Zweifellos hatte er ihr damit nur Gutes getan, denn im nächsten Augenblick wäre sie von dem großen mechanischen Geschöpf zerrissen worden, das sie schon in seinen rasiermesserscharfen Krallen hielt. Und nach dem Kampf auf Phelans Dorn, als die Umstände ihres Todes allgemein bekannt wurden und die unvermeidlichen Fragen bezüglich Amarids Gesetz auftauchten, das Magiern verbot, ihren Vertrauten Schaden zuzufügen, war der Orden einstimmig zu dem Schluss gekommen, dass Badens Tat vollkommen gerechtfertigt gewesen war. Dennoch, der Schmerz, Anla zu verlieren, und auch noch auf diese Art, war heftig gewesen. Die Tatsache, dass er nicht Eulenweiser werden konnte, hatte im Vergleich dazu kaum Bedeutung gehabt.

In den darauf folgenden Monaten hatte er sich eingeredet, dass er ohnehin mehr für den Orden und die Menschen des Landes tun konnte, wenn er ein einfacher Magier blieb und nicht von den politischen und administrativen Pflichten eines Weisen gehemmt wurde. Und er hatte seine Energie auf die Errichtung des geheimen geistigen Netzes konzentriert – etwas, das ihm als Oberhaupt des Ordens niemals möglich gewesen wäre. Aber er hatte sich auch mit einem anderen Gedanken getröstet, einem, den er niemandem mitteilte. Es war klar, dass er Sonel nichts Böses wünschte, aber er war ein praktisch denkender Mann – eines Tages würde ihr Vogel sterben, und dann würde der Orden ein neues Oberhaupt brauchen. Vielleicht würde er ja dann bereit sein. Das hatte er sich damals jedenfalls gesagt.

Nur vier Jahre waren inzwischen vergangen, aber nun, am ersten Nachmittag der Versammlung, als Baden in Amarids Großer Halle am Ratstisch stand, und Golivas, seine große weiße Eule, hinter ihm hockte, fühlte sich diese Zeit so lange an, dass es gut auch ein anderes Leben hätte sein können. Alle Magier im Orden sahen ihn an und warteten darauf, dass er sprach, einige mit offen feindseligen Mienen, andere kühl und gelassen. Als Baden ihnen nun in die Gesichter sah, ihre Blicke auf sich spürte, staunte er darüber, dass all der gute Wille, der ihm einmal entgegengebracht worden war, so schnell verschwunden sein konnte. Sicher, er hatte immer noch ein paar Freunde im Orden: Jaryd, Alayna und selbstverständlich Trahn, ebenso wie Sonel. Und er hatte sich das Vertrauen der anderen Magier erworben, mit denen zusammen er das Netz geschaffen hatte. Unter ihnen war, seltsam genug, sogar Orris. Aber das war alles. Den Rest hatte er abgeschreckt. Indem er sich für eine entschiedenere Reaktion auf die Gefahr ausgesprochen hatte, die von Lon-Ser ausging, hatte er die älteren Magier verärgert, die auf keinen Fall zu weit von der eher begrenzten Rolle abweichen wollten, die sie sich für die Magie bei der Regierung Tobyn-Sers vorstellen konnten. Und gleichzeitig hatte er sich auch vielen der jüngeren, aufbrausenderen Mitglieder des Ordens entfremdet, indem er sich dagegen stellte, dass sie Aktionen planten, die zu einem totalen Krieg mit Lon-Ser geführt hätten.

Seine Anstrengungen, einen Kompromiss zu finden, der vielleicht die Kluft zwischen den beiden Fraktionen überbrücken könnte, hatten ihm stattdessen die Ablehnung beider Seiten eingebracht. Wenn man noch die Feindseligkeit hinzufügte, die eine Folge seiner erfolgreichen Versuche war, Barams Hinrichtung zu verhindern, war es kein Wunder, dass ihn nun die meisten im Saal hassten.

»Du hast das Wort, Eulenmeister«, sagte Sonel nun schon zum zweiten Mal. »Sprich.«

Baden zwang sich zu einem Lächeln und versuchte, in seine Stimme so viel Selbstvertrauen zu legen wie möglich. »Selbstverständlich, Eulenweise. Danke.« Er sah sich um.

»Liebe Mitmagier, ich lege euch heute meinen Bericht über meine Gespräche mit Baram aus Lon-Ser vor, in der Hoffnung, dass es unsere Gespräche darüber, wie wir der Gefahr aus Lon-Ser an besten begegnen sollen, beflügeln wird.« Er ließ den Bericht geräuschvoll auf den Tisch fallen. Er war von einem Buchbinder in der Stadt, der Baden noch einen Gefallen schuldete, in dunkles Leder gebunden worden. Der Mann hatte gute Arbeit geleistet – es sah ziemlich beeindruckend aus. »Ich entschuldige mich für den Umfang«, fuhr der Eulenmeister fort und warf Trahn, der verblüfft die Brauen hochgezogen hatte, als er den Band sah, einen Blick zu. »Ich erwarte nicht, dass ihr es vollständig lest – ich habe alles im Einführungskapitel zusammengefasst, und es wird nur ein paar Minuten dauern, um meine Schlüsse und Empfehlungen durchzugehen.«

»Das scheint mir kaum notwendig, Baden«, erklang eine nur zu vertraute Stimme. Auf der anderen Seite des Tisches, nur ein paar Stühle von Sonels Ehrenplatz entfernt, erhob sich Erland in einer gewandten Bewegung. Sein Haar war so weiß wie Badens Eule, und er hatte einen kurz geschnittenen, silbergrauen Bart, aber obwohl ihn sein Platz am Tisch als eines der ältesten Mitglieder kennzeichnete, waren dies bei ihm die einzigen Anzeichen von Alter. Er war gesund und kräftig, mit rosiger Hautfarbe und durchdringenden blauen Augen. Er stand nun lässig da, die Fingerspitzen ruhten auf dem Tisch, und ein sardonisches Lächeln umspielte seine Lippen.

Niemand in diesem Saal hatte sich an Badens Verlust der Gunst der meisten Magier mehr ergötzt als Erland. Ein paar Jahre zuvor war er einfach nur ein weiterer Eulenmeister gewesen, nicht sonderlich einflussreich und sicherlich niemand, den Baden für ehrgeizig gehalten hätte. Aber nach Odinans Tod hatte sich Erland als der wichtigste Sprecher für die älteren Meister etabliert, und er hatte sich rasch als beeindruckender Vertreter ihrer Interessen erweisen. Sein Erfolg lag nicht in seinem Stil, wie es zum Beispiel bei Sartol gewesen war – Erlands Stimme war ziemlich durchschnittlich, und es fehlte ihm an der Glätte und Eleganz des abtrünnigen Eulenmeisters. Es waren eher die Bissigkeit und der Mut, die ihn so wirkungsvoll machten, seine Beherrschung von Andeutung und Übertreibung, seine Bereitschaft, beinahe alles zu sagen, um seinen Standpunkt voranzubringen. Baden hielt ihn für die gefährlichste Person im Orden, und er bezweifelte nicht, dass Erland hoffte, eines Tages Nachfolger von Sonel werden zu können. Was vielleicht zum Teil erklärte, wieso der weißhaarige Eulenmeister so viel von seinem Gift auf Baden konzentriert hatte. Da er selbst Meister war, wusste Erland, wie nahe Baden vor ein paar Jahren daran gewesen war, Eulenweiser zu werden, und nachdem Badens Ruf nun gesunken war, schien er entschlossen, seinen Rivalen bei jeder Gelegenheit auf seinen Platz zu verweisen. Er benutzte Baden als Kontrast, um sich selbst so positiv wie möglich darzustellen, wann immer er nur konnte. Und Baden hasste ihn inzwischen dafür – schon der Anblick des Mannes bewirkte, dass er vor Zorn rot wurde. Es half dabei auch nicht gerade, dass Erlands Vogel, eine dunkle, rundköpfige Eule mit großen gelben Augen, beinahe genau so aussah wie Badens geliebte Anla. Baden hatte sich lange schon von dem Schmerz des Verlustes erholt, und er liebte Golivas ebenso, wie er seine erste Eule geliebt hatte. Aber es fiel ihm immer noch schwer zu sehen,

dass sich ein solcher Mann an einen so schönen Vogel gebunden hatte.
In diesem Licht war es wenig überraschend, dass Erland sich sofort daranmachte, den Bericht zu verhöhnen, ehe Baden ihn auch nur abgegeben hatte. »Ich denke, du kannst uns deine kleine Erzählung ohne Kommentar einreichen«, sagte der Magier nun und machte eine abfällige Geste in Richtung des Dokuments. »Wir wissen alle, zu welchen Schlüssen du gekommen bist.«
»Tatsächlich, Erland?«, entgegnete Baden sarkastisch. »Ich fühle mich zutiefst geschmeichelt. Hast du den Bericht etwa schon gelesen?«
»Wohl kaum«, schnaubte der ältere Magier; dann wurde sein Grinsen breiter, und er breitete die Arme aus. »Das ist ja das Schöne daran, Baden: Ich brauche es nicht mal.« Er trat vom Tisch weg und begann, auf und ab zu gehen. Die Ironie in seinem Ton ließ Badens Bemerkung, die er einen Moment zuvor gemacht hatte, wie ernst gemeint wirken. »Ich weiß auch ohne mir deinen ›Bericht‹ anzusehen, dass du der Ansicht bist, dass wir einer ernsthaften Gefahr aus Lon-Ser gegenüberstehen, einer, die wir erst jetzt vollkommen verstehen, weil nur du in deiner Weisheit und Voraussicht verlangt hast, dass wir den Fremden leben lassen. Von ihm«, fuhr Erland fort, und seine Stimme hob und senkte sich mit melodramatischem Schwung, »von diesem unschuldigen Jungen, der von einer böswilligen Gesellschaft verdorben wurde, haben wir alles erfahren, was wir über die Regierung von Lon-Ser, seine Kultur und seine wunderbaren mechanischen Erfindungen wissen müssen. Und nun müssen wir handeln, sagst du uns, wir müssen alles, was wir wissen, einsetzen, bevor sie wieder zuschlagen können.

Und«, schloss der Magier bitter und verächtlich, »wir müssen es genau so machen, wie du es sagt, denn sonst sind wir verloren. Denn nur du allein –«

»Das genügt, Erland«, schnitt ihm Sonel zornig das Wort ab.

Der Eulenmeister sah sie an und grinste abermals. Dann kehrt er mit einer knappen Verbeugung vor der Weisen zu seinem Stuhl am Ratstisch zurück und setzte sich ruhig wieder hin.

»Bitte fahr fort, Baden«, sagte Sonel und wandte sich ihm wieder zu.

Der Eulenmeister zögerte. Trotz Sonels Tadel hatte Erland genau das erreicht, was er hatte erreichen wollen. Seine Parodie des Berichts lag nahe genug an der groben Zusammenfassung, die Baden hatte vortragen wollen. Wenn der hagere Eulenmeister mit dem fortfuhr, was er hatte sagen wollen, würde er genauso aufgeblasen und selbstgerecht erscheinen, wie Erland ihm unterstellt hatte. Und wenn er es ablehnte, überhaupt weiter zu sprechen, würde es aussehen, als wäre er vor einem Konflikt mit dem anderen Meister zurückgeschreckt. Er fand keine dieser Möglichkeiten sonderlich verlockend. Wieder sahen ihn die anderen Magier erwartungsvoll an. »Offenbar findet Erland diese ganze Sache erheiternd«, begann er barsch. »Offenbar hat er vor, sich über die Tragödien in Taima, Kaera und Wasserbogen lustig zu machen. Er glaubt, er kann den Mord an Niall und den Tod von Orris' und meinem Vogel als Witz betrachten –«

»Lügen!«, donnerte Erland und sprang auf.

Aber es war zu spät. Die Magier schauten immer noch Baden an, und obwohl sie kühl und skeptisch blieben, hörten sie ihm zumindest zu. »Wir anderen wissen es besser«, fuhr er fort, ohne auf Erlands Ausbruch einzugehen. »Wir anderen begreifen, dass wir uns früher oder später mit Lon-Ser auseinander setzen müssen.« Das war, wie er wohl wusste, ziemlich gewagt: An diesem Tisch saßen viele, die nicht dieser Ansicht waren. Aber er machte weiter. »Erland hat Recht, wenn er behauptet, dass ich in meinem Bericht vorschlage zu handeln. Seit Phelans Dorn sind vier Jahre vergangen; wir haben lange genug gewartet. Ich stehe allerdings vor euch ohne die geringste Ahnung, welche Form diese Aktivitäten annehmen sollen. Ihr müsst alle darüber entscheiden, nicht ich alleine.

Es stimmt auch, dass mein Bericht viele Informationen über das Volk von Lon-Ser, seine Führer und seine fortgeschrittenen mechanischen Kenntnisse liefert. Aber das Wichtigste ist – und das«, fügte der Eulenmeister spitz hinzu, »hat Erland vergessen zu erwähnen –, der Bericht beschreibt die Umstände, die zu dem ersten Angriff auf unser Land führten. Die riesigen Städte von Lon-Ser sind schrecklich überfüllt; beinahe alle Bäume wurden abgeholzt, die Luft und das Wasser sind vergiftet. Aus diesen Gründen, hat Baram gesagt, wurden er und seine Bande nach Tobyn-Ser geschickt. Und es besteht kein Grund anzunehmen, dass die Probleme von Lon-Ser in der Zwischenzeit gelöst wurden. Also kann Erland lachen, so viel er will – er kann diese Gefahr als geringfügig abtun, in der Hoffnung, dass sie sich einfach in Luft auflöst.« Baden schüttelte den Kopf. »Aber das wird nicht geschehen. Sie werden wiederkommen.«

»Dann sollen sie doch kommen!«, rief einer der jüngeren Magier. »Wir haben sie schon einmal besiegt, wir werden sie auch noch ein zweites Mal besiegen!«

Mehrere andere Falkenmagier nickten zustimmend. Aber Orris stand auf und brachte sie mit einem Blick in die Runde zum Schweigen. Mit seinem stämmigen, muskulösen Körper, dem dichten Bart und dem langen goldblonden Haar war Orris immer noch eine beeindruckende Erscheinung. Und er war ein Anführer der jüngeren Magier geblieben und konnte sich ihrer Aufmerksamkeit mit kaum mehr als einer Geste versichern. »Mutige Worte, Arslan«, sagte der Falkenmagier nun grimmig und ließ den Blick auf dem Mann ruhen, der gerade gesprochen hatte. »Aber auch dumme.«

Nun erhob sich der andere Magier ebenfalls. Er war jung und hatte unter seinem zerzausten roten Haar ein jungenhaftes Gesicht. »Du bezweifelst, dass wir gegen sie ankommen könnten?«

Orris lächelte traurig. »Nein. Aber ich fürchte die Kosten dieses Krieges, auf den du so versessen bist. Beim letzten Mal waren es Kaera und Wasserbogen. Wer wird das nächste Mal zahlen müssen?«

»Aber diesmal sind wir auf sie vorbereitet!«, rief ein anderer Magier voller Selbstvertrauen. Und wieder wurden seine Worte mit zustimmendem Gemurmel aufgenommen.

»Mag sein«, mischte sich Trahn mit seiner ruhigen Stimme ein. »Aber bezweifelt ihr etwa, dass sie ebenfalls vorbereitet sein werden? Das letzte Mal waren es sechzehn Männer mit künstlichen Vögeln und Waffen, die Baram als Werfer bezeichnet hat. Was, wenn es diesmal fünfzig Männer sind, oder hundert, oder tausend, und auf eine Art bewaffnet, wie wir es uns nicht einmal vorstellen können?«

»So etwas würden sie nicht wagen!«, konterte Arslan. »Theron hat Jaryd und Alayna gesagt, dass sie die Magie fürchten – warum sonst sollten sie diese Taktik angewandt haben? Solange die Magie Tobyn-Ser schützt, werden wir sicher sein.«

»Theron hat uns auch gesagt, dass sich der Orden ändern muss«, warf Alayna ein. »Dass er sich nicht länger leisten kann, nie über die Grenzen von Tobyn-Ser hinauszuschauen.« Jedes Augenpaar in der Halle wandte sich ihr zu, und alle Magier, die aufgestanden waren, setzten sich wieder hin. Noch während Baden selbst sich setzte, staunte er über die Hochachtung, die Alayna und Jaryd nun vom gesamten Orden entgegengebracht wurde. Seit ihrer Begegnung mit Theron und ihren Heldentaten auf Phelans Dorn hatte man die jungen Leute mit einer Ehrerbietung behandelt, die normalerweise nur den ältesten Eulenmeistern zuteil wurde, als würde trotz aller unterschiedlichen Ansichten jeder anerkennen, dass diese beiden den Orden eines Tages führen würden. Was Jaryd und Alayna selbst anging, so verhielten sie sich, als fiele ihnen das nicht auf. Was selbstverständlich vollkommen angemessen war.

»Was würdest du also vorschlagen, Alayna?«, fragte Arslan.

»Nachdem wir alle Badens Bericht gelesen haben?«, fragte sie lächelnd. Mehrere Magier lachten leise, und Baden grinste sie liebevoll und anerkennend an. Im nächsten Augenblick wurde die Stimmung allerdings sofort wieder ernst. Alayna zuckte unsicher die Schultern und fuhr sich mit einer Geste durch das lange dunkle Haar, die Baden in den vergangenen Jahren sehr vertraut geworden war. »Ich weiß es nicht«, sagte sie leise. Und dann, wieder etwas lauter: »Aber wir müssen etwas tun – und zwar bald. Wir waren schon zu lange untätig.«

Jaryd erhob sich und stellte sich neben sie, und als er das tat, fiel Baden nicht zum ersten Mal auf, wie schnell sein Neffe im Lauf der vergangenen Jahre zum Mann herangereift war. Seine schlanke Gestallt war kräftiger geworden, seine Schultern waren breiter, die Muskeln an seinen Armen zeichneten sich deutlicher ab. Seine Gesichtszüge waren zwar immer noch jugendlich, aber prägnanter. Das Kinn war kantiger als zuvor und erinnerte an seinen Vater, obwohl er mit seinen grauen Augen und dem glatten braunen Haar, das er nun lang trug, Drina immer noch ähnlicher sah als Bernel. Aber das Wachstum des jungen Magiers ging tiefer als die Veränderungen in seinem Äußeren. Er verfügte nun über ein Selbstvertrauen, das ihm vollkommen gefehlt hatte, als Baden ihn vor vier Jahren aus seinem Heimatdorf Accalia mitgenommen hatte; er verfügte über eine innere Kraft und eine Entschlossenheit, die die ungezügelte Leidenschaft, an die Baden sich aus den jüngeren Tagen seines Neffen erinnerte, bündelte und beherrschte. Baden war vollkommen klar, dass diese Veränderungen zu einem großen Teil mit dem Leben zusammenhingen, das er nun zusammen mit der schönen dunkeläugigen Frau führte, die neben ihm stand.
»Alayna hat Recht«, sagte Jaryd, und seine Stimme klang tiefer, als Baden sie in Erinnerung gehabt hatte. »Je länger wir warten, desto größer wird die Gefahr.« Mehrere andere Magier, vor allem jene, die am unteren Ende des Tisches in der Nähe von Jaryd und Alayna saßen, taten ihre Zustimmung kund.
»Bei allem Respekt vor meinen jüngeren Kollegen«, entgegnete Erland mit einem gekünstelten Lächeln, »Handeln um des Handelns willen ist weder logisch noch klug. Ohne

einen eindeutigen Kurs wäre meiner Ansicht nach vorsichtige Zurückhaltung unsere beste Wahl.«
»Bei allem Respekt, Erland«, entgegnete Jaryd in einer recht guten Imitation des älteren Magiers, »du würdest dasselbe auch noch sagen, wenn die gesamte Armee von Lon-Ser ihr Lager im Falkenfinderwald aufgeschlagen hätte.«
Einige Magier, darunter auch Baden, lachten. Erland musste sich anstrengen, sein Grinsen beizubehalten, und das führte dazu, dass es mehr wie ein Zähnefletschen aussah. »Ich sehe, du hast deine Manieren von deinem Onkel geerbt, Falkenmagier. Wirklich eine Schande. Solche Bemerkungen helfen uns überhaupt nicht weiter.« Er hielt inne und wartete, bis das letzte Lachen verklungen war, und verlängerte dann das folgende Schweigen, bis mehrere jüngere Magier, die über Jaryds Bemerkung gelacht hatten, begannen, unruhig zu werden. »Ich möchte euch noch einmal daran erinnern, wieso ich mich den meisten vorgeschlagenen Reaktionen auf diese angebliche Gefahr entgegengestellt habe und wieso sich am Ende meine Ansicht über diese Dinge immer wieder durchgesetzt hat.« Er warf Baden einen kühlen Blick zu. »Einige von euch behaupten zu verstehen, was in den Köpfen der Führer von Lon-Ser vorgeht, aber Tatsache ist doch, dass wir keine Ahnung haben, was sie als Nächstes vorhaben oder ob sie überhaupt irgendetwas planen. Es könnte gut sein, dass das Versagen der Fremden auf Phelans Dorn der Gefahr ein Ende gesetzt hat. In diesem Fall könnte jedes Handeln dazu führen, dass überhaupt erst wieder neue und gefährlichere Angriffe ausgelöst werden.« Er holte tief Luft. »Wir dürfen auch nicht vergessen, dass es unserem Land seit über tausend Jahren ohne Einmischung von außen sehr gut ergangen ist. Ja«,

sagte er mit einer Geste zu Jaryd und Alayna, »ich habe Therons Warnungen vernommen, die unsere jungen Freunde uns übermittelt haben. Aber der Eulenmeister hat ihnen nicht gesagt, dass dies unbedingt bedeuten müsse, eine Konfrontation mit Lon-Ser zu suchen.« Er schaute den Tisch entlang zu den beiden Falkenmagiern. »Oder?«

Jaryd warf Alayna einen Blick zu und schüttelte dann widerstrebend den Kopf. »Nein«, gab er zu. Das hat er nicht.«

»Selbstverständlich nicht«, erwiderte Erland. »Es ist eine Sache, über unseren Tellerrand hinauszuschauen, aber eine andere, tausend Jahre gesunden Menschenverstands hinter sich zu lassen und sich auf der anderen Seite von Aricks Meer in närrische Abenteuer zu stürzen.« Er lächelte und nickte, als wäre er ganz betroffen von der Weisheit seiner eigenen Argumente. »Und das bringt mich zum wichtigsten Punkt: Wir sind nicht die Regierung von Tobyn-Ser. Wir sind die Hüter des Landes und seine Diener, aber nicht seine Anführer. Amarid hat das schon ganz zu Anfang klar gemacht, als er diesen Orden ins Leben rief, und trotz der Rehabilitierung von Therons Ruf bin ich nicht bereit, mich der Vision des Eulenmeisters von unserer Rolle anzuschließen. Wenn wir der langen Tradition von Selbstregierung und Unabhängigkeit in unserem Land ein Ende machen wollen, dann sollte das nur dann geschehen, wenn die Menschen von Tobyn-Ser sich dafür entscheiden, und nicht, weil wir es wollen. Diese Entscheidung steht uns nicht zu.«

»In diesem letzten Punkt bin ich anderer Meinung«, bemerkte Orris und erhob sich abermals. »Ich habe seit der letzten Versammlung darüber nachgedacht: Amarids Gesetze erklären, dass wir nicht nur Hüter des Landes, sondern auch Schlichter von Streitigkeiten sein sollen. Es mag sein, wie einige in dieser Halle behaupten, dass ein Krieg mit Lon-Ser unvermeidbar ist. Aber dieser Krieg ist noch nicht ausgebrochen, und bis das nicht der Fall ist, sollten wir nach einer Möglichkeit suchen, den Konflikt friedlich beizulegen. Amarid hätte das als die Verantwortung des Ordens betrachtet – sein Gesetz macht das vollkommen klar. Ich bin der Ansicht, dass es unsere Aufgabe ist, mit den Menschen von Lon-Ser Frieden zu schließen.«

Baden wandte sich Trahn zu, aber er musste feststellen, dass der dunkelhaarige Magier bereits in seine Richtung schaute, einen nachdenklichen Blick in den leuchtend grünen Augen. Orris hatte da eine faszinierende Interpretation von Amarids Erstem Gesetz angeboten, eine, die, wenn sie der Prüfung einer genaueren Untersuchung standhielt, sich angesichts von Erlands Argumenten als äußerst hilfreich erweisen würde.

Offenbar spürte Erland dasselbe. »Das ist absurd, Orris, und das weißt du auch!«, verkündete er hitzig. »Amarids Gesetz bezieht sich auf Streitigkeiten zwischen den Menschen dieses Landes, nicht auf Konflikte zwischen Tobyn-Ser und seinen Nachbarländern!«

»Woher weißt du das, Erland?«, fragte Trahn ganz ruhig, und ein Grinsen zuckte um seine Mundwinkel. »Weißt du so genau, wie der Erste Magier gedacht hat?«

»Nein, Trahn«, erwiderte der ältere Magier streng, »aber ich habe seine Worte und Lehren länger studiert, als du am Leben bist. Ich habe dort nichts gefunden, was Orris' Interpretation von Amarids Erstem Gesetz stützen würde.«

»Hast du etwas gefunden, das direkt dagegen spräche?«, bohrte Trahn nach. Erland zögerte, und der Falkenmagier drängte weiter. »Das würde mich auch überraschen. Die Formulierung des Gesetzes selbst ist zweideutig: ›Magier sollen den Menschen des Landes dienen. Sie sollen Schlichter von Streitigkeiten sein.‹ Für mich heißt das, *alle* Streitigkeiten, die die Sicherheit von Tobyn-Ser bedrohen; ich kann mir auch nicht vorstellen, dass Amarid weniger als das im Sinn hatte.«

»Das ist absurd«, sagte Erland abermals, aber er schien sich nicht mehr so sicher zu sein wie noch Minuten zuvor.

»Nehmen wir mal einen Augenblick lang an, dass ihr beide, Orris und du, Recht habt, Trahn«, warf Arslan ein, ohne sich weiter um Erlands Widerspruch zu kümmern. »Was sollten wir deiner Ansicht nach tun?«

Trahn presste die Lippen zusammen und zuckte die Achseln. »Keine Ahnung. Orris?«

Der kräftige Magier holte tief Luft. »Ich weiß es auch nicht.«

»Ich hätte da die eine oder andere Idee.«

Das überraschte alle, selbst Baden. Besonders Baden. Er starrte zu Sonel hin, die gerade gesprochen hatte und die nun seinen Blick erwiderte, ein unergründliches Lächeln auf den Lippen.

»Du, Eulenweise?«, fragte Radomil mit ehrlicher Überraschung und strich sich über den sorgfältig gestutzten Bart.

»Ja«, erwiderte sie, ohne den Blick von Baden abzuwenden. »Aber bevor ich meine Ideen mit euch teile, sollte ich euch über den Briefwechsel informieren, den ich mit dem Herrscherrat von Lon-Ser hatte.«

Angespanntes Schweigen senkte sich über die Halle und wurde schließlich von Erlands ungläubigem »Würdest du das bitte wiederholen, Eulenweise?« gebrochen.

»Selbstverständlich, Erland«, entgegnete sie ruhig. »Ich sagte, ich möchte euch allen von meinem Briefwechsel mit dem Herrscherrat von Lon-Ser berichten. Ich habe ihnen im vergangenen Herbst geschrieben und ihnen von den Verbrechen berichtet, die die Fremden hier begangen haben. Ich habe sie um ein Treffen gebeten, bei dem wir über den Konflikt zwischen unseren Ländern sprechen können.« Abermals Schweigen. Auf den Gesichtern in der Halle zeichnete sich ehrliches Staunen, teilweise sogar Entsetzen ab. Die älteren Magier, die der Weisen am nächsten saßen, waren von ihrer Enthüllung am meisten verstört, und keiner von ihnen mehr als Erland.

»Mit welcher Autorität hast du das getan?«, wollte er wissen.

»Mit meiner eigenen!«, fauchte Sonel mit blitzenden grünen Augen. »Ich bin das Oberhaupt dieses Ordens, Erland, in aller Form von dir und den anderen Meistern gewählt. Möchtest du dieser Wahl widersprechen?«

»Auf keinen Fall, Eulenweise«, antwortete der Eulenmeister schnell und sah sich nervös um. »Ich bin einfach nur überrascht, dass du einen solchen Brief geschrieben hast, ohne dich mit uns anderen abzusprechen.«

»Es war mir nicht bewusst, dass ich das tun sollte!«, entgegnete die Weise, und jedes Wort war wie ein Schlag, der auf den älteren Magier niederging. »Ich hatte zu diesem Zeitpunkt das Gefühl, dass es an der Zeit war, mich mit den Anführern von Lon-Ser in Verbindung zu setzen, und als Weise betrachte ich das nicht nur als mein Vorrecht, sondern auch als meine Verantwortung!«

»Haben sie geantwortet?«, fragte Baden.

Sonel starrte Erland noch einen Augenblick wütend an, dann antwortete sie. »Ja, heute früh.« Baden sah, wie sie ein

Stück schneeweißes Pergament aus dem Umhang zog und aufrollte. »›Eulenweise Sonel‹«, las sie laut vor, »›betreffend deinen Brief vom vergangenen Winter: Wir haben keinerlei Kenntnis von den Ereignissen, die du beschreibst, und wir wünschen auch nicht, in etwas verwickelt zu werden, das für uns vollkommen wie eine der internen Streitigkeiten aussieht, wie sie in Tobyn-Ser nun einmal üblich sind.‹« Sie blickte auf und ließ zu, dass sich das Papier wieder zusammenrollte.

Alle starrten sie einige Zeit sprachlos an. »Das ist alles?«, fragte Baden schließlich. »Mehr haben sie nicht geschrieben?«

»Leider nicht.«

»Sie lügen!«, rief einer der jüngeren Magier. Mehrere andere stimmten ihm lautstark zu.

Baden nickte bedächtig. »Zumindest einer von ihnen lügt«, bemerkte er, mehr zu sich selbst als zu den anderen Magiern.

Sonel sah ihn fragend an. »Wie meinst du das?«

»Ich denke einfach, wir sollten nicht vergessen, was wir über Lon-Ser und seine Regierung erfahren haben.« Er war wieder aufgestanden, spürte abermals, wie alle Blicke auf ihm ruhten. Und nun nahmen sie jedes Wort begierig auf. Ganz gleich, was sie von ihm hielten, niemand zweifelte daran, dass Baden mehr über ihren Feind wusste als jeder andere in Tobyn-Ser. »Die höchste Position in Lon-Ser hat der so genannte Herrscherrat inne, und in diesem Namen liegt große Wahrheit: Jedes der drei Nals, der riesigen Städte, von denen ich zuvor schon sprach, stellt eine unabhängige Einheit da, mit einem eigenen Regenten, eigenen Bräuchen, eigener Kultur und eigenen Problemen. Die Anführer kommen zu diesem Rat zusammen und legen die

Politik des Landes als Ganzes fest, aber sie vertreten unterschiedliche und mitunter rivalisierende Interessen. Nach dem, was Baram mir gesagt hat, würde ich annehmen, dass sie nicht immer miteinander auskommen. Sie teilen freiwillig keine Informationen über ihre technischen Fortschritte, denn jeder betrachtet den anderen als wirtschaftlichen Rivalen. In der Vergangenheit haben sie sogar Kriege gegeneinander geführt.«

»Du nimmst also an«, warf Trahn ein, »das eines der Nals die Angriffe auf Tobyn-Ser organisiert hat, ohne die anderen Herrscher um Zustimmung zu bitten?«

Baden nickte abermals. »Ich halte es zumindest für möglich. Baram kommt aus Bragor-Nal, dem größten und, wenn man ihm glauben darf, dem mächtigsten der drei.« Er wandte sich wieder an Sonel. »Dieser Brief, den du uns vorgelesen hast, wurde von zweien der drei Herrscher vielleicht in gutem Glauben unterzeichnet.«

»Und in diesem Fall«, beendete die Weise Badens Gedankengang, »haben wir nicht unbedingt ein Problem mit ganz Lon-Ser, sondern mit einem einzelnen Nal.«

»Ja. Wahrscheinlich mit Bragor-Nal.«

»Jetzt fängst du an zu spekulieren«, protestierte Erland. »Du kannst dir dieser Dinge nicht sicher sein.«

»Das stimmt«, gab Baden friedlich zu.

»Und dennoch erwartest du von uns, dass wir allein aufgrund deiner Spekulationen handeln?«

»Ich muss sagen, Baden«, meldete sich Arslan wieder zu Wort, »dass ich Erland in dieser Sache zustimme.«

Mehrere Magier, sowohl jüngere als auch ältere, taten ihre Zustimmung kund, und hitzige Streitgespräche brachen rund um den Tisch aus.

Schließlich breitete Erland die Arme aus und zuckte die Achseln, ein selbstzufriedenes Grinsen auf den Lippen. »Seht ihr? Wir wissen einfach nicht genug, um uns im Augenblick für den einen oder anderen Plan auszusprechen.«

»Nimm dir nicht heraus, für mich zu sprechen, Erland!«, rief Trahn über den immer größer werdenden Lärm hinweg. »Ich möchte den Vorschlag der Eulenweisen hören, bevor wir von vornherein alle Möglichkeiten abweisen.«

»Ich ebenfalls«, schloss sich Orris an.

»Nun, als ich das erste Mal darüber nachgedacht habe«, begann Sonel, nachdem die anderen Gespräche verstummt waren, »hatte ich nicht die Möglichkeit in Betracht gezogen, dass nur eins von Lon-Sers Nals für das verantwortlich sein könnte, was hier vor vier Jahren geschehen ist. Aber ich bin auch immer noch nicht sicher, ob das wichtig ist.« Sie hielt inne, als wollte sie sich gegen die Reaktion des Ordens auf das wappnen, was sie nun sagen würde. »Ich möchte gerne eine Gruppe von Botschaftern zu diesem Herrscherrat entsenden.«

Schweigen, gefolgt von einer Explosion von Protesten und Ungläubigkeit, die selbstverständlich wieder von Erland angeführt wurde. »Warum denn das, Eulenweise?«, fragte der weißhaarige Magier beinahe flehentlich. »Was könnte so etwas schon bewirken? Und was würde das Leben derer, die du schickst, wert sein?«

»Wir haben keinen Grund anzunehmen, dass man diese Botschafter töten würde!« wandte Orris ein.

»Im Gegenteil!«, beharrte der Eulenmeister. »Wir haben allen Grund, das zu befürchten! Denkt doch an Kaera! Denkt an Wasserbogen! Und dann sagt mir noch einmal, dass eine solche Mission anders als in Blutvergießen enden könnte!«

»Erland hat Recht!«, rief ein weiterer Meister. »Wir haben dort nichts zu gewinnen und viel zu verlieren!«
»Das stimmt nicht!«, entgegnete Baden und musste sich anstrengen, um sich über das Durcheinander hinweg, das Sonels Vorschlag gefolgt war, verständlich zu machen. »Es gibt viel zu gewinnen! Einen Brief aus einem fernen Land abzutun, ist eine Sache; eine Delegation von Magiern zu ignorieren eine andere!« Er bereute das Wort »Delegation«, sobald er es ausgesprochen hatte, und hoffte, es würde niemandem auffallen. Aber er hätte es besser wissen sollen.
»Eine Delegation, Baden?«, höhnte Erland in bitterer Ironie. »Erinnerst du dich daran, was geschehen ist, als du uns das letzte Mal überredet hast, eine Delegation zu entsenden? Wir anderen tun es sicherlich. Wir haben Jessamyn, Peredur und Niall nie wieder gesehen.«
»Das ist taktlos, Erland!«, rief Jaryd zornig. »Wenn du jemandem die Schuld geben musst, dann gib sie Sartol! Baden war nicht verantwortlich!«
»Mag sein«, gab der Eulenmeister widerwillig zu, »aber die Tatsache, dass diese Dinge immer mit einer Tragödie zu enden scheinen, bleibt.«
Jaryd setzte zu einer Antwort an, aber es gab nichts zu sagen. Ganz gleich, wer die Schuld daran trug – Jessamyn war tatsächlich tot, ebenso wie die anderen. Und in den vergangenen vier Jahren hatten Erland und seine Verbündeten den Tod der weißhaarigen Weisen wiederholt als Rechtfertigung ihrer Untätigkeit benutzt.
Von diesem Punkt an verlief die Debatte vollkommen vorhersehbar – Baden hatte Ähnliches schon mehrere Male bestürzt beobachtet. Dieselben müden Argumente jagten einander wieder und wieder rund um den Ratstisch, bis die

Sitzung an eine von Cearbhalls Farcen erinnerte, bei der jeder Schauspieler eingeübte Zeilen rezitiert und keiner mehr zuhört, was der andere zu sagen hatte. Lange nachdem er sich innerlich aus der Diskussion zurückgezogen hatte, bemerkte Baden, dass er angefangen hatte, Sonel zu beobachten, die durch ihr Amt gezwungen war, alle Ordensmitglieder, die etwas sagen wollten, anzuhören, und die sich nicht einfach – wie Baden – den Luxus leisten konnte, nicht mehr hinzuhören. Sie war immer noch sehr schön, wie sie da aufrecht und hoch gewachsen am Ende des Tisches saß, das helle Haar aus der glatten Stirn zurückgekämmt, die grünen Augen beinahe so dunkel wie der Umhang, den sie trug. Aber Baden, der sie so gut kannte, bemerkte auch die Traurigkeit in diesen Augen, als sie begriff, wie vergeblich die Versammlung sein würde, die sie an diesem Morgen zusammengerufen hatte. Einmal schaute sie in Badens Richtung, und als ihre Blicke einander begegneten, lächelte sie müde und schüttelte den Kopf, als wollte sie sagen: *Ist es zu glauben, dass mein Vorschlag so etwas bewirkt hat?* Er versuchte, sich zu einem Lächeln zu zwingen, aber er konnte es nicht. Es stand zu viel auf dem Spiel, und in diesem Saal waren nicht genug Menschen, die das begriffen. Wieder einmal fragte sich Baden, wie er es in der Vergangenheit schon so oft getan hatte, ob der Orden die Fremden noch rechtzeitig aufgehalten hatte oder ob die Feinde Tobyn-Sers ihr Ziel bereits erreicht hatten: die Eliminierung der Magie, damit das Land in Zukunft ungeschützt war. Ja, der Orden bestand immer noch, aber er war gelähmt von Unentschlossenheit und zerrissen von Konflikten.

Und wenn der Orden zusammenbrechen sollte, was Baden

in Kürze erwartete, dann würde die Frau vor ihm, die einzige Frau, die er jemals geliebt hatte, als Oberhaupt zur Zeit dieses Zusammenbruchs in die Geschichte eingehen. Der Gedanke war einfach unerträglich. Bei mehreren Gelegenheiten in den Monaten vor dieser Versammlung hatte er sich schon geschworen, dass er so etwas nicht zulassen würde. Lautlos tat er es nun ein weiteres Mal. Aber er fürchtete, dass Schwüre und gute Absichten nicht genügen würden, um den Orden vor seiner eigenen Schwäche zu retten. Nicht diesmal, nicht gegen diesen Feind. Etwas würde geschehen. Er hatte es gespürt, als er das Land durchwandert hatte, er hatte es draußen in den Straßen von Amarid wahrgenommen und sogar hier, in der Großen Halle des Ersten Magiers. Er konnte es in der Luft schmecken. Er wusste nicht, welche Gestalt es annehmen oder woher es kommen würde, aber er konnte bereits das erste Grollen vernehmen, wie von einem weit entfernten Gewitter an einem warmen Sommernachmittag. Sie würden nicht mehr lange warten müssen.

# 4

*Baram selbst ist ein Mann voller Widersprüche und Gegensätze. Es ist im Grunde schon falsch, ihn als »Mann« zu bezeichnen. Er war gerade erst achtzehn, als er gefangen genommen wurde, und wenn er von seinem Zuhause oder seinen Eltern spricht, ist er immer noch vollkommen jungenhaft. Und dennoch, sobald er leidenschaftslos und in eiskalten Einzelheiten die Gewalttaten beschreibt, die er als »Gesetzesbrecher« in Bragor-Nal und später als williger Teilnehmer bei den Angriffen gegen unser Land begangen hat, verschwindet der Eindruck von Jugend und Unschuld, und es bleibt ein Mörder, ein Mann, den man fürchten muss ... Leider habe ich im Verlauf seiner Gefangenschaft immer weniger von dem Jungen und mehr und mehr von dem Mörder zu sehen bekommen.*

Aus Kapitel Vier des »Berichts von Eulenmeister Baden über seine Verhöre des Ausländers Baram«, vorgelegt auf der 1014. Versammlung des Ordens der Magier und Meister, im Frühjahr des Gottesjahres 4625.

Orris kochte vor Wut. Er saß im Adlerhorst, in einer trüb beleuchteten Ecke, und trank mit Jaryd, Alayna, Baden, Trahn und Ursel Amari-Bier. Draußen war es dunkel; die Versammlung hatte sich schon vor mehreren Stunden auf morgen vertagt. Aber im Geist war Orris immer noch in der Großen Halle und erlebte noch einmal die so genannte Debatte, die an diesem Nachmittag stattgefunden hatte. Er lauschte den aufgeblasenen Reden Erlands und seiner Anhänger, den kunstvollen Argumenten, mit denen sie versuchten, ihre Untätigkeit und ihre Feigheit zu rechtfertigen, und die ihn abwechselnd traurig gemacht oder beinahe dazu gebracht hatten, sich zu übergeben. Aber überwiegend hatten sie ihn in Wut versetzt. Diese Magier hatten geschworen, Tobyn-Ser zu schützen! Sie hatten ihr Leben den Lehren des Ersten Magiers gewidmet! Und dennoch, angesichts der größten Gefahr, der das Land seit tausend Jahren gegenüberstand, blieben sie untätig! Erkannten sie denn die Gefahr nicht? Bedeuteten ihnen ihre Schwüre nichts?

Und leider waren Arslan und seine Freunde mit ihrer Gier nach Vergeltung und ihrem Glauben an die Unbesiegbarkeit der Magie beinahe ebenso schlimm. Jahre zuvor wäre Orris vielleicht einer von ihnen gewesen: kriegerisch, störrisch, leichtsinnig. Aber inzwischen war er älter und reifer geworden. Er war in Therons Hain gewesen, als Sartol Jessamyn und Peredur getötet hatte, er hatte den plötzlichen, alles verschlingenden Schmerz erlebt, seinen ersten Vogel, Pordath, zu verlieren, der von Sartols Eule getötet worden war, als Orris versucht hatte, Jaryd und Alayna vor dem Abtrünnigen zu retten; und er hatte die Zeugnisse des Gemetzels in Wasserbogen gesehen, die verkohlten Überreste von Häusern und Menschen, die von den Fremden und ihren schrecklichen Waffen zurückgelassen worden waren. Solche Erfahrungen veränderten einen Menschen, sogar jemanden wie Orris. Er mochte Arslan durchaus; der junge Magier hatte eine Leidenschaft, die Orris bewunderte, eine, die sicher eines Tages gezügelt und gezielt eingesetzt werden konnte. Aber im Augenblick ging sie wirklich in die falsche Richtung. Tatsächlich schien jede dieser Fraktionen – die Alten wie die Jungen – im Stande zu sein, den

Orden und ganz Tobyn-Ser in den Untergang zu führen, sei es durch einen blinden Sprung in den Krieg oder die langsamer wirkende Fäulnis der Untätigkeit.

Orris hatte das alles an diesem Tag noch ärgerlicher gefunden als sonst, weil die Weise endlich willig schien, etwas zu unternehmen. Sonels Vorschlag, Botschafter nach Lon-Ser zu schicken, gefiel ihm. Das war ein angemessenes Gleichgewicht zwischen Beschwichtigung und Provokation. Und in der Vergangenheit wäre die Zusammenstellung einer solchen Gruppe – selbst Orris, der Baden wirklich nicht mehr die Schuld für das gab, was vor vier Jahren geschehen war, und der zusammen mit Jessamyn und den anderen zum Schattenwald gereist war, konnte es nicht über sich bringen, von einer »Delegation« zu sprechen – von einer bescheidenen Mehrheit akzeptiert worden. Aber diese Tage waren lange vorüber. Feindseligkeit und Tragödien hatten die Fraktionen des Ordens noch weiter auseinander getrieben. Das Problem bestand, wie Orris annahm, nicht darin, dass es keinen angemessenen Kompromissvorschlag gab, sondern dass der Orden nicht mehr im Stande war, sich auf irgendetwas zu einigen. Und obwohl die Debatte dieses Tages ihn zornig gemacht hatte, kannte sich Orris inzwischen gut genug, um zu wissen, was die Basis dieses Zorns war: Er hatte Angst.

»Diesmal steht auch die Eulenweise hinter uns«, sagte Jaryd gerade mit blitzenden hellgrauen Augen. Er kraulte das Kinn seines grauen Falken. »Das muss doch etwas ändern!«

»Vielleicht«, erwiderte Baden zweifelnd. Er trank einen Schluck von seinem dunklen Bier. »Aber ich bin nicht einmal mehr sicher, ob Sonel noch genug Einfluss hat.«

Trotz des geistigen Netzes, das er mit dem hageren Eulenmeister und den anderen gebildet hatte, und trotz der vier Jahre, in denen Orris und Baden auf dieselben Ziele hingearbeitet hatten, war Orris immer noch überrascht und fühlte sich ein bisschen unbehaglich, wenn er feststellen musste, dass er der gleichen Meinung war wie der Eulenmeister. »Ich fürchte, Baden hat Recht«, sagte er, ohne den Blick von seinem Bierkrug zu heben. »Erland wird nicht nachgeben, und ich glaube kaum, dass wir Arslan auf unsere Seite ziehen können. Er will unbedingt einen Kampf; ich denke nicht, dass er sich mit Verhandlungen zufrieden geben würde.«

Trahn schüttelte den Kopf. »Das ist schade; ich finde, Sonels Plan ist eine gute Sache.«

»Mehr als das«, stellte Baden fest. »Wenn ich den Brief, den sie erhalten hat, richtig interpretiert habe – wenn nur eines der Nals für die Angriffe verantwortlich ist –, dann könnte Sonels Plan uns Gelegenheit bieten, uns der Hilfe der beiden anderen Nals zu versichern.«

»Glaubst du wirklich, dass sie uns gegen ihre eigenen Landsleute unterstützen würden?«, fragte Jaryd.

»Die Herrscher der beiden anderen Nals würden es nicht in diesem Licht sehen. Sie würden die Feindseligkeiten von Bragor-Nal gegen uns als einen Versuch eines militärischen und wirtschaftlichen Rivalen betrachten, auf ihre Kosten einen gewaltigen Vorteil zu erringen. Sie würden versuchen, diesen Rivalen auf jede erdenkliche Weise aufzuhalten. Aber als Erstes müssten wir sie davon überzeugen, dass wir die Wahrheit sagen. Deshalb wäre eine Delegation so sinnvoll: Sie würde uns Gelegenheit geben, den Herrschern aller drei Nals Beweise unserer Anschuldigungen vorzulegen.«

»Welche Beweise denn?«, fragte Alayna. »Die Überreste der künstlichen Vögel? Ich glaube nicht, dass das genügen würde.«
Orris wusste, dass sie Recht hatte. Sie hatten immer noch die Waffen der Fremden und die Überreste mehrerer dieser mörderischen künstlichen Falken. Aber wie Orris' Freund Crob, ein Kaufmann aus Abborij, ihm schon vor mehreren Jahren gesagt hatte, benutzten immer mehr Söldner, die von den Potentaten Abborijs für ihre Kleinkriege angeheuert wurden, solche Waffen. Dass die Magier den Eindringlingen diese Gegenstände abgenommen hatten, stellte keinen Beweis dafür dar, dass diese Männer tatsächlich aus Lon-Ser gekommen waren. Die Welt veränderte sich schneller, als es Orris lieb war, und Tobyn-Ser war gegen diese Veränderungen nicht mehr immun.
»Ich bin ebenfalls nicht der Ansicht, dass die Waffen und Vögel genügen würden«, stimmte Baden mit einem verschwörerischen Grinsen zu. »Nein, ich hatte noch etwas anderes im Sinn.«
»Was denn?«, stürzte Ursel sich sofort darauf.
»Baram selbstverständlich.«
»Baram?«, fragte Trahn entsetzt. »Du glaubst doch nicht wirklich, dass Sonel sich auf so etwas einlassen würde!«
»Nein«, gab Baden ruhig zu, »das glaube ich nicht, zumindest nicht im Augenblick. Aber«, fügte er selbstsicher hinzu, »am Ende wird sie zu demselben Schluss kommen wie ich: Der Fremde ist unsere einzige Hoffnung, den Herrscherrat zu überzeugen. Ansonsten würde unser Wort gegen das des Herrschers von Bragor-Nal stehen. Und ich nehme zwar an, dass die anderen Nals bereit wären, uns

gegen einen der ihren zu unterstützen, aber sie würden uns unter diesen Umständen sicher nicht einfach glauben, was wir sagen.«

»Ganz gleich, was die Weise darüber denkt«, warf Orris ein, und das aufgeregter, als er vorgehabt hatte, »der Orden wird es niemals erlauben!«

»Sie müssen einfach!«, entgegnete Baden. »Es ist die einzige ...«

»Ich will deiner Logik nicht widersprechen, Baden«, unterbrach ihn der Falkenmagier. »Ich bin ganz derselben Ansicht wie du. Ich sage nur, was ich weiß: Der Orden wird es niemals zulassen. Erland wird sich gegen dich stellen, ebenso wie Arslan und die anderen jüngeren Magier. Sie wollen schon seit vier Jahren, dass Baram hingerichtet wird, und sie mögen zugelassen haben, dass er weiterhin im Kerker sitzt, aber sie lassen ihn ganz bestimmt nicht frei!« Baden setzte zum Widerspruch an, aber Orris hob abwehrend die Hand. »Du bist vielleicht anderer Ansicht«, fügte der Falkenmagier hinzu, »aber das wäre die Auswirkung.«

Der Eulenmeister starrte ihn einen Moment mit blitzenden blauen Augen an, aber dann wandte er sich ab, seufzte müde und nickte. »Ja, das ist anzunehmen.«

»Glaubst du, dass Sonels Plan auch ohne Baram Erfolg haben könnte?«, fragte Ursel zunächst nur an Baden gewandt, aber dann sah sie auch die anderen an.

»Es ist einfach kurzsichtig!«, meinte Baden traurig, als hätte er Ursel überhaupt nicht gehört. »Wir lassen uns durch Rachegedanken davon abhalten, das Land wirklich zu schützen. So etwas ist einfach dumm.«

Eine Weile sagte keiner etwas, und Baden starrte blicklos

den Krug vor sich an. Der Eulenmeister wirkte ausgemergelt und niedergeschlagen.

»Es könnte funktionieren«, antwortete Trahn schließlich ein wenig unsicher auf Ursels Frage. »Ich hielt den Vorschlag der Weisen für vernünftig, als ich ihn zum ersten Mal gehört habe, und mir wäre nie eingefallen, Baram mitzuschicken. Also muss ich wohl glauben, dass es auch noch auf andere Weise möglich wäre, den Herrscherrat zu überzeugen.« Er zuckte die Achseln. »Vielleicht können die Magier auch schon mit den anderen Beweisstücken, die wir haben, genug Eindruck machen.«

»Mag sein«, sagte Alayna. »Aber ich muss zugeben, dass ich nach Badens Argumenten viel hoffnungsloser bin als zuvor.«

Wieder einmal schwiegen sie. Es sah so aus, als hätte Alayna für sie alle gesprochen. Orris hielt Sonels Vorschlag für die beste Möglichkeit, den Frieden zu sichern, aber ihm war auch klar, dass die Botschafter des Ordens ohne Baram wahrscheinlich kaum etwas erreichen würden. Und wie er Baden bereits gesagt hatte: Der Orden würde es niemals zulassen, dass sie den Mann aus Lon-Ser wieder nach Hause schickten. Was sie schließlich zu dem ursprünglichen Problem zurückbrachte: Dass sie nichts tun konnten – und genau das hatte Erland zweifellos beabsichtigt. Solange der weißhaarige Eulenmeister ihre Anstrengungen zunichte machen konnte, auch nur über einen Plan zu entscheiden, hatte er gewonnen. Und diese Gedanke ließ Orris' alten Zorn wieder aufflammen. Aber mit der Erneuerung des Zorns kam auch eine andere Idee, und so ungeheuerlich sie war, sie bot ihm eine Möglichkeit. Keine, die ihm sonderlich gefallen hätte, aber immerhin – eine Möglichkeit, die er für sich behalten würde, bis alle anderen Ideen verworfen worden waren.

»Es wird spät«, stellte Jaryd fest, leerte seinen Krug und schob den Stuhl zurück. »Und die Debatte morgen wird sicher nicht einfacher als die heutige.« Er stand auf, ebenso wie Alayna, die seine Hand nahm.

»Schlaft gut, ihr beiden.« Baden schüttelte einen Augenblick seine finstere Stimmung ab und zwang sich zu einem Lächeln. »Vielleicht bringt der neue Tag ja eine Antwort.«

Alayna lächelte ihn an – auf diese strahlende Art, die alle inzwischen so gut kannten. »Das hoffe ich, Baden«, erwiderte sie leise und legte die freie Hand kurz auf die Schulter des älteren Mannes. Und mit einem »Gute Nacht« drehten sich die Falkenmagier um und gingen nach oben auf ihr Zimmer.

»Ich sollte auch versuchen, ein bisschen zu schlafen«, gähnte Trahn.

Orris musste lachen. »Scheint eine gute Idee zu sein«, erwiderte er trocken.

Am Ende verabschiedete sich auch Ursel und ließ Orris und Baden allein am Tisch zurück.

Orris wollte sich gerade entschuldigen und den Eulenmeister seinen Gedanken überlassen, als Baden ihn überraschte.

»Noch ein Bier?«, fragte der hagere Mann und winkte einer Kellnerin.

Orris zögerte.

»Ich hätte gerne noch ein bisschen Gesellschaft«, fügte Baden hinzu.

Schließlich nickte Orris, und der Eulenmeister lächelte.

»Gut«, sagte Baden, drehte sich wieder zu der Kellnerin um und hob zwei Finger.

Einige Zeit saßen sie schweigend da, und die Stille wurde nur unterbrochen, als ihr Bier serviert wurde. Orris starrte die meiste Zeit auf seine Hände und blickte nur hin und wieder kurz zu Baden auf. Der Eulenmeister schien das allerdings gar nicht zu bemerken, so sehr war er in seine Gedanken versunken. Also war Orris vollkommen überrascht, als Baden am Ende doch etwas sagte.
»Du hast vorhin behauptet, viele jüngere Magier würden Baram gerne hinrichten lassen«, begann der Eulenmeister ohne Umschweife. »Dachtest du nicht auch einmal so?«
Orris starrte den Meister einige Zeit an, bevor er antwortete. »Ja«, erwiderte er sachlich. »Ich war zornig«, erklärte er nach einer Weile. »Und Pordath war tot.« Er setzte dazu an, mehr zu sagen, dann hielt er inne, gequält von der Erinnerung an seinen wunderschönen hellen Falken. Trotz der Jahre, die dazwischen lagen, und dem hinreißenden dunklen Vogel, der nun auf seiner Schulter saß – Jaryd und Alayna hatten ihm nach seiner Bindung erzählt, dass Therons erster Falke von derselben Art gewesen war –, trauerte Orris immer noch um seinen ersten Vertrauten.
»Beim Ersten ist es immer am schwersten«, sagte Baden, als hätte er Orris' Gedanken gelesen.
»Wahrscheinlich.« Das war kein Thema, auf das sich Orris länger einlassen wollte. »Jedenfalls«, fuhr er fort und kehrte zu Badens ursprünglicher Frage zurück, »habe ich mich geirrt.«
Der Eulenmeister zuckte gleichmütig die Schultern. »Mag sein. Ich weiß nicht, ob es so gut war, ihn am Leben zu lassen.« Er starrte wieder in sein Bier, aber dennoch konnte Orris die unausgesprochenen Gefühle in den hellen Augen

des Eulenmeisters erkennen. *Und es ist uns teuer zu stehen gekommen, dass wir seine Hinrichtung verhindert haben.*

»Aber dein Bericht – ohne ihn hätten wir diese Informationen nicht.«

Bei diesen Worten blickte Baden auf, und das trübe Licht in der Schänke ließ seine hageren Züge scharf und falkenhaft wirken. »Was nützt Wissen schon, wenn niemand etwas daraus macht?«

Darauf wusste der bärtige Magier auch keine Antwort, und einen Augenblick später war das intensive Glitzern in Badens Augen verschwunden, und es blieb nur die Müdigkeit, die Orris schon zuvor bemerkt hatte.

»Es ist immer noch möglich, dass der Orden nutzen wird, was du erfahren hast«, erklärte Orris tröstend. Aber noch während er sprach, konnte er hören, wie hohl und leer das klang. »Es könnte auch sein, dass ich mich irre, was Arslan angeht – vielleicht kann ich zumindest ihn davon überzeugen, einmal über die Möglichkeit nachzudenken, dass Baram die Botschafter begleitet.«

Baden schüttelte den Kopf. »Nein. Du hattest Recht mit dem, was du zuvor gesagt hast. Sie werden nicht zustimmen. Ich hätte es besser wissen sollen; ich hätte mir eine Menge Ärger ersparen können.«

Orris kniff die Augen zusammen. »Du hättest es wissen sollen? Hast du denn diese Situation damals schon vorhergesehen?«, fragte er staunend. »Hast du dich deshalb so vehement dafür eingesetzt, dass Baram nicht hingerichtet wird?«

Baden zwang sich zu einem dünnen, bedauernden Lächeln. »Nein, so weise bin ich nicht«, sagte er, »und meine Visionen sind nicht so klar, dass ich den möglichen Wegen, die

die Geschichte einschlägt, so sicher folgen könnte.« Er zögerte. »Ich habe Möglichkeiten gesehen, nichts weiter. Ich glaubte – und in gewisser Weise glaube ich das immer noch –, dass Baram den Schlüssel zu unserem Überleben in Händen hält. Und ich hatte immer das Gefühl, dass er lebendig für uns wertvoller sein würde als tot, und sei es nur um der Informationen über Lon-Ser willen. Deshalb habe ich mich dafür ausgesprochen, ihn nicht hinzurichten, und die Weise bedrängt, ihn zu begnadigen, selbst nachdem die Mehrheit des Ordens sich gegen mich gestellt hat.«

Orris trank einen Schluck Bier und dachte darüber nach, was der Eulenmeister gesagt hatte. In diesem Augenblick hielt er Baden trotz seiner bescheidenen Worte für einen der weisesten und mutigsten Männer, denen er je begegnet war. Er hatte noch deutlich vor Augen, wie der Eulenmeister vor vier Jahren hatte kämpfen müssen und wie leidenschaftlich er, Orris, sich gegen ihn gestellt hatte, und das gab ihm das Gefühl, schrecklich jung und ziemlich dumm zu sein. »Wenn du es uns nur erklärt hättest ...«, setzte er an, aber er wusste schon, wie lächerlich sich das anhörte.

Baden lachte leise. »Was erklären?«, fragte er. »Dass ich ein vages Vorgefühl hatte, dass wir Baram irgendwann brauchen würden, um Frieden mit den Anführern von Lon-Ser zu schließen? Dass ich nicht nur wollte, dass er am Leben blieb, sondern vorhatte, ihn eines Tages nach Bragor-Nal zurückzuschicken?« Er fuhr sich durch das schüttere rötlich graue Haar und lachte abermals. »Ich glaube nicht, dass das die Abstimmungsergebnisse sonderlich verändert hätte.«

Orris lachte. »Wahrscheinlich nicht«, gab er zu. Wieder trank er aus dem Zinnkrug. »Und was nun? Was machen wir jetzt mit dem Rest der Versammlung?«

Der Eulenmeister machte eine kleine, hilflose Geste. »Ich glaube nicht, dass wir viele Möglichkeiten haben. Wir setzen uns weiter für unsere Ansichten ein und hoffen, dass wir irgendwie eine Mehrheit davon überzeugen können, dass wir Recht haben.«

»Und wenn uns das nicht gelingt?«

»Dann kehren wir in den Westen von Tobyn-Ser zurück und erneuern das geistige Netz, genau wie nach der Versammlung im vergangenen Jahr und nach der zuvor.«

»Aber genügt das denn?«, wollte Orris wissen.

Vielleicht hatte er zu eindringlich gesprochen. Baden sah ihn an, und der Blick des Eulenmeisters schien den jüngeren Mann zu durchbohren. Orris fühlte sich weit offen, als wären all seine Gedanken deutlich sichtbar, auch der, den er mit niemandem zu teilen wagte: die Idee, die ihm erst vor kurzem gekommen war und die er als letzte Möglichkeit beiseite geschoben hatte. »Ich bin nicht sicher, was du damit meinst, Orris«, sagte der hagere Magier mit leiser, angespannter Stimme, »und ich weiß auch nicht, ob ich es wissen möchte. Das mag sich seltsam anhören, wenn man meine Rolle bei der Errichtung des geistigen Netzes bedenkt, aber es gefällt mir nicht, mich den Entscheidungen des Ordens zu widersetzen. Ich tue es nur, weil ich davon überzeugt bin, dass ich zu meinem Schwur stehen muss, dem Land zu dienen und es zu schützen, und ich gehe dabei nur so weit, wie es unbedingt notwendig ist; ich fürchte, mit diesem Netz habe ich meine Grenzen erreicht. Aber solche Grenzen muss jeder einzelne Magier für sich selbst finden und dann seinen Weg entsprechend wählen. Verstehst du mich?«

Orris nickte, aber er schwieg. Sein Mund war trocken.

»Wozu du dich auch entscheiden magst«, fuhr der Meister fort, »denke sorgfältig darüber nach. Ich würde mir nie anmaßen, ein vorschnelles Urteil über dich zu fällen, ebenso wenig wie Trahn, Jaryd oder Alayna es tun würden. Aber andere werden nicht so zurückhaltend sein. Ich habe dafür bezahlt, Barams Leben gerettet zu haben, und es kann gut sein, dass wir acht auch noch für das Netz zahlen werden, das wir errichtet haben. Was immer du da vorhast, wird ebenfalls teuer werden. Vergiss das nicht. Ich versuche nicht, es dir auszureden, ich möchte nur, dass du vorbereitet bist.«

Wieder nickte der Falkenmagier. »Woher wusstest du es?«, fragte er voller Angst und Staunen.

Baden lächelte finster. »Ich weiß überhaupt nichts.« Er stand auf, hob einen Arm, und seine große, weiße Eule, die in der Nähe auf einer Fensterbank gesessen hatte, flog zu ihm. »Ich denke, wir sollten jetzt schlafen«, sagte er, »aber lass mich noch eines sagen: Gib den Glauben an deine Mitmagier noch nicht auf. Ich bin ebenso frustriert wie du, aber vielleicht werden sie uns ja überraschen. Du solltest ihnen zumindest noch einen Tag Zeit lassen, bevor du etwas tust, was du später vielleicht einmal bereuen wirst.«

»Ich werde darüber nachdenken«, antwortete Orris. »Gute Nacht, Baden.«

»Bis morgen.«

Orris sah dem hageren Mann nach, als dieser die Treppe zu seinem Zimmer hinaufging. Ihre Beziehung war merkwürdig. Sie blickten auf eine lange Geschichte des gegenseitigen Misstrauens und der Feindseligkeit zurück, aber in vielerlei Hinsicht verstand der Eulenmeister Orris besser als jeder andere in Tobyn-Ser. Wie sonst hätte Orris erklären können, was gerade geschehen war? Er hatte nie leicht Freundschaften schließen können; selbst bei Jaryd und Alayna, die er nun als seine engsten Freunde betrachtete, hatte er zunächst seine ablehnende Haltung gegenüber der offensichtlichen Leichtigkeit abstreifen müssen, mit der die beiden sich als einflussreiche Mitglieder des Ordens etabliert hatten. Er war immer ein Einzelgänger gewesen; er hatte viele Jahre gekämpft, um der Anführer der Falkenmagier zu werden. Und diese beiden waren – so war es Orris damals zumindest vorgekommen – einfach in die Große Halle spaziert, mit Amarids Falken auf ihren Schultern, und sofort in die Delegation zu Therons Hain aufgenommen worden – die wichtigste Mission in der Geschichte des Ordens. Sicher, sie hatten das Vertrauen Jessamyns und der anderen Ordensmitglieder schon bald gerechtfertigt. Sie hatten sich nicht nur dem unbehausten Geist Therons gestellt, sondern den Ersten Eulenmeister sogar davon überzeugt, dem Orden zu helfen. Dennoch, Orris' Ablehnung hatte nur langsam nachgelassen. Die Freundschaft mit den beiden war das Endergebnis von schwerer Arbeit auf beiden Seiten. Und nun sah es so aus, als könnte auch Baden ein Freund werden. Das kam sehr unerwartet, und Orris war überrascht festzustellen, wie sehr es ihn freute.

Aber es gab andere, schwierigere Dinge zu bedenken. Badens Warnungen hatten ihn ernüchtert und gezwungen, noch einmal darüber nachzudenken, wie ungeheuerlich das war, woran er da dachte, aber sie hatten auch vieles klarer gemacht. Orris hatte seine Entscheidung getroffen; nun brauchte er einen Plan. Er bestellte sich noch ein Bier und ging damit an einen kleineren Tisch ganz hinten im Schankraum. Es gab vieles, worüber er nachdenken musste.

*Sechzehn lang, zwanzig breit. Sechzehn lang, zwanzig breit. Sechzehn lang, zwanzig breit.* Sanft hin und her schaukelnd, die Knie an die Brust gezogen, den Rücken an der kalten, rauen Steinmauer und die Augen in der vollkommenen Dunkelheit weit geöffnet, wiederholt er die Worte wieder und wieder, rezitiert sie, als wäre er ein Geistlicher, der in einem von Lons Klöstern seine Litanei rezitiert. Er kann die monotonen Geräusche der Grillen von draußen hören, die zusammen mit der kühlen, süßen Sommerluft durch das einzelne Fenster hoch über ihm hereinkommen. Manchmal hört er auch eine Eule in der Nähe rufen, und eine andere, weiter entfernte, antwortet. Aber kein menschliches Geräusch dringt zu ihm. Nichts außer seiner eigenen Stimme. *Sechzehn lang, zwanzig breit. Sechzehn lang, zwanzig breit.*

Er rezitiert nachts. Jede Nacht. Das tut er nun schon seit langem. Und in all dieser Zeit hat sich die Rezitation nicht verändert. Aber das liegt nur daran, dass er dieses Ritual zu spät begonnen hat. Er weiß das nun, und dennoch wagt er nicht, es wieder aufzugeben. Wenn er aufhören würde, auch nur eine einzige Nacht, würden sie sicher wieder kommen und die Steine holen, wie sie es zuvor getan hatten. Er weiß nicht sicher, wie sie es getan haben, obwohl er überzeugt ist, dass sie Zauberei benutzt und gewartet haben, bis er schlief. Aber er erinnert sich immer noch an den Morgen, als er aufwachte und begriff, dass seine Zelle kleiner geworden war. Er erinnert sich daran, wie er versucht hatte, sich davon zu überzeugen, dass er sich irrte, dass er sich alles nur eingebildet hatte. Aber er sollte bald schon eines Besseren belehrt werden. Am nächsten Tag und an dem danach geschah es wieder. Jeden Morgen, wenn er aufwachte, stellte er fest, dass die Mauern dichter aneinander gerückt waren. Also hatte er an einem kalten grauen Morgen schließlich die Steine gezählt, war wie ein Insekt durch die Zelle gekrochen. Das hatte einige Zeit gedauert, weil er sich immer wieder verzählt hatte. Aber nach einer Weile hatte er das richtige Ergebnis gehabt, und damit er es nicht vergaß, hatte er es immer wieder getan, bis seine Knie wund und blutig waren.

Es sind dreihundertachtzehn übrig, und dazu das Abflussloch in der Ecke, das den Platz von zweien einnimmt. Aber es ist leichter, sich an die Maße zu erinnern: Sechzehn lang, zwanzig breit.

Am selben Tag hat er beschlossen, dass er nicht mehr schlafen würde, zumindest nicht nachts, denn dann würden sie kommen und die Steine holen. Er kann sich wach halten, indem er die Maße der Zelle rezitiert, genau so, wie er es jetzt im Dunkeln tut. Er zählt mit offenen Augen und hält Wache über die Steine, die noch geblieben sind. Er ist fest entschlossen, nicht mehr zuzulassen, dass sie ihm welche stehlen.

Tagsüber gestattet er sich hin und wieder ein Schläfchen, wenn auch nicht sonderlich lang – wenn sie herausfinden, dass er tagsüber schläft, dann werden sie die Steine am Tag holen.

Er fährt mit seiner Beschwörung fort, bis das erste Morgengrauen sich hoch auf der Mauer über ihm zeigt, silbern und geisterhaft, ganz ähnlich wie der Geist des Wolfslords – Phelan hatte Baden ihn genannt – und dieses großen Tieres, an das Baram sich immer noch aus der Nacht erinnert, in der er gefangen genommen wurde. Dann hört er auf. Oder zumindest versucht er es. In letzter Zeit hat er öfter versucht aufzuhören und festgestellt, dass er immer noch sprach, wenn es in der Zelle längst hell geworden war. An diesem Morgen jedoch hört er wirklich auf. Er ist ziemlich sicher – das Problem ist nur, dass er die Worte immer noch in seinem Kopf hören kann, selbst wenn er sie nicht laut ausspricht. Und wie jeden Morgen beobachtet er die Mauer und wartet. Wenn das silbrige Licht golden wird, weiß er, dass die Sonne scheint, und er steht langsam auf, reckt und streckt die steifen Glieder, und dann lehnt er sich gegen die andere Mauer, sodass, wenn die Sonne weit genug an Tobyn-Sers Himmel aufgegangen ist und das gebrochene Rechteck aus Licht langsam die Mauer seiner Zelle hinabkriecht, die Sonnenstrahlen sein Gesicht berühren werden wie die warmen, zärtlichen Finger der Göttin.

Wenn das silberne Licht allerdings grau wird und seine kühle und düstere Qualität behält, wird er bleiben, wo er ist, und hoffen, dass es regnet, sodass die Tropfen, die auf das Fensterbrett fallen oder gegen die Eisengitter geweht werden, auf ihm landen. Die besten Tage sind die im Spätsommer, wenn die Sonne morgens oft scheint und Gewitter die Nachmittage abkühlen. Die Winter andererseits sind sehr schlimm. Die Nächte sind lang, die Tage meist grau, und selbst die zweite Decke, die sie ihm geben, hilft nicht ausreichend gegen die Kälte.

Aber nun ist es Mittsommer, und wie er bald erfährt, ist der Himmel klar. Vorsichtig kommt er auf die Beine und schlurft quer durch die Zelle, um sich mit dem Rücken an die andere Wand zu lehnen. Er bleibt stehen, die Augen zum Fenster erhoben. Der lange, verfilzte Bart und das noch längere Haar hängen ihm bis zur Taille. Und er wartet darauf, dass die Sonne ihn erreicht.

Vielleicht werden sie ihn heute aus der Zelle lassen und kurz im Innenhof des Gefängnisses herumführen. Vielleicht werden sie ihn ein Bad nehmen lassen. Es gibt einen Stundenplan für all diese Aktivitäten, eine Art Rhythmus seines Gefangenenlebens. Aber den hat er vergessen, ebenso, wie er längst vergessen hat, welcher Tag es ist. So ist es einfacher: Das Warten aufs Tageslicht ist schlimm genug. Das Warten auf die Badetage war unerträglich. Aber nun wartet er nicht mehr auf sie; sie passieren einfach.

Er hört, wie ein Riegel aufgeschoben wird, und dann quietscht eine Stahltür. Die Stiefel eines Wärters klicken auf den Steinboden des Flurs vor seiner Zelle. Frühstück.

»Redest du wieder mit dir selbst, du Spinner?«, fragt der Wärter auf Tobynmir durch die kleine Öffnung oben in der Tür.

Erschrocken hört er auf zu rezitieren. Diesmal ist er wenigstens sicher.

Das blasse, narbige Gesicht verschwindet von der Öffnung, als der Wärter sich bückt. Einen Augenblick später klappt das kleine Stahlgitter unten an der Tür auf, und ein Tablett wird in die Zelle geschoben. »Da ist dein Essen, Ausländer. Und nachher geht's in den Hof.«

Das Gitter klappt wieder zu, und die Schritte des Wärters verklingen im Flur. Bald schon hört er, wie die äußere Tür verschlossen und verriegelt wird. Er ist wieder allein. Er bewegt sich nicht zu dem Essen hin – das wird er nicht tun, ehe er nicht die Sonne auf der Haut gespürt hat –, aber er wirft einen Blick darauf. Schimmeliger Käse, trockenes Brot, ein Stückchen Räucherfleisch, mehrere Stücke Trockenobst und Wasser. Es ist jeden Tag so ziemlich das Gleiche. Dennoch, bei dem Anblick fängt sein Magen laut an zu knurren.

Nachher geht es auf den Hof, hat der Wärter gesagt. Er hat nichts von einem Bad erwähnt; aber vielleicht wird er das ja auch noch bekommen. Manchmal machen sie beides. Das wäre gut. Selbst ohne das Bad wird er seinen Spaziergang sehr genießen. Nachdem sie angefangen hatten, Steine aus seiner Zelle zu stehlen, hatte er während der Zeiten im Hof zunächst Angst und war hinterher rasch wieder zurückgerannt und hatte angefangen zu zählen. Aber bisher haben sie es tagsüber nicht versucht. Vielleicht wissen sie, dass er sie ertappt hat. Was immer auch der Grund sein mag, er macht sich während der kurzen Zeiten, in denen er die Zelle verlassen darf, keine Sorgen mehr.

Und das ist gut so – er hätte sich nur schwer zwischen dem Bewachen seiner Steine und den Rundgängen im Hof und den Bädern entscheiden können. Das einzige andere, auf das er sich noch freut, sind seine Gespräche mit Baden. Und sogar die haben angefangen, lästig zu werden. Die Fragen interessieren ihn nicht mehr. In seinem Kopf ist Lon-Ser in weite Ferne gerückt – es fällt ihm immer schwerer, sich an Bilder aus dem Nal oder seines Lebens dort zu erinnern. Manchmal kommt es ihm so vor, als wisse der Zauberer mehr über Lon-Ser als er selbst. Er erinnert sich immer noch an die Morde, obwohl selbst die Erinnerungen daran wirr geworden sind. Die Gesichter der Menschen, die er in Tobyn-Ser getötet hat, verschwimmen mit denen seiner Opfer im Nal. Seine anderen Erinnerungen sind sogar noch trüber. Vielleicht ist das der Grund, wieso Baden immer mehr das anwendet, was er »Sondieren« nennt. Baram hasst dieses »Sondieren«. Nicht, dass es wehtäte – es verursacht ihm kein körperliches Unbehagen, und die Erinnerungen werden sogar angenehm klar. Aber er lehnt das Sondieren dennoch ab, wie jemand das Eindringen in sein Heim ablehnen würde – oder den Diebstahl seiner Steine.

Der Zauberer scheint das zu spüren. Er entschuldigt sich nach dem Sondieren jedes Mal, und oft bringt er Geschenke mit: Essen oder im Winter dickere Kleidung. Sie haben einander auch mehr von der Sprache des anderen beigebracht, und manchmal bleibt Baden nach einer Reihe rasch aufeinander folgender Fragen noch ein wenig und erzählt Geschichten aus der Vergangenheit von Tobyn-Ser und über das, was er als »Magie« bezeichnet. Das sind die Besuche, die Baram am meisten genießt.

Jetzt spürt er die Sonne ganz oben an seinem Kopf, warm und sanft, und er schließt die Augen und fühlt, wie die Wärme wie Honig über seine Stirn und die Nasenwurzel rinnt. Er sieht helles Orange durch seine Lider, und er öffnet die Augen ein winziges bisschen, sodass das grelle Licht Spuren in seinem Geist hinterlassen kann. Die Sonne erreicht seine Lippen, und er öffnet den Mund, als könnte er sie schmecken. Dann hebt er das Kinn und lässt die Wärme durch seinen Bart auf Hals und Brust strömen. Sie zieht weiter über seinen Körper wie eine Geliebte, wärmt seinen Bauch. Und wie an jedem sonnigen Morgen spürt er den Beginn einer Erektion, die sich gegen die abgewetzte Hose drückt. Seine Arme hängen an den Seiten, und er dreht die Handflächen nach vorn, sodass er die Wärme mit den Fingerspitzen spüren kann. Er taucht ganz darin ein: Es gibt nichts anderes mehr außer Licht und Wärme. Er sieht sie durch geschlossene Augen, er schmeckt und riecht sie, er spürt sie wie eine zärtliche Berührung. Und dann fühlt er, wie sie sich um seine Seite biegt. Gleichzeitig beginnt kalter

Schatten, sein Gesicht zu überziehen: das obere Ende des Fensters. Es ist beinahe vorüber.
Einen Augenblick später geht er mit einem Seufzen zu dem Tablett mit seinem Frühstück. Der Druck in seiner Hose lässt nach.
Er isst unkonzentriert und versucht sich an die Empfindungen zu klammern, die er gerade gespürt hat, und an den Spaziergang im Hof zu denken, der noch bevorsteht. Er kaut ein Stück Trockenobst und stellt sich vor, wie die Sonne und der Wind seinen gesamten Körper massieren; vor seinem geistigen Auge sieht er die dunklen Bäume auf den Ausläufern der nahen Hügel und die Berge mit den verschneiten Gipfeln dahinter. Ein Spaziergang wird ihm gut tun. Und vielleicht auch ein Bad. Später, nach dem Frühstück und dem Schläfchen. Alles in allem kein schlechter Tag.

# 5

*Es ist nun auf den Tag genau fünf Jahre her, seit Calbyr und seine Männer nach Tobyn-Ser aufgebrochen sind, und ich sehe mich gezwungen davon auszugehen, dass sie versagt haben. Selbst unter großzügigsten Umständen und wenn man viel Zeit für zusätzliche Ausbildung und eine langsame Eskalation der Angriffe einräumt, bis das Vertrauen der Bevölkerung von Tobyn-Ser zum Orden der Magier und Meister endlich genügend gestört ist, erklärt das Calbyrs langes Schweigen nicht. Ich muss davon ausgehen, dass er entweder tot oder in Gefangenschaft ist. Das ist bedauerlich. Immerhin handelte es sich um eine beträchtliche Investition von Zeit und Mitteln, und Calbyr war selbstverständlich einer der begabtesten und produktivsten Nal-Lords.*

*Ich bin allerdings noch nicht bereit, den Plan vollkommen aufzugeben. Zweifellos bedürfen gewisse Aspekte der Verbesserung, und im Nachhinein erkenne ich, dass einige meiner Personalentscheidungen misslich waren. Aber vorausgesetzt, dass ich einen intelligenten Anführer und eine kompetente Mannschaft finden kann, bleibe ich weiterhin der festen Ansicht, dass Tobyn-Ser erobert werden kann.*

Aus dem Tagebuch von Cedrych i Vran, Oberlord des Ersten Herrschaftsbereichs von Bragor-Nal, Tag 5, Woche 2, im Winter des Jahres 3059.

Melyor wurde sogar noch früher gerufen, als sie erwartet hatte. Das leise Piepen des Sprechschirms weckte sie, noch bevor die frühmorgendlichen Geräusche von Menschen und Transportern unten auf der Straße, an der ihre Wohnung lag, lebhafter wurden. Sie stand rasch aus dem großen Bett auf und hüllte sich in einen Seidenmantel, dann ging sie über den Dielenboden zum Schirm, der auf einem Marmortisch am anderen Ende ihres geräumigen Schlafzimmers stand. Während sie das tat, spürte sie, wie ihr das Herz bis zum Hals schlug. *Das ist es, was ich wollte,* erinnerte sie sich und versuchte sich zu beruhigen. *Deshalb war ich letzte Nacht im Zweiten.*

Sie schaltete das Gerät ein und sah zu, wie das strenge Gesicht eines von Cedrychs Gardisten schärfer wurde. Er war glatt rasiert, hatte kantige, wie gemeißelte Züge, kalte graue Augen und kurz geschnittenes blondes Haar. Sein Hals und seine Schultern waren kräftig, und die Muskeln seiner Oberarme spannten den Stoff seiner makellosen schwarzen Uniform.

Erst jetzt fiel ihr ein, wie sie wohl aussah. Sie fuhr sich mit der Hand durchs wirre Haar. Der Mann grinste höhnisch.

»Melyor i Lakin?«, fragte er kühl.

»Ja.«

»Oberlord Cedrych will dich sehen.«

Sie nickte. »Wann?«

»Selbstverständlich sofort«, antwortete er in einem Tonfall, der bewirkte, dass sie sich dumm vorkam. »Du sollst sofort zu seinen Privaträumen kommen.«

Dann war das Bild auch schon verschwunden, und Melyor starrte das bläuliche Schimmern des leeren Schirms an. Sie blieb noch einen Moment lang reglos stehen und stellte sich vor, wie es sein würde, ihren Dolch in den Hals dieses unverschämten Gardisten zu stoßen. Dann erinnerte sie sich, dass ihr Dolch weg war, und sie spürte, wie ihre Angst zurückkehrte wie ein einzelner Tropfen eiskalten Wassers, der ihr über den Rücken lief.

»Das ist es, was ich wollte«, sagte sie sich abermals, diesmal laut, als könnte es ihr helfen, wenn sie die Worte hörte. *Oberlord Cedrych will dich sehen.* Sie nickte, genau, wie sie es vor Cedrychs Schergen getan hatte. »Ja, jede Wette, dass er das will.«

Sie schaltete den Schirm aus, ging zum Schrank neben ihrem Bett und zog rasch ein weites Hemd, eine Hose und ihre Stiefel an. Sie schnallte sich den Handwerfer um, und kurz bevor sie das Zimmer verließ, fiel ihr noch ein, sich das Haar im Nacken zusammenzubinden. Sie wusste, dass es Cedrych anders lieber sah, aber an diesem Tag wollte er sie zweifellos nicht nur als seinen »schönen Nal-Lord« betrachten, wie er sie oft nannte.

Als sie aus dem Schlafzimmer in den Gemeinschaftsraum ihrer Wohnung kam, wartete dort schon Jibb, ihr bester Sicherheitsmann. Eine beeindruckende Gestalt. Sie musste einfach lächeln, als sie ihn dort auf dem seidenbezogenen Sofa sitzen sah. Er sah auf seltsame Weise gut aus. Er war nicht elegant wie Savil oder auf markante Weise hübsch wie Dob. Aber er hatte freundliche braune Augen und jugendliche, rundliche Züge unter dichten schwarzen Locken. Obwohl er drinnen war und trotz der warmen Jahreszeit trug er immer noch eine lange schwarze Jacke über schwarzer Hose und elfenbeinfarbenem Hemd und dazu schwarze Stiefel mit Stahlstacheln. Die Uniform eines Gesetzesbrechers, dachte Melyor erheitert. Selbst ohne die schicke schwarze Gardistenuniform sah er so aus, als könnte er es mit Cedrychs Mann problemlos aufnehmen. Und obwohl Jibb zweifellos weniger streng ausgebildet war

als der Scherge des Oberlords, hätte sie bei einem Kampf zwischen beiden – sei es mit Werfern, Messern oder bloßen Händen – ihr Geld auf Jibb gesetzt.
Sie erinnerte sich immer noch daran, wie sie ihn zum ersten Mal hatte kämpfen sehen. Das war vor beinahe vier Jahren gewesen, weniger als ein halbes Jahr, nachdem sie Nal-Lord des Vierten geworden war. Sie und einige ihrer Leute waren in einer ihrer Lieblingskneipen gewesen, als Jibb hereingekommen war. Damals war er ein Unabhängiger gewesen, selbstsicher bis hin zur Dreistigkeit, und da er noch neu in ihrem Bezirk war, hatte er nicht gewusst, wer sie war. Daher war, wenn man gerecht sein wollte, sein Vorschlag vielleicht ein wenig unanständig, aber nicht respektlos gewesen. Aber Melyor war selbst noch nicht genügend an ihre Autorität gewöhnt gewesen, um ihm das durchgehen zu lassen, und sie hatte ihren Männern befohlen, ihn zu töten. Es waren sieben gewesen, gut bewaffnet und, wie sie damals geglaubt hatte, gut ausgebildet. Drei waren gleich zu Beginn des Kampfes mit diesem Fremden umgekommen, ohne dass Jibb auch nur einen Kratzer davongetragen hätte. Zwei weitere waren gestorben, ehe Melyor die Überlebenden hatte zurückrufen können, und Jibb hatte noch nicht einmal seinen Werfer gezogen gehabt. Er hatte alles mit zwei Dolchen und den zugespitzten Stacheln an seinen Stiefeln erledigt.
Damals hatte sie gleich gewusst, dass sie den perfekten Leibwächter gefunden hatte. Aber zunächst hatte sie sich seine Achtung erringen müssen. Sie war auf ihn zugegangen, den eigenen Dolch lässig in der Hand.
»Du bist gar nicht übel«, sagte sie. »Ich könnte einen Mann wie dich brauchen.«

»Und wie ich schon sagte, bevor du deine Schläger auf mich gehetzt hast, ich könnte eine Frau wie dich brauchen.«
Sie lächelte finster. »Als Erstes solltest du aber noch ein paar Dinge über diesen Teil des Nals lernen.« Sie wies mit dem Kinn auf seine Messer. »Warum versuchen wir beide es nicht mal?«
»Du und ich?«, fragte Jibb ungläubig. Und dann hatte er gelacht und ihr die Gelegenheit gegeben, die sie brauchte. Mit einer raschen Drehung auf dem rechten Fuß hatte sie Jibb beide Messer aus den Händen getreten, ganz ähnlich wie letzte Nacht bei Savil. Dann hatte sie sich sofort wieder gedreht, in einer so fließenden Bewegung, dass sie sich selbst vorkam wie eine Figur auf dem Zierbrunnen vor dem Palast des Herrschers, und den Griff ihres eigenen Dolches gegen die Schläfe des Mannes geschlagen. Jibb war auf dem schmutzigen Kneipenboden zusammengesackt, und sie hatte sich auf ihn gestürzt, mit der freien Hand in die schwarzen Locken gegriffen und die rasiermesserscharfe Klinge des Dolchs gegen seine Kehle gedrückt.
»Ich bin Melyor i Lakin«, sagte sie ruhig. Sie war nicht einmal außer Atem. »Ich bin Nal-Lord hier im Vierten Bezirk, und du hast die Wahl. Du kannst auf der Stelle sterben, oder du kannst mir Treue schwören und mir als Leibwächter dienen.«
In den braunen Augen des großen, kräftigen Mannes hatte Staunen und vielleicht ein Hauch Angst gestanden, aber seine Antwort, die er mit fester Stimme gab, hatte sie überrascht. »Das heißt wohl, dass aus uns beiden nichts wird.«
Melyor lachte laut, aber den Dolch ließ sie an seinem Hals. »Du hast Sinn für Humor«, stellte sie fest. »Das gefällt mir.

Aber ich bestehe auch darauf, dass die Männer, die für mich arbeiten, mir Respekt erweisen.« Sie packte ihn fester. »Ich warte immer noch auf eine Antwort.«
Ernüchtert hatte Jibb sie längere Zeit nur angesehen. Alle anderen Gespräche in der Bar waren längst verstummt. »Ich schwöre dir Treue, und ich werde dir in jeder Weise dienen, aber unter einer Bedingung.«
Sie hatte die Brauen fragend hochgezogen. »Feilschst du oft, wenn du ein Messer an der Kehle hast?« Jibb hatte geschwiegen, und nach einem Augenblick hatte Melyor genickt. »Was willst du?«
»Ich bin für alle Männer unter meinem Kommando selbst verantwortlich. Ich wähle sie aus, bilde sie aus und diszipliniere sie, wie ich es für angemessen halte, und niemand wird sich einmischen. Auch du nicht.«
Melyor dachte kurz darüber nach. »Also gut«, stimmte sie zu und lockerte ihren Griff. »Wir versuchen es mal.«
Sie war skeptisch gewesen, hatte Jibb aber einen oder zwei Monate Zeit lassen wollen, unter seinen Bedingungen zu arbeiten. Aber in den Monaten, die zu Jahren wurden, hatte der große, kräftige Mann sich als so fähig erwiesen, dass die Vereinbarung genau so geblieben war, wie sie sie an jenem ersten Abend in der Bar abgeschlossen hatten. Für die Lords von Bragor-Nal gehörten Attentate zum Alltag, und in seinem ersten Jahr als Leiter von Melyors Sicherheitskräften hatte Jibb fünf Attentate auf sie verhindert. Im zweiten Jahr waren es zwei weitere gewesen. Seitdem hatte es niemand mehr versucht, und Melyors Sicherheitskräfte – eigentlich Jibbs Sicherheitskräfte – hatten den Ruf, die beste Truppe eines Nal-Lords in Bragor-Nal zu sein. Einige behaupteten sogar, sie seien besser als die Truppen von

Cedrych und den beiden anderen Oberlords und stünden kaum hinter der Leibwache des Herrschers zurück. Melyor ermutigte solche Gerüchte zwar nicht, aber sie trat ihnen auch nicht entgegen.

Manchmal war sie gereizt über die Vorsichtsmaßnahmen, die er für notwendig hielt – aber sie begriff immer schnell, dass er Recht hatte. Und manchmal war sie einfach trotzig, wie am Abend zuvor, als sie sich alleine in Savils Bezirk gewagt hatte. Aber die meiste Zeit ließ sie Jibb freie Hand und überließ es ihm zu tun, was er für angemessen hielt.

Der Gesetzesbrecher erhob sich, als sie das Wohnzimmer betrat. »Guten Morgen, Nal-Lord«, sagte er. »Hast du gut geschlafen?«

Melyor grinste innerlich. Er war nach all diesen Jahren immer noch förmlich. Sie hatte ihn mehrmals gebeten, sie Melyor zu nennen, aber solche Vertraulichkeiten hatte er sich nie erlaubt. »Ja, Jibb. Danke.«

Jibb warf einen Blick auf ihren Werfer. »Gehen wir irgendwohin, Nal-Lord?«

»Ja. Cedrych möchte mit mir sprechen.«

Jibb sah sie forschend an. »Hat das etwas mit gestern Abend zu tun?« Melyor zögerte, und der Mann trat einen Schritt vor. »Nal-Lord«, begann er ernsthaft, »ich kann dich nicht beschützen, wenn ich nicht weiß, in welche Gefahren du dich begibst. Ich kann verstehen, dass die Unternehmung des vergangenen Abends ein gewisses Maß an ... Geheimhaltung verlangte, aber du könntest es mir jetzt doch sicher sagen. Du musst zulassen, dass ich meine Arbeit tun kann.«

»Ach, Jibb«, entgegnete sie vergnügt, »ich wusste nicht, dass du dir solche Sorgen machst.«

Er wandte den Blick ab und wurde rot. »Ich habe einen Ruf zu wahren«, erklärte er mürrisch. »Und ich will nicht, dass du ihn mit deinem Leichtsinn ruinierst.« Melyor lachte, und dann standen sie einander eine Weile schweigend gegenüber. Dann sah Jibb sie wieder besorgt an. »Bitte, Nal-Lord. Du hast mich doch nicht ohne Grund eingestellt.«

Melyor presste die Lippen zusammen. Das hier hatten sie schon viele, viele Male durchgespielt. Und wie üblich hatte er Recht. Also nickte sie schließlich. »Nun gut«, sagte sie und holte tief Luft. »Cedrych will mich sehen, weil Savil letzte Nacht in seinem Bezirk umgebracht wurde und weil er wahrscheinlich inzwischen herausgefunden hat, dass ich es war.«

Jibb pfiff leise durch die Zähne, aber seine Miene blieb ungerührt, und er sagte nichts. Dann nickte er, um anzudeuten, dass er begriffen hatte.

»Du wolltest es ja unbedingt wissen«, meinte Melyor schulterzuckend.

»Hattest du das geplant?«, fragte er.

»Ja«, erwiderte sie, ohne zu zögern. »Er war dabei, sich etwas zu verschaffen, was ich selbst haben möchte.«

Wieder nickte der Mann, und dann begann er sofort den Kopf zu schütteln.

»Du siehst aus, als würdest du mit dir selbst reden, Jibb«, witzelte Melyor. »Die Leute werden noch denken, dass deine Arbeit zu anstrengend für dich geworden ist.«

Der große, kräftige Mann verzog das Gesicht. »Dann sollen sie doch versuchen, einmal einen Tag lang auf dich aufzupassen. Danach werden sie mich besser verstehen.«

Melyor lachte. »Wir sollten uns auf den Weg machen«, sagte sie. »Man lässt Cedrych nicht warten.«

Jibb tastete nach seinem Werfer, als wollte er sich versichern, dass die Waffe noch da war. Es war eine Geste, die Melyor schon tausendmal bei ihm gesehen hatte. »Ich bin bereit«, sagte er.
Immer noch lächelnd zwinkerte Melyor ihm zu. »Daran habe ich nie gezweifelt.«
Die beiden verließen das Wohnzimmer und gingen in das größte von drei Vorzimmern zu Melyors Wohnung. In diesen Räumen hielten sich Jibbs Sicherheitsleute während ihrer Dienstzeit auf, und nun waren hier mehrere bewaffnete, muskelbepackte Männer zu finden, die alle genau wie Jibb gekleidet waren.
»Wir gehen!«, verkündete Jibb, als er und Melyor hereinkamen. »Einheit eins und zwei begleiten den Nal-Lord und mich! Ihr anderen bleibt hier, wartet aber auf mein Zeichen!«
Hektische Aktivität folgte auf diesen Befehl, und gleich danach folgte eine größere Gruppe Jibb und Melyor, die auf ihrem Weg nicht innegehalten hatten. Zwei Einheiten, dachte Melyor bei sich. Ein Dutzend Männer. Zweimal so viel wie üblich. Das konnte an ihrem Ziel liegen – ein Besuch beim Oberlord ließ selbst einen Sicherheitsmann unruhig werden, der von seinen Leistungen sehr überzeugt war. Aber Melyor hielt es für wahrscheinlicher, dass Jibb sich wegen ihrer Tat vom Abend zuvor entschlossen hatte, eine weitere Einheit mitzunehmen. Es war durchaus möglich, sogar wahrscheinlich, dass einer von Savils Leuten, vielleicht Dob, versuchen würde, seinen Nal-Lord zu rächen und selbst die Herrschaft über den Zweiten Bezirk zu übernehmen. Die Tatsache, dass Jibb das Sicherheitskontingent verdoppelte, war einfach nur eine Anerkennung

des Offensichtlichen: Melyor hatte sich am vergangenen Abend eine Reihe neuer Feinde gemacht.

Melyor, Jibb und die zwölf Männer gingen durch eine weitere Tür, einen langen Flur entlang und in einen großen Heber, der sie ins Untergeschoss brachte, wo der gepanzerte private Transporter des Nal-Lords auf sie wartete.

»Zum Palast von Oberlord Cedrych«, sagte Melyor zu ihrem Fahrer, als sie einstieg. Jibb setzte sich neben sie, und zwei seiner Männer platzierten sich ihnen gegenüber. Der Rest der Sicherheitstruppe stieg in einen zweiten, größeren Transporter, der hinter dem von Melyor wartete, und die beiden Fahrzeuge bewegten sich mit einen leisen Summen vorwärts. Sie fuhren eine steile Rampe hinauf und kamen auf eine schmale Seitenstraße, die auf den Zentralplatz von Melyors Block führte, der sich nun langsam mit der üblichen Mischung aus Gesetzesbrechern, Hausierern und Arbeitern, privaten und Massentransportern zu füllen begann. Von dort aus schoben sie sich durch die morgendlich überfüllten Straßen auf eine zweite Rampe, die sie zur Höhe führte, der auf Pfeilern stehenden Straße, die es ihnen erlaubte, das endlose Gitterwerk von Plätzen und Straßen unter ihnen zu meiden.

Von oben sah das Nal aus wie eine riesige Honigwabe, wie man sie auf dem Hof besichtigen konnte. Wenn Melyor nach Südwesten schaute, konnte sie die gewaltigen Glasgebäude des landwirtschaftlichen Sektors erkennen, die sich in die schmutzig braune Luft erhoben, die wie Nebel über Bragor-Nal hing. Sie war einmal auf dem Hof gewesen, als kleines Mädchen. Ihr Vater, der damals Oberlord gewesen war, hatte sie mitgenommen, als ihn der Herrscher selbst zu einer Besichtigung des Komplexes eingeladen hatte. Sie konnte sich immer noch an die ausgedehnten überdachten Getreidefelder erinnern, an die Ähren, die unter hellen, warmen Lichtern in einem sanften künstlichen Wind schwankten, und an die hoch aufragenden Wälder aus Kiefern, Föhren, Fichten, Ahorn und Eichen, die sich scheinbar endlos in den hohen Glashimmel reckten. Es hatte auch andere Gebäude gegeben, einige von ihnen durchdrungen vom Duft von Blüten und Früchte tragenden Bäumen, andere erfüllt von dem eher unangenehmen Geruch von Kühen, Schafen und Schweinen. Sie hatte sogar die Bienenstöcke gesehen, und sie erinnerte sich, dass sie sich über das Summen von Millionen und Abermillionen von Honigbienen hinweg nur schreiend mit ihrem Vater verständigen konnte.

Aber am genauesten erinnerte sie sich an die Gardisten, die überall einzeln oder in Gruppen zu sehen waren, allesamt mit säuerlichen Mienen, in der steifen blauen Uniform der SiHerr, der Sicherheitskräfte des Herrschers, und bewaffnet mit den größten Werfern, die Melyor jemals gesehen hatte. Sie hatte ihren Vater am Abend dieses Tages, als sie wieder zu Hause gewesen waren, nach den Männern gefragt.

»Der Hof ist der wichtigste Teil von Bragor-Nal«, hatte er erklärt, als er auf ihrer Bettkante saß. Aus dem Flur war durch die angelehnte Tür ein wenig Licht hereingefallen und hatte sein Gesicht noch kantiger, sein vorzeitig ergrautes Haar heller aussehen lassen. »Er muss geschützt werden.«

»Vor wem?«, wollte sie wissen. Sie hatte den Tag mit ihm genossen – solche Tage waren eine seltene Annehmlichkeit – und sie wollte noch nicht zulassen, dass er zu Ende ging.

»Oh, vor diversen Leuten. Der Herrscher hat Feinde in Oerella-Nal und Stib-Nal, die vielleicht Bragor-Nals Lebensmittelzufuhr unterbrechen und uns erobern wollen. Oder einer der anderen Oberlords könnte versuchen, den Hof als Druckmittel zu benutzen, um sich größere Macht oder mehr Land zu verschaffen.«

»Würdest du so etwas tun?«

»Nein«, hatte ihr Vater geantwortet und lächelnd den Kopf geschüttelt. »Ich bin zufrieden mit dem, was ich habe.«

Er hatte ihr einen Kuss auf die Stirn gedrückt, die Decke zurechtgezupft und ihr Gute Nacht gesagt. Dann hatte er noch erwähnt, dass er früh am nächsten Tag eine Besprechung hatte, aber zum Abendessen mit ihr wieder da sein würde. Sie hatte ihn nie wieder gesehen. Am nächsten Morgen hatte die Bombe eines Attentäters den Transporter ihres Vaters zerfetzt, ihren Vater sofort getötet und den Mann, der den Attentäter bezahlt hatte, zum Oberlord gemacht. Dieser Mann starb dann mehrere Jahre später auf ganz ähnliche Weise als Opfer eines Attentäters, den Cedrych angeheuert hatte, der danach seinerseits Oberlord wurde. Melyor war nach dem Tod ihres Vaters zu dessen Schwester gezogen, die in einem anderen Teil des Nal lebte. Melyors Mutter war bei einem fehlgeschlagenen Attentatsversuch auf ihren Mann umgekommen, als Melyor noch sehr klein gewesen war, und so war diese Tante Melyors nächste überlebende Verwandte gewesen.

So ging es in Bragor-Nal nun einmal zu, dachte Melyor, als sie durch die rauchfarbenen Fenster ihres Transporters auf die Glastürme des Hofs hinausschaute. Hier war sie – eine Frau, die Attentäter zu einer Waisen gemacht hatten, auf dem Weg zu einem Mann, der durch Attentate aufgestiegen war, um darüber zu sprechen, dass sie selbst am Abend zuvor ein Attentat auf einen Rivalen verübt hatte. Zu anderen Zeiten, unter anderen Umständen, wäre ihr die Situation erheiternd vorgekommen.

Sie warf einen Blick auf den Zeitanzeiger, der über dem Fenster angebracht war. Es war über eine halbe Stunde her, seit sie mit Cedrychs Gardisten gesprochen hatte, und es würde noch mindestens eine weitere halbe Stunde dauern, bis sie den Palast des Oberlords erreichen würden, selbst auf der Höhe. Cedrychs Bezirk, der Erste, grenzte im Süden an den ihren, und Melyors Wohnung lag auch im südlichen Teil des Vierten, aber Bragor-Nal war riesig, und sie mussten an diesem Morgen eine beträchtliche Entfernung zurücklegen. Sie spürte, wie ihr Pulsschlag sich abermals beschleunigte; Cedrych war nicht gerade für seine Geduld bekannt.

»Es ist immer noch früh«, versuchte Jibb, der offenbar ihre Nervosität bemerkt hatte, sie zu beruhigen. »Und Cedrych weiß, wie lange es dauert, um von deinem Bezirk zu seinem zu gelangen.«

Melyor nickte und versuchte zu lächeln, dann schaute sie wieder aus dem Fenster. *Das ist es, was ich wollte,* sagte sie sich wieder einmal und kam sich vor wie eine Geistliche, die ihre Litanei wiederholte.

Die Fahrt zur Wohnung des Oberlords kam Melyor endlos vor, und als die beiden Transporter endlich vor dem beeindruckenden Marmorgebäude mit seinen verspiegelten Fenstern, Stahltüren und kunstvoll gemeißelten Ziersimsen stehen blieben, warf sie sich beinahe aus dem Fahrzeug und hastete auf den Eingang des Gebäudes zu. Jibb und seine Männer beeilten sich, um mit ihr Schritt zu halten, aber das war nicht notwendig. Einer von Cedrychs Gardisten hielt sie am Ende der Marmortreppe auf.

»Nal-Lord«, grüßte er. »Er erwartet dich. Ich kann allerdings nur drei Männern von deiner Truppe Zugang gewähren; die anderen werden hier draußen warten müssen.«

»Selbstverständlich«, erwiderte Melyor. »Daran hätte ich denken sollen.«

Sie warf einen Blick zurück zu Jibb und nickte ihm zu. Jibb sprach leise mit den anderen Männern. Einen Augenblick später kehrte er zurück, nickte ebenfalls, und sie wandte sich wieder dem Gardisten zu. »Wir sind bereit.«

Cedrychs Mann sprach in einen Transmitter, den er an der Schulter seiner schwarzen Uniform trug. Sofort öffnete sich die polierte Metalltür mit einem leisen Klicken. Der Mann schob sie auf und winkte Melyor hinein. Der Nal-Lord holte tief Luft und ging nach drinnen. Jibb folgte, zusammen mit den beiden Männern, die in Melyors Transporter mitgefahren waren. Drinnen wurden die vier von einem Kontingent von sechs Gardisten erwartet, die sie zu einem geräumigen Heber führten, der innen geschmackvoll mit Messing, Spiegeln und dunklem Holz dekoriert war. Einer von Cedrychs Männern berührte einen unbeschrifteten roten Kreis ganz oben auf der Schalttafel des Hebers. Sofort glitt die Tür zu, und der Heber begann sich zu bewegen. Niemand sagte etwas, und Melyor starrte das polierte Holz der Tür an, versuchte, neutral dreinzuschauen, und schluckte ein- oder zweimal, als die Kabine sich höher bewegte, um ihre Ohren frei zu bekommen.

Nach einiger Zeit spürte sie, wie der Heber langsamer wurde und die Tür aufglitt. Ein weiteres Kontingent von Wachen erwartete sie – wieder waren es sechs Männer –,

und sie erkannte ihren Anführer als denjenigen, mit dem sie an diesem Morgen gesprochen hatte.
»Nal-Lord«, sagte er und lächelte sie an, als wären sie alte Freunde. »Der Oberlord ist erfreut, dass du so schnell kommen konntest.«
»Wie hätte ich eine solche Einladung abschlagen können?«, fragte Melyor aalglatt und stieg aus. »Ich muss dem Oberlord ein Kompliment für die makellose Höflichkeit seiner Gardisten machen.«
Der Mann schien ihre Ironie bemerkt zu haben, denn sein Lächeln verschwand, und die Farbe sickerte aus seinem kantigen Gesicht. »Hier entlang, Nal-Lord«, bat er mit einer Geste der linken Hand, die vielleicht ein wenig zittrig ausfiel.
Melyor bedachte ihn mit einem eisigen Blick und rauschte an ihm vorbei. »Ja«, sagte sie über die Schulter hinweg, »ich kenne den Weg.« Sie ging entschlossen den breiten Flur entlang zu Cedrychs Räumen. Als sie sich noch einmal umsah, stellte sie erfreut fest, dass sich der Gardist beeilen musste, um mit ihr Schritt zu halten. Sie lächelte in sich hinein und ging noch ein wenig schneller.
Sechs weitere Gardisten warteten am Ende des Flurs auf sie. In ihrem Hinterkopf fragte sich Melyor, wie viele Männer eigentlich für Cedrych arbeiteten. Es mussten mehrere zehntausend sein; mit einer Armee dieser Größe hätte sie am helllichten Tag in Savils Bezirk einmarschieren können, ohne sich um so etwas wie Verkleidung scheren zu müssen. Sie grinste bei dem Gedanken. Eines Tages, versprach sie sich. Eines Tages.
Sie blieb vor den Männern stehen und warf einen Blick in die Kabine, die sich hinter den Gardisten befand. Sie war

über acht Fuß hoch und zwei breit, hätte also leicht auch den kräftigsten von Cedrychs Männern aufnehmen können. Sie war ringsum glänzend schwarz und hatte keine besonderen Kennzeichen bis auf eine Anzeige auf der linken Seite und zwei Lichter über dem Eingang, der Melyor zugewandt war, eines rot und das andere, das gerade leuchtete, blau.

»Bist du vertraut mit dem Waffenprüfer, Nal-Lord?«, fragte einer der Gardisten, ein finster dreinblickender Mann, der ein wenig älter war als die anderen, aber nicht schmächtiger.

Selbstverständlich war sie das, und nicht nur, weil sie schon öfter hier gewesen war. Jeder im Nal wusste von Cedrych und seinem Waffenprüfer. Vor ein paar Jahren war es einem Attentäter gelungen, Sprengstoff in die Räume des Oberlords zu schmuggeln und ihn fünf oder sechs Fuß von Cedrych entfernt zu zünden. Der Mann war selbstverständlich gestorben, aber es wäre ihm beinahe gelungen, Cedrych mit sich zu nehmen: Der Oberlord hatte sein rechtes Auge verloren und Monate gebraucht, um sich von seinen schweren Verletzungen zu erholen. Der Schaden an seinem rechten Bein hatte sich nicht vollständig heilen lassen.

Cedrych hatte auf diverse Arten auf den Vorfall reagiert, einige davon vorhersehbar, andere erschreckend und überraschend. Der Attentäter, ein Schurke, dem man intensive Drogen verabreicht hatte, war von einem abtrünnigen Nal-Lord namens Vanniver geschickt worden, und selbstverständlich hatte Cedrych Vanniver zu sich bringen lassen, noch während er sich von seinen Verletzungen erholte. Aber niemand hätte vorhersehen könne, was der Oberlord als Nächstes tat. Statt den Mann einfach zu töten, hatte Cedrych ihn ausziehen und nackt an den Handgelenken vom Dach seines Palastes hängen lassen. Und das war alles. Vanniver hatte monatelang dort gehangen. Es war Mittsommer, als die Strafe begann, also hatte Vanniver trotz der Anstrengung, des Hungers, des Durstes, der Sommerhitze und der Gewitter noch eine Woche gelebt. Danach war er hängen geblieben. Seine Leiche hatte angefangen zu verfaulen, Aaskrähen hatten sich tagelang von ihm ernährt. Und immer noch war er hängen geblieben. Cedrych hatte verboten, ihn abzuschneiden. Geschwächt von den Elementen gaben die Knochen seiner Handgelenke im folgenden Frühjahr schließlich nach, und sein Skelett fiel auf die Straße und zerbrach in tausend Stücke. Immer noch hielt Cedrych seine Männer davon ab, die Reste wegzuräumen. Transporter fuhren weiterhin über die Straße und mahlten die Knochen des Nal-Lords ins Straßenpflaster, bis Vanniver nur noch Staub war und der nächste Regen ihn wegwusch. Die Seile wurden nie vom Dach abgeschnitten, und angeblich hingen sie immer noch dort.

Aber Cedrychs Strafe für den Nal-Lord war nur der Anfang gewesen. Er war der Ansicht, dass die zwei Dutzend Gardisten, die Dienst hatten, als der Anschlag geschah, ebenso viel Schuld daran trugen wie Vanniver. Noch während er sich erholte, ließ er einen der Männer nach dem anderen zu sich bringen. Und er tötete sie alle, schoss ihnen mit dem Werfer das rechte Auge aus. Die letzten beiden, die begriffen hatten, was aus ihren Kameraden geworden war, versuchten zu fliehen. Cedrychs andere Gardisten, die um ihr Leben fürchteten, fingen die beiden und brachten sie zu ihrem Oberlord. Und Cedrych fand eine angemessene

Strafe für ihre Unfähigkeit und ihre Feigheit: Er ließ die beiden Männer blenden, ließ ihnen das rechte Bein am Knie und den rechten Arm am Ellbogen abschneiden. Und dann gestattete er ihnen, am Leben zu bleiben.

Aber trotz dieser Maßnahmen wusste Cedrych, dass er zukünftige Attentate auf sein Leben und das Versagen seiner Männer nicht vollkommen verhindern konnte. Also machte er sich daran, das vollkommene Sicherheitssystem zu entwickeln. Das Ergebnis war dieser Waffenprüfer. Er stellte das wirkungsvollste Werkzeug zum Entdecken von Waffen in ganz Lon-Ser dar, und Cedrych wurde von allen darum beneidet. Als der Herrscher davon hörte, befahl er Cedrych, einen zweiten bauen und ihn zum Palast des Herrschers bringen zu lassen. Der Prüfer machte ein Attentat nicht vollkommen unmöglich – wie konnte diese kleine Kabine im Flur vor seiner Tür Cedrych auf den Straßen des Nal schützen? Aber sie sorgte dafür, dass der Oberlord stets die einzige bewaffnete Person in seiner eigenen Wohnung sein würde. Soweit bekannt war, gab es in ganz Lon-Ser nicht eine einzige Waffe und keinen Sprengstoff, die vom Prüfer nicht entdeckt wurden. Selbstverständlich wusste das niemand mit absoluter Sicherheit. In den acht Jahren, seit der Prüfer gebaut worden war, hatte kein Attentäter es gewagt, dort sein Leben aufs Spiel zu setzen.

»Ja, ich bin vertraut mit dem Prüfer«, sagte Melyor und reichte dem Mann mit einem dünnen Grinsen den Werfer. Der ältere Gardist nahm die Waffe und wies auf den Eingang der schwarzen Kabine. »Dann geh jetzt bitte hinein.«

Melyor warf Jibb und seinen Männern einen Blick zu. Sie wusste, die drei würden sie nicht zu ihrer Besprechung mit dem Oberlord begleiten dürfen. »Schon gut«, sagte sie, als sie Jibbs besorgten Blick bemerkte. »Ich erwarte keine Probleme.«

Melyor sah, wie Jibb tief Luft holte und nickte. Dann betrat sie die Kabine. Sofort schloss sich die Tür hinter ihr, schloss alles Licht aus und sie ein. Aber ansonsten schien nichts weiter zu geschehen. Kurze Zeit später glitt auf der gegenüberliegenden Seite eine Tür auf. Der Gardist stand vor Melyor, zwischen ihr und einer weiteren Tür, die in Cedrychs Räume führte.

»In deinem rechten Stiefel ist eine leere Dolchscheide!«, sagte der Mann vorwurfsvoll. »Wo ist die Klinge, die dazu gehört?«

»Ich habe sie verloren«, antwortete sie.

Der Mann sah sie skeptisch an.

Sie breitete die Arme aus. »Es ist wahr«, erklärte sie. »Die Maschine konnte keinen Dolch finden, oder? Wie sollte ich ihn vor dem Waffenprüfer verstecken können?«

Er schien darüber nachzudenken. Schließlich zuckte er die Achseln. »Also gut.« Er schaute ihre Füße an. »Du wirst die Stiefel hier lassen müssen, Nal-Lord.« Er hielt ihr ein paar weiche Pantoffeln hin, die aus schwarzem, elastischem Tuch bestanden. »Du kannst die hier tragen.«

Melyor starrte die Schuhe einen Augenblick an, dann nickte sie und nahm sie entgegen. Das war neu; Cedrych ging wirklich kein Risiko ein. Und plötzlich fiel ihr wieder ein, dass sie dieselben Stiefel am Abend zuvor getragen und Savil mit einem Tritt entwaffnet hatte. Wusste Cedrych bis in diese Einzelheiten, was geschehen war? War das möglich? Sie versuchte verzweifelt, ihr pochendes Herz zu beruhigen, zog die Stiefel aus und die Stoffschuhe an.

»Sie ist bereit«, sagte der Gardist in den Transmitter an seiner Uniform.
Melyor hörte das Schloss der Tür hinter dem Mann klicken. Der Gardist drehte sich um und drückte die Tür auf, bevor er zur Seite trat und Melyor bedeutete einzutreten. Sie tat es, vorsichtig, als wäre sie unsicher, was sie drinnen erwartete. Sie zuckte zusammen, als die Tür sich hinter ihr wieder schloss, blieb stehen, um tief Luft zu holen, und sah sich dann um. Das Vorzimmer zu den Räumen des Oberlords hatte sich seit ihrem letzten Besuch nicht sonderlich verändert. Ein langes Sofa und drei große, dick gepolsterte Sessel, alle mit silbergrauem Stoff bezogen, standen rund um einen niedrigen Glastisch, dessen runde Platte auf einem Metallrahmen ruhte. Geschmackvolle Tinten- und Bleistiftzeichnungen mit Szenen aus dem Nal schmückten die weißen Wände. Hochfloriger Teppichboden, der sich unter Melyors Füßen weich anfühlte und in der Farbe genau zu den Sesseln und dem Sofa passte, bedeckte den Boden. Die der Tür gegenüberliegende Wand bestand vollkommen aus Glas und bot eine spektakuläre Aussicht auf die gesamte Südhälfte des Nal. Weit in der Ferne, beinahe verborgen von der braunen Luft, die über der Stadt hing, waren die hohen Gipfel des Grünwassergebirges zu erkennen.
Es war alles makellos sauber, als hätte sich seit Tagen oder Wochen niemand hier aufgehalten, und es sah, wie Melyor nicht zum ersten Mal feststellte, wie eine ganz gewöhnliche Wohnung aus. Bei allem, was sie über Cedrych wusste, fand sie es jedes Mal seltsam, dass keine Dolche und Werfer von der Decke hingen und keine Gemälde von Kämpfen an den Wänden. Aber andererseits hätten die Leute aus dem Vierten wohl ähnlich verwundert auf ihre Wohnung reagiert –

die im Vergleich zu dieser selbstverständlich viel bescheidener war.
»Komm herein!«, erklang eine Stimme aus einem anderen Zimmer. Cedrychs Stimme: klar und freundlich, ganz ähnlich, wie Melyor die Stimme ihres Vaters in Erinnerung hatte. »Ich bin hier hinten im Lesezimmer! Komm einfach herein!«
Sie ging zum Arbeitszimmer des Oberlords und dachte dabei daran, dass sie Cedrych nie in einem anderen Teil seiner Wohnung gesehen hatte. Nicht, dass er sie nicht mehrmals in sein Schlafzimmer eingeladen hatte, aber nachdem sie seine ersten Annäherungsversuche vorsichtig abgelehnt hatte, waren diese Einladungen immer mit einer gewissen Scherzhaftigkeit ausgesprochen worden, die es ihr gestattete, sie lachend abzutun, ohne ihr Gegenüber zu beleidigen. Manchmal fragte sich Melyor, was hinter dieser Frivolität Cedrychs lag, aber sie war nie weiter darauf eingegangen, und bisher hatte er das, sehr zu ihrer Erleichterung, auch nicht getan.
Vor dem Arbeitszimmer angekommen, klopfte Melyor leise an den hölzernen Türrahmen, obwohl die Tür bereits offen stand. Cedrych saß an seinem Schreibtisch, in einem schwarzen Ledersessel, der leise knarrte, als der Oberlord sich zurücklehnte. Der Schreibtisch war ziemlich alt – mehrere hundert Jahre alt, hatte er ihr einmal gesagt – und er bestand aus dunklem Holz mit breiter Maserung. Mehrere Papierstapel lagen ordentlich im Schein einer niedrigen Schreibtischlampe aus Messing, und in der Mitte stand ein Sprechschirm, der dem ganz ähnlich war, den Melyor zu Hause hatte. Der elegante Teppichboden endete am Eingang zu diesem Büro, das einen gebohnerten Dielenboden

aus etwas hellerem Holz als dem des Schreibtischs hatte. Wie schon im Vorzimmer bestand auch hier eine Wand – die hinter Cedrych – vollkommen aus Glas, und man konnte den Ostteil von Bragor-Nal und die nahe gelegenen Medianberge sehen. An den anderen drei Wänden zogen sich hölzerne Bücherregale vom Boden bis zur Decke entlang.

Cedrych blickte auf, als er Melyors Klopfen hörte, sah sie von oben bis unten an und schaute ihr dann mit seinem guten Auge wieder ins Gesicht. Er lächelte.

»Melyor, meine Liebe!«, sagte er freundlich und erhob sich zu ihrer Begrüßung. Er trug eine schwarze Hose und ein weites schwarzes Hemd, und er hatte einen Werfer an den Oberschenkel geschnallt. Sie trat ein paar Schritte vor, sodass er ihre Hand ergreifen und ihren Handrücken küssen konnte. Cedrychs Zugeständnis an die Ritterlichkeit, dachte sie bei sich und fand den Gedanken trotz ihres rasenden Pulsschlags erheiternd. »Ich bin entzückt, dass du kommen konntest«, fügte er hinzu, setzte sich wieder und zeigte auf einen der Stühle aus dunklem Holz, die zwischen der Tür und dem Schreibtisch standen.

»Es ist mir ein Vergnügen, Oberlord«, entgegnete sie und setzte sich. »Und selbstverständlich eine Ehre.«

Abermals lächelte Cedrych, aber diesmal hatte er ein seltsames Glitzern in seinem linken Auge. »Du hast die Einladung doch sicher schon erwartet.«

Das war keine Frage, sondern eine Feststellung. »Ich wusste, dass du dich mit mir in Verbindung setzen würdest«, gab sie zu, »allerdings hätte ich es nicht so früh erwartet.«

Das Lächeln lag noch immer auf den narbigen Zügen des Oberlords. »Es freut mich zu erfahren, dass ich dich immer noch überraschen kann.« Er warf einen Blick auf die Papiere auf seinem Schreibtisch. »Ich habe deinen letzten Tribut erhalten«, sagte er. »Wie immer pünktlich. Deine Zahlungen werden jeden Monat höher, meine Liebe. Ich bin sehr erfreut.«

»Danke, Oberlord.«

»Was deine Bitte um zusätzliche Zuwendungen für Reparaturen an der Höhe und den Blocks angeht, werde ich selbstverständlich erst noch mit Durell sprechen müssen, aber ich glaube nicht, dass es Probleme geben wird.« Er sah sie lächelnd an. »Danach wird es allerdings deine Sache sein, mit den Schreibtischleuten zurechtzukommen.«

Melyor nickte. Der schwierigere Teil dabei, solche Arbeiten ausführen zu lassen, lag nicht darin, Cedrych die Zustimmung für Zahlungen abzuringen, sondern dafür zu sorgen, dass das Geld auch so verwendet wurde, wie sie es beabsichtigt hatte. Es mussten Formulare ausgefüllt und Arbeiter eingeteilt werden. Das war der schlimmste Teil ihrer Arbeit. Sie wusste, dass es viele andere Nal-Lords zur Verzweiflung trieb. Aber sie war inzwischen recht gut darin. Während andere Nal-Lords mit Gewalt drohten, damit die Papierbearbeiter oder Schreibtischleute, wie man sie oft nannte, ihre Arbeit machten, benutzte Melyor eine subtile Mischung aus Bestechung und Überredung. Im Lauf der Jahre hatte das ganz gut funktioniert, sicherlich auch dank Jibbs Ruf und der Drohung, die schon darin lag, dass er einfach an ihrer Seite stand.

»Brauchst du sonst noch etwas?«, fragte Cedrych. »Vielleicht Reparaturen des Tunnelsystems?«

Melyor holte tief Luft und wünschte, dass Cedrych mit dieser Konversation aufhören und das ansprechen würde, was sie beide interessierte. »Nein danke, Oberlord. Nur die Straßenreparatur und die Instandsetzungsarbeiten.«

»Also gut, meine Liebe«, sagte er mit breitem Grinsen, als gefiele es ihm, sie zappeln zu lassen. Dann drehte er sich in seinem hochlehnigen Stuhl zur Glaswand, und Melyor sah nur noch den oberen Rand seines rasierten Kopfes. »Ich habe letzte Nacht einen guten Mann verloren, Melyor«, sagte er. Er drehte sich wieder ein wenig mit den Stuhl, sodass er sie sehen konnte. »Du hast vielleicht davon gehört?« Wieder wandte er sich zum Fenster. »Ich verliere nur ungern einen Mann mit Savils Talenten, obwohl ich verstehe, dass solche Dinge im Nal nun einmal geschehen. So ist nun mal die Welt, in der wir leben. Aber ich fände es besonders unangenehm zu erfahren, dass ich diesen Mann nur wegen eines lächerlichen Disputs verloren habe, den man leicht hätte bereinigen können, wenn alle nur einen kühleren Kopf bewahrt hätten.«

Melyor setzte dazu an, etwas zu sagen, aber Cedrych hob, ohne sich umzudrehen, einen Finger, als hätte er gespürt, dass sie sprechen wollte. »Gestatte mir, fortzufahren«, befahl er.

Sie schwieg und richtete den Blick auf den Schreibtisch. Und dabei entdeckte sie etwas, das ihr zuvor entgangen war, das aber nun bewirkte, dass ihr vor Angst schwindlig wurde. Ihr Dolch. Es war unglaublich, aber hier lag ihr Dolch, direkt neben der Schreibtischlampe, und der schwarze Griff zeigte anklagend in ihre Richtung.

Cedrych sprach derweil weiter, sagte etwas über die unangenehmen Auswirkungen, die Attentate auf die Herrschaftsstruktur haben konnten, die er versuchte, in seinem Teil von Bragor-Nal aufrechtzuerhalten. Melyor wusste, sie sollte lieber zuhören; es wäre wichtig gewesen, zumindest so zu tun, als ob. Aber sie musste einfach den Dolch anstarren und darüber nachdenken, was das alles zu bedeuten hatte.

Er musste wissen, dass es ihrer war, obwohl sie keine Ahnung hatte, warum. Sie konnte sich nicht erinnern, ob er sie je damit gesehen hatte. Erwartete er, dass sie die Waffe zurückverlangen würde? Oder würde das für ihn erst bestätigen, dass sie Savil getötet hatte? Andererseits, wenn er Beweise hatte, dass sie Savil getötet hatte, würde er dann nicht glauben, dass sie ihn zu betrügen versuchte, wenn sie nichts über den Dolch sagte? Und hatte sie nicht schon erwartet, dass Cedrych wusste, dass sie Savil getötet hatte, und war darauf vorbereitet gewesen, es ihm zu sagen, falls er es nicht wusste?

Cedrych liebte solche Spielchen, besonders wenn sie dazu führten, dass sich seine Gegner oder Untergebenen unbehaglich fühlten. Zweifellos hatte er bereits gespürt, wie unsicher Melyor geworden war, und freute sich darüber. Aber das konnte sich auch zu Melyors Vorteil auswirken. Denn sie hatte immer noch ihr Geheimnis – das, was sie Savil verraten hatte, bevor sie ihn tötete. Und falls Cedrych je davon erfahren sollte ... sie schauderte. Daran wollte sie lieber nicht denken. Aber es ging hier darum, dass Cedrychs Spielchen – der Dolch auf dem Schreibtisch, seine sexuellen Anspielungen, die sich immer in seine Gespräche mit ihr einschlichen, und die unzähligen anderen Versuche des Oberlords, seine Nal-Lords zu quälen und zu necken – ihr gestatteten, ihre echte Angst davor, entdeckt zu werden, mit dem Unbehagen zu bemänteln, das Cedrych ohnehin bei ihr hervorrufen wollte.

Also riss sie ihre Aufmerksamkeit wieder von der Klinge los und zwang sich zuzuhören. Der Dolch war ein Spiel, eine Ablenkung, die der Oberlord zu seiner eigenen Erheiterung arrangiert hatte. Melyor würde sich noch darum kümmern, bevor sie ging. Irgendwie. Aber zuerst musste sie sich auf Wichtigeres konzentrieren.

»Nachdem Savil nun tot ist, wird es wahrscheinlich einen ausgedehnten blutigen Kampf zwischen denen geben, die ihm als Nal-Lord folgen wollen«, sagte Cedrych gerade und starrte dabei immer noch aus dem Fenster. »Es gibt mindestens sechs, die glauben, den Aufstieg verdient zu haben. Das gehörte zu Savils Talenten, wie davor auch zu Calbyrs: Sie wussten, wie man Leute inspiriert, wie man sie glauben lässt, dass sie selbst eine Chance zum Aufstieg haben. All diese Männer glaubten, dass Savil nach mir Oberlord werden und er dann einen von ihnen zu seinem Nachfolger machen würde. Deshalb waren sie loyal, leicht zufrieden zu stellen und ehrgeizig genug, um gute Arbeit zu leisten. Und es machte Savils Bezirk zu meinem lukrativsten.« Wieder warf Cedrych einen Blick zu Melyor. »Noch lukrativer als der deine, meine Liebe. Wenn auch zugegebenermaßen kein großer Unterschied bestand.« Nun drehte er den Stuhl um, damit er sie direkt ansehen konnte. »Und dieser Strom von Geldern in meine Tasche ist nun unterbrochen. Ich muss einen neuen Mann einbrechen. Oder eine Frau«, fügte er mit einem freudlosen Grinsen hinzu, das nicht lange andauerte. »Das kann einige Zeit dauern, und Zeit ist Geld.« Er sah sie nun mit seinem einen durchdringenden blauen Auge forschend an, wartete wachsam darauf, was ihre Miene ihm verraten würde. »Also«, schloss er dann, »verstehst du sicher, wieso es mich verstören würde zu erfahren, dass es bei Savils Tod nur um einen Konflikt ging, der auch auf andere Art hätte gelöst werden können.«

Cedrych schwieg und sah Melyor erwartungsvoll an, als verlangte das, was er gerade gesagt hatte, nach einer Antwort. Melyors Herz raste wieder; ihre Angst davor, was sie nun tun würde, war gemischt mit der Begeisterung darüber, dass zwei Jahre der Planung nun endlich Früchte trugen. *Das ist es, was ich wollte.* Also holte sie noch einmal tief Luft, hoffte, dass ihre Stimme ruhig klang, und machte den nächsten Schritt. »Savil war noch aus anderen Gründen wichtig, nicht wahr?«

»Ich weiß nicht so recht, wovon du da sprichst«, erwiderte der Oberlord scheinbar unschuldig.

Sie verkniff sich ein Lächeln. Sie hätte wissen sollen, dass er es ihr nicht leicht machen würde. »Er sollte die nächste Mission in Tobyn-Ser anführen. Du hast ihn ausgewählt, um Calbyrs Nachfolger zu werden. Daher gibt es nun auch in dieser Sache Komplikationen. Nicht wahr?«

Cedrych grinste. »Das ist also schon bis in den Vierten Bezirk vorgedrungen?«

»So ist es.« Melyor hielt seinem Blick stand.

Der Oberlord nickte. »Ich verstehe.« Er stand auf und ging ans Fenster, wandte ihr abermals den Rücken zu. »Ja, was du sagst, stimmt. Nach Savils Tod brauche ich auch einen neuen Anführer für die Tobyn-Ser-Initiative.«

Melyor holte abermals tief Luft. Ihr Herz war wie ein Schlaghammer in ihrer Brust. »Vielleicht könnte ich ja aushelfen.«

Bei diesen Worten drehte er sich um, und ein Lächeln umspielte seine Mundwinkel. Es war wirklich ein Spiel, das wusste Melyor nun sicher – ein weiteres Spiel in einer

manchmal endlos scheinenden Reihe. »Du?«, fragte er amüsiert und interessiert zugleich.
»Ich bin nicht davon überzeugt, dass Savil die beste Wahl für diesen Auftrag darstellte«, wagte sie sich vor. »Er war ein kompetenter Nal-Lord, aber es fehlte ihm an Fantasie.«
Die Blick des Oberlords war kühler geworden. »Willst du damit behaupten, ich wüsste nicht, was ich tue?«
»Keinesfalls«, versicherte sie ihm rasch. »Ich bin sicher, dass Savil den Auftrag angemessen ausgeführt hätte. Ich frage mich nur, ob ein solcher Auftrag nicht jemanden braucht, der sich ein bisschen mehr einfallen lässt. Savil war sicherlich unbarmherzig und hat seine Männer dazu gebracht, gute Arbeit zu leisten, aber dieser Auftrag verlangt nach mehr. Die Person, für die du dich schließlich entscheidest, sollte auch kreativ, wagemutig und schlau sein; sie sollte anpassungsfähig genug sein, um mit allen Situationen zurechtkommen zu können, die man jetzt noch nicht vorhersehen kann. Mit anderen Worten, Oberlord«, fuhr sie fort und sah Cedrych dabei direkt an, »sollte es jemand sein, dem du vollkommen vertrauen kannst, diesen Auftrag so auszuführen, wie du selbst es tun würdest, wenn du die Möglichkeit dazu hättest. Meiner Ansicht nach verfügte Savil nicht über diese Eigenschaften. Ich hingegen schon.«
»Du magst Recht haben, Melyor«, entgegnete Cedrych in neutralem Ton. »Solche Fähigkeiten wären sicher nützlich, und ich gebe zu, dass du sie in hohem Maß besitzt. Aber es geht bei diesem Auftrag auch um Subtilität und Diskretion. Wer auch immer einen solchen Auftrag ausführt, kann es sich nicht leisten, Beweise liegen zu lassen wie Bonbonpapierchen.«

Bevor sie sich bremsen konnte, zuckte Melyors Blick zu dem Dolch auf Cedrychs Schreibtisch. Vielleicht ging es doch nicht nur um ein Spiel.
Cedrych ließ sich nicht anmerken, dass ihm ihre Reaktion aufgefallen war. »Dieser Anführer kann es sich nicht leisten, übereilt zu handeln oder seine Vernunft von Gefühlen oder Ehrgeiz beeinflussen zu lassen«, fuhr er nun strenger fort. »Gewalt um der Gewalt willen mag da draußen funktionieren« – er machte eine abfällige Geste zum Fenster, zum Nal hin. »Aber hier geht es um Subtileres.«
Melyor biss die Zähne zusammen. Das war so ziemlich genau das, was sie selbst zu Savil gesagt hatte. Und dann hatte sie ihren Dolch neben der Leiche des Nal-Lords auf der Straße liegen lassen. Sie hatte seit Jahren nichts so Dummes mehr getan, bis zu diesem Augenblick – selbstverständlich hatte es gerade jetzt passieren müssen! Sie schüttelte angesichts dieser Ironie den Kopf. Sie war nicht sicher, was Cedrych von ihr erwartete, und nun waren ihre eigenen sorgfältig ausgearbeiteten Pläne für diese Begegnung an einem Dolch gescheitert. Aber sie war schon zu weit gekommen, um nun noch aufgeben zu können. Also nahm sie den einzigen noch offenen Weg.
»Ob du es nun glaubst oder nicht, Oberlord«, sagte sie und kümmerte sich nicht mehr um einen angemessenen Ton, »ich kann diskret und subtil und alles andere sein, was du brauchst. Ansonsten wäre ich jetzt ja wohl nicht hier! Ich will diesen Auftrag, und du solltest mich dafür wollen! Ich bin der beste Nal-Lord, den du hast, und das war gestern so wahr wie heute früh! Jedenfalls wäre ich nie so dumm gewesen, mich in meinem eigenen Bezirk umbringen zu lassen!« Sie hielt entsetzt inne.

Cedrych starrte sie wütend an, die Zähne fest zusammengebissen, die Hände zu Fäusten geballt, die Knöchel weiß. Melyor wusste, dass sie zu weit gegangen war. Sie hatte tatsächlich das Urteilsvermögen des Oberlords in Frage gestellt. Einen Augenblick lang – nicht länger, denn sie kannte Cedrych gut – fragte sie sich, ob diese Unverschämtheit sie das Leben kosten würde.
Aber dann schien sich der Oberlord zu entspannen, er lächelte vielleicht sogar, wenn auch nur sehr kurz. »Es freut mich, dass du das so siehst, Melyor. Es gefällt mir, wenn meine Nal-Lords von ihren Fähigkeiten überzeugt sind.« Er setzte sich wieder in den Ledersessel und faltete die großen, aber schlanken Hände auf dem Schreibtisch. »Um ehrlich zu sein, bin ich überwiegend derselben Ansicht wie du. Und ich gebe zu, dass die Art, wie Savil zu Tode gekommen ist, mich gezwungen hat, noch einmal über meine Einschätzungen nachzudenken.« Er hielt inne, den Blick auf die Hände gerichtet, und schwieg. Es kam Melyor wie eine Ewigkeit vor. Als er dann schließlich weitersprach, verblüfften seine Worte sie vollkommen.
»Du musst einen Stellvertreter auswählen«, sagte er und starrte dabei immer noch seine Hände an. »Jemanden, der die Arbeit leistet und deinen Bezirk nach den Maßstäben führt, an die ich gewöhnt bin.« Er grinste und blickte auf. Wieder allerdings war das Lächeln nur flüchtig. »Aber es muss auch jemand sein, dem du vertrauen kannst«, fuhr er einen Augenblick später fort. »Jemand, der so weitermacht, wie du es willst, und der die Herrschaft ohne einen Kampf wieder abgibt, wenn du zurückkehrst. Gibt es jemanden im Vierten, auf den diese Beschreibung zuträfe?«
Melyors erste Reaktion war Erleichterung und nicht unbe-

dingt Freude, aber die würde noch folgen, das wusste sie. Sie hatte das alles schon so lange geplant. Dann zwang sie sich, diese Gefühle wegzuschieben, und dachte über die Frage des Oberlords nach. Selbstverständlich Jibb. Wer sonst? Sie nickte. »Ja, ich habe jemanden im Sinn.«

»Das dachte ich mir«, erwiderte Cedrych. »Wann kannst du mit der Ausbildung beginnen?«

»Ich brauche ein oder zwei Tage, um meine Angelegenheiten zu regeln und meine Männer vorzubereiten«, sagte sie. »Wird das genügen?«

»Nimm dir ruhig drei Tage«, sagte der Oberlord. »Wir haben nicht viel Zeit, aber es wäre mir lieber, wenn du dich vollkommen auf deine Aufgabe konzentrieren kannst und dich nicht um deinen Bezirk sorgen musst.« Er stand auf, und Melyor begriff das als Zeichen, es ihm gleichzutun. Die Besprechung war vorüber. »Ich möchte dich in drei Tagen gleich früh am Morgen hier sehen«, befahl Cedrych. »Wir werden in Einzelheiten über den Auftrag sprechen, und dann bringe ich dich zum Ausbildungszentrum. Meine Sponsoren und ich werden Waffen, Kleidung und Essen stellen, aber wenn du herkommst, solltest du alles andere mitbringen, was du für notwendig hältst. Du wirst für einige Zeit nicht in deinen Bezirk zurückkehren. Sag niemandem, wohin du gehst und was du tun wirst. Sag ihnen einfach nur, du führst einen besonderen Auftrag für mich durch. Hast du verstanden?«

»Jawohl, Oberlord.«

»Gut.« Er lächelte. »Ich freue mich darauf, enger mit dir zusammenzuarbeiten, meine Liebe. Ich glaube, wir werden ein gutes Team abgeben.« Sie ertrug seinen Blick, der länger als nötig auf ihrem Körper verweilte, und musste sich anstrengen, ein unwillkürliches Schaudern zu unterdrücken. Dann gelang es ihr endlich, das Lächeln zu erwidern. »Ich freue mich ebenfalls, Oberlord.«

»Bitte, meine Liebe, nenn mich einfach Cedrych.«

Sie nickte.

Der Oberlord schwieg nun, aber er beobachtete sie, als wartete er auf etwas. Aber es gab nichts mehr zu tun. Also streckte sie lässig die Hand aus und nahm den Dolch vom Tisch. Dann drehte sie sich ohne ein weiteres Wort um und verließ Cedrychs Wohnung.

# 6

*Die Kommunikationsgeräte, die Calbyr und seine Leute mit nach Tobyn-Ser nahmen, waren unauffällig, aber primitiv, und gestatteten es Calbyr nur per Code, mit seinen Männern und mir zu kommunizieren. Das war beabsichtigt – Calbyr und ich waren der Ansicht, dass jede weitere Ausrüstung die Verkleidung gefährdete, in der er und seine Männer arbeiteten. Inzwischen habe ich begriffen, dass dies ein Fehler war, denn ich habe aus seinen unklaren Botschaften wenig erfahren. Ich weiß nicht mehr über Tobyn-Ser als zuvor. Ich habe nur eine sehr vage Ahnung davon, wie weit er und seine Leute mit ihrem Auftrag gekommen waren, bevor die Kommunikation abrupt abbrach. Ich weiß nicht einmal sicher, wie weit die anfänglichen Bemühungen zur Unterminierung des Ordens Erfolg hatten.*

*Ich weiß, dass Calbyr und seine Männer länger als ein Jahr in Tobyn-Ser waren, und seine Meldungen ließen darauf schließen, dass sie überwiegend dem Zeitplan folgten, den wir vereinbart hatten. Darüber hinaus weiß ich nichts. Und dennoch, selbst diese mageren Informationen, verbunden mit meinem anhaltenden Vertrauen in die Strategien, die dahinter standen, überzeugen mich davon, dass die zweite Mannschaft, die ich nach Tobyn-Ser schicke, viel weniger Arbeit haben wird als die erste.*

Aus dem Tagebuch von Cedrych i Vran, Oberlord des Ersten Herrschaftsbereichs von Bragor-Nal, Tag 6, Woche 9, im Frühjahr des Jahres 3060.

Jaryd hatte sich auf diese Versammlung gefreut, genau, wie er die drei Versammlungen zuvor unruhig und freudig erwartet hatte, und beinahe so sehr wie auf seine erste, an der er vor vier Jahren noch als Badens Schüler teilgenommen hatte. Beinahe. Nicht, dass er das Ausmaß der Probleme, denen der Orden gegenüberstand, ignoriert oder auch nur unterschätzt hätte, und er war sich auch der Kluft zwischen den Magiern deutlich bewusst. Er hatte keine Illusionen, aber eine tiefe Ehrfurcht vor dem Glanz und der Tradition, die in diesen drei Tagen der Prozessionen, Debatten und Feste ihren Ausdruck fanden. Dieses Gefühl hatte er seit jener ersten Versammlung gehegt und gepflegt. Damals war er nur Schüler gewesen, von der großartigen Zukunft, die ihm Baden vorhergesagt hatte, in die große Stadt gelockt, und von seinem eigenen leidenschaftlichen Wunsch, dass sich die Vision des Eulenmeisters tatsächlich als wahr erweisen sollte. Aber diese drei Tage in Amarid hatten ihn vollkommen verändert. Er hatte bei einem Zusammenstoß mit Banditen im Falkenfinderwald seine Macht entdeckt, und am nächsten Morgen hatte er sich an Ishalla gebunden und war dadurch selbst Magier geworden. Bei der Abschlusszeremonie hatte er seinen Umhang erhalten, was seinen Beitritt zum Orden symbolisierte, und er hatte geschworen, dem Volk von Tobyn-Ser zu dienen. Und was das Wichtigste war, er war den Menschen begegnet, die seine engsten und besten Freunde sein würden: Trahn, Orris, Ursel, und selbstverständlich Alayna, die er seit jener schrecklichen Nacht, die sie in Therons Hain verbracht hatten, liebte und mit der er nun seit dem Tag nach dem Leorafest vor beinahe vier Jahren verheiratet war. Seitdem waren die Versammlungen immer voller Streitigkeiten gewesen; sie konnten die Spaltung des Ordens nicht verbergen. Und dennoch, für Jaryd waren sie auch immer eine Gelegenheit gewesen, alte Freundschaften und Bekanntschaften zu erneuern – und seinen Glauben daran, dass der Orden mit den Herausforderungen fertig werden würde.

Bis zu diesem Jahr. Vielleicht waren die Herausforderungen größer geworden. Vielleicht hatte Jaryd die Geduld verloren. Was auch immer, die Rituale und Feierlichkeiten dieser Versammlung erschienen ihm hohl und leer, und selbst der Anblick der vertrauten Gesichter konnte seine Stimmung nicht heben. Die Debatten waren plötzlich zu erbittert geworden, um noch konstruktiv zu sein; die Kluft war so breit, dass die Magier sie nicht mehr überbrücken konnten. Alle schienen mehr an Beleidigungen und Tadel interessiert zu sein als an Ergebnissen. Der erste Tag dieser Versammlung war schrecklich gewesen. Als Jaryd und Alayna an diesem Abend in ihrem Zimmer im Adlerhorst nebeneinander gelegen hatten, waren sie übereingekommen, dass es sich um die sinnloseste und boshafteste Diskussion gehandelt hatte, die sie je in der Großen Halle erlebt hatten. Und sie hatten beide nicht viel Hoffnung, dass sich das bessern würde.

Sobald sich die Magier am nächsten Tag wieder zusammensetzten, ging der Streit über Sonels Vorschlag weiter, und wieder führte Erland die Gegenpartei an und behauptete, jeder Kontakt mit den Herrschern von Lon-Ser sei ein unangemessenes Risiko und eine Anmaßung von Seiten des Ordens. Zunächst jedoch schien es einen Hoffnungsschimmer zu geben: Arslan und mehrere andere junge Magier hatten offenbar noch weiter über Sonels Idee nachgedacht und erklärten sich zögernd bereit, den Plan der Eulenweisen zu unterstützen, immer vorausgesetzt, dass sie genauer erklärte, was sie vorhatte. Aber wie Baden schon befürchtet hatte, wurde bald klar, dass Erfolg oder Versagen des Auftrags der Delegierten davon abhängen würde, ob sie beweisen könnten, dass tatsächlich Eindringlinge aus Lon-Ser für die Angriffe vor vier Jahren verantwortlich waren. Die versammelten Magier waren einstimmig der Ansicht, dass die Überreste der Waffen und künstlichen Vögel der Fremden nicht genügen würden, um den Herrscherrat zu überzeugen, und mehrere Stunden wogen sie verschiedene Möglichkeiten ab, darunter einen Vorschlag Trahns, dass Zeugen des Angriffs auf Wasserbogen die Delegation begleiten sollten. Schließlich jedoch fiel auch diese Idee den gnadenlosen Angriffen von Erland und seinen Verbündeten zum Opfer, die behaupteten, der Orden hätte nicht das Recht, diese Menschen einer solch großen Gefahr auszusetzen. Also wurde der Plan abgelehnt.

Jaryd schwieg die meiste Zeit. Er gab es ungern zu, aber in diesem Fall hatte Erland ihn sogar beinahe überzeugen können. Es wäre gefährlich genug für eine Gruppe von Magiern, nach Lon-Ser zu reisen. Andere Menschen mitzunehmen, die sich nicht mit Hilfe der Magie schützen konnten, würde die Gefahr für alle Mitglieder der Delegation erhöhen. Aber obwohl er nichts finden konnte, um Trahns Idee ehrlich zu unterstützen, hatte er auch nicht vor, sich auf Erlands Seite zu schlagen, nicht einmal in dieser Sache. Stattdessen beobachtete er Baden, der ebenfalls schwieg. Jaryd sah seinen Onkel an und entnahm dem nach innen gerichteten Blick seiner scharfen blauen Augen, den tiefen Falten auf der Stirn und dem unwillkürlichen Anspannen der Kiefermuskeln, dass im Kopf des hageren Eulenmeisters ein schwerer Kampf tobte. Und er ahnte, um was es da ging. Baden wusste, dass die einzige Hoffnung des Ordens, den Herrscherrat zu überzeugen, darin bestand, Baram nach Lon-Ser mitzunehmen. Das hatte er Jaryd und den anderen schon am Abend zuvor gesagt, als sie im Schankraum des Adlerhorstes gesessen hatten. Aber Baden hatte schon viel dafür einstecken müssen, dass er versucht hatte, Baram vor der Hinrichtung zu retten – man hatte ihn so oft lächerlich gemacht und verspottet, man hatte sogar eine Puppe, die Baden darstellen sollte, auf den Straßen der Stadt verbrannt! Wenn der Eulenmeister nun vorschlagen würde, dass der Fremde nach Hause geschickt werden sollte, würde ihn das nur weiteren Angriffen durch Erland, Arslan und die Bewohner von Amarid aussetzen, die ebenfalls offenbar nicht verstanden, welch gewaltiger Gefahr Tobyn-Ser gegenüberstand. Das alles kam Jaryd so ungerecht vor: Niemand hatte mehr dafür gegeben, dem Land zu dienen und es zu schützen, als sein Onkel, und niemand hatte einen höheren Preis dafür gezahlt.

Also tat Jaryd das Einzige, was er konnte, obwohl er sich der Vergeblichkeit der Geste durchaus bewusst war: Er wartete, bis sein Onkel offenbar zu einem Entschluss gekommen war. Er sah Badens Blick an, wofür der Eulenmeister sich entschieden hatte, erkannte auch seine Resignation, und dann sprang er selbst auf, bevor Sonel Baden bitten konnte zu sprechen.

»Eulenweise!«, rief er. »Es gibt einen Beweis, den wir dem Herrscherrat bieten können, den sie nicht werden abtun können!«

Plötzlich schwiegen alle.

»Jaryd, lass das«, bat Baden. »Das hier ist eine Bürde, die ich selbst auf mich nehmen muss.«

Aber Jaryd richtete weiter seinen eindringlichen Blick auf die Eulenweise, die ihrerseits mit unverhohlener Neugier zurückstarrte. »Sag es uns«, verlangte sie. »Welcher Beweis könnte so unerschütterlich sein?«

»Baram. Unser Gefangener aus Lon-Ser.«

Jaryd war am Tag zuvor verblüfft gewesen über die Heftigkeit der Reaktion auf Sonels Vorschlag, Magier nach Lon-Ser zu schicken, und er hatte in vergangenen Jahren ähnlich heftige Ausbrüche bei Versammlungen erlebt. Aber nichts davon kam auch nur annähernd an die Wildheit und Macht der Eruption heran, die seine Worte an diesem Tag hervorriefen. Magier und Meister brüllten ihm die übelsten Schimpfworte zu und nannten ihn einen Verräter; zwei der jüngeren mussten mit Gewalt davon abgehalten werden, sich auf ihn zu stürzten, und einer von Erlands älteren Verbündeten regte sich so auf, dass er tatsächlich zusammenbrach und allen einen Augenblick lang Angst einjagte, aber auch das half wenig, um die Leidenschaft zu verringern, die von Jaryds Vorschlag entfesselt worden war. Als Orris und Trahn versuchten, ihn ihrer Unterstützung zu versichern, wurden sie niedergeschrien, und beinahe hätten Orris und Arslan sich geprügelt. Selbst Sonel konnte die Ruhe nicht wiederherstellen. Am Ende war es Alayna, die für abruptes Schweigen sorgte, indem sie einen hellen Bogen lilafarbenen magischen Lichts aus dem Kristall auf ihrem Stab aufblitzen ließ, der sich über den Ratstisch zog und am anderen Ende des Saals in der dunklen, brütenden Masse des Rufsteins landete.

»Hört sofort auf!«, befahl sie mit stählerner Stimme. »Alle!

Aufhören!« Alle in der Halle starrten sie an. Die Stille, die sie hervorgerufen hatten, wirkte nach dem vorangegangenen Tumult seltsam und fremd. »Das ist aus uns geworden? Sind wir nicht einmal mehr fähig, miteinander zu sprechen? Bei den Göttern, wir sind Magier! Ganz Tobyn-Ser blickt zu uns auf, alle erwarten, dass wir das Land schützen und anleiten, und wir können nicht einmal über unsere eigenen Probleme sprechen, ohne uns an die Kehle zu gehen!« Sie hielt inne und sah einen nach dem anderen wütend an, forderte sie heraus, das Wort gegen sie zu erheben. »Ich hätte nie gedacht, dass ich so etwas einmal sagen würde«, fuhr sie mit fester Stimme fort, obwohl ihr eine einzelne Träne über die Wange lief, »aber ich schäme mich, zu diesem Orden zu gehören.« Ohne ein weiteres Wort hob sie den Arm für Fylimar, ihren majestätischen grauen Falken, und begann, auf das Tor zuzugehen.

»Alayna, bitte geh nicht«, rief Sonel ihr hinterher. »Nicht so.«

Die Falkenmagierin blieb stehen, und nach einem Augenblick drehte sie sich wieder zu den versammelten Magiern um. Die Tränen flossen nun heftiger, aber wieder war ihre Stimme fest. »Es tut mir Leid, Eulenweise, aber ich sehe keinen Grund zu bleiben. Wir erreichen hier nichts. Und ich werde nicht einfach sitzen bleiben und zusehen, wie etwas, was ich liebe, von diesem kleinlichen Hickhack zerstört wird.«

»Aber wenn du gehst, wirst du damit diesem Orden nicht einen noch vernichtenderen Schlag versetzen?« Das war Trahn, und ein verzweifeltes Flehen lag sowohl in seiner Stimme als auch in seinem traurigen, bangen Blick.

»Ich weiß, dass wir in dieser Sache unterschiedlicher Ansicht sind, Alayna«, fügte Arslan hinzu. »Das wird zweifellos auch noch bei anderen Dingen der Fall sein. Aber Trahn hat Recht: Wenn auch nur einer von uns geht – besonders jetzt –, dann wäre der Schaden nicht wieder gutzumachen.«

Alayna blieb lange Zeit reglos stehen – zumindest schien es eine sehr lange Zeit zu sein. Sie sah sich im Saal um, als suchte sie nach etwas in den Gesichtern ihrer Mitmagier. Schließlich, nach einem kurzen, beinahe sehnsuchtsvollen Blick über die Schulter zum Tor, holte sie tief Luft und kehrte an ihren Platz am Tisch zurück.

»Wir können so nicht weitermachen«, sagte sie, während ihr Falke wieder auf die hölzerne Sitzstange hüpfte, die an ihrem Stuhl angebracht war. »Diese Streitereien helfen nicht.« Sie griff nach Jaryds Hand. »Dieser Mann hier ist ebenso wenig ein Verräter wie ich. Ebenso wenig wie Baden oder Orris oder Trahn. Wir müssen einfach in der Lage sein, unterschiedlicher Meinung zu sein, ohne dabei ständig die Motive der anderen in Frage zu stellen.«

»Du hast Recht«, gab Arslan zu. Er wandte sich Orris und Jaryd zu. »Ich möchte mich bei euch beiden entschuldigen. Einiges, was ich gesagt habe, war ... unangemessen.«

Jaryd nickte, ebenso wie Orris. Aber nur einen Augenblick später, nach einem weiteren Blick zu Alayna, sprach Arslan weiter, und das in ausgesprochen kompromisslosem Ton: »Ich werde dennoch in diesem Punkt nicht nachgeben: Baram darf nicht nach Lon-Ser zurückgeschickt werden, ganz gleich zu welchem Zweck. Ich kann akzeptieren, dass er eines natürlichen Todes stirbt, obwohl es mir lieber wäre, wenn er hingerichtet würde. Aber solange ich etwas zu sagen habe, wird er das Gefängnis nicht verlassen!«

»Ich sehe das ebenso«, erklärte Erland und warf einen

Seitenblick auf Baden, als wollte er dem Eulenmeister mitteilen, dass er genau wusste, wessen Idee das wirklich gewesen war. »Ganz gleich, was diese Versammlung entscheiden wird, was eine Delegation nach Lon-Ser angeht – ich hoffe allerdings, dass wir keine entsenden –, ich werde nicht daneben stehen und zusehen, wie dieser Mörder wieder nach Hause zurückkehrt.«

»Wie viele von euch empfinden ebenso?«, fragte Sonel und sah sich in der Runde um.

Beinahe alle am Tisch hoben die Hand.

»Dann ist dieser Teil der Diskussion beendet«, verkündete die Eulenweise grimmig.

Orris stand auf. »Darf ich noch etwas sagen, Eulenweise?«, bat er.

»Zum Thema Baram?«

Der Falkenmagier nickte.

Sonel seufzte. »Normalerweise mache ich so etwas nicht gerne«, erklärte sie nach kurzem Zögern. »Wie du weißt, übe ich selten bei Diskussionen Druck aus. Aber in diesem Fall, im Interesse einer zivilisierten und konstruktiven Diskussion, glaube ich, ich muss das tun. Es wäre besser, wenn wir einfach fortfahren würden. Es tut mir Leid.«

Orris sagte nichts, aber er blieb noch mehrere Sekunden stehen, ein Glitzern in den dunklen Augen, die Lippen zu einer festen, dünnen Linie zusammengepresst und die Hände zu Fäusten geballt. Und als er sich schließlich wieder hinsetzte, tat er das so langsam, als befürchtete er, dass jede plötzliche Bewegung den Zorn doch noch freisetzen würde, den er so mühsam beherrschte.

»Nun, das war zweifellos ein sehr außergewöhnlicher Tag«, bemerkte Baden triefend vor Sarkasmus und Hohn. »Eine

Magierin war so verärgert über den Tonfall, der hier herrschte, dass wir sie überreden mussten, bei uns zu bleiben; einem anderen Magier wurde das Recht zu sprechen verweigert – etwas, was ich noch nie erlebt habe«, fügte er mit einem missbilligenden Blick auf Sonel hinzu. »Und wir wurden Zeugen, wie Magier versuchten, Kollegen körperlichen Schaden zuzufügen.« Er schüttelte den Kopf. »Was wird als Nächstes geschehen? Was könnten wir uns noch als Zugabe einfallen lassen?«

»Du hast etwas vergessen, Baden«, entgegnete Erland mit einem ähnlichen Maß an Verachtung. »Wir wurden außerdem Zeugen eines ungeheuerlichen Akts der Feigheit: Wir mussten mit ansehen, wie ein Eulenmeister, einer der mächtigsten Männer im Orden, es zuließ, dass ein Falkenmagier die Verantwortung für einen widerwärtigen Plan auf sich nahm, für einen gefährlichen Plan, der offensichtlich von dem älteren Mann stammte.«

Jaryd sprang auf, eine ätzende Entgegnung auf den Lippen. Aber Baden hielt ihn zurück.

»Diesmal nicht, Jaryd«, sagte der Eulenmeister, den Blick auf Erland gerichtet und die hageren Züge zu einem boshaften Grinsen verzogen. »Von nun an trage ich meine Schlachten selbst aus.«

»Nicht in dieser Halle!«, unterbrach ihn Sonel. »Nicht bei dieser Versammlung!« Sie warf erst Baden und dann Erland einen wütenden Blick zu. »Habt ihr beide heute denn überhaupt nichts gelernt? Ihr glaubt vielleicht ignorieren zu können, was Alayna gerade erst gesagt hat, aber ich kann das nicht! Und ich werde nicht zulassen, dass sich diese Versammlung noch weiter auflöst, als es bereits geschehen ist! Ja«, sagte sie, nun wieder an Baden gewandt, und ihre

Smaragdaugen blitzten, »ich habe Orris davon abgehalten zu sprechen – ich hoffe, er wird mir verzeihen. Aber ich werde es wieder tun, und mit jedem, wenn ich das für notwendig halte, um die Integrität dieser Versammlung zu wahren!« Sie sah die Magier einen nach dem anderen an. »Ich hoffe, das ist euch allen klar!«

Ihre Worte hallten laut von der Kuppeldecke mit dem Porträt von Amarid und seinem ersten Falken wider und sanken auf die Versammelten nieder, als wären sie vom Ersten Magier selbst gekommen. Die Magier schwiegen, und das, wie es Jaryd vorkam, sehr lange. Keiner schaute einen anderen an, obwohl Alayna wieder nach Jaryds Hand griff und sie festhielt.

»Ich glaube, wir brauchen eine Pause«, sagte Sonel schließlich und läutete mit der Kristallglocke, die vor ihr auf dem Tisch stand. Sofort erschienen die blau gewandeten Diener der Großen Halle mit Tabletts mit Shan-Tee und Gebäck. Langsam begannen die Gespräche wieder, wenn auch leise.

Den Rest des Tages hatte es Sonel mit einer relativ friedlichen Diskussion zu tun. Leider brachte auch sie kein Ergebnis. Baden, Orris und Erland schmollten schweigend vor sich hin, und mehrere andere Ordensmitglieder, auch Jaryd und Alayna, waren zu ausgelaugt von den Ereignissen des Tages, um noch viel beitragen zu können, also blieb die Debatte über den Vorschlag der Eulenweisen, eine Gruppe von Magiern nach Lon-Ser zu schicken, stecken. Jene, die sich für gewöhnlich nach Orris oder Erland richteten, schienen nicht an die Stelle ihrer zurückhaltenden Anführer treten zu wollen. So ging schließlich auch der zweite Versammlungstag zu Ende, ohne dass man zu einem Ergebnis gekommen wäre.

Die Feierlichkeiten zum Ducleatag waren an diesem Abend ungewöhnlich ruhig. Die Trinksprüche klangen gezwungen und unecht, und obwohl die Musiker so gut waren wie in jedem Jahr, riefen die fröhlichen Lieder, die zu diesem Mittsommerfest gehörten, das die Fruchtbarkeit sowohl der Erde als auch der Menschen feierte, nicht die üblichen vergnügten Reaktionen hervor. Der Abend ging früh zu Ende, und Jaryd und Alayna kehrten schweigend in den Adlerhorst zurück. Sie waren allerdings kaum ein paar Minuten in ihrem Zimmer, als sie ein einzelnes deutliches Klopfen an der Tür hörten.

Alayna warf Jaryd einen raschen, besorgten Blick zu – einen Blick, den er verstand. Bereits bevor Erland Baden einen Feigling genannt hatte, hatte im Saal kein Zweifel daran bestanden, wessen Idee es gewesen war, Baram mit der Delegation zu schicken. Dennoch, indem Jaryd den Vorschlag als seinen eigenen unterbreitete, hatte er sich an diesem Tag vielleicht einen Feind gemacht, oder mehrere. Und nach dem, was geschehen war, schien plötzlich alles möglich.

»Wer ist da?«, fragte Alayna.

»Lasst mich rein!«, erklang ein vertrautes Knurren.

Beide lächelten, und Alayna öffnete die Tür und zog Orris in das kleine Zimmer.

»Wir haben dich beim Festessen gar nicht gesehen«, sagte sie, als sie die Tür hinter dem kräftigen Magier schloss. »Wir nahmen an, dass du dich um deine eigene Form von Fruchtbarkeitsriten kümmern musstest.«

Jaryd konnte sehen, dass Orris immer noch zornig war, obwohl er lange hart dagegen angekämpft hatte. Dennoch musste er über Alaynas Bemerkung lachen, und er wurde auch noch rot. Sie hatte eine gewisse Begabung für solche Dinge – sie konnte Leute zum Lachen bringen und sie damit zwingen, die Dinge ein bisschen weniger ernst zu nehmen. Jaryd hatte sich deshalb in sie verliebt. Und da er wusste, wie sehr diese Liebe erwidert wurde, beunruhigte es ihn nicht, dass Orris vielleicht auf einer gewissen Ebene dasselbe passierte.

»Ich habe einen Spaziergang gemacht«, erklärte Orris, und seine mürrische Stimmung kehrte zurück, als er sich neben Jaryd auf die Bettkante setzte. »Ich musste einen klaren Kopf bekommen.«

Alayna setzte sich auf den Stuhl am Fenster und warf mit einer Kopfbewegung das lange, dunkle Haar zurück. »Und? Hat es was genützt?«

Der Magier schüttelte den Kopf und verzog das Gesicht. »Nein. Ich fürchte, dazu braucht es mehr als einen Spaziergang.«

»Ich glaube nicht, dass Sonel es respektlos meinte«, versicherte sie ihm.

Wieder schüttelte Orris den Kopf. »Davon bin ich überzeugt«, stimmte er ihr zu. »Das ist es auch nicht, was mich so stört.« Er sah Jaryd an, als wollte er vorwegnehmen, was der jüngere Mann nun sagen würde. »Ja, es hat mich in dem Augenblick gestört, als es passierte, aber ich verstehe, wieso sie nicht wollte, dass ich etwas sagte.« Er brachte ein bedauerndes Grinsen zu Stande. »Was ich hatte sagen wollen, wäre tatsächlich nicht sonderlich konstruktiv gewesen.«

Jaryd und Alayna kicherten, und nach einiger Zeit fuhr Orris fort.

»Mir ist gestern Abend, als wir uns unten unterhalten

haben, aufgefallen, dass ich einfach nicht mehr daran glaube, dass der Orden einen Kompromiss erreichen wird«, sagte er, den Blick fest auf den Boden vor sich gerichtet, und kraulte sanft das Kinn des dunklen Falken auf seiner Schulter. »Was ich heute gesehen habe, hat nur dazu beigetragen, meine Zweifel zu vergrößern. Die Fraktionen sind viel zu weit voneinander entfernt, und niemand versucht auch nur, die Kluft zu überwinden.«

»Alayna und ich sind gestern Abend zu dem gleichen Schluss gekommen«, sagte Jaryd, »nachdem wir uns von euch verabschiedet hatten. Aber was können wir schon dagegen tun?«

Orris blickte bei diesen Worten auf und sah Jaryd kurz an, bevor er sich wieder abwandte. »Ich bin nicht sicher«, erwiderte er. »Ich wünschte, ich wüsste eine Antwort, aber ich weiß keine.« Die Anspannung in seiner Stimme und der kurze Blick sagten Jaryd allerdings, dass Orris mehr über die Frage nachgedacht hatte, als er nun preisgab.

»Und warum bist du nun hergekommen?«, wagte sich Jaryd vor.

Wieder schaute Orris ihn an, diesmal nachdenklich. »Wie kommt es eigentlich, dass ihr beide, dein Onkel und du, mich so gut versteht?«

»Mein Onkel? Was hat Baden damit zu tun?«

Der große, kräftige Mann schüttelte den Kopf. »Das ist jetzt egal.« Er holte tief Luft. »Ich bin hier, weil ich Freunde brauchte. Und ihr beiden seid meine besten Freunde.«

»Das ist traurig«, sagte Alayna. »Wir mögen dich nicht mal.«

Alle drei lachten, und Orris griff nach einem der Kissen und warf es nach Alayna.

»Ich könnte ein Bier vertragen«, sagte er, nachdem das Lachen verklungen war. »Und ein bisschen Gesellschaft.«

Es wurde sehr spät an diesem Abend. Trahn und Baden betraten den Schankraum gerade, als Jaryd, Alayna und Orris die Treppe herunterkamen, und die fünf Magier tranken ziemlich viel Bier und verbrachten zum ersten Mal seit langer Zeit wieder einen Abend damit, herumzualbern und einander Geschichten zu erzählen, statt sich um die Probleme des Landes und des Ordens Sorgen zu machen. Es fühlte sich wie ein kleines Fest an, dachte Jaryd, als er und Alayna schließlich zum zweiten Mal an diesem Abend auf ihr Zimmer gingen. Und es hatte Orris offenbar sehr gut getan. Und auch Baden. Diese Versammlung war sehr schwierig für ihn gewesen, und Jaryd war dankbar zu sehen, dass sein Onkel wieder einmal lachte. Aber als sich Jaryd neben Alayna niederlegte, die sofort eingeschlafen war, dachte er nicht mehr über die angenehme Zeit in der Gaststube nach, sondern an das kurze Gespräch mit Orris, besonders an die seltsame Bemerkung des Magiers, wie sehr Baden und Jaryd ihn doch verstünden. Jaryd wusste, dass das etwas Wichtiges zu bedeuten hatte, dass es mit der nachdenklichen Stimmung zu tun hatte, in der Orris sich befunden hatte, als er auf ihr Zimmer gekommen war. Aber er war müde, und Amari-Bier trug nie dazu bei, seine Gedanken klarer zu machen. Er schlief ein, bevor er Orris' Bemerkung besser verstanden hatte.

Die Sitzung des nächsten Tages, des letzten Versammlungstags, begann, wie vorherzusehen war, mit einem erneuten Streit darüber, wie gut oder schlecht es wäre, eine Gruppe von Magiern nach Lon-Ser zu schicken. Die gezwungene Höflichkeit, mit der die Debatte am Vorabend zu

Ende gegangen war, wich alsbald der gleichen Art von Feindseligkeit, wie sie vor Alaynas Ausbruch geherrscht hatte. Gegen Mittag war allen klar, dass sich die Magier nicht würden einigen können, und nach dem Mittagessen gab das auch die Eulenweise zu und beendete damit praktisch die Diskussion.

Bei jeder normalen Versammlung hätte das ein Ende der Unruhen gebracht, die die Sitzungen seit dem ersten Morgen gekennzeichnet hatten. Aber das hier war keine normale Versammlung, und der Orden wurde offenbar von Krisen verfolgt.

»Es gibt noch eine andere dringende Angelegenheit, über die ich euch informieren muss«, verkündete die Weise, nachdem sie ihnen kaum Zeit gelassen hatte, sich von dem Kampf um die Delegation zu erholen. Erwartungsvolles Schweigen senkte sich über den Saal. Jaryd sah Baden an, der Sonel interessiert anschaute. Offenbar wusste auch der Eulenmeister nicht, um was es nun gehen würde.

»Linnea, die Älteste der Götter, hat mich vor einiger Zeit aufgesucht und mir Neuigkeiten über Cailin gebracht, das kleine Mädchen, das den Angriff der Fremden auf Kaera überlebt hat.«

Jaryd konnte sich noch gut an Cailin erinnern, ebenso sehr wegen ihrer Schönheit und stillen Kraft wie um der Tragödie willen, die sie durch die Eindringlinge aus Lon-Ser erlitten hatte. Alayna und er hatten sie nur einmal gesehen, aber seitdem hatten sie oft von ihr gesprochen, und Jaryd hatte in den vergangenen vier Jahren viel über sie nachgedacht.

»Cailin ist gut herangewachsen«, fuhr Sonel fort. »In dem Maß, wie man erwarten konnte, heilen ihre Narben.« Sie zögerte, dann holte sie tief Luft. »Aber nun ist etwas geschehen, das niemand von uns hätte vorhersehen können: Cailin hat sich an einen Falken gebunden.«

Vielleicht, weil das so unerwartet war – immerhin war sie nur ein Kind – oder weil die Magier all ihre Energie in drei Tagen erbitterter Debatte verbraucht hatten, die Reaktion auf diese Nachricht fiel jedenfalls recht gedämpft aus. Eine Zeit lang sagte keiner etwas; sie saßen alle schweigend und reglos da, als wären sie nicht sicher, was sie gerade gehört hatten.

»Sie kann kaum älter als zehn sein«, stellte Baden schließlich leise fest, den Blick auf die Weise gerichtet.

»Sie ist vor kurzem elf geworden«, berichtigte Sonel, »aber ich verstehe, was du meinst. Sie ist ausgesprochen jung für eine Bindung.«

»Wer wird sich als Lehrer um sie kümmern?«, wollte Erland wissen. »Ich hoffe du, Eulenweise«, fügte er schmeichlerisch hinzu.

Wieder zögerte Sonel.

»Sie hat doch einen Lehrer, oder?«, hakte Erland nach.

»Ja, Erland«, erwiderte die Weise schließlich, »aber es ist niemand aus dem Orden.«

»Wie bitte?«, krächzte der weißhaarige Eulenmeister. »Sie muss von jemandem angeleitet werden, der sich mit Magie auskennt!«

»In dieser Sache neige ich dazu, Erland zuzustimmen«, sagte Baden.

»Glaubt ihr denn wirklich, dass es mir nicht genauso geht?«, rief Sonel zitternd vor Zorn und Frustration. »Ich hatte das gleiche Gespräch vor ein paar Monaten mit Linnea«, begann sie abermals, nun wieder ein wenig ruhiger,

»und glaubt mir: Ich habe alles getan, was ich konnte, um ihr deutlich zu machen, wie wichtig es ist, Cailin einen erfahrenen Lehrer zur Seite zu stellen. Aber die Älteste ist für ihre Schutzbefohlene verantwortlich, bis Cailin mündig wird, und es gibt kaum etwas, was ich tun kann.«

»Wir können verlangen, dass sie Cailin fragt«, schlug Baden vor. »Soll doch das Kind entscheiden, ob es einen Magier als Lehrer will.«

»Ja, das wäre möglich«, antwortete die Weise. »Aber um ehrlich zu sein, glaube ich nicht, dass Cailin etwas mit diesem Orden zu tun haben möchte. Sie weigert sich sogar zu schwören, dass sie sich an Amarids Gesetze halten wird.«

»Das ... das ist nicht dein Ernst!«, sagte Erland, und diesmal hatte er ausgesprochen, was sie alle empfanden.

»Ich fürchte doch, obwohl ich einigermaßen sicher bin, dass ihre Weigerung auf ihre Feindseligkeit gegenüber dem Orden zurückzuführen ist und nicht auf irgendeine Absicht, gegen den Sinn der Gesetze zu verstoßen. Ich stehe beinahe ununterbrochen in Verbindung mit Linnea oder ihren Leuten; die Älteste war in dieser Sache überraschend kooperativ –«

»Wahrscheinlich hat sie Angst«, stellte Baden fest. »Selbst sie muss begreifen, dass dies eine Angelegenheit ist, die nicht in ihren Bereich gehört.«

Sonel nickte. »Das tut sie auch. Sie hat mich um Rat gebeten – so habe ich überhaupt von der ganzen Sache erfahren – und sie sucht mich regelmäßig auf. Wie ich schon vorhin sagen wollte: Cailin ist alles andere als ein ungezogenes Kind. Nach allem, was man mir berichtet hat, ist sie klug, freundlich und respektvoll gegenüber jenen, die für ihre Erziehung zuständig sind. Sie gibt uns die Schuld am

Tod ihrer Eltern und der Zerstörung ihres Dorfes; deshalb will sie sich Amarids Gesetzen nicht unterwerfen. Aber ich glaube nicht, dass sie eine allzu große Gefahr für die Menschen dieses Landes darstellt.«

»Du glaubst nicht, dass sie eine allzu große Gefahr darstellt?«, wiederholte Baden. »Es ginge mir erheblich besser, wenn du ein bisschen sicherer wärst.«

Sonel lachte. »Mir auch. Selbst die wohlerzogenste Elfjährige ist immer noch eine Elfjährige. Und darin liegt wohl das größte Problem.«

»Hat sie einen Ceryll, Eulenweise?«, fragte Trahn besorgt.

Jaryd schaute seinen eigenen Ceryll an, den saphirblauen Kristall, der auf der Spitze eines Stabs aus Holz glitzerte. Ein Ceryll gestattete einem Magier, seine Macht zu konzentrieren, um sie sowohl besser zu beherrschen als auch zu verstärken. Cailin würde mit einem solchen Stein zweifellos viel mächtiger sein als ohne einen.

Sonel dachte kurz über Trahns Frage nach. »Das glaube ich nicht, nein«, sagte sie schließlich. »Zumindest hat es niemand erwähnt. Warum?«

Trahn zuckte die Achseln. »Überwiegend Neugier. Ich versuche herauszufinden, was mir mehr Angst macht: der Gedanke an ein Kind mit Macht, die es nicht kontrollieren kann, oder der Gedanke an ein Kind mit Macht und der Möglichkeit, sie zu allem zu nutzen, was es möchte. Das ist beides nicht sonderlich beruhigend.«

»Wahrhaftig«, stimmte Radomil ihm zu. »Und der Gedanke daran, dass die Hüter durch sie Zugang zur Magie haben, erfreut mich auch nicht besonders. Cailin könnte ohne weiteres eine Spielfigur in einem sehr alten Konflikt werden.«

»Ich teile deine Bedenken, Radomil«, gab Sonel zu, »und

auch Trahns Sorgen kann ich verstehen, obwohl ich zugeben muss, dass ich zuvor nicht einmal daran gedacht hatte. Aber ich glaube nicht, dass wir viel ändern können. Ich war der Ansicht, dass ihr es wissen solltet – um ehrlich zu sein war ich es müde, diese Last allein zu tragen. Aber ich glaube nicht, dass wir irgendetwas tun können, um diese Situation zu ändern, zumindest im Augenblick.«

»Wenn du uns vorher davon erzählt hättest«, wandte Baden sanft ein, »hätte das vielleicht dazu dienen können, dass mehr Kollegen deinen Vorschlag zu Verhandlungen mit Lon-Ser unterstützen.«

»Mach dich doch nicht lächerlich, Baden!«, entgegnete Erland. »Das ändert überhaupt nichts! Magier nach Lon-Ser zu schicken war gestern eine schlechte Idee, es ist heute eine, und es wird auch morgen eine sein! Dass sich ein einzelnes Kind gebunden hat, ändert daran nichts!«

Baden schüttelte müde den Kopf. »Dann eben nicht«, sagte er ruhig.

Sonel erklärte die Sitzung kurze Zeit später für beendet und überließ die Magier für den Rest des Nachmittags bis zur Prozession und dem anschließenden Festessen sich selbst. Jaryd und Alayna gingen über die Märkte in der alten Stadtmitte von Amarid, wie sie es jedes Mal taten, wenn sie in der Stadt waren. Sie luden Orris ein, sie zu begleiten, aber der große, kräftige Mann war wieder finsterer Laune und murmelte, er hätte etwas anderes zu tun, bevor er alleine davonging. Und auch Jaryd und Alayna genossen ihre Zeit in der Stadt nicht so sehr wie sonst. Die Versammlung war zu schwierig gewesen und ihre Sorgen um die Handlungsunfähigkeit des Ordens hatten beide ermüdet und abgelenkt.

Sie kehrten zur Großen Halle zurück, als die Dämmerung begann, den Himmel im Westen rosa und orangefarben zu färben. Sie gingen sofort hinein und sahen, dass die meisten Magier und Meister schon ihren Platz an der Wand des Versammlungssaals eingenommen hatten, jeweils vor den großen, schmiedeeisernen Kerzenhaltern, die die blau gekleideten Diener während ihrer Abwesenheit dort aufgestellt hatten. Rasch gingen sie ebenfalls auf ihre Plätze und erwarteten, dass die Diener mit den dünnen blauen Kerzen zurückkehrten, die sie anzünden und in den Haltern befestigen würden.

Es war seltsam still im Saal. Für gewöhnlich unterhielten sich die Magier und Meister leise, während sie auf den Beginn dieser letzten Zeremonie der Versammlung warteten, aber in diesem Jahr schwiegen sie einfach unbehaglich. Jaryd versuchte sich aufzuheitern, indem er sich an seine erste Lichterprozession erinnerte, als er und Alayna die neuesten Ordensmitglieder gewesen waren. Niemand, nicht einmal Baden, hatte ihn auf die Schönheit des Rituals vorbereitet: Sämtliche Kerzen und Feuer in der Stadt waren gelöscht oder verdeckt worden, sodass der Mond und die Reihe leuchtender Cerylle, die die Magier durch die Stadt trugen, die einzigen Lichtquellen in Amarid waren. Aber das war nur ein Teil dessen, was seine erste Prozession zu etwas so Besonderem gemacht hatte. Kurz vor der Zeremonie hatte man ihm und Alayna je einen Korb gegeben, und als sie den älteren Magiern durch die Stadt gefolgt waren, hatten die Menschen, die am Straßenrand standen, ihre Körbe mit Federn gefüllt und die jungen Magier auf diese Weise im Orden willkommen geheißen. Es war ein wunderbarer Abend gewesen.

Aber nun, vier Jahre später, nutzten selbst solche Bilder kaum etwas, um Jaryds Laune zu verbessern. In diesem Jahr hatte der Orden ebenso wie im vergangenen keine neuen Mitglieder willkommen heißen können. Das erschien Jaryd wie ein schlechtes Vorzeichen, und es wurde dadurch noch schlimmer, dass die letzte Magierin, die ihren Umhang in Empfang genommen hatte – eine junge Frau namens Rhonwen, die vor zwei Sommern in den Orden eingetreten war –, im Winder darauf krank geworden und gestorben war, nachdem sie im Herbst ihren Vogel an einen schlecht gezielten Pfeil eines Jägers verloren hatte. Jaryd schüttelte bei dem Gedanken daran den Kopf. Weniger als ein Jahr nach ihrer ersten Bindung war sie schon eine Unbehauste geworden, dazu verurteilt, auf ewig ein Geist zu bleiben. Und seitdem hatte es keinen neuen Magier gegeben. Außer Cailin. Er hatte nicht die geringste Ahnung, was das alles bedeuten sollte.

»Orris ist nicht da«, flüsterte Alayna ihm beunruhigt zu.

Rasch schaute Jaryd zu der Stelle, an der sein Freund eigentlich hätte stehen sollen. Es wurde spät; es begann dunkel zu werden. Wie aufs Stichwort erschienen die ersten Diener aus einem Hinterzimmer und begannen, die Kerzen anzuzünden und in die Halter zu stecken. Gleichzeitig erinnerte sich Jaryd wieder an Orris' Bemerkung vom Abend zuvor. Wie kommt es, dass ihr beide, du und dein Onkel, mich so gut versteht?, hatte er gefragt. Was konnte er damit gemeint haben?

»Ich bin gleich wieder da«, sagte Jaryd zu Alayna und ging zu Baden, bevor sie etwas dagegen einwenden konnte.

»Hast du Orris gesehen?«, fragte er den Eulenmeister.

Trotz des schlechten Lichts konnte Jaryd sehen, wie Baden

blass wurde, und ebenso wie er selbst vor einem Moment warf der Eulenmeister nun einen Blick zu Orris' Platz in der Prozession. »Ich hatte gehofft, dass er noch einmal mit mir reden würde, bevor er etwas unternimmt«, murmelte er, mehr zu sich selbst als an Jaryd gerichtet.

»Wie meinst du das?«, wollte Jaryd wissen. Er spürte, wie er mit jedem Augenblick aufgeregter wurde. »Worüber sollte er mit dir sprechen? Was ist hier los, Baden?«

Baden zögerte, als wäre er unsicher, wie viel er verraten sollte. »Um ehrlich zu sein, ich weiß es nicht genau«, gestand er schließlich leise. Seine hellblauen Augen glitzerten in dem flackernden Licht, das nun den Saal erfüllte. »Orris war in der letzten Zeit sehr enttäuscht und verbittert über die Untätigkeit des Ordens.«

»Das waren wir alle!«, entgegnete Jaryd schärfer, als er vorgehabt hat. »Was hat das –« Er hielt inne, und seine Gedanken überschlugen sich bei dem Versuch, mit Badens Andeutungen zurechtzukommen. »Das waren wir alle«, wiederholte er, diesmal nachdenklicher, »aber es ist wahrscheinlicher, dass Orris etwas unternimmt, als wir anderen.«

Der Eulenmeister nickte. »Ja. Aber ich habe keine Ahnung, was er vorhat. Ich dachte, du wüsstest etwas, oder vielleicht Alayna.«

»Er hat uns nichts gesagt. Er hat nur gefragt, wie es kommt, dass du und ich ihn so gut verstehen. Weißt du, was er damit gemeint hat?«

»Eigentlich nicht.« Baden wollte mehr sagen, aber dann hielt er inne und begann breit zu grinsen, während er über Jaryds Schulter spähte. »Warum fragst du ihn nichts selbst?«

Jaryd drehte sich rasch um und sah, wie der bärtige Magier über den Marmorboden des Saals zu seinem Platz in der Prozession ging. Jaryd und sein Onkel eilten auf ihn zu und erreichten ihn gerade, als der Falkenmagier an seinem Platz an der Wand der Halle angekommen war.

Orris nickte und lächelte dünn, sagte aber nichts.

»Wir sind froh, dich zu sehen«, erklärte Jaryd ehrlich überrascht. »Wir haben uns schon Sorgen gemacht, dass du vielleicht etwas Übereiltes getan hast.«

Orris leckte sich die Lippen. »Nun, wie ihr sehen könnt«, erwiderte er leise, aber ziemlich angespannt, »hättet ihr euch keinen Sorgen zu machen brauchen.«

Baden sah ihn forschend an. »Ach ja?«

Orris wandte den Blick ab und weigerte sich, einen der beiden direkt anzusehen. »Die Prozession wird gleich beginnen. Wir können später darüber sprechen.«

Jaryd sah seinen Onkel an, der den Blick erwiderte und die Schultern zuckte. Jaryd konnte spüren, wie sich sein Magen zusammenzog. »Also gut«, sagte er, nun wieder an Orris gewandt. »Du wirst doch immer noch beim Festessen bei mir und Alayna sitzen, oder?«, erinnerte er den Magier an die Pläne, die sie am Vorabend gemacht hatten.

Orris nickte, immer noch ohne Jaryd anzusehen. »Wenn das möglich ist, ja.«

Jaryd blieb noch einen Moment vor seinem Freund stehen, dann wandte er sich ab und kehrte zu Alayna zurück. Baden folgte ihm einen Teil des Weges.

»Ich habe Angst vor dem, was er tun könnte, Jaryd«, flüsterte der Eulenmeister. »Behalte ihn im Auge.«

Jaryd nickte, und Baden ging weiter zu seinem Platz vorn in der Prozession.

»Was ist denn los?«, wollte Alayna wissen, als Jaryd seinen Platz neben ihr einnahm.

»Wir sind nicht sicher. Orris verhält sich merkwürdig. Er scheint etwas vorzuhaben.«

»Was denn?«

Jaryd schüttelte den Kopf.

Die Kerzen waren nun alle angezündet und in die Halter gesteckt worden. Die Magier standen still da und warteten, dass Sonel mit der Zeremonie begann, indem sie die Kerze hinter sich löschte und gleichzeitig den leuchtenden Ceryll über den Kopf hob. Das war bei jeder Versammlung Jaryds liebster Moment gewesen, aber nun konnte er nur noch an Orris denken – und an die Unheil verkündende Miene des Falkenmagiers und das Glitzern in seinen Augen. Baden hatte Angst, und Jaryd wusste, eigentlich sollte es ihm ebenso gehen. Stattdessen verspürte er etwas anderes, etwas Unerwartetes.

Und gerade als Sonel ihren Ceryll hob und damit die Lichterprozession begann, verlieh Alayna seinen Gedanken Worte.

»Ich möchte auf keinen Fall, dass ihm etwas zustößt«, sagte sie leise, »aber irgendjemand muss schließlich etwas unternehmen!«

# 7

*Das größte Problem dabei, Savils Männer auf ihre Mission in Tobyn-Ser vorzubereiten, wird nicht in ihrer körperlichen Ausbildung bestehen, obwohl sie zweifellos der Ansicht sein werden, dass diese Ausbildung härter ist als alles, was sie bisher erlebt haben. Es hat auch nichts mit der Herausforderung zu tun, die darin besteht, Gesetzesbrecher – Männer, die schon von ihrem Wesen her gewalttätig und daran gewöhnt sind, sich nur auf ihre Instinkte zu verlassen – dazu zu bringen, sich auf die intellektuellen Elemente ihrer Vorbereitung zu konzentrieren: die Sprache, das Einprägen von Landkarten usw.*

*Der schwierigste Teil meiner Aufgabe wird darin bestehen, diesen Männern klar zu machen, dass sie Teil einer fremden Kultur werden müssen. Sie müssen begreifen, dass es sich nicht um Söldnerarbeit in Abborij handelt. Wenn sie in Tobyn-Ser sind, müssen sie sofort mit ihrer Umgebung eins werden. Sie dürfen in der Wildnis dieses Landes nicht fremder wirken als ein Säufer in einer Bar. Selbst die kleinste Abweichung von dem, was die Menschen in Tobyn-Ser für »normal« halten, wird zu einer Katastrophe führen.*

Aus dem Tagebuch von Cedrych i Vran, Oberlord des Ersten Herrschaftsbereichs von Bragor-Nal, Tag 4, Woche 2, im Sommer des Jahres 3060.

Er hatte den Entschluss am Abend zuvor gefällt, während seines unerwarteten Gesprächs mit Baden im Adlerhorst. Aber er hatte erst später seinen Frieden mit dieser Entschei-

dung gemacht, während der Pause zwischen der Versammlung und dem Beginn der Lichterprozession.
Er wusste immer noch nicht, wieso er sich das Gefängnis angesehen hatte. Zu diesem Zeitpunkt hatte er einfach nur gewusst, dass es notwendig war, dass es irgendwie helfen würde. Und er hatte Recht gehabt.
Es war kleiner, als er erwartet hatte, und stand inmitten des warmen Grases und der bunten Blüten einer Wiese, vor dem Hintergrund der dunklen Ausläufer und schimmernden Gipfel der Parnesheimberge. Aber selbst in dieser Umgebung, im hellen Sonnenschein, wirkte es mit seinen gewichtigen Steinmauern finster und streng, und der Anblick der beunruhigend kleinen vergitterten Fenster bewirkte, dass Orris unwillkürlich schauderte.
Und dennoch, es war nicht Mitgefühl, das ihm schließlich die Sicherheit gegeben hatte, die er suchte, und auch nicht übertriebenes Selbstvertrauen, denn das Gebäude war so beindruckend wie abschreckend. Es gab ein einzelnes Stahltor an einer Seite, groß genug, um mit einem Pferdewagen hindurchzufahren, mit einem massiven Eisenschloss, das nur von innen mit einem Schlüssel geöffnet werden konnte, und zwei schweren Riegeln, die von den Dienst habenden Wachen vor dem Tor zu bedienen waren. Sechs Bogenschützen standen auf den Zinnen oben auf dem Gebäude, und das kleinere Wachhaus, das sich in der Nähe des Tores befand, konnte gut mehrere Dutzend Männer beherbergen. Von einem solchen Ort zu fliehen, ob es nun von innen geplant oder von Verbündeten von außen bewerkstelligt werden sollte, war unmöglich.
Was ihm am Ende die nötige Überzeugung gab, war einfach, dass es existierte. In diesem Gefängnis saß Baram.

Und wegen ihm und anderen, die mit ihm nach Tobyn-Ser gekommen waren, waren »Taima«, »Wasserbogen« und »Kaera« – einst nur Namen von Orten - nun Synonyme für »Verwüstung«, »Metzelei« und »Blutbad«. Trotz der Gefahren, trotz der möglichen Konsequenzen, begriff Orris, als er das Gefängnis vor sich und vor seinem geistigen Auge das Gesicht des Fremden sah, dass er die richtige Entscheidung gefällt hatte, die einzig richtige Entscheidung. So oder so – er würde noch heute Nacht nach Lon-Ser aufbrechen. Und Baram würde mit ihm kommen. Schon auf dem langen Rückweg zur Großen Halle hatte er begonnen, darüber nachzudenken, wie er Baram befreien könnte und, was noch wichtiger war, wie er den Fremden davon überzeugen sollte, mit ihm zu kommen, in gutem Einvernehmen und als sein Führer. Er hatte jedoch nicht angenommen, dass der schwierigste Aspekt seines Plans darin bestehen würde, sich unbemerkt von dem Festessen davonzustehlen, das am Haus des Ersten Magiers stattfand.

Jaryd und Alayna kamen gleich nach dem Ende der Prozession zu ihm und nahmen ihn mit zu einem Teil des großen hufeisenförmigen Tisches, an dem alle Magier saßen. Dort saß er nicht nur bei Jaryd und Alayna, sondern auch mit Trahn, Ursel, Baden, Mered und Radomil zusammen – den Magiern, mit denen er das geistige Netz errichtet hatte, das die Westgrenze von Tobyn-Ser nun seit vier Jahren schützte, den Menschen, die ihn besser kannten als alle anderen auf der Welt. Seine Absichten hier geheim zu halten würde schwer genug werden; sich früh zu verabschieden, ohne jemanden misstrauisch zu machen, wäre praktisch unmöglich.

Also blieb er sitzen, aß wenig, sagte noch weniger und

mied sorgfältig den roten Wein, der auf allen Seiten so uneingeschränkt floss. Irgendwann erhob sich Sonel zu einer Ansprache und erklärte, dass der Orden trotz des Mangels an neuen Magiern stark und lebendig bliebe, mit einer guten Mischung aus erfahrenen älteren Mitgliedern und energiegeladenen jüngeren. Sie drängte die Magier auch, die Meinungsverschiedenheiten nicht so weit zu treiben, dass sie die Tradition des Ordens von Zusammenarbeit und Kameradschaft störten. Diese Bemerkungen kamen Orris zwar wohlmeinend und zweifellos dem Anlass angemessen vor, aber sie wurden von den Versammelten recht kühl entgegengenommen. Vielleicht würde es irgendwann einen Punkt geben, an dem die Heilung einsetzen konnte, aber diese Zeit war noch nicht gekommen, und Orris hielt es durchaus für wahrscheinlich, dass er sie niemals erleben würde. Er hatte eine weite Reise vor sich, und er wusste nicht, wie lange er fort sein würde. Seine Freunde hatten Besseres verdient, als er ihnen geben konnte, und dennoch musste er feststellen, dass er ihnen nichts zu bieten hatte.

»Die letzten Tage haben mich wirklich müde gemacht«, sagte er also abrupt, nachdem Sonel ihre Ansprache beendet hatte und eine Gruppe von Musikern begann, ihre Instrumente zu stimmen. »Ich denke, ich gehe schlafen.«

Jaryd und Baden wechselten einen Blick.

»Na schön«, sagte Alayna mit einem freundlichen Lächeln. »Wir sehen uns doch morgen früh noch, bevor wir alle aufbrechen?«

»Selbstverständlich«, murmelte er, stand auf und streckte den Arm für seinen dunklen Falken aus. »Gute Nacht.«

Er ging langsam an den Bäumen und Fackeln und an all den Tischen vorbei, an denen die Stadtbewohner, die der

Prozession zum Gelände von Amarids Heim gefolgt waren, mit den Magiern feierten. Viele der Feiernden grüßten ihn nun und winkten ihm zu. Er erwiderte diese Gesten, schaute aber nicht zurück, denn er spürte, dass Jaryd ihm folgte, und er fürchtete die Konfrontation, die ihm bevorstand.

Als er den Rand des Wäldchens erreicht hatte und auf die kopfsteingepflasterte Straße kam, begann er schneller zu gehen, zog sich dann rasch in die erstbeste Gasse zurück, die er fand, und dämpfte das Licht seines Cerylls. Aber es hatte keinen Sinn.

»Orris!«, hörte er hinter sich Jaryds Stimme.

Er ging weiter und bog in eine noch schmalere Gasse ab.

»Orris!«, rief Jaryd diesmal drängender. Er hatte ihn schon beinahe eingeholt.

Widerstrebend blieb der große, kräftige Magier stehen und wandte sich seinem Verfolger zu. »Versuche nicht, mich aufzuhalten, Jaryd!«, warnte er seinen Freund.

»Was hast du vor, Orris?«, fragte Jaryd. Im magischen Licht sah er schlank und jungenhaft aus. »Willst du mich mit magischem Feuer angreifen? Deinen Falken auf meinen hetzen?« Er schüttelte den Kopf, und eine braune Locke fiel ihm in die Stirn. »Das glaube ich nicht.«

»Ich werde tun, was ich tun muss«, erwiderte Orris grimmig, obwohl er tatsächlich nicht einmal sicher war, ob er den Jüngeren in einem magischen Kampf besiegen konnte, falls es dazu kommen würde. Er hatte vor vier Jahren mit angesehen, wie Jaryd in der Großen Halle gegen Sartol kämpfte, als der abtrünnige Eulenmeister, seine Macht gebündelt durch den Rufstein, versucht hatte, Baden zu töten. Andere Magier hatten Jaryd geholfen, aber erst, als der schimmernde magische Schild, den der junge Mann geschaffen hatte, Sartols ursprünglichen Angriff schon abgefangen hatte. Wenige Magier hätten sich einem solchen Schlag widersetzen können, und Jaryd war damals kaum mehr als ein Junge gewesen und noch ein Anfänger in der Magie. Niemand hätte sagen können, wie stark er in den vergangenen Jahren geworden war – oder wie viel mächtiger er noch werden würde.

»Ich bin nicht gekommen, um gegen dich zu kämpfen, Orris«, sagte Jaryd nun.

»Wie willst du mich denn sonst aufhalten?«

»Ich bin auch nicht gekommen, um dich aufzuhalten.«

»Wie bitte?«, fragte Orris skeptisch.

»Ich bin nicht gekommen, um dich aufzuhalten«, wiederholte Jaryd. »Das ist mein Ernst.« Er grinste. »Ich bin nicht so dumm zu glauben, dass du auf vernünftige Argumente hören würdest.«

Orris musste einfach lachen. »Warum folgst du mir dann?«

»Weil wenigstens einer von uns wissen sollte, was du vorhast.«

»Falls es nicht funktioniert?«

Jaryd zuckte nur die Achseln und schien sich plötzlich nicht mehr sonderlich wohl zu fühlen.

»Wenn es nicht funktioniert, mein Freund«, fuhr Orris mit einem ironischen Lächeln fort, »dann bin ich ein toter Mann. Und dann wird es egal sein, ob jemand weiß, was ich vorhatte.«

Der jüngere Mann schwieg, aber er sah Orris weiterhin direkt in die Augen, und schließlich gab Orris nach. »Ich gehe nach Lon-Ser. Aber ich nehme an, das wusstest du schon.«

Jaryd nickte und lächelte dünn.

»Darüber hinaus habe ich wirklich nicht weiter nachgedacht. Es wird eine lange Reise sein; ich werde unterwegs genug Zeit haben.«
»Weißt du irgendetwas über das Land?«
»Nur, was Baden uns gesagt hat, und das wenige, was ich aus dem ersten Abschnitt seines Berichts erfahren konnte. Ich hatte nicht die Zeit, noch mehr zu lesen.«
»Das ist schade.«
»Mag sein. Aber er hat uns außerdem viel erzählt; sicher mehr, als ich jemals wissen wollte.« Beide lachten. »Zumindest ein wenig davon wird hängen geblieben sein.«
Einen Augenblick lang schwiegen sie. Und dann stellte Jaryd die Frage, die Orris am meisten gefürchtet hatte. »Was ist mit den Beweisen? Hast du ihre Waffen und die künstlichen Vögel?«
Orris schüttelte den Kopf und wich Jaryds Blick aus. »Nein«, erwiderte er leise. »Ich werde sie nicht brauchen.«
»Wie meinst du das? Selbstverständlich brauchst du sie. Wie sonst ...«
Jaryd hielt inne, als es ihn plötzlich wie ein Schlag traf. Orris schaute ihn wieder an und hätte beinahe gelacht. Unter anderen Umständen wäre die Miene des jungen Magiers einfach nur komisch gewesen.
»Wie willst du das ...«
»Nein, Jaryd«, sagte Orris und schüttelte abermals den Kopf. »Je weniger du darüber weißt, desto besser.«
Sein Freund holte tief Luft. »Du hast wahrscheinlich Recht.« Einen Augenblick lang stand Jaryd schweigend da, dann ging er einen Schritt vorwärts und umarmte Orris wie einen Bruder. »Arick stehe dir bei«, sagte er heiser, »und bringe dich sicher zu uns zurück.«

Orris umarmte ihn fest, blinzelte die Tränen weg und ließ ihn dann wieder los. »Und ihr beide, du und Alayna, passt auf euch auf.«

»Das machen wir.«

»Ich brauche ein wenig Zeit, Jaryd«, sagte er flehentlich. »Erzähle es niemandem außer Alayna. Zumindest nicht, ehe du zum Unteren Horn zurückgekehrt bist und ihr das Netz wieder errichtet. Das sollte genügen. In Ordnung?«

Jaryd nickte, und Orris wandte sich ab, um zu gehen.

»Orris.«

Er drehte sich wieder um und wartete.

»Theron hat uns – Alayna und mir – gesagt, der Orden würde diesen Feind nicht auf konventionelle Weise besiegen können.« Der junge Magier zögerte, als versuchte er, sich an die genauen Worte des Eulenmeisters zu erinnern, und dabei starrte Orris unwillkürlich den Stab an, den sein Freund in der Hand hielt: Therons Stab, verbrannt am oberen Ende von dem Fluch, den der unbehauste Meister vor tausend Jahren heraufbeschworen hatte, und nun gekrönt von Jaryds tiefblauem Ceryll. »›Der Orden wird sich anpassen müssen‹«, zitierte Jaryd den Eulenmeister. »›Er wird sich verändern müssen.‹ Das hat er gesagt. Und ich denke, er wäre mit dem zufrieden, was du tust. Ich denke, er hatte so etwas im Sinn. Nimm das mit auf deine Reise.«

Orris nickte. »Das werde ich. Arick behüte dich.« Er drehte sich wieder um und nahm den schnellsten Weg aus der Stadt heraus.

Der Weg zum Gefängnis schien im Dunkeln länger zu sein, und an einer Stelle befürchtete Orris schon, im Wald eine falsche Abzweigung genommen zu haben. Aber dann fand er die Lichtung. Der Mond schien, und getaucht in sein silbernes Licht wirkte das Steingebäude größer und bedrohlicher als am Tag. Orangefarbenes Fackellicht drang durch einige Fenster, geisterhaft und schwach, und ein helles Feuer brannte nahe dem Wachhaus. Orris ging auf das Stahltor zu.

»Wer da?«, rief ein Bewaffneter. Seine Stimme klang jung und ein wenig nervös.

»Ein Freund«, erwiderte Orris beruhigend. »Falkenmagier Orris. Eulenweise Sonel hat mich geschickt, um den Gefangenen zu holen.«

»Falkenmagier?«, wiederholte der Wärter. Er schaute sichtlich beeindruckt zu, wie Orris näher kam, starrte Orris' Falken und den Stab mit großen Augen an. Sein Gesicht war so jung wie seine Stimme, aber er war ein großer Mann mit breiter Brust und muskulösen Armen. Er hatte sein Breitschwert gezogen und hielt es nun in der rechten Hand.

»Ja. Du kannst dein Schwert wegstecken.«

»Oh! Oh, selbstverständlich!«, stotterte der Mann und hatte einige Mühe, die Waffe wieder in die Scheide zu stecken. »Entschuldige, Falkenmagier«, brachte er hervor und rang immer noch mit dem Schwert. »Mein Kommandant hat nichts davon gesagt. Ansonsten hätte ich –«

»Niemand weiß davon.« Orris musste sich anstrengen, ruhig zu bleiben. »Es war nicht geplant. Aber die Eulenweise hat beschlossen, dass der Fremde zur Großen Halle zurückverlegt werden soll, damit die Verhöre bequemer durchgeführt werden können.«

»Aber so spät in der Nacht?«

»Es gibt immer noch Menschen in der Stadt, denen es lieber wäre, wenn dieser Mann hingerichtet würde.« Diese Erklä-

rung hielt Orris für die plausibelste. »Es schien am sichersten, ihn um diese Zeit zu verlegen.«
Der Mann nickte, als würde er darüber nachdenken.
»Das Tor?«, sagte Orris nach einem Moment mit einer Spur von Ungeduld.
Der Mann zuckte zusammen. »Selbstverständlich, Falkenmagier!« Er ging rasch zurück zur Tür und riss die beiden Riegel mit seiner fleischigen Faust zurück. »Sefton! Mach auf!«, rief er drängend. »Beeil dich!«
»Schon gut!«, erklang eine gedämpfte Stimme von drinnen. »Kein Grund, sich so aufzuregen!« Das Geräusch von Stiefeln auf Steinboden hallte im Gefängnis wider und wurde lauter und lauter, bis es wieder aufhörte. Ein schmales Gitter in Augenhöhe wurde geöffnet, und zwei dunkle Augen starrten den jungen Wärter an. »Was ist denn los? Was soll der Lärm?«
»Mach auf, Sefton!«, sagte der Mann wieder, diesmal ein wenig verzweifelt. »Hier ist ein Sohn Amarids, der den Fremden abholen will.«
»Ein Sohn Amarids, sagst du?«, fragte die Stimme. Die Augen wandten sich Orris zu und wurden ein wenig größer.
»Ja, und jetzt mach schon auf, bevor er wütend wird!«
Sefton wich von dem Guckloch in der Tür zurück und ließ es dabei offen. Orris hörte Schlüssel klirren und dann schließlich das laute Klacken, als das Schloss aufgeschlossen wurde.
Sefton kam aus dem Gebäude und sah Orris forschend an. Er war ein älterer Mann mit hellem Haar, das sowohl blond als auch silbern hätte sein können – das war im Dunkeln schwer zu sagen. Sein Gesicht war bleich, und eine weiße Narbe verlief von einem Augenwinkel bis zur Lippe. Er war

erheblich kleiner und schlanker als der andere Wärter, aber er hatte ein ebenso großes Schwert, und Orris bezweifelte nicht, dass er wusste, wie man damit umging.
»Du willst also den Fremden abholen?«, fragte er respektvoll, aber auch ein wenig misstrauisch.
»Ja. Die Eulenweise will, dass er wieder in die Große Halle gebracht wird, sodass sie ihn selbst verhören kann.«
»Der Wachkommandant hat nichts davon gesagt.«
Orris lächelte entwaffnend. »Wie ich schon deinem Freund hier erklärte: Niemand wusste etwas davon. Sonel hat sich erst heute Abend dazu entschieden.«
Der Mann nickte, aber er schwieg einige Zeit und betrachtete Orris weiterhin abschätzend. Orris konnte spüren, wie heftig sein Herz klopfte. Seine Kehle war trocken, und er fühlte, wie ein Muskel in seiner Wange zu zucken anfing. Es fiel ihm schwer, sich vorzustellen, dass Sefton sich ihm widersetzen würde, aber der Mann machte keinen sonderlich eingeschüchterten Eindruck, und er wirkte auch nicht vollkommen überzeugt. Schließlich aber warf er dem jungen Wärter einen Blick zu. »Warte hier«, befahl er. Dann drehte er sich um und winkte Orris, ihm zu folgen. »Hier entlang, Falkenmagier.«
Sefton führte Orris durch das Tor und in eine große, von Fackeln beleuchtete Eingangshalle mit hoher Decke. Zu beiden Seiten des Raums gab es lange, schmale Schlitze in den Wänden, und Orris konnte sehen, dass in den kleinen Kammern dahinter Bogenschützen stationiert waren.
»Ich werde meinem Kommandanten davon berichten müssen«, sagte Sefton über die Schulter hinweg. »Und ich muss ihm sagen, wer den Fremden mitgenommen hat. Deinen Namen, meine ich.«

Der Magier zögerte. Er hatte dem jüngeren Wärter bereits seinen Namen genannt, er konnte jetzt keinen anderen mehr angeben. »Selbstverständlich«, erwiderte er und zwang sich zu einem Lächeln. »Ich heiße Orris.«
Sefton nickte. »Hier entlang«, sagte er wieder und ging zu einem schmalen Flur am Ende der Halle.
Dort war die Decke viel niedriger, und das Geräusch von Seftons Schritten hallte laut von den Mauern wider.
»Ich gehöre ja zu denen, die denken, man hätte ihn hinrichten sollen«, verkündete Sefton.
»Diese Entscheidung wurde schon vor langer Zeit gefällt«, antwortete Orris grimmig.
Der Mann blieb vor einem weiteren verschlossenen Stahltor stehen. »Ja, Falkenmagier, das weiß ich. Ich verstehe bloß nicht, was es noch nützt, ihn am Leben zu lassen, nachdem –«
»Sind wir bald da?«, fragte Orris ungeduldig.
»Jawohl, Falkenmagier«, erwiderte der Mann und tastete nach seinen Schlüsseln. »Hier hindurch.«
Die Tür öffnete sich zu einem zweiten, ebenso engen Flur, der bis auf Orris' Ceryllicht unbeleuchtet war.
»Soll ich eine Fackel holen, Falkenmagier?«
»Nein«, sagte Orris und machte mit wenig mehr als einem Gedanken das Licht des Cerylls heller. »Bring mich einfach nur zu dem Gefangenen.«
Der Mann nickte abermals und ging weiter zum Ende des dunklen Flurs. Dort öffnete er ein drittes Schloss und drückte die Tür auf. Der Gestank von Urin, Kot, Schweiß, verfaulenden Lebensmitteln und Arick allein wusste, von was noch, traf Orris wie eine Faust ins Gesicht und bewirkte, dass er einen Moment lang zurückwich.

Der Mann grinste. »Ziemlich übel, wie?«
Orris ignorierte ihn. Aus der Zelle kam mit dem Geruch der Klang einer Männerstimme, die einen Satz immer wieder wiederholte. Orris verstand kein Wort davon.
»Was sagt er da?«
Sefton zuckte die Achseln. »Was weiß ich? Er spricht nicht wie wir. Wir nennen es Ausländisch, aber keiner von uns weiß, was es bedeutet.«
Orris ging wieder vorwärts und wappnete sich gegen die schlechte Luft. Er hob seinen Ceryll, sodass er die Zelle beleuchtete. Auf dem Boden an der Wand, die Arme um die Knie geschlungen, saß ein Mann, an den er sich noch vage erinnern konnte. Haar und Bart des Mannes, beide verfilzt, hingen bis auf den Boden. Er hatte offene, nässende Wunden an den Händen und im Gesicht, und seine Kleidung hing in Fetzen. Er warf einen kurzen Blick zu Orris, offenbar von dem Licht angezogen. Aber er rezitierte weiter, und sein Blick war leer und unkonzentriert.
»Dieser Mann braucht ein Bad und neue Kleidung, bevor wir gehen.«
»Aber Falkenmagier, es ist mitten in der Nacht!«
Orris fuhr zu dem Wärter herum. »Ich werde ihn nicht in diesem Zustand der Eulenweisen vorführen!«
»Nein, selbstverständlich nicht, aber –«
»Sofort!«, donnerte Orris.
Der Mann nickte und eilte davon. Er überließ es Orris, Baram mitzunehmen.
Zögernd ging der Falkenmagier auf den Gefangenen zu und streckte die Hand aus. »Komm. Es ist Zeit zu gehen.«
Der Mann blickte zu ihm auf, ohne seine Litanei zu unterbrechen. Orris fragte sich, ob es eine Art von Gebet war.

»Du kommst jetzt mit«, versuchte er es noch einmal. Er warf einen Blick zurück über die Schulter. Sie waren allein; er konnte hören, das Sefton weit weg war und dem Wärter draußen Befehle zubrüllte. »Ich bringe dich von hier weg. Ich bringe dich wieder nach Hause, nach Lon-Ser.«

Die Rezitation brach ab. »Baden?«, krächzte der Mann.

»Nein. Ich heiße Orris. Ich bin ein Freund von Baden.« Wieder bot er seine Hand. »Komm, wir gehen.«

Baram schüttelte den Kopf und sagte etwas, wobei er auf seine Zelle zeigte.

Orris packte ihn an der Schulter und zog ihn auf die Beine. »Ich sagte, komm mit!«, befahl er und versuchte, den Fremden mit sich zu ziehen.

Der Mann war überraschend stark, wenn man sein jämmerliches Aussehen bedachte, und er entzog sich Orris' Griff und wiederholte, was er einen Augenblick zuvor gesagt hatte. Diesmal brüllte er. Orris versuchte, ihn abermals zu packen, aber Baram zuckte zurück. Sein Blick war verstört, wie der eines Pferds bei Gewitter.

Baram sagte noch etwas, diesmal zornig, und drohte dem Magier mit dem Finger. Orris streckte beschwichtigend die Hände aus, und einen Augenblick lang standen die beiden, Magier und Gefangener, einander gegenüber, starrten einander zornig an, und beide atmeten schwer. Dann hörte Orris Stiefeltritte auf dem Steinboden. Jemand kam zur Zelle zurückgeeilt. Einen Augenblick später erschien Sefton in der Tür.

»Entschuldige, dass ich dich so stehen ließ, Falkenmagier. Ich musste einiges vorbereiten.«

»Er will nicht mitkommen«, sagte Orris. Der Magier zitterte. Das hatte er nicht erwartet.

»Manchmal ist er seltsam«, erklärte der Wärter. »Aber er liebt seine Bäder. Das sollte ihn schon neugierig machen.«
»Ein Bad?«, fragte der Fremde den Wärter.
»Ja, Baram«, antwortete Orris, und nun schaute der Fremde ihn wieder an. »Ein Bad, und danach gehen wir von hier weg. Verstehst du?«
Baram starrte ihn noch einem Moment lang an, dann wandte er sich wieder Sefton zu. »Ein Bad«, wiederholte er.
Der Wärter nickte und warf einen kurzen Blick zu Orris, der ihm mit einer Geste befahl, den Gefangenen wegzuführen.
Die beiden gingen den dunklen Flur entlang, aber Orris blieb noch einen Augenblick stehen und sah sich kurz in der kleinen, schmutzigen Zelle um. Vier Jahre lang war er hier gewesen, dachte er kopfschüttelnd. Vier Jahre.

Die Verhöre waren im Großen und Ganzen vorüber, er hatte seinen Bericht verfasst, und dennoch fühlte Baden sich verpflichtet, Baram noch einmal zu besuchen, bevor er in den Westen von Tobyn-Ser zurückkehrte; irgendwie hatte er das Gefühl, das dem Fremden schuldig zu sein. Er hatte sich von Jaryd und Alayna, Trahn und Ursel gleich am Morgen verabschiedet. Er wusste, sie würden innerhalb von ein paar Wochen das geistige Netz wieder errichten, aber das war anders, als ihnen direkt gegenüberzustehen. Trotz allem schätzte er deshalb die Versammlungen immer noch.
Er war beunruhigt gewesen, als sich Orris am Vorabend früh zurückgezogen hatte, und noch mehr an diesem Morgen, als Jaryd ihm sagte, der Falkenmagier sei schon zu Ducleas Tränen aufgebrochen, noch bevor der Tag richtig begonnen hatte. Aber Jaryd hatte ihm versichert, dass alles

in Ordnung war, dass Orris sich dagegen entschieden hatte, etwas Übereiltes zu tun, zumindest im Augenblick. Das war wohl alles, dachte Baden, worauf sie unter diesen Umständen hoffen durften.

Der Eulenmeister erreichte das Gefängnis kurz vor Mittag, und der Wachkommandant, ein untersetzter Mann namens Sean, begrüßte ihn, als er auf das große Stahltor zukam.

»Eulenmeister!«, rief er, ein breites Grinsen im braun gebrannten Gesicht. Er war, wie Baden häufig aufgefallen war, ein ausgesprochen vergnügter Mann, wenn man seinen Beruf bedachte.

»Hallo, Sean! Schön, dich zu sehen.«

»Gleichfalls, Eulenmeister! Obwohl ich dich wirklich nicht erwartet hätte.«

Baden hatte das Gefühl, als zöge ein Schatten über ihn hinweg, obwohl der Himmel von einem tiefen, wolkenlosen Blau war. »Das verstehe ich nicht«, sagte der Eulenmeister vorsichtig.

»Nun, nachdem man Baram jetzt in die Große Halle zurückgebracht hat, dachte ich, du würdest nicht mehr herkommen. Nicht, dass ich mich nicht freuen würde. Söhne und Töchter Amarids sind mir stets willkommen.«

Baden fühlte sich, als hätte ihm jemand in den Bauch getreten. Er musste sich unbedingt hinsetzen und Luft holen, und er befürchtete, sich zu übergeben.

»Ist alles in Ordnung, Eulenmeister?«, fragte Sean besorgt. »Du siehst nicht besonders gut aus.«

»Doch, doch«, erwiderte Baden mit einem angestrengten Lächeln. »Es geht mir gut.«

»Du wusstest doch, dass Baram zurück in die Halle gebracht werden soll, oder?« Diesmal schwang Angst in der Stimme des Mannes mit. »Ich war nicht da, als er abgeholt wurde. Das war gestern Abend, und ich hatte frei. Aber es hat mich überrascht zu hören, dass nicht du es warst, der ihn geholt hat. Es ist doch alles in Ordnung, oder?«

»Selbstverständlich«, versicherte ihm Baden. »Alles in Ordnung.« Er musste nachdenken. Es musste ja wohl Orris gewesen sein. Immer noch besser Orris als Arslan oder einer seiner Verbündeten. »Du sagtest, es ist gestern Abend jemand gekommen?«, fragte er und versuchte, so ruhig wie möglich zu klingen.

»Ja. Eulenmeister. Ein Magier. Ist wirklich alles in Ordnung?«

»Ja, Sean. Ich bin sicher. Ich dachte, er sollte erst nächste Woche verlegt werden. Ich war ein bisschen durcheinander, das ist alles.«

Der Mann lächelt erleichtert. »Selbstverständlich, Eulenmeister. So was passiert mir dauernd.«

»Kannst du dich vielleicht an den Namen des Magiers erinnern?«

»Ja, Eulenmeister.« Er zögerte. »Jedenfalls denke ich das.«

»War es Falkenmagier Orris?«, fragte Baden.

Sean lächelte. »Orris! Ja, genau! So hieß er.«

Baden holte tief Luft. Am Abend zuvor, hatte der Wärter gesagt. Und Jaryd hatte behauptet, er hätte sich am Morgen von Orris verabschiedet. »Danke, Sean. Tut mir Leid, dass ich dich gestört habe.«

»Keine Ursache, Eulenmeister. Schade, dass du umsonst hierher gekommen bist.«

Der Eulenmeister zwang sich zu einem Lächeln und tätschelte dem Mann die Schulter, bevor er wieder auf den Waldweg zurückkehrte, der zur Stadt führte. Er bewegte sich bewusst lässig, wollte nichts verraten. Aber sobald er im Wald und überzeugt war, dass die Wärter ihn nicht mehr sehen konnten, verließ er den Hauptweg und setzte sich auf einen Baumstamm. Er atmete schwer, und er zitterte vor Zorn, Angst und von der Anstrengung, die es gekostet hatte, so gefasst mit dem Wärter zu sprechen.

Er ruhte sich eine Weile aus, denn was er nun vorhatte, würde ebenfalls anstrengend sein. Normalerweise vermied er es, sich des *Ceryll-Var* zu bedienen, denn es erforderte den Einsatz gewaltiger Macht und erschöpfte sowohl den Magier als auch den Vogel. Aber in diesem Fall hatte er kaum eine Wahl. Er dachte kurz daran, sich mit Orris in Verbindung zu setzen, aber er war nicht sicher, in welche Richtung der Magier gegangen war, und er war im Augenblick zu wütend. Orris würde auf Zorn nicht sonderlich gut reagieren. Also suchte er stattdessen nach Jaryd.

Er schloss die Augen und spürte, wie die Kraft von Golivas ihn wie ein kühler Bergwind durchfegte und ihn erfüllte, bis es beinahe zu viel wurde. Und dann hob er den Ceryll über den Kopf und entsandte die Magie nach Westen, in die Ausläufer des Parnesheimgebirges, zu dem Weg, den Jaryd und Alayna über die Berge hinweg nehmen würden. Und mit seiner Magie bewegten sich sein Bewusstsein und sein geistiger Blick, sodass er nach dem leuchtenden Blau von Jaryds Ceryll Ausschau halten konnte. Zunächst sah er nichts, nur Dunkelheit, und nach einiger Zeit fragte er sich, ob sie vielleicht doch eine andere Strecke genommen hatten.

Und dann entdeckte er sie. Nicht die Magier oder ihre identischen grauen Vögel oder den Bergpfad, auf dem sie wanderten. Nur ihre Cerylle, Alaynas lilafarbenen und Jaryds blauen. Er stellte sich auf den Letzteren ein und zwang sein orangefarbenes Feuer in das Blau, und für einen Augenblick änderte Jaryds Stein seine Farbe.

Danach wartete er, die Augen immer noch geschlossen. Es dauerte nicht lange, aber es ließ ihn trotzdem aufschrecken, Jaryds Stimme in seinem Kopf zu hören, so lebhaft und stark, als stünde der junge Magier neben ihm im Wald.

*Baden?*

*Du hast mich angelogen!*, sendete Baden, zusammen mit so viel Zorn, wie er konnte.

Es dauerte ein wenig, und dann hörte er: *Ja.*

*Wie konntest du so etwas Dummes tun?*

*Orris hat mich gebeten, es niemandem zu sagen, nicht bevor wir das Netz wieder aufgebaut haben. Ich dachte einfach, dass ich es ihm schuldig bin, so lange zu warten.*

*Schuldig?*, tobte Baden. *Das hier ist kein Spiel, Jaryd. Wir unterstehen nicht dem Ehrenkodex von Schuljungen! Orris' Leben ist in Gefahr! Und du lässt ihn einfach gehen?*

*Bist du jetzt fertig?*, sendete Jaryd mit einer Beimischung von Kälte.

*Ja*, entgegnete Baden nach einem Moment des Schweigens.

*Gut. Dann will ich dich eines fragen. Wie hätte ich ihn aufhalten sollen? Mit magischem Feuer? Mit brutaler Gewalt? Hätte ich es dir sagen sollen? Glaubst du denn, du hättest ihn davon abhalten können? Oder hätte ich direkt zu Sonel gehen sollen? Oder zu Erland?*

Baden schwieg weiter; in Wahrheit hatte er keine Ahnung, was Jaryd hätte tun können. Jedenfalls nichts, was über das hinausging, was er tatsächlich getan hatte.

*Glaubst du denn nicht*, fuhr der junge Magier fort, *dass er eine Möglichkeit gefunden hätte, zu tun, was er wollte, ganz gleich, was irgendwer von uns dachte oder sagte? Und das einmal vorausgesetzt, glaubst du nicht, dass er eine Chance verdient hat? Es könnte funktionieren, Baden. Er könnte es schaffen. Ist es das nicht wert?*

*Mag sein,* antwortete Baden nun ruhiger. *Aber es gibt so vieles, was er nicht weiß und wovon ihr alle keine Ahnung habt.*

*Du hast uns viel gelehrt. Und er hat einen Teil deines Berichts gelesen, bevor er sich auf den Weg gemacht hat.*

Baden schüttelte den Kopf, obwohl er wusste, dass Jaryd ihn nicht sehen konnte. *Ich spreche nicht von dem Bericht,* sendete er und übertrug gleichzeitig seine Sorge und seine Frustration. *In dem Bericht steht nicht alles.*

*Nicht alles über Lon-Ser, meinst du?*

*Über Lon-Ser schon. Aber nicht alles über Baram.*

*Was ist mit Baram?,* wollte Jaryd wissen, und zum ersten Mal spürte Baden auch Angst in den Gedanken des jungen Falkenmagiers.

Der Eulenmeister zögerte und versuchte sich zu fassen.

*Baden?,* rief Jaryd. *Was ist mit Baram?*

Baden holte tief Luft. Es gab keine Möglichkeit, es schonend auszusprechen. *Er hat den Verstand verloren, Jaryd. Baram ist verrückt.*

# 8

*Ich hatte gehofft, von Baram etwas über die Geschichte von Lon-Ser zu erfahren, denn ich dachte, solche Informationen könnten sich als nützlich erweisen, wenn wir nach einer Lösung für die derzeitige Krise suchen. Leider weiß unser Gefangener wenig über die Geschichte seiner Heimat. Er hat mehrmals von einer Epoche gesprochen, die als »Zeit der Festigung« bekannt ist und bei der es sich, soweit ich weiß, um eine Zeit des Bürgerkrieges handelt, der über hundert Jahre dauerte und aus dem schließlich statt der vorherigen mehreren kleinen Städte die drei verbliebenen Nals hervorgingen. Diese »Festigungsepoche« ging vor mehr als zweihundert Jahren zu Ende, und seitdem herrscht ein unsicherer Friede zwischen den drei Nals. Aber das ist leider auch schon alles, was Baram an historischen Kenntnissen zu bieten hatte.*

*Es gibt allerdings etwas in dieser Hinsicht, das noch erwähnt werden sollte: Baram hat von einer Gruppe von Menschen gesprochen, die in seinem Land als »Gildriiten« oder geläufiger als »Orakel« bekannt sind. Er sagt, man weiß wenig von ihnen, aber nach allem, was er mir erzählt hat, könnte es sein, dass ihre Geschichte einen unerwarteten und faszinierenden Einblick in unsere eigene Vergangenheit liefert.*

Aus Kapitel Sechs des »Berichts von Eulenmeister Baden über seine Verhöre des Ausländers Baram«, vorgelegt auf der 1014. Versammlung des Ordens der Magier und Meister, im Frühjahr des Gottesjahres 4625.

Der Wind war in diesem Jahr früh kalt geworden und peitschte durch die Pässe des Dhaalmargebirges mit einem Heulen, das sich anhörte wie der Todesschrei einer Bergkatze. Gwilym hatte es auf seinem Strohsack unter den schweren Decken einigermaßen warm, aber bei dem hektischen Knattern des Segeltuchs über ihm konnte er nicht schlafen. Er konnte Hertha neben sich hören, ihren ruhigen, stetigen Atem, der den Elementen draußen trotzte. Und einen Augenblick lang dachte er daran, sie aufzuwecken, sanft, mit Streicheln und Küssen, wie er es früher getan hatte, als Nelya und Idwal noch Kinder waren und solch intime Augenblicke in den stillen Stunden vor der Morgendämmerung gestohlen werden mussten. Aber er hatte in dieser Nacht zu viel im Kopf, und daher stand er stattdessen leise auf, wickelte sich in seinen Umhang und ging hinaus in den Wind und die Kälte.

Der Himmel war klar bis auf ein paar kleine Wolken, die über seinen Kopf hinwegeilten wie Falken auf dem Wind. Ducleas Mond, schon wieder im Abnehmen begriffen, schien hell auf die schneebedeckten Gipfel, die die Siedlung umgaben, und nur die hellsten Sterne wurden nicht von seinem silbrigen Schein überstrahlt. Gwilym bemerkte, dass er seinen Stab vergessen hatte, und überlegte, ob er zurückkehren und ihn holen sollte. Nicht, dass er ihn gebraucht hätte – er war ein Symbol, nichts weiter –, aber er fühlte sich ohne ihn irgendwie unvollständig. Hertha hätte seine Eitelkeit erheiternd gefunden.

»Seht Gwilym, den Träger des Steins!«, hätte sie mit spöttischem Tonfall, aber stolzem Blick gesagt. »Gwilym, der sich nirgendwo hinbegibt, ohne das Zeichen seiner Würde mitzunehmen.«

Er lächelte innerlich über seine eigene Dummheit. Es war spät, und außer ihm war niemand wach. Niemand würde ihn ohne den Stab sehen. Und außerdem würde er vielleicht Hertha wecken.
Also blieb er, wo er war, auf dem kleinen Felsvorsprung vor seinem Zelt, und spähte auf die Gildriiten-Siedlung hinaus, deren Oberhaupt er war. Die anderen Zelte standen ebenfalls unter niedrigen, verkrüppelten Bäumen und Felsvorsprüngen und sahen ganz ähnlich aus wie das seine: klein und aus Tuch und Holz hergestellt, aber fest genug, um selbst dem heftigsten Sturm zu widerstehen, der im Winter durchs Gebirge tobte. Inmitten des Kreises standen die Gemeinschaftsgebäude, die Versammlungshalle und das Rauchhaus, die aus Holz bestanden, und die Waffenkammer, die vollkommen aus Stein gebaut war. Am Rand des Tals zog sich eine Reihe von Wachtürmen entlang, in denen vermutlich die einzigen anderen Menschen innerhalb von Meilen zu finden waren, die zu dieser Zeit wach waren. Und hinter den Zelten, tief im Tal, standen die Herdentiere in dicht gedrängten Gruppen und schützten einander vor der Kälte.
Gwilym hatte seit Tagen nicht gut geschlafen. Das war an sich für ihn nichts Ungewöhnliches. In schwierigen Zeiten neigte er zum Grübeln. Manchmal vergaß er sogar zu essen – bei seinem Umfang war das keine schlechte Sache – und er verbrachte die Nächte wach auf dem Strohsack neben Hertha oder durchwanderte allein das Tal.
Das Seltsame an dieser Nacht war, dass es eigentlich keine schwierigen Zeiten waren. Das Wetter war zwar kalt, aber gut. Der Sommer war schön gewesen und hatte ihnen genügend Vorräte für den Winter geschenkt. Seine Leute

waren gesund, seine Familie blühte. Innerhalb der letzten zwei Wochen hatte er Botschaften von Veina, Oswin und den Oberhäuptern der beiden anderen gildriitischen Siedlungen im Dhaalmar erhalten. Alle berichteten so ziemlich das Gleiche: Es ging den Menschen gut, die Ernte war üppig ausgefallen, und niemand in diesen Gemeinschaften hatte irgendwelche Visionen gehabt.

Auch Gwilym hatte seit Wochen keine mehr gehabt. Überhaupt keine, keine Unheil und keine Glück verheißenden. Das war ein wenig seltsam, aber sicher kein Grund zur Unruhe, nicht genug, um diese Ruhelosigkeit zu erklären.

Auch Hertha hatte es ihm beim Abendessen angemerkt. Sie waren allein gewesen; Nelya war nun selbstverständlich in ihrem eigenen Zelt, ihrem und Quims, und Idwal hatte Dienst am Rand. Gwilym und Hertha hatten einige Zeit schweigend zusammengesessen, aber Gwilym war in Gedanken versunken gewesen und hatte nur zerstreut in seinem Rauchfleisch und dem Wurzelgemüse herumgestochert.

»Das Essen ist schon tot«, hatte Hertha schließlich gesagt, nachdem sie eine halbe Ewigkeit zugesehen hatte, wie er damit spielte. »Ich habe mich davon überzeugt, bevor ich es dir vorgesetzt habe.«

»Das weiß ich«, hatte er rasch erwidert und zu ihr aufgeblickt. Und als er dann ihr ironisches Grinsen bemerkt hatte, hatte er lachen müssen. »Tut mir Leid, ich bin ein bisschen durcheinander.«

»Du verbirgst es aber gut«, hatte sie gesagt, und in ihren braunen Augen hatte ein Glitzern gestanden. Dann aber war sie ernst geworden. »Hattest du eine Vision?«, fragte sie besorgt. Er verstand. In einer Gemeinschaft von Menschen, die mit dem Blick gesegnet waren, hatte ein Verhalten wie das seine im Allgemeinen nichts Gutes zu bedeuten.

Gwilym hatte den Kopf geschüttelt. »Nein. Keine Visionen. Seit Wochen nicht.«

»Was dann?«

Er zuckte hilflos die Schultern. »Ich bin nicht sicher.« Er zögerte. »Es ist wirklich nur so ein Gefühl, nichts weiter.«

Sie sah ihn forschend an. Sie hatte Messer und Gabel hingelegt und die Hände auf dem Tisch gefaltet. »Als stünde uns etwas Schlimmes bevor?«

»Nicht unbedingt etwas Schlimmes«, erklärte er, und er wusste, wie dumm sich das alles anhören musste und wie frustrierend seine Antworten für sie waren. »Aber etwas Wichtiges.« *Etwas, das unser Leben verändert könnte,* hätte er am liebsten gesagt. Aber wie sagte man so etwas, selbst wenn man der Träger des Steins war? Es klang so lächerlich, das wusste Gwilym, wie das schlimmste Melodram. Und dennoch war es da, noch unausgesprochen, aber es hallte in seinem Kopf wider wie Donner an einem Berghang. Etwas würde geschehen, das vielleicht ihr Leben verändern würde – und das Leben eines jeden Gildriiten in Lon-Ser. Endlich, nach tausend Jahren. Und Gwilym konnte nicht einmal seiner Frau sagen, was es war.

Solange Gwilym lebte, tatsächlich seit vor der Geburt des Großvaters seines Großvaters, hatten die Gildriiten im Dhaalmargebirge gelebt, weit entfernt von der Verfolgung, der sie unten in den Nals ausgesetzt gewesen waren. Gwilym erinnerte sich immer noch an die Geschichten, die sein Vater ihm erzählt hatte, kurz nachdem er vierzehn Jahre alt geworden war: wie gildriitische Familien von den Attentätern und Söldnern aus Bragor- und Stib-Nal gejagt worden waren und wie die Überlebenden erst in die Median- und Grünwasserberge und dann, als selbst diese Regionen nicht abgelegen genug gewesen waren, um dort in Sicherheit zu sein, hoch an die Hänge des Dhaalmar geflohen waren.

Sein Vater hatte ihm auch andere Geschichten erzählt, Geschichten, die seit hunderten von Jahren von Generation zu Generation weitergegeben worden waren. Denn die Geschichte von Gwilyms Volk bestand aus mehr als nur aus Trauer und Unterdrückung. Früher einmal hatte es auch Ruhm und Macht gegeben.

Angeblich hatte Gildri seine Leute vor tausend Jahren nach Lon-Ser geführt, nachdem man sie aus Tobyn-Ser verstoßen hatte. Über die Umstände dieses Exils war wenig bekannt, aber es hieß, die Gildriiten hätten gelernt, die Falkenmagie zu beherrschen, über die die Zauberer von Tobyn-Ser angeblich immer noch verfügten. Einige spekulierten, dass sie die Ersten gewesen waren, denen dies gelungen war, und dass man sie aus Angst vor der Schwarzen Kunst aus Tobyn-Ser verstoßen hatte. Zweifellos war man den Gildriiten bei ihrer Ankunft in Lon-Ser mit Angst begegnet. Als Gildri und seine Anhänger versucht hatten, in diesem Land einen Platz zu finden, hatten sie sich einem feindseligen, abergläubischen Volk gegenübergesehen, das Fremden misstraute und die Fähigkeiten der Zauberer fürchtete. Also waren die Gildriiten weitergezogen und hatten schließlich den Hof des Königs erreicht, der seine Herrscher und Oberlords ermutigte, die Gildriiten als Heiler und Berater anzunehmen. Die Gildriiten hatten diese Regelung akzeptiert, und so wurde die Gruppe aufgeteilt und ein paar waren in jedes der sechs Nals gezogen, die es damals gab.

Eine Zeit lang hatten sie großes Ansehen genossen und waren von der Oberschicht von Lon-Ser wegen ihrer Macht und ihrer Fähigkeit, in die Zukunft zu sehen, geschätzt worden. Aber dieser Zustand hatte nicht lange angedauert. Falkenmagie existierte in Lon-Ser nicht, und nach ein paar Jahren begann die Macht der Gildriiten geringer zu werden. All ihre Macht, bis auf den Blick. Ein paar Zauberer – jene, auf die ihre Auftraggeber sich wegen ihrer Weisheit oder ihrer Visionen verließen – behielten ihren Status ein wenig länger. Aber die meisten anderen, Gildri unter ihnen, wurden abermals ausgestoßen, und einige wenige, die im Dienst der gnadenlosesten Anführer standen, wurden für etwas, was man als Verrat betrachtete, hingerichtet. Ausgestoßen aus den Palästen der Anführer von Lon-Ser, unwillkommen in den Dörfern und Städten, hatten die Gildriiten das Land abermals durchstreift und sich schließlich niedergelassen und mit wechselndem Erfolg versucht, sich in die Gesellschaft von Lon-Ser einzugliedern. Mehrere hundert Jahre lang waren sie aus der Geschichtsschreibung von Lon-Ser verschwunden.
In dieser Zeit waren die Nals von locker miteinander verbundenen Gemeinden zu großen Städten zusammengewachsen und hatten sich weiter über das Land ausgebreitet. Gleichzeitig hatten die unglaublichen technologischen Fortschritte des Landes die Wirtschaft und Kultur vereinnahmt und lohnende Handelsbeziehungen und Wohlstand gebracht. Aber mit dem Erfolg und dem Wohlstand durch die Mechanisierung wuchs auch der Wettbewerb zwischen den Nals und drohte mitunter, Lon-Ser in einen Bürgerkrieg zu stürzen. Dennoch gelang es den Monarchen stets, den Herrscherrat zusammenzubringen, zu schlichten und

den Frieden zu bewahren. Aber im Jahr 2614, gerechnet von der Aufteilung von Lon-Ser in die ursprünglichen sechs Nals, war Grayson, der letzte Monarch, ohne Erben gestorben. Der Herrscherrat hatte sich nicht auf einen Nachfolger einigen können und beschlossen, die Monarchie vollkommen abzuschaffen. Die Unruhe und die Auseinandersetzungen, die folgten, waren inzwischen euphemistisch als die »Zeit der Festigung« bekannt. Tatsächlich war es nichts anderes gewesen als hundertsechzig Jahre blutigen, zerstörerischen Kriegs.

Ohne einen Monarchen, der ihre Konflikte in einem gewissen Rahmen hielt, ließen die Herrscher zu, dass die Auseinandersetzungen, kleinlichen Eifersüchteleien und das Ringen um die beste Position in den Ratssitzungen zu bewaffneten Konfrontationen wurden, die sich rasch im Land ausbreiteten. Als die Gewalttätigkeiten heftiger wurden und die Herrscher zu begreifen begannen, dass die Existenz ihrer Nals auf dem Spiel stand, begannen sie nach jedem Vorteil über ihre Rivalen Ausschau zu halten, den sie finden konnten. Es war vielleicht unvermeidlich, dass sie sich nun wieder an jene Menschen erinnerten, die den Blick hatten.

Die meisten glaubten, dass diese Männer und Frauen Nachkommen Gildris und seiner Anhänger waren. Aber das konnte selbstverständlich niemand beweisen, und es war in der Tat eher unwahrscheinlich, wenn man bedachte, wie viele Gildriiten es nun gab und wie wenige Leute Gildri mit nach Lon-Ser gebracht hatte. Aber schon durch seine Existenz hatte Gildri einem Phänomen seinen Namen gegeben, das man früher einmal mit Hexerei in Verbindung gebracht hatte. Auch Oberlords und selbst Nal-Lords folgten dem

Beispiel ihrer Anführer und suchten nach Gildriiten, die ihnen bei ihrem Kampf um Macht und wirtschaftliche Vorteile helfen konnten. So hatten zum ersten Mal seit über fünfhundert Jahren Menschen mit dem Blick wieder Einfluss in Lon-Ser. Aber da sie sich in die Intrigen des Bürgerkriegs hineinziehen ließen, konnten die Gildriiten nicht hoffen, den damit verbundenen Exzessen zu entgehen. Sie waren beliebte Attentatsziele, besonders jene in Bragor-Nal oder im Dienst von Bragor-Nals größten Feinden. Als die Gefahr größer wurde, suchten viele Gildriiten nach einer Möglichkeit, dem Bürgerkrieg und der ewigen Spirale aus Chaos und Brutalität zu entgehen. Sie zogen sich in die Sicherheit der nahe gelegenen Berge zurück, wo sie versuchten, ihr eigene unabhängige Gesellschaft zu schaffen. Sie unterhielten nur noch Beziehungen zur Matriarchie von Oerella, der einzigen Regierung eines Nal, die sich nicht an den Attentaten beteiligte. Die Gildriiten dienten Oerella-Nal nicht, denn die Matriarchie hatte ansonsten vollen Anteil an den Gräueltaten der Festigungszeit, aber ihre Bindung an Oerella-Nal blieb erhalten. Das wiederum hatte zur Folge, dass die Anführer der anderen Nals, wieder unter der Leitung von Bragor-Nal, misstrauisch wurden und begannen, nun jeden, der Anzeichen des Blicks an den Tag legte, zu verfolgen. Schließlich zogen die Gildriiten weiter nach Norden, weg von den Bergen im Süden und in der Mitte des Landes ins weit abgelegene Dhaalmargebirge nördlich von Oerella-Nal. Dort gründeten sie ihre fünf Siedlungen und schufen sich mühsam eine Existenz, weitab von der Grausamkeit in den Nals.

Eine kalte Windbö fegte über Gwilym hinweg und ließ seinen Umhang flattern. Er hatte lange nicht mehr so viel über die Nals und die Geschichte seines Volkes nachgedacht. Und dennoch, dachte er mit einem Lächeln, selbst jetzt, als er diesen Überlieferungen im Geist lauschte, hatte er die Worte in der Stimme seines Vaters gehört.

Warum heute Nacht?, fragte er sich. Und dann blickte er zum Nachthimmel auf, wo die hellen Sterne von Aricks Sternbild direkt über dem östlichen Horizont zu sehen waren, und breitete ergeben die Arme aus.

»Was ist es, das du von mir wünschst?«, fragte er. »Was versuchst du mir zu sagen?« Eine weitere Bö fegte durch den Kreis und trieb die kalte Luft durch den Stoff von Gwilyms Umhang. Er schauderte plötzlich. Das Tuch seines Zeltes flatterte und schien ihn hereinlocken zu wollen. Gwilym seufzte. Die Macht, die ihm verliehen war, war nicht immer eine Freude für ihn. Die Zukunft zu kennen war oft ebenso eine Last wie ein Geschenk, und Visionen, ob sie nun Glück oder Unheil verheißend waren, erschöpften ihn körperlich und geistig immer vollkommen. Sie kamen ungebeten; es geschah selten, dass er einschlief und auf eine Vision hoffte. Aber in dieser Nacht würde er es tun. Er grinste ins Mondlicht. *Falls ich schlafen kann.* Dann sah er sich ein letztes Mal in der Siedlung um und zog sich danach in die Wärme seines Zeltes zurück, auf der Suche nach Schlaf und dem Wissen, das ihm der Schlaf manchmal brachte.

In dieser Nacht hatte er keine Visionen, und auch in der nächsten nicht. Aber in der dritten geschah es endlich.

Es begann, wie all seine Visionen, mit dem Bild seiner Mutter und seines Vaters mit weißem, schütterem Haar und faltigen, aber lächelnden Gesichtern. Sie standen vor ihm, mitten in der Siedlung, und reichten ihm den Stab mit dem Stein. Wie immer veränderte der Stein, sobald Gwilym die

Hand darauf legte, die Farbe von dem dunklen Waldgrün seines Vaters zu seinem eigenen Goldbraun, der Farbe sonnengetrockneten Grases am Berghang. Und Gwilym hob den Stein dicht ans Gesicht und starrte in den hellen Schein, bis er nichts anderes mehr sah. Und wie üblich wurde er in diesem Augenblick an den Schauplatz seiner Vision getragen. Manchmal waren das andere Siedlungen oder eine abgelegene Bergregion. Manchmal trug ihn die Vision auch einfach an eine andere Stelle im Kreis der Zelte, manchmal blieb er, wo er war, aber die Tageszeit veränderte sich. Bei dieser Gelegenheit jedoch wurde er an einen Ort getragen, an dem er nie zuvor gewesen war. Nach Bragor-Nal.

Er wusste, dass es ein Nal sein musste, den kein anderer Ort konnte so widerlich stinken und sich so gefährlich und fremd anfühlen. Er war nicht sicher, wieso er wusste, dass es sich um Bragor-Nal handelte – das war einfach so. Er stand in einer schmalen Gasse zwischen zwei riesigen Gebäuden und schirmte das Glühen seines Steins vorsichtig ab. Es regnete, und er fror; der Umhang, den er trug und der sonst so viel Wärme spendete, selbst im Hochland von Dhaalmar, schien gegen die feuchte Kälte des Nal nicht sonderlich zu helfen. Von den Gebäuden tropfte Wasser auf seinen Kopf herunter, jeder Tropfen so kalt und fest wie ein Eissplitter. Mehr als alles auf der Welt wollte er weg von hier, wollte aus dem Nal zurück in die Berge. Aber er wartete auf jemanden. Ein Mann war auf dem Weg, der seine Hilfe brauchen und ohne sie sterben würde.

Also duckte er sich in eine Ecke und wartete. Eine Straßenlampe in der Nähe, deren Schirm gesprungen und zum Teil verfärbt war, warf ein trübes, gelbliches Licht, das auf dem

nassen Pflaster glitzerte. Gwilym hörte, wie eine Frau in der Nähe lachte und aus einer anderen Richtung einen zornigen Wortwechsel zwischen zwei Männern.
Dann hörte er Schritte, leicht und vorsichtig, aber unverwechselbar. Als er sich dem Geräusch zuwandte, sah er eine Gestalt auf sich zukommen und schnappte ungläubig nach Luft. Das Herz schlug ihm plötzlich bis zum Hals. Denn das hier konnte kein anderer sein als Gildri selbst. Zumindest dachte Gwilym das zunächst. Der Mann trug einen Umhang aus waldgrünem Stoff, feiner als jene, wie ihn die Gildriiten trugen, und kunstvoller geschneidert. Er hatte einen wunderschönen dunklen Falken auf der Schulter, und in der Hand trug er einen Stab mit bernsteinfarbenem Stein, der ganz ähnlich aussah wie Gwilyms goldbrauner Kristall. Der Fremde war muskulös, hatte eine breite Brust und breite Schultern und bewegte sich anmutig, wie einer, der fest an sich und an seine Fähigkeiten glaubt. Er hatte einen kurz geschnittenen Bart und langes, blondes Haar, das er im Nacken zusammengebunden trug. Seine Augen waren dunkel, und er sah sich misstrauisch, wenn auch ohne Angst um.
Gwilym war immer noch überzeugt, Gildri vor sich zu haben. Aber eine andere Stimme in seinem Kopf – die des Mannes, der die Vision vom Strohsack im Zelt in Dhaalmar aus sah – verneinte das. Das hier war eine Vision, also musste sie der Wahrheit entsprechen. Und so gerne Gwilym auch der Legende persönlich begegnet wäre, dem Namensgeber seines Volkes, er wusste, dass dies unmöglich war. Außerdem berichteten die alten Geschichten, Gildri sei dunkelhaarig und drahtig gewesen und hätte einen Vogel mit hellem Gefieder gehabt.

Nein, das hier war ein lebendiger Mensch, ein Fremder in Lon-Ser. Wie Gildri vor ihm bediente er sich der Falkenmagie, aber da hörte die Ähnlichkeit auch schon auf. Wieder korrigierte sich der schlafende Gwilym. Es gab noch eine Ähnlichkeit, etwas, das er schon ein paar Nächte zuvor beim Abendessen mit Hertha erkannt hatte, ohne es vollkommen zu verstehen. Dieser Mann hatte ebenso wie Gildri die Macht, die Geschichte von Lon-Ser und das Leben der Kinder Gildris für immer zu verändern. Als er das erkannte, und während der Mann durch die Gasse weiter auf ihn zukam, ließ Gwilym die Hoffnung in seinem Herzen aufblühen wie Astern und Lupinen auf einer Dhaalmar-Wiese in der Sommersonne.

Aber schon im nächsten Augenblick spürte er, wie Angst sein Herz umschlang, als risse die Hand des Todes die Blüten ab. Zwei Männer erschienen plötzlich in der Gasse, als kämen sie direkt aus der Nacht. Und mit vollendet gleichmäßigen Bewegungen, mit einer so furchterregenden und tödlichen Eleganz, dass es beinahe schön anzusehen war, zogen beide ihre Waffen aus den langen Jacken, zielten auf den Fremden und schossen.

Gwilym erwachte abrupt. Sein Gesicht war schweißnass, und er zitterte am ganzen Körper. Eine einzelne Kerze beleuchtete das Zelt, und Hertha saß auf dem Strohsack neben ihm und streichelte ihm zärtlich über die Stirn. Er versuchte sich hinzusetzen, aber sie schüttelte den Kopf und schob ihn sanft wieder auf den Strohsack zurück.

»Ruh dich aus«, flüsterte sie. »Versuche nicht, dich zu bewegen. Du hast lange geträumt.«

Gwilym schloss die Augen, schluckte und nickte. »Wasser?«, brachte er krächzend hervor.

Bald schon stützte Hertha ihn ein wenig und hielt ihm eine Tasse mit kühlem Wasser an die Lippen. Er trank gierig und ließ sich dann wieder auf den Strohsack sinken. Als er die Augen abermals öffnete, erkannte Gwilym, dass Hertha ihn forschend betrachtete und dabei ungewöhnlich besorgt aussah.

»Das war die Vision, auf die du gewartet hast.« Keine Frage, sondern eine Feststellung.

»Ja.«

»Weißt du, was sie zu bedeuten hat?« Sie sprach sehr beherrscht, als fürchtete sie ihre eigene Reaktion auf das, was er sagen würde. Er war nicht daran gewöhnt, sie so beunruhigt zu sehen, und es ließ ihn selbst nur noch nervöser werden.

»Ich glaube schon«, erwiderte er vorsichtig.

»Und hast du eine gute Zukunft gesehen?«

Gwilym sagte nichts, aber er griff nach ihrer Hand und verschränkte seine Finger mit den ihren. Lange Zeit schwiegen sie.

»Ein Mann wird kommen«, sagte er ihr schließlich. »Ich glaube, er ist aus Tobyn-Ser.«

Sie riss die Augen auf. »Aus Tobyn-Ser? Bist du sicher?«

»Er hat einen Vogel und einen Stab mit einem Stein.«

»Ein Zauberer!«, hauchte sie.

»Ja«, stimmte Gwilym ihr zu. »Ich weiß nicht, wieso er herkommt – das habe ich nicht gesehen –, aber ich glaube, seine Ankunft kündet von wichtigen Dingen für unser Volk.«

Hertha nickte, immer noch mit staunendem Blick. »Ein Zauberer!«, wiederholte sie. »Und er ist auf dem Weg hierher.«

Gwilym holte tief Luft. Nun würde es schwierig werden. »Nein, Hertha. Nicht hierher.«

Sie starrte ihn an. »Aber du hast doch gesagt -«

»Ich sagte, dass ein Mann aus Tobyn-Ser kommt, aber ich sagte nicht, dass er hierher kommen wird.« Er zögerte. Es gab keine Möglichkeit, es ihr schonend beizubringen. »Ich habe ihn in Bragor-Nal gesehen.«

Sie wurde bleich. »Du warst ebenfalls dort?«

»Ich muss dort sein, Hertha. Ich habe gesehen, wie zwei Männer versuchten ihn umzubringen.« Gwilym setzte sich auf. Zu schnell. Ihm wurde schwindlig, aber er zwang sich weiterzusprechen. »Ich weiß nicht, ob sie Erfolg hatten oder nicht. Ich bin zu schnell aufgewacht. Aber ich weiß, dass ich dort sein muss, um ihm zu helfen, wenn ich kann.«

Hertha stand auf und wandte sich von ihm ab. Er nahm an, dass sie weinte; sie wandte sich immer ab, wenn sie das tat. »Wie kannst du sicher sein, dass dieser Mann so wichtig ist?«, fragte sie mit bebender Stimme. »Vielleicht irrst du dich ja! Vielleicht ist er für uns ohne Bedeutung!« Sie sah ihn wieder an. Ihre Wangen waren tränenfeucht. »Oder vielleicht wird er unser Leben verändern, aber zum Schlechteren! Vielleicht ist es ihm ja bestimmt zu sterben! Hast du daran schon gedacht?«

»Hertha«, sagte er so sanft er konnte und streckte die Hand aus. Zögernd kam sie auf ihn zu und griff nach seiner Hand. »Er ist ein Zauberer«, erinnerte Gwilym sie. »Wie Gildri es war. Er kommt nach Lon-Ser, und zwei Männer versuchen ihn zu töten. Glaubst du nicht, dass die Götter mir das aus einem bestimmten Grund gezeigt haben?« Sie wollte ihn nicht ansehen, aber schließlich nickte sie.

»Wann?«, fragte sie.

»Ich weiß es nicht. Bald. Es war immer noch kalt, obwohl es sich so anfühlte, als wäre die schlimmste Winterkälte vorüber.« Er war immer noch überrascht über die Dinge, die er in seinen Visionen erfuhr. Er hatte nicht viel über die Jahreszeit nachgedacht; ihm war nur aufgefallen, dass es kalt war und das Pflaster nass. Aber irgendwie hatte er gewusst, dass die Ereignisse zu Beginn des Frühjahrs stattfanden. Und das hieß, dass er wirklich bald aufbrechen musste. Er hatte viele hundert Meilen vor sich.

»Du solltest morgen früh mit dem Vorbereitungen beginnen«, sagte sie und schaute ihn nun eindringlich an. »Wenn es erst richtig Winter geworden ist, wirst du Schwierigkeiten haben, rechtzeitig im Nal zu sein.«

»Du hast wahrscheinlich Recht.«

Wieder schwiegen sie und sahen einander im Kerzenlicht an. *Wie kann ich sie verlassen?*, fragte er sich. Und dann erinnerte er sich an seine Vision und alles, was sie bedeuten konnte, und beantwortete seine eigene Frage. *Ich bin der Träger des Steins. Wie könnte ich anders handeln?*

»Wir sollten jetzt eigentlich schlafen«, meinte Hertha, »aber ich bin plötzlich nicht mehr sonderlich müde.«

Er lächelte sie an und zog eine Braue hoch. »Nein?«

Sie lächelte schüchtern, und dann lachte sie, obwohl sie auch wieder weinte. »Nein«, sagte sie leise und blies die Kerze aus. »Das bin ich nicht.«

Gwilym und Hertha blieben am nächsten Morgen noch ziemlich lange im Bett; sie wollten nicht ohne den Trost des anderen sein. Selbst nachdem sie aufgestanden waren und während sie die Vorbereitungen für Gwilyms Abreise am folgenden Tag trafen, blieben sie beieinander und verbrachten nicht mehr Zeit getrennt als unbedingt notwendig. Sie packten Vorräte für seine Reise – Käse, Rauchfleisch, getrocknete Wurzeln, Obst und Fladenbrot – in einen Rucksack, zusammen mit fünf oder sechs Längen Seil, Feuersteinen, ein paar Wasserschläuchen, Kleidung zum Wechseln und einem festen Schlafsack. Gwilym half Hertha auch, den letzten Rest der Herbsternte aus ihrem kleinen Feld unten im Tal einzubringen. Es war noch ein wenig zu früh für die Wurzeln, aber für Hertha allein war die Arbeit zu schwer. Später an diesem Tag gingen sie zusammen mit Idwal zu Nelya und Quim, und Gwilym genoss eine letzte Mahlzeit im Kreis der Familie.

Kurz vor der Abenddämmerung ging Gwilym zur Versammlungshalle, läutete die Glocke, die draußen angebracht war, und rief damit die Menschen aus der Siedlung zusammen. Niemand, der ihn im Lauf des Tages gesehen hatte, hätte daran zweifeln können, dass er sich darauf vorbereitete, den Zeltkreis zu verlassen, und die Nachrichten hatten sich rasch verbreitet. Aber er zog es immer noch vor, auch in aller Form anzukündigen, dass er gehen würde, und so viele Erklärungen wie möglich zu geben. Er wusste, dass die Siedlung in seiner Abwesenheit ein anderes Oberhaupt brauchen würde und dass dies eine etwas delikate Frage aufwerfen würde, mit der er sorgfältig, aber entschlossen umgehen musste.

Noch während das Glockenläuten von den Berghängen widerhallte, betrat Gwilym die Halle, nahm seinen Platz ganz vorne ein und wartete. Bald schon trafen die Leute ein, die der Dorfmitte am nächsten wohnten. Sie kamen wortlos herein und sahen Gwilym mit unverhohlener Neugier an. Für gewöhnlich gingen Versammlungen Gelächter und Gespräche über die Ereignisse des Tages voran, aber nicht an diesem Abend. Seit Jahren hatte niemand die Siedlung verlassen, bis auf die Boten, die zu den anderen Siedlungen gegangen waren, und in den wärmeren Monaten die Hirten. Kein Steinträger hatte zu Gwilyms Lebzeiten das Dhaalmargebirge verlassen. Also sah er nun zu, wie die Bewohner der Siedlung die Halle betraten, und wunderte sich nicht über ihr Schweigen und ihr Starren.

Hertha, Nelya und Idwal waren unter den Letzten, die hereinkamen, und Gwilym sah, dass Hertha wieder geweint hatte. Das war schon in Ordnung, sagte er sich. Es war verständlich, und es erleichterte ihn zu wissen, dass Idwal und Nelya hier bleiben würden, um sich um sie zu kümmern.

»Ich glaube, wir sind jetzt alle da, Gwilym«, erklang eine Stimme vom hinteren Teil der Halle. Urias' Stimme. Gwilym erspähte den jungen Mann, der sich gegen die Wand des Gebäudes lehnte, weil er groß genug war, um über die anderen hinwegsehen zu können. Er hatte den Blick seiner hellgrünen Augen auf Gwilyms Gesicht gerichtet. Urias war nun schon seit einiger Zeit der Sprecher der jüngeren Gildriiten. Er würde eines Tages einen gutes Oberhaupt abgeben. Gwilym lächelte in sich hinein. Vielleicht würde das sogar schon bald geschehen; vielleicht an diesem Abend, wenn die Siedlung sich für ihn entschied.

»Danke, Urias«, sagte er laut. Er holte tief Luft und betrachtete die vertrauten Gesichter vor ihm. Auf der ersten Bank sah er die alte Emlyn, die ihn mit geröteten Augen betrachtete, den Mund zu etwas geöffnet, was wie ein zahnloses Grinsen aussah, wenn man nicht wusste, dass sie jetzt immer so aussah. Sie hatte Gwilyms Mutter Beistand geleistet, als Gwilym zur Welt gekommen war, und sich auch um die Geburt von beinahe jeder anderen Person in der

Halle gekümmert. Neben ihr saß Hertha, und bei ihr Nelya, Quim und Idwal. Weiter hinten sah er Siarl, der seit seiner Kindheit sein bester Freund war, bei Gwilyms Hochzeit mit Hertha an seiner Seite gestanden und ein paar Jahre später sein Leben aufs Spiel gesetzt hatte, um Nelya zu retten, als sie sich kurz vor dem Beginn eines schrecklichen Unwetters zu weit von der Siedlung weggewagt hatte. Das hier waren seine Leute – die einzigen, die er je gekannt hatte. Er hatte ihre Hochzeiten und die Geburten ihrer Kinder mit ihnen gefeiert. Er hatte mit ihnen um den Tod ihrer Eltern und Männer und Frauen getrauert. Jeder Tag seines Lebens war unweigerlich mit ihnen verbunden gewesen. Und nun sollte er sie verlassen? Selbst vor dem Gedanken daran wich Gwilym innerlich zurück. Er spürte, wie ihm übel wurde.

»Ich weiß nicht, wo ich anfangen soll«, sagte er ganz offen.

»Sag uns, warum«, schlug Siarl freundlich vor. »Warum verlässt du uns?«

»Ja«, rief eine andere Stimme. »Was hast du gesehen?«

Gwilym nickte. Das war die beste Möglichkeit, die er bekommen würde. »Es gibt einen Mann, der nach Bragor-Nal kommen wird. Sein Leben ist in Gefahr.«

»Trifft das nicht auf jeden in Bragor-Nal zu?«, fragte Urias. »Und nicht nur auf Männer, sondern auch auf Frauen und Kinder?«

Gwilym lächelte. »Selbstverständlich. Aber dieser Mann ist sehr wichtig für uns. Er ist ein Zauberer aus Tobyn-Ser.« Auf diese Bemerkung folgte erstauntes Flüstern, aber Gwilym sah Hertha an und fragte sich, ob diese Sache wirklich wichtig genug war, um zu rechtfertigen, was er tat.

Urias trat eine Schritt von der Wand weg, und die Neugier, die sich so deutlich in seinen scharfen, knochigen Zügen spiegelte, ließ ihn aussehen wie einen Falken. »Warum kommt er her?«

»Ich wünschte, ich wüsste das«, erwiderte Gwilym. »Aber ich bin sicher, dass seine Ankunft in Lon-Ser große Veränderungen für unser Volk bringen wird. Deshalb kann ich nicht einfach zulassen, dass er getötet wird. Ich muss etwas unternehmen.«

»Aber Bragor-Nal, Gwilym!«, sagte Siarl. »Gibt es keine andere Möglichkeit, diesem Mann zu helfen, ohne dass du hingehst?« Mehrere andere nickten zustimmend.

»Ich wünschte, es wäre so, mein Freund. Glaub mir, ich wünschte, es wäre so. Aber ich weiß nicht, um was es geht, also ist das alles, was mir übrig bleibt.«

»Wenn das so ist«, warf Quim ein, »solltest du dann nicht wenigstens einen von uns mitnehmen?« Wieder taten mehrere ihre Zustimmung kund und boten an, mit ihm zu kommen.

Gwilym musste sich anstrengen, um die Tränen zurückzuhalten. Das hier waren seine Leute. Nicht zum ersten Mal freute er sich darüber, dass Nelya in Quim einen so guten Mann gefunden hatte. Er lächelte sie an und hoffte, sie würde seine Gedanken verstehen.

Er hob die Hände, um die anderen um Ruhe zu bitten. »Danke, Freunde. Es wäre eine viel leichtere und angenehmere Reise für mich, wenn ich auch nur einen von euch mitnehmen könnte. Aber das geht nicht.«

Mehrere begannen zu widersprechen, Urias und Siral am heftigsten. »Wir hatten einen guten Sommer, Gwilym«, sagte Quim, und andere nickten. »Wir können es uns leisten, ein paar Leute auf diese Reise zu schicken.«

Wieder hob Gwilym die Hände. »Wir hatten wirklich einen

guten Sommer«, stimmte er zu und sprach ein wenig lauter, damit sie ihm auch wirklich zuhörten. »Und bisher war die Ernte gut. Aber der Winter entscheidet immer selbst, was wir brauchen und was nicht. Ich muss euch doch nicht erzählen, dass ein guter Sommer nicht unbedingt einen leichten Winter verspricht, und der Wind ist bereits sehr kalt geworden.« Er schüttelte den Kopf. »Nein«, sagte er entschlossen. »Ich bin immer noch der Träger des Steins, und es ist meine Entscheidung. Es wäre zu gefährlich, eine ganze Gruppe zu schicken. Ich muss alleine gehen; ich darf andere nicht ebenfalls in Gefahr bringen.« Er wusste, dass diese Worte nicht ganz der Wahrheit entsprachen.

Es war selbstverständlich Urias, der das Thema aufbrachte. »Wirst du den Stein mitnehmen, Gwilym?«

»Selbstverständlich wird er das tun!«, rief Hertha, bevor Gwilym antworten konnte. »Wir haben ihn zum Steinträger gewählt. Jetzt liegt die Entscheidung bei ihm.«

Der jüngere Mann hob beschwichtigend die Hände. »Ich wollte nicht respektlos sein, Hertha«, sagte er und fügte dann mit einem Blick zu Gwilym hinzu: »Wirklich nicht.«

»Das weiß ich, Urias«, versicherte Gwilym ihm. Er warf Hertha einen Blick zu, der ihr sagte, sie solle sich bitte benehmen. Sie hatte Urias nie leiden können. Sie hielt ihn für unverschämt, und sie war der Ansicht, dass er Gwilyms Entscheidungen als Oberhaupt der Siedlung zu oft und zu übereilt in Frage stellte. Sie hatte damit vielleicht sogar Recht. Aber Gwilym hielt diese Eigenschaften im Grunde für erfreulich. Urias würde vielleicht eines Tages den Stein selbst tragen, und ein zukünftiger Anführer brauchte klare Ansichten. Siarl hatte ihm einmal erzählt, dass einige der älteren Gildriiten auch Gwilym für arrogant gehalten hatten, als er noch jünger war, und obwohl Gwilym gekränkt war, als Siarl ihm das sagte, begriff er bald, dass die Ältesten wahrscheinlich Recht gehabt hatten.

Und was diese Sache anging, war Urias' Sorge nur zu gerechtfertigt. Gwilym würde lange unterwegs sein und sich an einen sehr gefährlichen Ort begeben. Die Chancen, dass er zurückkehrte, waren nicht allzu groß. Und der Stein war der mit Abstand wertvollste und wichtigste Gegenstand in der Siedlung. Er war, wie Gwilym zugeben musste, für das Dorf wichtiger als jede einzelne Person, sogar sein Träger. Immerhin war es einer der ursprünglichen Steine, die von Gildri und seinen Anhängern aus Tobyn-Ser mitgebracht worden waren. Es waren nur noch fünf übrig. Jede Siedlung hatte einen, und sie befanden sich immer noch auf den Stäben, die Gildri und die anderen Zauberer benutzt hatten. Als Oberhaupt dieser Siedlung, als Träger des Steins, war Gwilym verantwortlich für ihn. Den größten Teil des Tages hatte er sich mit der Frage beschäftigt, ob er das Recht hatte, ihn mitzunehmen. Sicher, sie hatten ihn zum Träger gewählt, aber der Stein gehörte dem Dorf, nicht ihm.

Und genau das versuchte Urias jetzt zu sagen. »Der Stein ist schon in diesem Zeltkreis gewesen, bevor unsere Großeltern zur Welt kamen«, erklärte der junge Mann. »Seine Träger haben ihm mehr Farben verliehen, als wir uns vorstellen können. Er ist ein Teil von dem, was wir sind. Ich möchte dein Urteilsvermögen oder deine Autorität nicht anzweifeln, Gwilym. Aber – und es tut mir Leid, dass ich das so direkt sagen muss, Hertha – es könnte sein, dass du nicht wiederkehrst, und dann wäre der Stein für immer verloren!«

Mehrere andere riefen Urias zu, er solle still sein. »Du versuchst die Götter!«, sagte Siarl zornig, und seine dunklen Augen blitzten unter dem dichten silbernen Haar. »Gwilym wird heil zurückkehren, ebenso wie dein kostbarer Stein!«

»Mögen deine Worte ihren Weg in deine Träume finden, mein Freund«, sagte Gwilym mit einem liebevollen Blick zu Siarl. »Aber Urias hat Recht: Es könnte sein, dass ich nicht zurückkehre, und dann wäre der Stein verloren.« Angespanntes Schweigen breitete sich in der Halle aus, als alle ihn erwartungsvoll ansahen. »Ich habe lange darüber nachgedacht«, fuhr er fort, »und ich glaube, man könnte sich für beides aussprechen. Einerseits gehört der Stein uns allen; er gehört dieser Siedlung. Aber er gehört auch zu seinem Träger, und es könnte sein, dass ich ihn brauche, um den Zauberer zu überzeugen, dass ich ein Freund bin und ihm helfen kann.«

Urias nickte. »Du hast also beschlossen, ihn mitzunehmen«, sagte er vorwurfsvoll.

Gwilym biss die Zähne zusammen. Genug war genug. »Ja«, erwiderte er entschlossen. »Ich habe beschlossen, dass ich ihn mitnehme, wie es mein Recht als Oberhaupt dieser Siedlung ist. Aber wenn du es unbedingt wissen willst, Urias, es war keine Entscheidung, zu der ich von alleine gekommen bin. In der Vision, die mir die Götter gesandt haben, hatte ich den Stein dabei. Anscheinend halten sie es für wichtig, dass ich ihn mitnehme.«

»Mehr brauche ich darüber nicht zu wissen«, stellte Siarl rasch fest. Die meisten anderen stimmten zu, und Urias schien zu begreifen, dass er in der Minderheit war, und gab auf.

»Nun, nachdem das entschieden ist«, sagte Gwilym, »bleibt

nur noch eine Frage: Wer soll euer Oberhaupt sein, solange ich weg bin?«

»Wen schlägst du vor?«, fragte Quim.

Gwilym schüttelte den Kopf und grinste. »O nein«, sagte er. »In diese Falle gehe ich nicht.«

»Feigling!«, rief Hertha zur allgemeinen Erheiterung. Sie stand auf. »Was ist mit Siarl?«, fragte sie. »Ich denke, er wird ein gutes Oberhaupt abgeben.«

Siarl wurde rot, und er lächelte ein wenig verlegen. Aber er sträubte sich nicht, und obwohl noch zwei weitere Kandidaten vorgeschlagen wurden, entschieden sich die Bewohner der Siedlung schließlich für Gwilyms Freund.

»Das ist keine Position, die ich längere Zeit innehaben möchte«, sagte Siarl später zu Gwilym, als die Versammlung zu Ende war und die beiden aus der Halle in den kalten Wind eines weiteren klaren Abends hinausgingen. Die anderen waren bereits weg. Hertha war ins Zelt zurückgekehrt, und Gwilym wusste, sie würde auf ihn warten. Aber er brauchte ein wenig Zeit, um sich von Siarl zu verabschieden. »Ich bin damit, wie die Dinge im Moment sind, sehr zufrieden«, fügte Siarl hinzu.

»Das weiß ich«, entgegnete Gwilym und zog den Umhang fest um sich. Er konnte sich nicht erinnern, je einen kälteren Herbst erlebt zu haben. Oder vielleicht lag es einfach daran, dass er älter war und nicht mehr so abgehärtet. *Werde ich unterwegs überhaupt durchhalten können?*, fragte er sich, und das nicht zum ersten Mal.

Dann begriff er, dass Siarl wieder angefangen hatte zu sprechen. Er hatte keine Ahnung, was sein Freund gerade gesagt hatte. Siarl streckte die Hand aus, packte Gwilym am Arm und fragte: »Gwilym, ist alles in Ordnung?«

Gwilym nickte und versuchte zu lächeln. »Ja. Es ist einfach nur schwierig für mich, Hertha zu verlassen, die Siedlung zu verlassen. Es tut mir Leid, was hast du gerade gesagt?«
Siarl tat die Entschuldigung mit einer Geste ab. »Das ist unwichtig.« Er hielt einen Augenblick lang inne, dann fragte er: »Hast du Angst?«
»Ja«, antwortete Gwilym ehrlich. »Große Angst. Sieh mich doch an, Siarl«, fuhr er fort und zeigte mit der fleischigen Hand auf seinen Bauch. »Ich bin kein Abenteurer, und ich bin ganz sicher kein Kämpfer. Und dennoch begebe ich mich an den gefährlichsten Ort in Lon-Ser, um das Leben eines Mannes zu retten, der über eine Macht verfügt, die ich kaum begreifen kann. Habe ich den Verstand verloren?«
Sein Freund lachte leise. »Man kann dir einiges nachsagen, Gwilym, aber verrückt bist du nicht. In all den Jahren, in denen ich dich kenne, hast du nie etwas übertrieben Waghalsiges getan. Und obwohl du fürchtest, was du tun wirst, gehe ich davon aus, dass du tief drinnen weißt, dass du keine andere Wahl hast.«
Gwilym fuhr sich mit der Hand über den Kopf. »Nein.«
»Andererseits jedoch«, fügte Siarl hinzu und sah Gwilym forschend an, während der Wind sein silbernes Haar zerzauste, »könntest du immer noch jemanden mitnehmen.«
»Das ist unmöglich«, sagte Gwilym.
»Warum unmöglich?«
»Das habe ich doch schon bei der Versammlung gesagt.«
Siarl schüttelte entschlossen den Kopf. »Das genügt nicht, Gwilym! Es könnte ein schwerer Winter werden? Wir brauchen hier jeden Mann?« Er schüttelte wieder den Kopf. »Das reicht vielleicht den anderen, aber mir nicht.«

»Ich fürchte, es wird reichen müssen!«, erwiderte Gwilym scharf.
Er setzte dazu an weiterzugehen, aber Siarl packte ihn wieder am Arm und zog ihn herum, sodass sie einander noch einmal gegenüberstanden. »Nimm mich mit!«, drängte er. »Oder Quim, oder Urias! Von mir aus nimm Emlyn mit! Aber geh nicht alleine!«
Gwilym schloss die Augen und holte tief Lust. »Ich muss«, sagte er erschöpft.
»Warum?«
Er öffnete die Augen wieder. Siarl schaute ihn gequält an.
»In meiner Vision war ich auch allein«, sagte Gwilym. Das stimmte, aber es diente nur dazu, den Augenblick ein wenig hinauszuschieben, in dem er seinem alten Freund die Wahrheit sagen musste. Siarl kannte ihn einfach zu gut.
»Aber das ist nicht der Grund.«
»Nein, ist es nicht.« Er holte tief Luft. »Ich habe von dem Zauberer geträumt, und ich sah zwei Männer, die versuchten, ihn zu töten. Aber ich bin zu früh aufgewacht. Ich weiß nicht, ob ich ihn retten kann.« Er schluckte. »Und ich weiß nicht, ob ich den Versuch überleben werde.«
»Das ist nur ein Grund mehr, einen von uns mitzunehmen!«, sagte Siarl.
Gwilym schüttelte bedächtig den Kopf. »Ich glaube nicht, dass ein weiterer Gildriite oder auch zwei etwas ändern werden, und ich habe nicht vor, dein oder Quims Leben aufs Spiel zu setzen.« Er grinste. »Nicht einmal das von Urias.«
Siarl lachte leise, aber dann wurde er schnell wieder ernst. »Glaubst du nicht, dass das eine Entscheidung ist, die wir selbst fällen sollten?«, fragte er.

»Nein, mein Freund. Ich glaube, es ist eine Entscheidung, die der Steinträger treffen muss. Und ich möchte dich bitten, das zu respektieren.«
Siarl schaute Gwilym lange Zeit schweigend an. Schließlich holte er tief Luft und sagte: »Also gut. Aber kann ich wirklich überhaupt nichts tun?«
Gwilym nickte. »Doch.« Er zögerte, aber nur einen Augenblick. »Kümmere dich um sie, Siarl«, flüsterte er. »Kümmere dich um Hertha.« Und plötzlich, endlich, weinte er, ließ sich von all der Angst und der Traurigkeit überwältigen, die er seit der Vision so angestrengt beherrscht hatte.
»Das werde ich tun«, brachte sein Freund mit unsicherer Stimme heraus. »Wir werden alle auf sie aufpassen.«
Sie blieben noch einen Moment lang in unbehaglichem Schweigen stehen. Dann umarmte Gwilym Siarl fest und lange. Schließlich ließ er ihn zögernd los, und dann drehte er sich ohne ein weiteres Wort um und kehrte zu seinem Zelt zurück, wo Hertha schon auf ihn wartete.

Gwilym machte sich am nächsten Morgen auf den Weg, als die Sonne hinter den steilen, eisbedeckten Gipfeln im Osten aufging. Er und Hertha hatten beide nicht geschlafen, und nach einer Nacht voller Liebe und Tränen waren sie beide zu erschöpft und betäubt, um noch viele Gefühle für den Abschied zu haben.
»Du musst tun, was du tun musst«, sagte sie leise, als er sie in der kalten Morgenluft umarmte, »und dann kommst du zu mir zurück. Versuche nicht, ganz allein die Geschichte zu verändern. Überlass das dem Zauberer.«
»Darf ich denn gar nicht heldenhaft sein?«, fragte er scherzhaft.

»Nein«, antwortete sie und lehnte sich ein wenig zurück, damit sie sein Gesicht sehen konnte. Ihre braunen Augen, gerötet von Tränen und Schlafmangel, zeigten keine Spur von Heiterkeit. »Keine Heldentaten. Ich will keinen Helden, ich will einfach nur dich.«

Er nickte und spürte, wie er selbst wieder zu weinen begann, aber er sagte nichts. Es gab nichts zu sagen. Also küsste er sie ein letztes Mal leidenschaftlich, und dann verließ er sie und machte sich auf den langen Weg nach Bragor-Nal.

Gwilym hatte ursprünglich vorgehabt, dem kleinen Bach zu folgen, der den ganzen Weg bis ins Tal floss. Von dort aus wäre er dem größeren Bach bis zum Westlichen Narrensee gefolgt und zum Beginn des Westarms des gewaltigen Vrudan. Aber nachdem er so müde war, entschloss er sich stattdessen, zunächst zu Oswins Siedlung zu gehen, die einen Tagesmarsch südöstlich seines eigenen Dorfes lag. Dort würde er vielleicht ein letztes gutes Essen bekommen und eine Nacht in einem bequemen Bett schlafen können. Er würde noch ein wenig länger im Hochland bleiben können, einer Reihe von Pässen zum Mittleren Narrensee folgen und sich dann dem Hauptarm des Vrudan zuwenden. Er hatte aus diversen Gründen das Gefühl, noch mit Oswin sprechen zu müssen, bevor er das Dhaalmar-Gebirge verließ.

Der Himmel blieb den Tag über klar, und da nur ein leichter Wind von Norden her wehte, war Gwilym in der Lage, rasch vorwärts zu kommen und erreichte Oswins Dorf mehr als eine Stunde vor der Abenddämmerung. Der junge Wachtposten, der ihn an der Außenmauer grüßte, erkannte ihn sofort, wobei ihm zweifellos der schimmernde Stein half, und er führte Gwilym zu Oswins Zelt, das wie Gwilyms eigenes am höchsten Punkt des Dorfes stand. Der junge Mann informierte Oswin, dass er Besuch hatte, und Gwilym blieb draußen stehen und sah sich um. In vielerlei Hinsicht war diese Siedlung genau wie seine eigene. Die Zelte und die Gemeinschaftsgebäude standen in einem großen Kreis am Südhang, damit in den kälteren Monaten so viel Sonne wie möglich auf die Häuser fiel. Wachtürme standen in gleichmäßigen Abständen am Rand des Talbeckens, und die Herdentiere grasten auf den Wiesen an seinem Grund.

Tatsächlich bestand der einzige Unterschied in der Größe der beiden Siedlungen. Oswins Dorf war mit Abstand die größte der fünf gildriitischen Siedlungen. Oder, um genauer zu sein, es hatte die meisten Einwohner. Hier wohnten beinahe doppelt so viele Menschen wie in Gwilyms Dorf, und dabei war der eigentliche Zeltkreis kaum größer als der, den Gwilym an diesem Morgen verlassen hatte. Alles wirkte enger: Die Zelte standen dichter beieinander, Rauch von vielen Kochfeuern mischte sich zu einem nicht mehr zu deutenden Durcheinander von Gerüchen; und die Geräusche von spielenden Kindern und Eltern, die nach ihren Söhnen und Töchtern riefen, erfüllten den Kreis. Das war nicht, so dachte Gwilym, die Art von Leben, die er selbst bevorzugte. Merkwürdig, wenn man bedachte, wohin er unterwegs war.

»Gwilym!«, erklang eine Stimme hinter ihm. »Welchem Umstand verdanke ich dieses unerwartete Vergnügen?«

Gwilym drehte sich um, als Oswin gerade aus dem Zelt kam, den Stab mit dem türkisfarbenen Stein in der einen, einen Becher Glühwein in der anderen Hand. Oswin war ein hoch gewachsener, kräftiger Mann, aber obwohl er immer noch ein rosiges Gesicht hatte, schien er in dem Jahr, seit Gwilym ihn zum letzten Mal gesehen hatte, stark gealtert zu sein. Von den fünf Trägern, die derzeit die gildriitischen Siedlungen leiteten, hatte Oswin seinen Stein am längsten getragen, was ihn in gewisser Weise zum Anführer aller Gildriiten machte. Gwilym wusste es nicht genau, aber er nahm an, dass Oswin mindestens fünfzehn Jahre älter war als er. Vielleicht sogar mehr. Es hätte ihn also nicht überraschen sollen, dass Oswin gebeugter ging, als Gwilym es in Erinnerung hatte, und dass sein Haar schütter und weiß geworden war. Der ältere Mann lachte allerdings immer noch gerne, und seine hellen blauen Augen wirkten klar und lebendig.

»Schön, dich zu sehen, Oswin«, sagte Gwilym und legte die Hände auf die Schultern des Steinträgers. Er nickte zu Oswins Weinbecher hin. »Ich hoffe, ich störe dich nicht beim Abendessen.«

»Nicht im Geringsten«, erwiderte Oswin grinsend. »Breatta und ich haben nur gerade ein bisschen gefeiert, dass wir mit der Ernte fertig sind. Darf ich dir einen Becher anbieten?«

»Ja, danke, das wäre schön.«

»Breatta, meine Liebe!«, rief Oswin ins Zelt. »Wir haben Besuch! Könntest du noch einen Becher Wein bringen?«

»Sofort!«, erklang eine angenehme Stimme von drinnen.

»Solltest du nicht noch mit der Ernte beschäftigt sein?«, fragte der Träger und wandte sich wieder Gwilym zu. »Oder hast du die schwere Arbeit lieber Hertha überlassen?«

Gwilym versuchte zu lächeln. Aber bei der Erwähnung von Herthas Namen spürte er einen Stich im Herzen. Oswin war das offenbar aufgefallen, denn sein Lächeln war verschwunden, und nun stand Sorge in seinem Blick. Aber bevor er noch eine Frage stellen konnte, kam Breatta mit dem Wein aus dem Zelt, und als sie Gwilym sah, lächelte sie strahlend.

»Gwilym! Was für eine angenehme Überraschung!«, sagte sie und umarmte ihn, bevor sie ihm den dampfenden Weinbecher reichte. Wie Oswin war auch Breatta im vergangenen Jahr älter geworden. Sie war immer zierlich gewesen, aber nun sah sie beinahe zerbrechlich aus, und ihr rötlich braunes Haar hatte Silbersträhnen. Dennoch, sie war immer noch eine attraktive Frau mit zartem Knochenbau und hellgrünen Augen. Sie sah sich rasch um, dann schaute sie wieder Gwilym an. »Ist Hertha nicht mitgekommen?«

Gwilym wandte den Blick ab. »Nein, leider nicht. Sie lässt euch beide grüßen.« Eine Halbwahrheit; sie hätte es getan, wenn sie gewusst hätte, dass Gwilym plante, hier Halt zu machen.

»Vielleicht sollte ich euch beide einen Moment allein lassen«, schlug Breatta vor. »Ich sehe mal, ob ich aus all diesen hübschen Wurzeln und dem Salat, den wir heute geerntet haben, ein Abendessen zaubern kann.« Sie lächelte Gwilym an. »Du bleibst doch zum Abendessen, oder?«

»Es wäre mir eine Ehre, Breatta.«

»Und wir werden sicher auch den zweiten Strohsack brauchen, Liebes«, warf Oswin ein. »Ich denke, unser Freund hier braucht einen Schlafplatz. Habe ich Recht?«

Gwilym musste lachen. »Ich fürchte, ja. Freunde auf Reisen können eine ziemliche Plage sein, wie?«

»Unsinn!«, schnaubte Breatta und machte sich wieder zum

Zelt auf. »Wir freuen uns, Gwilym. Und lass dir von meinem mürrischen Mann bloß nichts anderes erzählen.«
Einen Augenblick später waren die beiden Träger allein.
»Danke, Oswin!«, sagte Gwilym und trank einen Schluck Wein. »Du und Breatta, ihr seid immer gut zu mir gewesen.«
Oswin lächelte, aber sein Blick blieb ernst. »Nun, wir freuen uns wirklich. Aber du machst mich neugierig. Wohin willst du so kurz vor dem Winter mit einem so vollen Rucksack?«
Gwilym hatte den Rucksack, den er immer noch trug, ganz vergessen, aber als Oswin ihn erwähnte, wurde er sich wieder des Gewichts bewusst. Nun reichte er Oswin seinen Becher, schwang den Rucksack von der Schulter und spürte sofort die kalte Luft an seinem verschwitzten Rücken. »Er ist nicht ganz so schwer, wie er aussieht«, meinte Gwilym mit einem Blick zu dem älteren Mann, der geduldig auf eine Antwort auf seine Frage wartete. »Aber es tut gut, ihn einige Zeit loszuwerden.«
»Das kann ich mir vorstellen«, entgegnete Oswin und gab Gwilym seinen Becher zurück.
Gwilym holte tief Luft. »Ich bin auf dem Weg nach Bragor-Nal«, sagte er. »Ich hatte eine Vision, die mich glauben lässt, dass ich keine andere Wahl habe.«
Man musste es Oswin lassen – er reagierte nicht heftiger als mit einem Hochziehen der Brauen. »Erzähl mir, was du gesehen hast.«
Gwilym war in gewisser Weise erleichtert, mit jemandem über die Angelegenheit reden zu können, für den emotional wenig auf dem Spiel stand, wenn er, Gwilym, das Gebirge verließ. Also beschrieb er seine Vision ausführlich. Wieder reagierte Oswin kaum, während er zuhörte, er bat Gwilym nur hin und wieder, etwas zu wiederholen. Dabei

gingen sie in einem kleinen Kreis durch den oberen Teil der Siedlung, und gerade als Gwilym mit seinem Bericht fertig war, hatten sie auch Oswins Zelt wieder erreicht.
»Ich dachte, ich sollte dich wissen lassen, dass ich gehe und warum«, erklärte Gwilym, als sie wieder vor dem Zelt standen. »Ich hatte nicht die Zeit, Boten zu schicken. Könntest du bitte die anderen Träger informieren?«
Oswin nickte. »Selbstverständlich. Ich bin ebenfalls der Ansicht, dass eine solche Vision Taten erfordert. Und bei dem, was du gesehen hast, denke ich auch nicht, dass du eine große Wahl hattest. Wenn ich an deiner Stelle wäre – und ein paar Jahre jünger – würde ich ebenfalls gehen.«
Gwilym lächelte dünn. »Ich bin froh, dass du das sagst«, antwortete er ehrlich. »Wenn du in meiner Lage wärst, würdest du den Stein mitnehmen?«
Oswin nickte. »Eine schwierige Frage.« Er schwieg eine Zeit lang, als müsse er die Frage in seinem Kopf hin- und herwenden. »Wahrscheinlich«, sagte er schließlich, »da er in der Vision ebenfalls vorhanden war. Aber ich hätte Bedenken, ebenso, wie du offenbar welche hast.«
»Einige in der Siedlung halten es für ein unnötiges Risiko«, erklärte Gwilym. »Ich war schon vorher unsicher, aber das hat es nicht gerade besser gemacht.«
»Lass mich raten«, meinte Oswin grinsend. »Urias?«
Gwilym lachte und nickte.
»Das dachte ich mir.« Wieder lachten sie, dann verschwand die Heiterkeit des hoch gewachsenen Steinträgers, und er sah den jüngeren Mann forschend an. »Es ist tatsächlich ein Risiko, Gwilym. Das brauche ich dir nicht zu sagen. Ich denke, es war richtig von dir, ihn mitzunehmen, aber wenn du deine Ansicht inzwischen geändert hast, kannst du ihn

hier lassen. Ich würde ihn persönlich zu deinen Leuten zurückbringen.«

»Danke«, sagte Gwilym, »aber ich bleibe bei meinem Entschluss.«

Oswin nickte. »Gut für dich.« Er schien wieder über etwas nachzudenken. »Hast du je vom Netzwerk gehört?«, fragte er schließlich.

»Das Netzwerk?«, wiederholte Gwilym. »Nein.«

»Ich auch nicht«, gab der ältere Mann mit einem Grinsen zu. »Zumindest nicht vor diesem Sommer. Komm mit«, fügte er hinzu und ging auf die Mitte des Zeltkreises zu. »Du solltest jemanden kennen lernen.«

Gwilym folgte dem Träger durch die Dorfmitte zum unteren Rand der Siedlung, direkt oberhalb der Weiden für die Herdentiere. Dort fanden sie ein kleines, neu aussehendes Zelt und daneben einen Mann, der sich um ein Feuer kümmerte, einen großen, muskulösen Mann mit langem, wirrem blondem Haar. Er lächelte, als er Oswin näher kommen sah, obwohl die Freundlichkeit nicht seine blauen Augen erreichte. Er warf Gwilym einen kurzen Blick zu, aber seine Miene verriet nichts.

»Hallo, Kham!«, rief Oswin, als die beiden näher zu dem Heim des Mannes kamen. »Ich hoffe, wir stören nicht.«

»Nicht im Geringsten, Oswin«, entgegnete der Mann. Er hatte die Stimme nicht erhoben, aber sie trug weit in der frischen Bergluft. »Ich war gerade dabei, etwas zu kochen. Wollt ihr mitessen?«

»Danke, nein«, erwiderte Oswin. »Breatta wartet schon auf uns.« Er zeigte auf Gwilym. »Kham, das hier ist Gwilym. Er ist der Steinträger aus der nächstgelegenen Siedlung.«

Der Fremde stand auf und packte Gwilyms Hand mit festem Griff, aber er musste dafür mit der linken Hand quer über den Körper greifen. Seine rechte Hand war von Narben überzogen und verkrüppelt. Es sah nicht so aus, als könnte er sie noch zu etwas gebrauchen.
»Kham kam im Sommer zu uns«, erklärte Oswin, während der Mann sich wieder hinsetzte. »Davor hat er den größten Teil seines Lebens in Bragor-Nal verbracht. Er war dort das, was sie einen Gesetzesbrecher nennen, aber er hat zweifellos bewiesen, dass er den Blick hat. Und nach allem, was er sagt, gibt es dort viele wie ihn.« Oswin wandte sich Kham zu. »Gwilym ist auf dem Weg nach Bragor-Nal, und wir hofften, dass du ihm etwas über das Netzwerk erzählen könntest.«
Wieder schaute Kham Gwilym an, diesmal forschender, als wollte er in dessen Inneres schauen. »Warst du jemals vorher im Nal?«, wollte er wissen.
Gwilym schüttelte den Kopf.
»Ich hoffe, du hast gute Gründe für diese Reise.«
»Die hat er«, warf Oswin ein, bevor Gwilym etwas sagen konnte. »Ich würde es sehr zu schätzen wissen, wenn du ihm helfen könntest, Kham.«
Der große Mann zögerte und schien nachzudenken. Dann nickte er schließlich. »Es gibt das Netzwerk in allen Nals«, setzte er zu Gwilym gewandt an. »Aber in Bragor-Nal ist es am aktivsten, weil sie uns Orakel dort am meisten hassen. Es bietet uns vor allem einen Ort, wo wir willkommen sind und wo wir nicht verbergen müssen, was wir sind. Aber es bietet auch jenen Schutz, die entdeckt wurden, und hilft Leuten, die dem Nal vollständig entkommen wollen, so wie ich.«

»Wie viele Gildriiten gibt es in Bragor-Nal?«, fragte Gwilym.
Kham zucke die Achseln. »Viele. Zehntausende, würde ich sagen.« Gwilym riss die Augen auf, und der Mann grinste. »Es klingt beeindruckender, als es wirklich ist«, sagte er. »Hier wären es viele, aber im Nal bedeutet das nichts.«
Gwilym nickte und schluckte. Ihm fiel immer wieder auf, dass er überhaupt nicht auf so etwas wie das Nal vorbereitet war.
»Wie wird Gwilym das Netzwerk finden?«, fragte Oswin.
Kham sah wieder Gwilym an. »Du willst diese Kleider anbehalten?«
»Ja.«
»Dann werden sie *dich* finden. Jedenfalls, wenn die SiHerr dich nicht vorher finden.«
»SiHerr?«
»Die Sicherheitskräfte des Herrschers.« Kham starrte mit gequältem Blick ins Feuer. Und Gwilym bemerkte, dass er unwillkürlich angefangen hatte, seine verstümmelte Hand zu massieren. »Sie sind nicht sonderlich gut, wenn es darum geht, den Frieden zu wahren«, sagte er verbittert, »aber foltern können sie hervorragend. Und es scheint ihnen besonderen Spaß zu machen, Gildriiten zu jagen.«
»Wir möchten gerne vermeiden, dass Gwilym etwas zustößt«, sagte Oswin leise. »Kannst du uns helfen?«
Wieder zögerte Kham. Dann erhob er sich abrupt und ging in sein Zelt. Als er wieder herauskam, hatte er Landkarten dabei, gedruckt auf das beste Papier, das Gwilym je gesehen hatte. Er kniete nieder und breitete sie auf dem Boden vor den beiden älteren Männern aus.
»Als Erstes«, sagte Kham zu Gwilym, »solltest du dich

mit dem Netz in Oerella-Nal in Verbindung setzen. Die Dinge sind dort etwas ruhiger und sicherer, aber du wirst trotzdem besser durchkommen, wenn du unter ihrem Schutz stehst.« Er zeigte auf eine Stelle, die er auf der Landkarte des Oerella-Nal gekennzeichnet hatte, dort, wo der Schluchtenfluss ins Nal floss. »Dort wirst du sie am ehesten finden. Sie bringen dich zum Mediangebirge und werden dir sagen, welche Pässe du nehmen sollst und wohin du dich wenden kannst, sobald du Bragor-Nal erreicht hast. Verstehst du?«

Gwilym nickte. »Ja«, sagte er, als er bemerkte, dass Kham nicht aufgeblickt hatte, sondern immer noch die Karten ansah.

»Du kannst die hier mitnehmen, wenn du willst«, fügte Kham hinzu. »Ich habe noch andere, und ich glaube nicht, dass ich sie je wieder brauchen werde.«

Er warf einen Blick über die Schulter und lächelte Oswin kurz an, bevor er sich wieder Gwilym zuwandte. »Ich will dir nichts vormachen: Du begibst dich an einen gefährlichen Ort. Ich war froh, lebendig rauszukommen. Bist du sicher, dass du das tun willst?«

Gwilym lächelte grimmig. »Wenn ich ehrlich bin, möchte ich viel lieber hier bleiben. Aber ich hatte eine Vision, die mir sagte, dass ich es tun muss. Und als einer, der ebenfalls mit dem Blick gesegnet ist, bin ich sicher, dass du mich verstehst.«

»Ich habe es noch nicht gelernt, dem Blick derart zu vertrauen«, gab Kham zu.

»Es braucht seine Zeit«, tröstete Gwilym. »Ich hätte so etwas in deinem Alter auch nicht getan. Was dumm ist, denn inzwischen bin ich wahrscheinlich zu alt dazu.«

Kham lachte, ebenso wie Oswin.

»Gibt es nicht noch etwas, was du uns sagen kannst, Kham?«, fragte der ältere der beiden Träger. »Noch etwas, das Gwilym wissen sollte?«

Der Mann schüttelte den Kopf. »Die Karten sollten hilfreich sein, aber darüber hinaus wirst du dich auf die Leute vom Netzwerk verlassen müssen. Wir haben unsere Routen und Treffpunkte mehrmals im Jahr verändert, damit die Sicherheitsleute uns nicht auf die Spur kommen. Wahrscheinlich ist nichts, was ich dir sonst sagen könnte, noch etwas wert. Bis auf diese Stelle am Schluchtenfluss. Die ist relativ beständig, für den Fall, dass Leute wie ich wieder ins Nal zurückkehren wollen. Wenn du bis dorthin kommst, solltest du einigermaßen sicher sein.«

Gwilym nickte. »Ich werde es versuchen. Danke, Kham.«

Kham faltete die Landkarten, stand auf und reichte sie Gwilym. »Keine Ursache. Ich wünsche dir, dass du sicher an dein Ziel gelangst, Träger. Arick möge dich behüten.«

Oswin legte dem Mann kurz die Hand auf den Arm, dann kehrten er und Gwilym zurück zum Zelt, wo Breatta schon wartete.

Sie hatte das Abendessen bereits auf dem Tisch. Es war eine angenehme Mahlzeit, wenn auch, wie Gwilym dachte, nicht annähernd so gut gewürzt wie die Mahlzeiten, die er und Hertha zusammen gekocht hatten. Dieser Gedanke löste selbstverständlich wieder schreckliches Heimweh aus, und kurz nachdem die drei mit dem Essen fertig waren, zog sich Gwilym mit der Ausrede, er müsse früh weiterziehen, auf seinen Strohsack zurück.

Dort lag er noch lange wach. Und obwohl er Hertha schrecklich vermisste, dachte er vor allem über sein Gespräch mit Kham nach. Trotz der Warnungen des Mannes hatte es Gwilym ermutigt, von diesem Netzwerk zu erfahren und nun mehr über die Nals zu wissen. Zum ersten Mal seit seiner Vision glaubte Gwilym wirklich, dass er die Reise überleben und den Fremden rechtzeitig finden könnte. Dort drunten gab es Gildriiten, Männer und Frauen wie ihn, die vielleicht verstehen würden, wie wichtig das war, was er in seinem Traum gesehen hatte, und die begriffen, dass er das Leben dieses Zauberers unbedingt retten musste.

# 9

*Ich habe mich häufig gegen übermäßig ehrgeizige Reaktionen auf die Untaten der Eindringlinge aus Lon-Ser ausgesprochen. Das brauche ich jetzt nicht mehr zu wiederholen. Die Tatsache, dass sich meine Argumente wieder und wieder durchgesetzt haben, sollte für sich selbst sprechen. Ich fühle mich allerdings gezwungen, eine Anmerkung zu dem bestürzenden Vorschlag zu machen, der bei der Versammlung in diesem Sommer vorgebracht wurde: Dass der Ausländer Baram irgendwie als ein Beweis dienen könnte, den unsere Botschafter den Anführern von Lon-Ser anbieten könnten, falls wir dumm genug sein sollten, überhaupt Botschafter zu schicken. Ich hätte jene, die diese widerwärtige Idee unterstützten, eigentlich nicht erst daran erinnern müssen, welch schreckliche Verbrechen der Fremde gegen dieses Land und sein Volk begangen hat. Auch nur anzudeuten, dass man ihm gestatten sollte, frei umherzuziehen und in seine Heimat zurückzukehren, besudelt das Andenken an Jessamyn, Peredur, Niall und an jeden anderen Mann, jede Frau und jedes Kind, die in direkter oder indirekter Folge der Gewalttätigkeit dieses Mannes gestorben sind. Die Bürger von Tobyn-Ser schlafen besser, weil sie wissen, dass der Fremde im Gefängnis steckt, und sie werden noch besser ruhen, wenn er endlich hingerichtet wurde, wie es schon vor langer Zeit hätte geschehen sollen.*

Aus der »Antwort auf den Bericht von Eulenmeister Baden über seine Verhöre des Fremden Baram«, eingereicht von Eulenmeister Erland im Herbst des Gottesjahres 4625.

Diese ganze Sache war weit schlimmer, als er sich je hätte vorstellen können. Und nun gab es kein Zurück mehr.

Es hatte nicht lange gedauert, bis er das begriffen hatte, obwohl er es sich in den ersten ein oder zwei Wochen nur sehr ungern eingestanden hatte. Aber es gab nichts, was er dagegen tun, niemanden, an den er sich um Hilfe wenden konnte, und ihm fiel keine Möglichkeit ein, das ungeschehen zu machen, was er getan hatte. Mit Sicherheit konnte er nicht einfach zurückkehren, Baram wieder ins Gefängnis bringen und sagen: »Tut mir Leid, ich hätte ihn nicht rausholen sollen, aber ich wusste nicht, wie verrückt er war.«

Orris ging inzwischen davon aus, dass ihm nur noch zwei Alternativen blieben: Er konnte den Fremden töten und alleine nach Lon-Ser weiterziehen, oder er konnte alles tun, was in seiner Macht stand, um zu verhindern, dass Baram sich selbst schadete, oder ihm oder sonst jemandem, und hoffen, dass die Freiheit mit der Zeit Barams Geist wieder heilen würde. Er entschied sich für das Letztere, aber nur nach langem Überlegen.

Er hätte wissen sollen, worauf er sich einließ, als er den Mann in dieser ersten Nacht im Gefängnis gesehen hatte. Er hätte es an der Art erkennen sollen, wie die Wärter bei jeder plötzlichen Bewegung Barams zusammenzuckten; er hätte es an der Anspannung erkennen müssen, die hinter den Witzen lag, die sie über das seltsame Verhalten des Fremden rissen. Und vielleicht hätte er auch noch länger darüber nachdenken sollen, was Barams seltsame Rezitationen bedeuteten. In gewisser Weise, so begriff er nun, hatte er es tatsächlich gewusst, aber er hatte sich selbst überredet anzunehmen, dass er damit zurechtkommen könnte. Das liegt nur daran, dass er so lange in dieser Zelle war, hatte er sich gesagt und wahrscheinlich sogar Recht gehabt. Aber das Problem wurde dadurch nicht kleiner.

Die ersten anderthalb Tage war es recht gut gegangen. Selbst nach seinem Bad hatte Baram das Gefängnis nur sehr zögernd verlassen – auch das hätte Orris schon einiges verraten sollen –, aber sobald sie draußen waren, hatte die Neuheit des Unterwegsseins ihn offenbar abgelenkt. Gut, sie waren viel langsamer vorangekommen, als Orris lieb war. Er war nie sonderlich geduldig gewesen, und in dieser Nacht hatte er wahrhaftig Grund genug zur Nervosität gehabt. Aber nach vier Jahren in einer winzigen Gefängniszelle war der Fremde körperlich in schrecklicher Verfassung. Ihm fehlten nicht nur die Kraft und die Ausdauer, die es brauchte, um länger unterwegs zu sein, er wurde auch von den hässlichen nässenden Wunden aufgehalten, die seine Fußsohlen überzogen. Orris hätte sie heilen können, aber Baram ließ nicht zu, dass der Falkenmagier sie berührte oder ihm auch nur nahe kam. Dennoch gelang es ihnen, ein Stück weit vom Gefängnis wegzukommen und langsam durch den Falkenfinderwald in die Ausläufer der Parnesheimberge aufzusteigen.

Als der Himmel im Osten langsam heller wurde, bestand Baram jedoch darauf, dass sie innehielten. Oder genauer gesagt blieb er einfach stehen und widersetzte sich jedem Versuch des Magiers, ihn weiterzuzerren. Stattdessen stellte er sich in Richtung der aufgehenden Sonne, die Augen geschlossen, die Arme starr an der Seite, die Handflächen zum Licht gewandt. Orris versuchte ihn zu überreden weiterzuziehen, zunächst mit Vernunft, und als das nicht funktionierte, mit Drohungen und Geschrei. Aber auch das half ihm nicht weiter. Der Magier versuchte sogar, den

Fremden zu tragen, aber Baram wand sich aus seinem Griff, genau, wie er es am Abend zuvor in der Gefängniszelle getan hatte, und stellte sich wieder hin wie zuvor. Schließlich gab Orris auf und hoffte, dass was immer der Fremde vorhatte, rasch vorüber sein würde, und er nutzte die Gelegenheit zu einer kleinen Mahlzeit.

Als er das Rascheln von Orris' Vorratspack hörte, schien Baram plötzlich nicht mehr so interessiert an seinem Ritual wie noch einen Augenblick zuvor. Er starrte sehnsuchtsvoll das Trockenfleisch und den Käse an, und er ging sogar einen zögernden Schritt auf Orris zu. Einen Augenblick später jedoch wandte er seine Aufmerksamkeit wieder der aufgehenden Sonne zu, hob den Kopf ein wenig und schob die Brust vor, als wollte er mit jedem Teil seines Körpers die Wärme und das Licht aufnehmen. Baram blieb mehrere Minuten lang so stehen, während die Sonne höher und höher stieg, bis er abrupt die Augen öffnete, sich ein wenig schüttelte, wie ein Tier sich nach dem Schwimmen schüttelt, und schließlich auf Orris zukam, die Hand ausgestreckt, die Augen weit aufgerissen.

»Jetzt hast du Hunger, wie?«, sagte der Magier grinsend.

Der Fremde nickte ernst, und Orris reichte ihm die Beutel mit dem Essen. Sofort setzte der Mann sich hin und begann, hektisch in den Beuteln zu wühlen und sich ganze Hände voll Fleisch, Käse und Trockenobst in den Mund zu schieben.

»He!«, rief Orris und nahm ihm die Beutel wieder weg. »Langsam, Mann! Sonst isst du noch alles, was wir haben!«

Baram starrte ihn zornig an, während er weiter kaute, was er sich schon genommen hatte, aber er versuchte nicht, die

Beutel wiederzubekommen, als Orris sie in die Taschen seines Umhangs steckte.

»Gehen wir weiter«, befahl der Magier und bedeutete Baram mit einer Geste aufzustehen. »Wir haben schon viel zu viel Zeit verschwendet.«

Baram erhob sich langsam und begann, den Weg entlang zu schlurfen, und Orris folgte ihm. Den Rest des Tages setzten sie ihren langsamen, aber stetigen Aufstieg fort. Zum Glück schien der Fremde trotz ihres jämmerlich langsamen Tempos wirklich froh, dem Gefängnis entkommen zu sein. Er verbrachte den größten Teil des Tages damit, sich regelrecht gierig umzusehen und die Umgebung in sich hineinzusaugen, wie trockene Erde einen Mittsommerregen aufsaugt. Wenn sie Rast machten, legte er sich auf den Boden, die Augen geschlossen, das Gesicht der Sonne entgegengehoben. Später am Nachmittag, als ein kleines Gewitter aufzog, versuchte er erst gar nicht, sich unterzustellen, sondern schien jeden Regentropfen, der auf ihn fiel, zu genießen. Orris hielt es für reine Ironie, dass ein Mann, dessen Ziel es einmal gewesen war, Tobyn-Ser zu zerstören, nun so viel Freude an dem Land finden konnte. Aber was wichtiger war, Barams Zufriedenheit mit seiner neu gefundenen Freiheit machte ihn wenigstens einigermaßen umgänglich. Er konnte sich zwar nicht schnell bewegen, aber er war zumindest an diesem ersten Tag willig, sich überhaupt zu regen.

Am Abend allerdings begann der Ärger. Nach einem leichten Abendessen bedeutete Orris dem Fremden so gut er konnte, dass nun die Zeit zum Schlafen gekommen war. Aber statt Orris' Beispiel zu folgen und sich neben das Feuer zu legen, blieb Baram sitzen, die Knie an die Brust gezogen. Und einen Augenblick später begann er, sich leicht hin und her zu wiegen und leise vor sich hin zu murmeln. Es war nicht so laut wie am Abend zuvor in seiner Zelle, aber selbst ohne die Worte zu verstehen, erkannte Orris sie wieder. Es war dieselbe Rezitation. Wieder fragte sich der Magier, ob es irgendetwas mit Religion zu tun hatte, aber nachdem er den Mann den ganzen Tag lang beobachtet hatte und nun bemerkte, wie Barams Blick unruhig von einer Seite zur anderen zuckte, hatte der Magier gewisse Zweifel an dieser Erklärung. Das hier, erkannte er plötzlich, und sein Magen zog sich zusammen, war kein Ritual, sondern ein Zwang, der aus der Gefangenschaft und Isolation entstanden war. Und in diesem Augenblick verstand er auch, dass es nicht so bald aufhören würde. Es war am Abend zuvor, als Orris und der Wärter Baram hellwach und rezitierend vorgefunden hatten, vollkommen dunkel in der Zelle gewesen, und Orris konnte nur annehmen, dass der Fremde seine Litanei bis zur Morgendämmerung hatte aufrechterhalten wollen. Genau, wie er es an diesem Abend vorhatte.

Und das war ein Problem, erkannte der Magier nun, als er dort neben dem Feuer lag. Solange der Fremde wach blieb, würde auch Orris nicht schlafen können. Und wenn sie nachts beide nicht schliefen, würden sie am Tag noch langsamer vorankommen als heute. Das konnte Orris nicht zulassen. Sie mussten sich unbedingt beeilen. Wenn man sie entdeckte, würde man Orris des Verrats bezichtigen, ihn aus dem Orden ausstoßen und wahrscheinlich hinrichten. Und selbstverständlich würde auch Baram hingerichtet werden. Orris musste sie zur Lon-Tobyn-Landenge bringen, die beinahe vierhundert Meilen entfernt war, und das so schnell wie möglich.

Leider konnte er Baram nicht zum Schlafen zwingen. Der Magier hatte große Macht, aber nicht so große. Wenn er ihn nicht einfach bewusstlos schlagen würde, was nach ein paar Minuten ununterbrochenen Rezitierens schon sehr verlockend schien, war Orris machtlos und konnte nur hoffen, dass Barams Erschöpfung schließlich seine Besessenheit überwiegen würde.

Am Ende schlief der Falkenmagier tatsächlich ein wenig, wenn auch nicht viel und nicht mit Absicht. Es gelang ihm, den größten Teil der Nacht wach zu bleiben, aber kurz vor der Dämmerung schlief er ein und schreckte wieder auf, als er durch eine dünne Decke von Schlaf bemerkte, dass Barams Litanei aufgehört hatte. Er wäre beinahe aufgesprungen, aber dann sah er, dass der Fremde an der gleichen Stelle, ja sogar in derselben Haltung am niedergebrannten Feuer saß. Er sagte nichts, als Orris ihn anstarrte, aber er betrachtete den Magier mit kühler Belustigung. Sie machten sich wieder auf den Weg und legten abermals eine Pause ein, als die Sonne aufging, sodass der Fremde das Ritual vom Morgen zuvor wiederholen konnte. Aber selbst nach diesem frühen Aufbruch und der kurzen Rast wurden sie nicht schneller als am Tag zuvor. In den folgenden Tagen änderte sich daran nichts. Mehr als nur einmal wünschte sich Orris, sie hätten Pferde, aber selbst wenn Baram hätte reiten können, was der Magier bezweifelte, war er einfach nicht in der Verfassung dazu.

Es half auch nicht gerade, dass sie gezwungen waren zu reisen wie Fliehende, den Weg verlassen mussten, wann immer sich andere näherten, eher in der Nacht als am Tag unterwegs waren, wenn das Gelände es gestattete, und Dörfer und Städte meiden mussten. Sehr wahrscheinlich hätte niemand

Baram erkannt oder herausgefunden, dass er aus einem anderen Land kam. Aber es würde genügen, wenn ein einziger Neugieriger misstrauisch wurde. An jenem ersten Abend im Gefängnis hatte Orris den Wachen befohlen, das verfilzte Haar des Fremden zu schneiden und seinen Bart zu stutzen. Aber selbst gewaschen und in sauberer Kleidung wirkte Baram irgendwie nicht ganz normal. In seinen Augen stand eine erschreckende Wildheit, und er bewegte sich ungelenk, wie ein Mann, der nicht an seinen eigenen Körper gewöhnt war. Wenn man außerdem noch berücksichtigte, dass der Falkenmagier nicht wusste, wie viel von der Sprache von Tobyn-Ser der Mann verstand oder sprach, dann war klar, dass es viel zu gefährlich sein würde, den Fremden Kontakt mit der Bevölkerung des Landes haben zu lassen.

Dass sie selbst in den Nächten, in denen sie nicht versuchten weiterzumarschieren, keine Ruhe bekamen, trug ebenfalls nicht zur Verbesserung von Orris' Laune bei. Selbst als der Falkenmagier sich gestattete, ein paar Stunden zu schlafen, und sich darauf verließ, dass Anizir den Fremden bewachte, nahm seine Erschöpfung ständig zu. Er hatte keine Ahnung, wie es dem Fremden gelang, fast völlig ohne Schlaf auszukommen. Immer, wenn er Baram vor sich hergehen sah, fiel ihm auf, wie schwer die Schritte des Mannes waren und wie sehr er die Schultern hängen ließ, und Orris sagte sich, dass Baram einfach nicht so weitermachen konnte. Und jeden Abend bewies der Fremde ihm das Gegenteil. Er aß, was immer Orris ihm vorsetzte, setzte sich auf seine übliche Weise ans Feuer – die Knie an die Brust gezogen, die Arme fest um die Unterschenkel geschlungen – und fing an sich zu wiegen und zu rezitieren, den Blick misstrauisch auf Orris gerichtet.

Inmitten einer dieser endlosen Nächte fiel Orris ein, dass Baram sich vielleicht aus dem gleichen Grund wach hielt wie er. Sicher gab es wenig zwischen ihnen, was zum Aufbau von Vertrauen beigetragen hätte. Wenn man Baden glauben wollte, verstand der Fremde die Sprache von Tobyn-Ser, aber Orris hatte keine direkten Beweise dafür erhalten. Von seiner Litanei einmal abgesehen, sagte Baram kaum etwas, und wenn, dann war es unweigerlich in seiner eigenen Sprache, die der Magier überhaupt nicht beherrschte. Ihre Kommunikation bestand vor allem aus Gesten, Kopfschütteln und Nicken. Wenn sie dabei sprachen, hatte der Tonfall viel mehr Bedeutung als die Worte selbst. Orris war ohnehin nie sonderlich gesprächig gewesen, aber nun stellte er fest, dass ihm Gespräche fehlten, nicht nur wegen der beunruhigenden Richtung, die seine Beziehung zu Baram genommen hatte, sondern einfach auch, weil er sich einsam fühlte. Irgendwie wusste er, dass Jaryd und Alayna das komisch gefunden hätten; sie beschwerten sich oft über seine Zurückhaltung. Aber er fand die Situation alles andere als erheiternd.

Selbst wenn er über die derzeitigen Umstände nicht lachen konnte, war Orris die Ironie durchaus bewusst, so bitter sie auch sein mochte. Er war in Wasserbogen gewesen. Er hatte gesehen, was die Eindringlinge aus Lon-Ser der kleinen Stadt und ihren Bewohnern angetan hatten. Die quälenden Bilder von zerstören Häusern, vernichteten Ernten und verkohlten Leichen würde er nie wieder vergessen. Baram war selbstverständlich nicht dort gewesen – die beiden, die Wasserbogen zerstört hatten, waren tot, umgebracht von dem Verräter Sartol, damit sie ihn nicht verraten konnten. Aber Baram hatte ähnliche Dinge an anderen Orten getan,

und wenn Theron, Phelan und die anderen Unbehausten nicht eingegriffen hätten, hätte er vermutlich noch viel Schlimmeres angerichtet.
Trotz allem, was Orris von Baden erfahren hatte und trotz der verständlichen Gründe des Eulenmeisters, den Fremden am Leben zu lassen, wollte ein Teil von Orris immer noch, dass Baram eines langsamen, schmerzhaften Todes starb. Und stattdessen war er nun hier und brachte den Fremden zurück nach Lon-Ser, gab ihm zu essen und schützte ihn vor allem Schaden, den er durch die Hände von Rachsüchtigen erleiden könnte. »Mögen die Götter mir vergeben«, murmelte Orris einige Male in jenen ersten Tagen ihrer Reise.
Am zwölften Abend, nachdem sie das Gefängnis hinter sich gelassen hatten, schlief Baram schließlich ein. Der Abend hatte begonnen wie jeder andere, aber diesmal war der Fremde inmitten seiner Litanei in tiefen Schlaf gesunken, der Kopf war ihm auf die Brust gesackt, und schließlich war er zur Seite gekippt. So war er den Rest der Nacht liegen geblieben und erwachte erst lange nach Sonnenaufgang am nächsten Morgen. Orris hatte in dieser Nacht ebenfalls geschlafen, und von diesen Zeitpunkt an wurde Barams Litanei eher ein Vorspiel zum Schlaf als ein Ersatz dafür.
Sieben Tage später erreichten die Reisenden schließlich das Ende der Parnesheimberge und den tiefen Schatten von Tobyns Wald. Nun kamen sie schneller voran, und nicht nur, weil der Boden ebener war. Da Baram jetzt genug Schlaf bekam, sah Orris an der Art, wie er sich bewegte, und an der größeren Entfernung, die sie jeden Tag zurücklegten, dass er kräftiger wurde. Es besserte sich langsam,

aber unmissverständlich, und obwohl Baram immer noch langsamer war als der Falkenmagier ohne ihn gewesen wäre, ließen Orris' Frustration und Ungeduld nach. Allerdings nur geringfügig. Obwohl sie nun schneller vorankamen, waren sie nach vier Wochen immer noch in Tobyns Wald. Wäre er alleine unterwegs gewesen, hätte Orris längst die Seeberge erreicht gehabt.

Zum anderen tauchten weitere Probleme auf, nachdem sich das Schlafproblem gelöst hatte. Je mehr er sich an die Freiheit gewöhnte, desto unvorhersehbarer wurden Barams Reaktionen. Es war noch auf ihrem Weg durch den Gotteswald, als der Fremde begann, sich zu widersetzen, wenn Orris morgens weiterziehen wollte, indem er einfach nicht aufstand oder sehr langsam aß. Bald schon begann er, auch ihre kleinen Ruhepausen zu verlängern. Und während der Sommer weiterging und sie in die Smaragdhügel aufstiegen, wurde Barams Trotz ausgeprägter. Er wusste zwar, dass Orris die Lagerfeuer schnell wieder entfachen konnte, aber er mühte sich häufig, sie mit Wasser oder Erde zu löschen. Er goss absichtlich ihre Wasserrationen weg und kippte die Bratspieße ins Feuer.

Trotz dieser Vorfälle, die weiter andauerten, als sie das Grasland erreichten, das die Hügel von der großen Wüste trennte, gelang es dem Magier, seinen Zorn zu beherrschen. Er begriff, dass Baram versuchte, Reaktionen zu provozieren, und war entschlossen, ihm keine zu liefern. An ihrem ersten Abend in der Wüste allerdings ging Baram zu weit. Es war ein langer, heißer Tag gewesen, der durch die wiederholten Verzögerungen, die der Fremde verursacht hatte, nicht einfacher geworden war. Sie hatten trotzdem eine große Strecke zurückgelegt, wenn auch immer noch nicht so viel, wie Orris gewollt hatte. Schließlich gab Orris im letzten Tageslicht Baram das Zeichen, dass sie Halt machen und ihr Lager am trägen Wasser des Langen Flusses aufschlagen sollten. Er schickte Anizir aus, um für ihr Abendessen zu jagen, und entzündete ein Feuer. Baram wirkte ungewöhnlich ruhig, und Orris nahm an, dass auch er von den Anstrengungen des Tages erschöpft war. Anizir kehrte bald mit einer großen Ente zurück, die Orris rasch vorbereitete und auf einen Spieß steckte. Er wandte dem Feuer den Rücken zu, um noch mehr Krüppelkieferäste zum Verbrennen zu sammeln, und sah erst, wie Baram auf die Flammen zurannte, als es schon zu spät war. Orris schrie ihm zu, er sollte aufhören, aber Baram achtete nicht auf ihn. Stattdessen trat er den Spieß vom Feuer weg, packte die halbgebratene Ente und warf sie in den Fluss.

An jedem anderen Tag hätte Orris den Verlust seines Abendessens vielleicht besser verkraftet, aber nun explodierte sein Zorn so heftig, dass er ihn nicht mehr beherrschen konnte. Ohne nachzudenken, packte er Baram an der Schulter, riss ihn herum und versetzte dem Mann einen Faustschlag ins Gesicht. Der Fremde taumelte rückwärts und fiel auf den Rücken. Blut lief ihm aus der Nase.

»Bastard!«, zischte Orris und beugte sich schwer atmend über ihn. Seine Hand schmerzte, aber das zeigte er nicht. »Ich habe genug von diesen Streichen! Hast du mich verstanden? Es reicht! Wenn du so etwas noch einmal machst, wirst du noch schlimmere Schläge bekommen! Das schwöre ich in Aricks Namen!«

Baram drückte die Hand an die Nase und starrte dann das Blut an, dass ihm über die Finger lief. Er murmelte etwas

Zorniges in seiner eigenen Sprache, kam auf die Beine und ging drohend einen Schritt auf Orris zu. Anizir breitete die Flügel aus und zischte, und Orris richtete den Stab auf Barams Brust. Der Fremde zögerte.

Orris grinste finster. »Du hast schon gesehen, was magisches Feuer anrichten kann, stimmt's?«

Baram funkelte ihn an, die hellen Augen voller Zorn, und das Blut lief ihm weiter aus der Nase in den Bart. Sie starrten einander noch eine Zeit lang an, dann drehte Baram sich schließlich um und murmelte weiter, aber er hatte offenbar begriffen, dass er verloren hatte.

Der Rest der Nacht schien sich unendlich hinzuziehen. Orris hatte Anizir noch einmal auf die Jagd geschickt. Sie kehrte mit einem Hasen zurück, und sobald der gebraten war, bot der Magier dem Fremden etwas davon an, obwohl er nicht wusste, ob Baram das Essen annehmen würde. Er tat es, und die beiden aßen schweigend und wichen den Blicken des anderen aus, beobachteten sich aber weiter über das Feuer hinweg. So ging es auch nach dem Essen weiter, ähnlich wie in den ersten Wochen ihrer Reise. Aber an diesem Abend spürte Orris etwas anderes in ihrer gemeinsamen Wachsamkeit. Zum einen rezitierte Baram nicht. Er saß einfach nur da. Aber vor allem begriff der Falkenmagier, dass ihre Beziehung sich verändert hatte: Er hatte sie verändert. Es war sicher unmöglich gewesen, dass sie jemals hätten Freunde werden können, vielleicht nicht einmal Reisegefährten im üblichen Sinn. Aber bisher war es zwischen ihnen zu keinen offenen Feindseligkeiten gekommen. Bis zu diesem Abend. Indem er zugeschlagen hatte, hatte Orris eine unsichtbare Grenze überschritten; er hatte sie zu Feinden gemacht. Und nun begriff er, dass Baram

darauf wartete, dass der Magier einschlief, wahrscheinlich, damit er ihn töten konnte.
Die Nacht wurde ein Wettbewerb des Durchhaltevermögens und der Willenskraft, denn beide strengten sich an, wach zu bleiben, beide warteten darauf, dass der andere einschlief. Selbstverständlich vertraute Orris Anizir bei der Bewachung des Fremden, aber er wusste nicht, ob er schnell genug auf ihre Warnung reagieren könnte, wenn er tief schlief. Beide Männer regten sich kaum. Hin und wieder griff Orris nach einem Stück Holz, um ihr kleines Feuer am Brennen zu halten, aber er wagte es nicht, mehr zu suchen und dem Fremden dadurch die Gelegenheit zu geben zu fliehen oder ihn anzugreifen. Sie beobachteten einander weiter. Und als der Osthimmel schließlich heller wurde, wandten sie sich beide der Sonne zu, die über den Büschen aufging.
Ungelenk und schweigend kamen beide auf die Beine. Orris holte den Beutel mit dem Essen heraus, aß ein paar Stücke Trockenobst und bot den Beutel dann dem Fremden an. Baram beäugte ihn mürrisch, aber er aß etwas und reichte den Beutel dann zurück.
»Ich weiß nicht, wie viel du von dem verstehst, was ich dir sage«, erklärte Orris zwischen zwei Bissen, »aber ich nehme an, es ist mehr, als du verrätst. Also hör mir gut zu: Ich werde mir deine Streiche einfach nicht mehr bieten lassen. Wir müssen endlich weiterkommen; wir haben schon viel zu lange gebraucht. Es ist mir gleich, was es kostet. Es ist mir gleich, ob ich dich bewusstlos schlagen und tragen muss. Wenn ich sage ›Beweg dich‹, dann wirst du dich bewegen. Keine Verzögerungen, keine Spielchen. Du wirst einfach tun, was ich dir sage. Ist das klar?«

Baram starrte ihn einfach nur an und ließ sich nicht anmerken, ob er ihn verstanden hatte. Aber danach machten sie sich auf den Weg entlang dem Ostufer des Flusses, und den ganzen Tag tat der Fremde, was Orris ihm befahl. Er war nicht glücklich darüber, das war deutlich zu erkennen. Der Ausdruck in seinen wilden grauen Augen blieb trotzig und bitter, und nach dem Frühstück weigerte er sich, noch etwas zu essen. Aber sie legten beinahe sechs Meilen zurück, viel mehr als an den Tagen zuvor. Tatsächlich war Orris so erfreut darüber, dass er sich, als die schrägen Sonnenstrahlen auf das trübe Wasser des Flusses und das niedrige Gebüsch fielen, schon fragte, ob seine Wahrnehmung der Ereignisse am Abend zuvor richtig gewesen war. Gut, er hatte ihre Beziehung verändert, als er den Fremden geschlagen hatte, aber vielleicht hatte er sie zum Besseren verändert. Nach allem, was Baden ihm mitgeteilt hatte, stammte Baram aus einer gewalttätigen Gesellschaft. Vielleicht, spekulierte der Magier, hatte es Gewalt gebraucht, damit Baram lernte, Orris' Autorität anzuerkennen. Orris grinste innerlich. Er verstand vielleicht nicht die Sprache von Tobyn-Ser, dachte er bei sich, aber eine blutige Nase hatte er verstanden.

Sie schlugen ihr Lager auf, bevor es dunkel wurde, und zwar abermals am Flussufer. Wie schon am Vorabend schickte Orris Anizir zum Jagen und suchte trockenes Holz für das Lagerfeuer zusammen, wobei er Baram nicht aus den Augen ließ. Und als sein Falke kurze Zeit später mit einem fetten Fasan zurückkehrte, bereitete Orris den Vogel auf die gleiche Art zu, wie er es mit der Ente gemacht hatte, die Baram am Abend zuvor in den Fluss geworfen hatte. Diesmal hielt Baram sich zurück. Er saß neben dem Feuer und beobachtete alles, was der Falkenmagier tat, aber er unternahm nichts, um die Essensvorbereitungen zu unterbrechen. Als Orris ihm die Hälfte des Fasans anbot, aß der Fremde gierig. Wieder überlegte der Magier, ob die Konfrontation die Situation nicht sogar verbessert hatte.

Sie beendeten ihre Mahlzeit und saßen weiter am Feuer, so wie jeden Abend in den letzten Wochen, mit der Ausnahme des Abends zuvor. Keiner sagte etwas. Orris stocherte zerstreut im Feuer herum und dachte an seine Freunde im Orden und fragte sich, ob Baden jemanden gefunden hatte, der seinen Platz im Netz einnahm.

Nach einiger Zeit jedoch fiel dem Magier auf, dass Baram noch nicht mit seiner Rezitation begonnen hatte. Er blickte auf und sah, dass der Fremde ihn wieder beobachtete, wie er es auch am Vorabend getan hatte. Ihre Blicke begegneten sich nur kurz, bevor Baram sich abwandte. Aber das hatte genügt. Der Ausdruck in den hellen Augen des Fremden war schockierend kalt gewesen, nicht unähnlich dem, den Orris manchmal in den Augen seines Vogels bemerkte, wenn Anizir sich zur Jagd aufmachte. Der Magier seufzte. Den Fremden zu schlagen hatte nichts erreicht, begriff er, und er kam sich dumm vor, weil er etwas anderes angenommen hatte. Baram war immer noch entschlossen, ihn zu töten, genau wie am Abend zuvor. Wieder wartete er nur darauf, dass Orris einschlief.

»Nein«, sagte der Magier laut. Baram starrte ihn an. »Nein«, wiederholte Orris und schüttelte den Kopf. »Dieses Spiel werden wir nicht wieder spielen.« Er stand auf, was Baram ein Knurren entlockte. Der Mann versuchte, vor ihm zurückzuweichen. »Bleib, wo du bist!«, befahl der Magier,

zeigte mit dem Stab auf den Fremden und ließ den bernsteinfarbenen Kristall bösartig glitzern.
Baram hielt inne und zuckte leicht zusammen. Seine Augen glühten.
Orris holte eine lange Schnur aus seinem Umhang, schnitt sie mit dem Dolch entzwei und ging einen Schritt auf den Fremden zu. Wieder versuchte Baram aufzustehen und zu fliehen, und diesmal ignorierte er Orris' Warnung. Ohne länger nachzudenken schleuderte Orris einen magischen Blitz dicht am Kopf des Fremden vorbei und spürte, wie die Macht ihn durchdrang wie kalter Wind, der über Tobyns Ebene weht. Sofort warf sich Baram zu Boden, die Arme über dem Kopf, die Beine angezogen. Orris eilte zu ihm und band ihm rasch die Handgelenke auf dem Rücken zusammen. Baram trat wild um sich. Mehrmals traf er Orris' Beine und Oberkörper, bis der Magier ihm schließlich die Faust in den Bauch stieß. Der Fremde gab ein würgendes Keuchen von sich, aber er hörte lange genug auf zu treten, dass Orris seine Fußknöchel zusammenbinden konnte. Baram stieß ein protestierendes Heulen aus und kämpfte gegen die Fesseln an, aber die Schnur hielt.
»Heute Nacht werden wir schlafen«, verkündete Orris zufrieden, stand wieder auf und holte tief Luft.
Er kehrte auf seine Seite des Feuers zurück und legte sich hin. Baram setzte sein Heulen und Zappeln noch lange fort, aber es fiel Orris nicht schwer, das zu ignorieren. Er wusste, dass der Fremde nicht fliehen konnte. Nach einer Weile schien Baram das ebenfalls zu begreifen und schwieg und lag dann still da. Bald schon hörte Orris, wie der Atem des Mannes gleichmäßiger wurde,

und er lächelte in sich hinein. *Heute Nacht werden wir schlafen.*

Orris erwachte einige Zeit nach Sonnenaufgang und fühlte sich ausgeruht und frisch. Er konnte sich nicht erinnern, wann er das letzte Mal so gut geschlafen hatte. Baram war bereits wach. Irgendwie war es ihm gelungen, sich in eine sitzende Position hochzuarbeiten, und er beobachtete den Magier mit mürrischem Blick.

»Hast du gut geschlafen?«, fragte Orris vergnügt.

Baram drehte den Kopf und spuckte aus.

Orris beobachtete ihn noch einen Moment, dann wandte er beschämt den Blick ab. »Das hatte ich verdient«, sagte er ganz offen. »Aber die Fesseln waren notwendig. Wir kommen ohne Schlaf nicht weiter. Und du kannst genauso gut gleich akzeptieren, dass ich heute Abend dasselbe tun werde, und morgen Abend, und jeden Abend danach, bis ich überzeugt bin, dass ich dir trauen kann.« Er stand auf und ging zu Baram. Dann hockte er sich hinter ihn, band die Schnur auf, die die Handgelenke des Fremden fesselte, und steckte sie wieder in seinen Umhang. Baram löste selbst die Fußfesseln, knäulte die Schnur zusammen und warf sie in den Fluss.

Kopfschüttelnd sendete Orris einen Gedanken zu Anizir, die ein paar Fuß entfernt auf einem Felsen hockte. Der Falke sprang in die Luft, kreiste über dem Fluss und schoss abwärts, um die Schnur aus dem Wasser zu pflücken. Dann kehrte sie zu Orris zurück, die Schnur in ihren Krallen. Der Magier hob den Arm für sie.

»Netter Ver...« Noch bevor er noch das Wort zu Ende bringen konnte, fand sich Orris am Boden wieder. Baram hatte ihn mit aller Kraft gerempelt und umgestoßen, war selbst gestürzt, hatte sich wieder aufgerafft, rannte das Ufer hinunter und warf sich ins Wasser.

»Aricks Faust!«, zischte Orris, sprang auf und rannte hinter dem Mann her. Als er das Ufer erreichte, riss er sich den Umhang ab und sprang in den Fluss.

Die Strömung war ihm nicht sehr schnell vorgekommen, aber sobald Orris im Wasser war, begriff er, dass sie viel heftiger war, als er gedacht hatte. Baram war bereits mehrere Schritte flussabwärts, und obwohl auch Orris mitgerissen wurde, erlaubten es ihm die kleinen Wirbel und Unterströmungen kaum zu kontrollieren, wohin er sich bewegte. Zum Glück hatte er im Moriandral schwimmen gelernt, und das schon als kleiner Junge. Er war schon öfter in solchen Situationen gewesen. Baram andererseits war alles andere als vertraut mit dem Wasser. Er schlug wild um sich, was Orris gestattete, ihn einzuholen.

Erst als der Magier nur noch ein paar Fuß entfernt war, erkannte er, dass Baram nicht versuchte zu schwimmen. Er versuchte, nicht zu ertrinken. Und er hatte nicht viel Erfolg.

»Nimm meine Hand!«, rief Orris und streckte die Hand nach dem Fremden aus.

Baram drehte sich um, als er Orris' Stimme hörte, und begann so wild in die Richtung des Magiers zu schlagen, dass Orris nicht hätte sagen können, ob der andere ihn vertreiben oder sich retten wollte. Orris versuchte, nahe genug heranzukommen, um Baram zu überwältigen, aber der Mann drückte ihn unter Wasser. Orris riss sich los und kam nach Atem ringend wieder hoch. Er dachte daran aufzugeben. Baram hatte ihm nur Ärger gemacht, seit sie Amarid verlassen hatten. Orris hätte ihn ertrinken lassen und versuchen können, ohne ihn zu erreichen, was er tun wollte. Aber dann musste er an Baden denken und daran, wie viel der Eulenmeister geopfert hatte, damit der Fremde nicht hingerichtet wurde. Und er wusste, dass er Baram retten musste, ob dieser das nun wollte oder nicht. Wieder schwamm er auf den Mann zu, duckte sich unters Wasser, kam hinter den Fremden und packte ihn, schlang ihm den Arm um die Brust, unter Barams Armen hindurch. Dieser schlug weiter um sich, fuchtelte blind mit Armen und Beinen. Aber nun hatte Orris ihn in sicherem Griff, und langsam zog er den Mann aufs Ufer zu.

Nach kurzer Zeit hörte Baram abrupt auf, sich zu wehren, was es ein wenig einfacher machte. Aber bei der starken Strömung dauerte es immer noch einige Zeit, bis Orris mit seiner Last sicheres Land erreichte. Dort schob er Baram auf das sandige Ufer und brach zusammen, erschöpft und atemlos. Wenn Baram nun versucht hätte zu fliehen, hätte der Magier ihn nicht aufhalten können. Aber der Fremde war selbst ausgelaugt von der Anstrengung und blieb liegen, rang ebenso nach Luft wie Orris und spuckte Wasser. Anizir landete im Sand neben ihnen, immer noch die Schnur in ihren Krallen. *Schon gut,* sendete Orris, der spürte, wie besorgt sie war. *Ich bin müde, aber es geht mir gut.* Zur Erwiderung übermittelte sie ihm ein Bild seines Stabs und des Umhangs, die immer noch beinahe eine Meile stromaufwärts am Boden lagen. *Ich weiß. Wir müssen zurückgehen.*

Er setzte sich auf und sah Baram an. Der Fremde hatte sich nicht geregt. Seine Augen waren geschlossen, und er atmete schwer. Er sah noch elender aus als üblich.

Orris stand auf, obwohl das sehr anstrengend war. »Wir müssen weiter«, sagte er.
Baram öffnete die Augen und blinzelte zu ihm auf.
»Sofort!«, befahl Orris.
Der Mann setzte sich auf und holte tief Luft. »Warum?«, fragte er.
Orris erstarrte, denn er war nicht sicher, ob er richtig gehört hatte. »Was hast du gerade gesagt?«, fragte er kaum lauter als im Flüsterton.
»Warum?«, wiederholte Baram. »Warum hast du mich aus dem Wasser geholt?«
Er hatte einen seltsamen Akzent, und Orris brauchte einen Augenblick, um zu begreifen, was er da gehört hatte. »Willst du wissen, warum ich dich vor dem Ertrinken gerettet habe?«
Der Fremde nickte und sah ihn fragend an.
Orris zögerte. Die Frage kam so unerwartet und plötzlich. »Ich bin nicht sicher«, erwiderte er schließlich. »Ich konnte dich einfach nicht sterben lassen.« Der Mann starrte ihn weiterhin an, als wäre er mit dieser Antwort nicht zufrieden. »Wahrscheinlich, weil ich dich brauche«, sagte Orris. »Du musst mir bei dem helfen, was ich in Lon-Ser tun muss.«
Baram nickte und schien die Antwort zu akzeptieren.
Orris sah ihn forschend an, und er hatte das Gefühl, als sähe er den Fremden zum ersten Mal. »Du sprichst unsere Sprache«, stellte er fest. »Hast du alles verstanden, was ich zu dir gesagt habe?«
»Ja.«
»Seit wir das Gefängnis verlassen haben?«
»Ja.«

Orris schüttelte verwirrt den Kopf. »Du hat also die ganze Zeit gewusst, dass ich dich nach Hause bringen will. Und du hast dennoch gegen mich angekämpft?«

»Ich glaube dir nicht«, sagte der Mann. »Zumindest habe ich dir bis heute nicht geglaubt.«

Orris lachte freudlos. »Du hast mir nicht geglaubt? Darum ging es?«

»Nein«, erwiderte Baram, und seine Miene wurde feindseliger. »Ich bin dein Gefangener. Ich bin nicht mehr in der Zelle, aber ich bin ein Gefangener. Deshalb kämpfe ich.«

Der Magier betrachtete ihn lange. Er verstand, was der andere meinte. Er hätte an Barams Stelle dasselbe getan. »Also gut«, sagte er schließlich. »Aber jetzt glaubst du mir, oder? Du glaubst, dass ich dich nach Hause bringe.«

»Ich glaube, dass du willst, dass ich am Leben bleibe«, antwortete Baram vorsichtig. »Vielleicht glaube ich, dass du mich nach Hause bringst. Ich weiß es nicht. Mag sein. Aber ich will wissen, warum.«

Wieder zögerte der Magier. Er hatte das Gefühl, als balanciere er auf Messers Schneide. »Du bist hergekommen, um zu kämpfen«, begann er, und er wählte seine Worte sehr sorgfältig. »Du und diese anderen Fremden. Ich bringe dich zurück, um das Kämpfen zu beenden. Um Frieden zu schließen. Ich möchte, dass du mich zu den Leuten bringst, die dein Land beherrschen, damit ich dafür sorgen kann, dass so etwas nicht mehr geschieht.« Er überlegte, ob er noch mehr sagen sollte, aber dann hielt er inne. »Verstehst du, was ich gesagt habe?«, fragte er stattdessen.

Der Fremde schien Orris' Worte abzuwägen und fuhr sich

mit einer Geste über den Mund, die Orris seltsam an Baden erinnerte. Schließlich nickte er.

»Wirst du aufhören, gegen mich zu kämpfen?« Orris hoffte, dass es sich nicht zu sehr wie eine Bitte anhörte. »Können wir in Frieden weiterziehen?«

Baram sah dem Magier ernst an und rieb sich die Handgelenke. »Kein Seil mehr?«

»Ich verspreche dir«, sagte Orris, »wenn du nicht gegen mich ankämpfst, werde ich dich nicht mehr fesseln.« Er hielt inne und sah den Fremden eindringlich an. »Waffenstillstand?«

»Was bedeutet das?«

Orris grinste. »Waffenstillstand bedeutet, dass wir nicht mehr kämpfen.«

Baram warf einen kurzen Blick zum Fluss. »Waffenstillstand«, stimmte er zu.

Der Magier seufzte erleichtert. Er wollte dem Mann gerne glauben. Sie hatten viel Zeit damit verschwendet, gegeneinander anzukämpfen. Es war schon beinahe Herbst, und sie hatten immer noch fast zweihundert Meilen vor sich, bevor sie auch nur die Landenge erreichen würden. Wenn sie das Seegebirge nicht vor dem Schnee überqueren konnten ...

»Waffenstillstand«, erwiderte er leise und versuchte zu lächeln. Er streckte die Hand aus, um dem Mann auf die Beine zu helfen. »Komm schon, Fremder. Wir müssen weiter.«

Der Fremde regte sich nicht. »Baram«, verbesserte er. »Ich heiße Baram.«

»Also gut«, sagte Orris. »Baram.«

Der Fremde nahm Orris' Hand und ließ sich hochziehen,

und dann gingen die beiden wieder flussaufwärts, um Orris' Stab und Umhang zu holen.

Es war beinahe Mittag, als sie ihr Lager erreichten. Nachdem sie Orris' Sachen aufgelesen hatten, aßen sie noch etwas und zogen dann weiter. Wieder folgten sie dem Fluss nach Süden, und trotz des späten Aufbruchs schafften sie noch beinahe vier Meilen, bevor es dunkel wurde. Am nächsten Tag wandten sie sich nach Westen, überquerten den Fluss an einer relativ flachen Stelle und gingen dann über das trockene Land zu einer Gruppe von Pyramidenpappeln, die Orris vom Ufer aus gesehen hatte. Dort fanden sie, wie der Magier gehofft hatte, eine Quelle, an der sie ihre Wasservorräte auffrischen konnten, die Orris in einem alten Weinschlauch bei sich trug. Und während der folgenden Tage folgten die Reisenden einem Weg, der sie von einer Oase zur nächsten führte. Wenn sie keine am Horizont erkennen konnten, zogen sie schnurgerade nach Westen weiter, rationierten ihr Wasser und suchten stetig weiter nach den niedrigen Bäumen, die auf die nächsten Quelle hinwiesen.

Spät am Nachmittag des achten Tages nach dem Vorfall am Fluss konnten sie die Seeberge erkennen. Sobald sie die Ausläufer erreicht hatten, fanden sie häufiger Wasser. Obwohl der Osthang der Seeberge karger war als die Westseite, flossen genügend Bäche von den Bergen herab, dass Orris' Weinschlauch stets voll war.

In den Ausläufern des Gebirges wandten sich die Reisenden nach Süden und folgten der Bergkette. Orris wollte das Gebirge unbedingt überqueren, bevor es kalt wurde, aber er wollte es weiter südlich tun, vor der Südbucht und dem Unteren Horn, die zu den am dichtesten bevölkerten Regionen von Tobyn-Ser gehörten. Seit ihrem Gespräch am Fluss war Barams Verhalten weniger seltsam gewesen. Sie hätten sich vielleicht auch durch bewohntes Gebiet bewegen können, ohne große Aufmerksamkeit zu erregen, und sie würden es bald einmal wagen müssen, denn sie brauchten mehr Vorräte, und Barams Kleidung sah zu dünn und fadenscheinig aus, als dass sie den Fremden gegen kaltes Wetter schützen konnte. Sie mussten ein Dorf oder zumindest einen Hausierer finden, und sobald sie Ducleas Tränen hinter sich gelassen hatten, würde es dazu nicht mehr viele Möglichkeiten geben. Orris war allerdings noch nicht bereit, es zu riskieren.

Also blieben sie noch am Osthang des Gebirges und zogen zehn Tage lang nach Süden weiter, bis Orris überzeugt war, dass sie weit genug vom unteren Strand der Südbucht entfernt waren. Erst dann wandten sie sich wieder nach Westen und begannen mit dem steilen Aufstieg ins Gebirge. Während sie höher in die Berge kamen und sich nach einem Pass umsahen, der sie durch den Irrgarten der gletscherbedeckten Gipfel führen würde, wurde es kälter. Die Wiesen waren immer noch mit Blumen übersät, aber einige Espen und Ahornbäume hatten bereits begonnen, sich golden und orangerot zu verfärben. Noch vierzehn Tage, dachte Orris, und wir hätten im Schnee festgesteckt. Der Wind, der aus Nordwesten kam, erschien ihm ungewöhnlich kalt für diese Jahreszeit. Es würde einen harten Winter geben.

An ihrem neunten Tag im Hochland begann es zu schneien, aber zu diesem Zeitpunkt hatten die Wanderer bereits den schwierigsten Teil des Berglandes hinter sich gelassen und mit dem langsamen Abstieg zu Ducleas Tränen begonnen, der Gruppe von Flüssen und Bächen, die aus den Bergen zum Meer strömten. Sie kamen nun rasch weiter, beinahe so schnell, als wäre Orris alleine gewesen. Es hatte den gesamten Sommer und mehr Anstrengung gekostet, als er sich jemals hätte vorstellen können, aber sie hatten schließlich einen Rhythmus gefunden, der sie mit einem Minimum an Konflikten und Verzögerungen durch den Tag brachte. Und was, wie Orris dachte, als sie durch den Schnee stapften, noch wichtiger war: Er glaubte nun, dass sie den Dschungel der Lon-Tobyn-Landenge noch vor Beginn des Winters erreichen würden.

Sie hatten beinahe vierhundert Meilen hinter sich gebracht, und er nahm an, dass mindestens noch einmal so viele vor ihnen lagen, bevor sie die großen Nals von Lon-Ser erreichten. Aber in gewisser Weise hatte Orris das Gefühl, dass sein Weg gerade erst begonnen hatte. Tobyn-Ser zu durchqueren war eine Sache, aber nun würden sie seine Heimat hinter sich lassen. Und er wusste nichts weiter über Lon-Ser als das, was er von Baden erfahren hatte. Bis jetzt war er Barams Führer und Beschützer gewesen. Aber das würde sich nun ändern. Bald schon würde jede Meile, die sie zurücklegten, ihn dazu zwingen, sich mehr auf den Fremden und ihre unfreiwillige Partnerschaft zu verlassen.

Bei diesem Gedanken schaute Orris nach Westen, als könnte er durch die Wolken und den dünnen Schleier aus Schnee sehen. Er hatte nicht einmal eine vage Vorstellung von dem Ort, zu dem sie unterwegs waren. Ein Land, das aus Städten von der Größe von Tobyns Ebene bestand. Ein Land ohne Bauernhöfe und Wälder. Er schüttelte den Kopf. Wie konnte ein solcher Ort aussehen? Er schaute wieder nach vorn. Baram ging vor ihm her, schweigend und in sich zurückgezogen wie immer, die Arme verschränkt und ein wenig zitternd vor Kälte. Der Magier holte tief Luft. *Der Fremde,* dachte er und spürte, wie sich die Angst wie ein Stein in seinen Magen senkte. *Bald werde ich der Fremde sein.*

# 10

*Vielleicht mit Ausnahme der fortgeschrittenen Werkzeuge, die in Lon-Ser benutzt werden, habe ich keinen Aspekt von Barams Heimat schwerer begreifen können als die Zusammenhänge von Handel und Produktion. Es ist auf so vielerlei Weise fremd, dass ich kaum Parallelen in meiner eigenen Erfahrung finden kann, um es begreifen zu können. Ein Teil des Problems besteht darin, dass in Lon-Ser Handel und Produktion untrennbar mit der Ausübung von Herrschaft verbunden sind. Wie die Potentaten von Abborij nehmen die Lords von Bragor-Nal Tribut von ihren Untertanen. Einen Teil davon geben sie jeweils an jene weiter, die ihnen übergeordnet sind, ebenfalls als Tribut, einiges behalten sie, und den Rest verteilen sie wieder an ihre Untergebenen, sodass diese sich ebenfalls um den Erhalt ihrer Teile des Nal kümmern. Bis zu diesem Punkt sind die Ähnlichkeiten zwischen dem Nal-System und dem Landpachtsystem von Abborij offensichtlich. Leider lässt sich der Vergleich nicht über diesen grundlegenden Punkt hinaus weiterführen, denn die Kompliziertheit des Handels im Nal ist atemberaubend.*

Aus Kapitel Fünf des »Berichts von Eulenmeister Baden über seine Verhöre des Ausländers Baram«, vorgelegt auf der 1014. Versammlung des Ordens der Magier und Meister, im Frühjahr des Gottesjahres 4625.

Er saß auf einem großen Felsvorsprung, starrte ins Dunkel und lauschte den kleinen Wellen, die leise an das felsige Ufer unter ihm plätscherten. Ein kühler, feuchter Wind wehte von Aricks Meer landeinwärts und brachte den Geruch nach Brackwasser und Algen mit. Ein paar helle Sterne glitzerten, aber die meisten waren hinter dem dünnen Nebelschleier verborgen, der zwischen der Nord- und der Südbucht über der Küste hing.

*Bist du noch da, Baden?*, sendete Jaryd mit einer Spur von Heiterkeit.

Der Eulenmeister lächelte ins Dunkel. *Ja*, entgegnete er, schloss die Augen und tastete abermals mit dem Bewusstsein nach seinem Neffen. *Ich bin noch da. Ich habe nur versucht, einen Augenblick der Einsamkeit zu genießen. Aber das ist wahrscheinlich zu viel verlangt, wenn man so viele Leute im Kopf hat.*

*Du hast kein Recht, dich zu beschweren*, schaltete Trahn sich ein. *Immerhin war es deine Idee.*

*Ich persönlich habe von der Einsamkeit mehr als genug*, fügte Jaryd hinzu.

*Ich ebenfalls, Liebster*, sagte Alayna.

*Das reicht jetzt, ihr beiden*, warf Mered ein. *Jetzt wird es wirklich zu rührselig.*

Baden lachte laut und spürte auch das Lachen der anderen. Er war erschöpft davon, die Verbindung mit den anderen aufrechtzuerhalten, und hätte gerne geschlafen, aber er genoss es auch, die Gedanken seiner Freunde zu teilen. Er war daran gewöhnt, umherzuziehen und nicht in einem bestimmten Teil des Landes zu bleiben. Es gefiel ihm, von einem Dorf zum anderen zu reisen und unterwegs viele Menschen kennen zu lernen. Er war, wie man es im Orden ausdrückte, ein Wanderer, kein Nister. Aber wegen des geistigen Netzes hatte er seine Wanderungen aufgegeben. Er blieb nun das ganze Jahr über hier an der Küste von Aricks Meer, diente ein paar Fischerdörfern und blieb ansonsten für sich. In gewisser Weise sah er die Verbindung, die er mit den anderen im Netz aufrechterhielt, als eine kleine Entschädigung für sein geringfügiges Opfer.

In vielerlei Hinsicht war das Netz ganz ähnlich wie seine Verbindung zu Golivas und den Vögeln, an die er vor ihr gebunden gewesen war. Er hatte Zugang zu den Gedanken und Gefühlen der anderen Magier, ebenso wie er Zugang zu denen der großen weißen Eule auf seiner Schulter hatte. Tatsächlich teilte er in einer oberflächlicheren Weise sogar die Bindung der anderen an ihre Vögel, und häufig bemerkte er zufällige Gedanken und Bilder, die nicht nur von Golivas oder den Magiern kamen, sondern auch von den anderen Vögeln. Das Netz machte es recht kompliziert, sich auf sein eigenes Bewusstsein zu konzentrieren. Das war einer der Gründe, wieso es so schwer aufrechtzuerhalten war. Aber es brachte auch ein Maß an Vertrautheit mit sich, wie Magier es oft mit ihren Vögeln, selten aber mit anderen Menschen teilten. Und ebenso wie Badens Bindung an Golivas die Wahrnehmung seiner Umgebung geschärft hatte, gestattete das Netz ihm und den anderen, die gesamte Westküste von Tobyn-Ser zu bewachen. Jeder Magier tastete mit seinem Geist zu den benachbarten beiden Magiern. Für Baden hieß das, dass er sich mit Mered in Verbindung setzte, der sich nördlich von ihm auf der Südspitze des Unteren Horns befand, und mit Jaryd, der dem Südufer der Bucht diente. Sie ihrerseits verbanden sich mit Baden und dem Magier in der Gegenrichtung, Mered mit Radomil in Leoras Wald, und Jaryd mit Alayna in der Südhälfte des Unteren Horns. Auf diese Weise bildeten die Magier ein

Netz von Wahrnehmungen, mittels dessen sie über die Westgrenze des Landes wachten.

Sie hielten nach allem Ausschau, was dem Land fremd war. Vier Jahre zuvor hatte die Gruppe von Magiern, die der Orden zu Phelans Dorn geschickt hatte, von dem unbehausten Geist des Wolfsmeisters erfahren, dass er und die anderen Unbehausten die Fremden vor allem deshalb aufspüren konnten, weil sie seltsame Waffen und künstliche Vögel bei sich hatten.

»Sie sind diesem Land fremd«, hatte Phelan es damals erklärt, »viel mehr als die Männer selbst. Und daher können wir uns darauf einstimmen. Wir können sie spüren.«

Ein paar Tage später, als er zum ersten Mal begonnen hatte, seinen Plan für dieses Netz genauer zu durchdenken, war Baden eingefallen, dass die Unbehausten, wie Theron es ausdrückte, »reiner Ausdruck von Magie« waren und man daraus vielleicht schließen konnte, dass auch Magier im Stande waren, diese fremden Gegenstände entsprechend aufzuspüren. Um seine Theorie zu überprüfen, hatte Baden einen der kaputten mechanischen Vögel in einer einsamen Gasse in Amarid versteckt. Dann hatte er Trahn und Radomil gebeten, sich an entgegengesetzten Enden der großen Stadt aufzustellen, und sie ihr eigenes geistiges Netz aufbauen lassen. Wie Baden erwartet hatte, hatten die beiden Falkenmagier ebenso wie die Unbehausten das künstliche Geschöpf spüren und bis auf ein paar Schritte feststellen können, wo es sich befand. Zweifellos würden auch die nächsten Fremden, wenn sie nach Tobyn-Ser kamen, um das Land zu erobern, Waffen mitbringen, die in Lon-Ser gebaut worden waren. Und wenn sie das taten, würden Baden und seine Freunde sie finden.

Als er dort im Dunkeln und im Nebel oberhalb des felsigen Ufers saß, war der Eulenmeister einigermaßen sicher, dass zumindest an diesem Abend niemand nach Tobyn-Ser eingedrungen war. *Ich spüre nichts Außergewöhnliches,* sendete er schließlich. *Vielleicht sollten wir für heute Schluss machen.* Die anderen Magier übermittelten ihre Zustimmung, und einen Augenblick später begannen sie einer nach dem anderen aus Badens Geist zu verschwinden. Jaryd und Alayna waren selbstverständlich die Letzten. *Gute Nacht, ihr beiden,* sagte er, bevor er sie sich selbst überließ.
*Gute Nacht, Baden,* sendeten sie gleichzeitig.
Von ihnen allen hatten Jaryd und Alayna für das geistige Netz am meisten aufgegeben. Nach Orris' Verschwinden hatte Baden keinen anderen Magier finden können, der seinen Platz einnehmen wollte. Um ehrlich zu sein, hatte er es nicht einmal versucht. Nachdem die Versammlung vorüber war, wäre es schwierig gewesen, jemanden anzusprechen. Stattdessen hatten die sieben Verbliebenen, Baden, Trahn, Radomil, Ursel, Mered und die beiden jungen Leute, ihr Bewusstsein noch weiter gestreckt als zuvor und sich und ihre Vögel bis an die Grenzen ihrer Leistungsfähigkeit beansprucht.
Um es den anderen leichter zu machen, hatten Jaryd und Alayna sich bereit erklärt, ihr neues Zuhause an der Südbucht zu verlassen und jeweils ein paar Meilen entlang der Küste in entgegengesetzter Richtung voneinander zu leben. Als Ausgleich dafür hatten die älteren Magier entschieden, ihnen alle zwei Wochen ein paar Tage freizugeben, damit sie ein wenig Zeit miteinander verbringen konnten. Es war keine ideale Regelung, aber unter den Umständen schien es die logischste Lösung zu sein. Zumindest waren sie so über

den Sommer gekommen. Aber Baden wünschte sich oft, dass Orris noch hier wäre.

Wie üblich wanderten Badens Gedanken bei der Erinnerung an den blonden Magier nach Süden. Inzwischen würden Orris und Baram, wenn alles gut gegangen war, wohl die Landenge erreicht haben. Aber Baden kannte Baram gut genug, um zu wissen, wie unwahrscheinlich das war. In den vier Jahren der Verhöre hatte Baden erschreckende Veränderungen in der Persönlichkeit des Fremden bemerkt. Die meiste Zeit waren sie recht höflich miteinander umgegangen, obwohl Baram dem Eulenmeister gegenüber immer misstrauischer geworden war. Aber die Feindseligkeit des Mannes gegenüber seinen Wärtern war nicht zu übersehen gewesen. Und als Baram begonnen hatte, vage Andeutungen über eine Verschwörung zu machen, die das Ziel hatte, Steine aus seiner Zelle zu stehlen, hatte der Eulenmeister begriffen, wie sehr der Verstand des Fremden gelitten hatte. Badens Gespräche mit dem Fremden hatten seit über einem Jahr kaum mehr nützliche Informationen geliefert. Baram hatte manchmal so viel vergessen, dass es Baden vorkam, als wüsste er mehr über Bragor-Nal als der Fremde selbst.

Er hatte das niemandem gegenüber erwähnt, denn er fürchtete, wenn Erland und seine Verbündeten erfahren würden, dass seine Gespräche mit dem Fremden unproduktiv geworden waren, würden sie sich nur noch heftiger um die Hinrichtung des Mannes bemühen. Er hätte sich niemals träumen lassen, dass Orris versuchen würde, den Fremden zurück nach Lon-Ser zu bringen. Selbst als sie während der Versammlung an diesem Abend im Adlerhorst miteinander gesprochen hatten und Orris andeutete, dass er selbst etwas unternehmen würde, hatte Baden angenommen, er könnte schlimmstenfalls die Überreste der künstlichen Vögel stehlen und sie zum Herrscherrat von Lon-Ser bringen. Baden schüttelte den Kopf.

»Möge Arick dich behüten, Orris«, sagte er in die Nacht hinaus, wie schon so oft seit der letzten Versammlung.

Der Eulenmeister erhob sich ungelenk und machte sich auf den Rückweg in das Dorf, in dem er wohnte. Er suchte selten vor dem Winter Zuflucht und war daran gewöhnt, im Wald oder auf einem Feld zu schlafen. Aber in diesem Jahr war es früh kalt geworden, und er war nicht an das feuchte Klima hier am Meer gewöhnt. »Oder vielleicht werde ich auch nur alt«, meinte er mit einem Blick zu Golivas.

Die weiße Eule blinzelte einmal, reagierte aber ansonsten nicht.

Der Magier hatte allerdings erst ein paar Schritte zurückgelegt, als er ein grünes Flackern in dem ansonsten stetig orangefarbenen Licht seines Cerylls bemerkte. Wieder lächelte er, weil er die Farbe erkannte. Es war spät, und er war müde, aber er hielt inne und bemühte sich gerne, auf Sonels Ruf zu antworten.

*Du solltest schon lange schlafen,* tadelte er sie sanft.

*Ich kann nicht schlafen, und ich dachte, du wärst vielleicht noch wach.*

Er spürte, wie angespannt sie war. *Was ist denn los?*

*Erland war heute hier.*

*Das könnte wirklich jedem den Tag verderben,* erwiderte er.

Er spürte ihr Lächeln. *Aber er dient dem Wald nördlich des Larian, also nehme ich an, dass er öfter bei dir vorbeikommt.*

*Ja, aber heute kam er, um seine offizielle Antwort zu dei-*

*nem Bericht über Baram einzureichen. Ich hatte noch keine Gelegenheit, sie ausführlich zu lesen, aber schon bei einem kurzen Überblick kann ich erkennen, dass es sich um nicht viel mehr handelt als um einen Angriff gegen dich und die erneute Forderung, Baram hinzurichten.*

Baden lachte leise. *Hattest du etwas anderes erwartet?*

*Nein,* antwortete Sonel. *Wahrscheinlich nicht.* Aber etwas in ihrer Antwort, ein Beben in ihrer Geistesstimme, ließ ihn Schlimmes befürchten.

*Was ist los, Sonel?,* wollte er wissen. *Was verschweigst du mir?*

Die Eulenweise zögerte. *Du hattest Recht, dich dafür einzusetzen, dass Baram nicht hingerichtet wird, Baden. Wir haben viel von ihm erfahren. Selbst bei dem Preis, den du gezahlt hast, hattest du Recht.*

*Aber?,* hakte Baden nach, und sein Herz begann schneller zu schlagen, als sie Baram abermals erwähnte. Wieder zögerte Sonel. *Sag es mir einfach,* bat er.

*Es ist nur, dass er dir inzwischen alles gesagt hat, was er weiß. Du hast mir bei der Versammlung selbst mitgeteilt, dass du dir Sorgen um ihn machst, dass er immer wieder Dinge vergisst und sich seltsam benimmt –*

*Das hast du doch hoffentlich nicht Erland gegenüber erwähnt?,* fragte er rasch.

*Selbstverständlich nicht!,* erwiderte sie. Er spürte ihren Zorn und wusste, dass er sie mit der Frage gekränkt hatte. Lange Zeit sendete keiner von beiden etwas.

*Es tut mir Leid,* teilte Baden der Eulenweisen schließlich mit. *Bitte erzähl weiter.* Immer noch antwortete sie nicht. Baden konnte sich vorstellen, wie sie in diesem Augenblick aussah, und er verfluchte seine Gedankenlosigkeit und seine Ungeduld. *Bitte, Sonel,* sendete er abermals.

*Ich weiß es nicht,* begann sie schließlich, und die Kränkung war immer noch deutlich zu spüren. *Baram sagt uns nichts Neues, und ich kann mir nicht vorstellen, dass Erland, Arslan und die anderen je zustimmen werden, dass er nach Lon-Ser zurückgebracht wird. Also frage ich mich, ob es wirklich noch sinnvoll ist, ihn am Leben zu lassen.*

*Wie bitte?*

*Nun, es ist nicht so, als hätte er hier ein erträgliches Leben. Er ist im Gefängnis, Baden. Ich weiß, dass du ihn schützen wolltest, dass du gehofft hattest, dass er lernen würde uns zu vertrauen. Dass er uns helfen würde. Aber das ist nicht geschehen.* Sie hielt inne. Er wusste, es musste noch mehr geben. *Ich habe als Eulenweise auch die Verantwortung, das zu tun, was für das Land und die Magie am besten ist. Und ich mache mir Sorgen wegen der Spaltung des Ordens.*

*Und du glaubst, es wird uns wieder zusammenbringen, wenn wir Baram töten?,* schleuderte Baden ihr entgegen. *Das spricht nicht gerade für uns, oder?*

*Das ist ungerecht, und das weißt du auch,* entgegnete sie ebenso leidenschaftlich. *Gerade du solltest wissen, wie schwierig dieses Thema für uns gewesen ist. Es geht nicht darum, ihn zu töten! Es geht darum, diese Sache abzuschließen, und ja, auch um Rache! Kannst du das denn nicht verstehen? Begreifst du nicht, wieso so viele ihn hinrichten lassen wollen?*

Baden setzte zum Widerspruch an, aber dann hielt er inne. Es war selbstverständlich vollkommen sinnlos. Er hatte vorgehabt, Sonel zu sagen, was Orris getan hatte, wenn er sie das nächste Mal sah. Aber da das Netz bis an seine

Grenzen beansprucht war, würde er lange Zeit nicht mehr nach Amarid gehen können, vielleicht erst wieder zur nächsten Versammlung. Und nun begriff er, dass er nicht so lange warten durfte.

*Ich weiß, dass es schwer für dich ist,* sendete sie, denn sie ahnte offensichtlich nicht die Gründe seines Schweigens, *aber ich denke, ich werde nun gestatten, dass Baram hingerichtet wird.*

*Das kannst du nicht,* erwiderte er.

*Ich verstehe, wieso –*

*Nein, das tust du nicht.* Er holte tief Luft. *Du kannst es gar nicht verstehen, und das ist allein meine Schuld.*

*Wie meinst du das?*

Er versuchte zu überlegen, wie er es ihr schonend beibringen konnte, aber es gab keine Möglichkeit. *Baram ist weg. Orris hat ihn am Abend der Lichterprozession aus dem Gefängnis geholt. Er bringt ihn nach Lon-Ser. Ich weiß nicht, wo sie jetzt sind. Ich weiß nicht einmal, ob sie schon in Lon-Ser sind. Aber selbst wenn sie noch in unserem Land sein sollten, können wir nichts tun.*

Das folgende Schweigen erstreckte sich so lange, dass sich Baden schon fragte, ob Sonel die Verbindung einfach abgebrochen hatte.

*Du hast es zugelassen!,* warf sie ihm schließlich vor, und ihre Worte trafen seinen Geist wie ein kalter Winterwind. *Du hast dabeigestanden und ihn gehen lassen!*

*Ja,* erwiderte Baden und versuchte, in Gedanken so ruhig wie möglich zu klingen. *Das ist im Wesentlichen, was passiert ist.*

*Im Wesentlichen?,* entgegnete sie. *Was soll das heißen?*

*Nur, dass du offensichtlich bereits überzeugt bist zu wissen, was in jener Nacht geschah, und deine Idee davon ist nahe genug an der Wahrheit, dass ich mir nicht die Mühe machen werde, dich zu verbessern. Ja, ich habe dabeigestanden und zugelassen, dass Orris Baram mit nach Lon-Ser nimmt. Ich habe nichts getan, um ihn aufzuhalten. Mehr brauchst du nicht zu wissen.*

Wieder hörte er lange nichts von Sonel. *Es tut mir Leid,* sendete sie schließlich, und die Stimmung ihrer Gedanken war gedämpfter. *Warum erzählst du mir nicht, was passiert ist?*

Baden holte tief Luft und setzte sich auf den Boden. Er wurde müde, ebenso wie Golivas. Das Netz und dieses Gespräch mit Sonel bedeuteten, dass er nun schon seit Stunden im Geist mit anderen Magiern in Verbindung war. *Es ist nicht wichtig,* sagte er müde. *Ich habe es erst am Tag danach erfahren, aber ich hätte sie immer noch aufhalten können. Und sicherlich hätte ich Orris warnen sollen.*

*Warnen? Wovor?,* fragte die Eulenweise erschrocken.

*Baram ist in einem noch schlimmeren Zustand, als ich dir gesagt habe,* erklärte Baden. *Zumindest war er das, als ich ihn zum letzten Mal gesehen habe. Ich glaube, er hat in der Gefangenschaft den Verstand verloren.*

*Bei den Göttern! Hast du inzwischen von Orris gehört? Hast du versucht, dich mit ihm in Verbindung zu setzen?*

*Nein.* Baden spürte einen dumpfen Schmerz im Hinterkopf. Er würde die Verbindung nicht viel länger aufrechterhalten können. *Du wirst eine Möglichkeit finden müssen, es vor Erland zu verbergen,* sendete er. *Wer weiß, was er tun wird, wenn er es herausfindet? Und Orris hat eine Chance verdient.*

*Ich bin nicht sicher, was Orris verdient hat,* entgegnete sie.

*Euer Netz war eine Sache. Ja, ihr habt euch dem Orden widersetzt, aber ihr habt es auf eine Weise getan, die niemandem schadet. Aber das hier ...* Sie vollendete den Gedanken nicht. Baden konnte beinahe sehen, wie sie den Kopf schüttelte.
*Was wirst du Erland sagen?,* fragte er und versuchte, seine Kopfschmerzen zu ignorieren. Golivas gab ein leises, klagendes Geräusch von sich. Auch sie wurde müde.
*Ich weiß es nicht. Mach dir keine Gedanken, mir wird schon etwas einfallen. Aber du musst begreifen, dass du es nicht mehr viel länger geheim halten kannst. Irgendwer wird merken, dass einer von ihnen nicht mehr da ist.*
*Ja,* brachte Baden hervor.
Er spürte ihre Sorge. *Alles in Ordnung?,* fragte sie.
*Nur müde.*
*Selbstverständlich – das Netz. Ich hätte daran denken sollen. Ruh dich jetzt aus.*
Sein Kopf pochte. Bei jedem Herzschlag, jedem Blutzufluss zum Gehirn, wurde der Schmerz schlimmer. Aber er hielt noch einen Augenblick lang durch. *Sonel, es tut mir Leid. Ich wollte es dir sagen. Ich schwöre es. Der Zeitpunkt* – Er wusste nicht mehr weiter, es war so schwer, einen klaren Kopf zu behalten. *Es tut mir Leid,* wiederholte er.
*Ich weiß,* erwiderte sie. *Ich glaube, ich verstehe dich.* Er spürte ihre Traurigkeit ganz deutlich. Er hätte wissen sollen, was er nun sagen musste, aber es gelang ihm kaum, auch nur den Kontakt aufrechtzuerhalten, um zuzuhören.
*Pass auf dich auf, Baden. Ruh dich aus.*
Und dann war sie weg, und Baden legte sich auf den kalten feuchten Boden, obwohl das die Schmerzen noch schlimmer machte. Er spürte Golivas neben sich und streckte vor-

sichtig die Hand aus, um ihr Kinn zu kraulen. Dann ließ er den Arm an die Seite sinken, lag vollkommen still und wartete darauf, dass das Pochen in seinem Kopf nachließ.

Er erwachte einige Zeit später. Es war immer noch dunkel, aber er hatte keine Ahnung, wie viel von der Nacht bereits vergangen war. Der Nebel war dichter geworden, und nun schimmerten überhaupt keine Sterne mehr durch. Er setzte sich langsam auf. Die Kopfschmerzen waren ein wenig besser geworden, saßen nun in seinen Schläfen, ein beständiges, mattes Pochen. Als er im orangefarbenen Licht seines Cerylls seine Eule sah, bemerkte er, dass sie ebenfalls wach war und ihn aufmerksam anblickte, die gelben Augen weit offen.

»Du siehst besser aus als ich«, sagte er, und seine Stimme klang in der kalten Luft sehr laut. »Ganz bestimmt siehst du besser aus, als ich mich fühle.« Sie starrte ihn weiterhin an.

Der Magier stand vorsichtig auf und bemerkte dankbar, dass das seine Kopfschmerzen nicht schlimmer machte. Er streckte den Arm nach Golivas aus, und sie flatterte auf den vertrauten Platz auf seiner Schulter. Er machte sich auf den Rückweg zum Dorf und versuchte, nicht an Sonel und Orris zu denken, sondern an das warme Bett, das ihn in dem kleinen Gasthaus erwartete. Aber etwas, das die Eulenweise gesagt hatte, hallte weiterhin in seinem Geist wider. *Du musst begreifen, dass du es nicht mehr viel länger geheim halten kannst,* hatte sie ihn gewarnt. *Irgendwer wird merken, dass einer von ihnen nicht mehr da ist.* Sie hatte selbstverständlich Recht. Bei der nächsten Versammlung würde Orris' Abwesenheit auffallen. Aber irgendwie wusste er, dass es eher geschehen würde. Und danach würde Tobyn-Ser nicht mehr sein, was es einmal gewesen war.

Sie stehen reglos wie Statuen am Rand des Dorfes und spähen grimmig über das Durcheinander von niedrigen Dächern, rauchenden Schornsteinen und kleinen Gärten hinweg. Ein kleiner Bach fließt am Dorf vorbei, und das Wasser glitzert in der Sonne. Es ist kalt, aber nicht so kalt wie in den Bergen, und der Himmel ist so blau, dass es in seinen Augen wehtut. Er sieht nicht viele Menschen; die meisten sind wohl noch nicht aufgestanden. Von denen, die schon unterwegs sind, haben nur zwei oder drei sie bemerkt.

»Es sollte nicht lange dauern«, sagt der Sohn Amarids leise und eindringlich. Er hat Umhang, Stab und Vogel im Wald gelassen. Ohne sie sieht er seltsam aus. Er hat fünf Vögel dabei, die sein Falke getötet hat, zusammengebunden mit einem Stück Schnur. Er legt die freie Hand auf Barams Schulter und sieht ihn an. »Vergiss nicht, was ich dir gesagt habe: Bleib dicht bei mir und sag kein Wort.«

Baram nickt. Er will etwas fragen, aber dann macht er den Mund wieder zu. Er nickt abermals.

Der Sohn Amarids verzieht das Gesicht.

Ein kleiner Junge kommt auf sie zugerannt, zeigt auf sie und ruft über seine Schulter hinweg einer Frau, die neben einem der Häuser steht, etwas zu.

»Seid ihr Fallensteller?«, fragt der Junge atemlos und wirbelt Staub auf, als er abrupt vor ihnen zum Stehen kommt.

Der Magier zögert, aber nur einen Moment. »Ja«, antwortet er lächelnd. »Wir haben oben in den Bergen gearbeitet und sind hergekommen, weil wir Vorräte brauchen. Wie heißt du, Junge?«

»Rodri.«

»Schön, dich kennen zu lernen. Rodri. Ich heiße Orris, und das hier ist mein Freund Baram.«

*Orris*. Baram begreift, dass er den Namen des Magiers nie zuvor gehört hat. Er fragt sich, ob der Mann wirklich so heißt.

»Ich wusste, dass ihr Fallensteller seid, als ich die Wachteln gesehen habe«, prahlt der Junge und zeigt auf die Vögel in Orris' Hand. »Ich habe es auch meiner Mutter gesagt.« Er dreht sich um und winkt der Frau zu. Dann nickt er.

»Wie heißt dieses Dorf, Rodri?«, fragt der Magier und lenkt damit die Aufmerksamkeit des Jungen wieder auf sich.

»Wolkenhöhle. Fangt ihr auch Wildkatzen?«, fragt er aufgeregt. »Ich wette, ihr stellt auch Fallen für Wildkatzen auf.«

Orris nickt. »Katzen, Biber, Murmeltiere. Was immer du dir vorstellen kannst.«

Der Junge reißt die Augen auf. »Habt ihr jemals einen Bären erwischt?«

»Nein«, antwortet der Magier kopfschüttelnd. »Kein Bär.«

Der Junge verzieht enttäuscht den Mund. »Oh.«

Der Magier hockt sich hin, um dem Jungen in die Augen sehen zu können. »Rodri, gibt es hier im Dorf einen Hausierer?«

Der Junge schüttelt den Kopf. »Nein.«

Die Miene des Magiers verrät nichts, aber Baram sieht einen Ausdruck in seinen dunkelbraunen Augen, den er erkennt. Baram zuckt innerlich zusammen. *Sechzehn lang, zwanzig breit*. Er spricht es nicht mehr laut aus, aber er hat festgestellt, dass die Worte ihn immer noch beruhigen, und er wiederholt sie im Geist, während er den Magier ansieht.

»Gibt es jemanden im Dorf, der uns ein wenig Essen und eine Jacke verkaufen könnte?«, fragt Orris den Jungen.

»Wozu braucht ihr Essen?«, fragt der Junge skeptisch. »Esst ihr nicht, was ihr fangt?«
Orris lächelt, wenn auch nicht mit den Augen. »Selbstverständlich. Aber hin und wieder ist es auch nett, ein bisschen Käse und Trockenobst zu haben. Findest du nicht? Oder isst du jeden Tag das Gleiche?«
Der Junge zuckt die Achseln. »Wahrscheinlich hast du Recht«, murmelt er. Baram hat den Eindruck, dass Orris nicht ganz der Vorstellung des Jungen von einem Fallensteller entspricht.
»Gibt es so jemanden, Rodri?«
»Der alte Alban«, sagt er und zeigt auf ein kleines Haus am Bach. »Er treibt manchmal Handel mit Hausierern, die hier im Frühjahr durchkommen.« Dann werden die Augen des Jungen wieder größer. »Ich habe einmal von einem Fallensteller gehört, der einen Bären nur mit seiner Schlinge und einem Messer erwischt hat!«
»Tatsächlich?«, sagt Orris mit gekünstelter Begeisterung.
Der Junge nickt abermals und sieht sie erwartungsvoll an, als wollte er von ihnen eine ähnliche Geschichte hören.
»Du sagst, Alban wohnt da drüben?«, fragt Orris und zeigt auf das kleine Haus.
»Ja«, erwidert der Junge enttäuscht.
Orris steht wieder auf, zaust dem Jungen das Haar und winkt Baram, ihm zu dem Haus zu folgen.
»Darf ich eure Felle sehen?«, ruft der Junge ihnen hinterher
»Die sind in unserem Lager«, antwortet Orris über die Schulter hinweg. Er hebt das Bündel mit den Vögeln hoch. »Das ist alles, was ich dabeihabe.«
»Wird es genügen?«, fragt Baram leise.
Der Magier zuckt die Achseln. »Das hoffe ich.«

Am Ende genügen die fünf Vögel nur für eine grobe Wolljacke und ein Stück Käse. Orris versucht Alban, einen verkrümmten alten Mann mit kahlem Kopf und zahnlosem Grinsen, dazu zu überreden, sich auch noch von einem Beutel Trockenobst zu trennen. Aber der Händler gibt nicht nach, und am Ende lässt Orris seine Überredungsversuche bleiben, denn er will das Dorf so schnell wie möglich wieder verlassen. Alban stellt zu viele Fragen über den Fellhandel mit Abborij, und Orris braucht einige Zeit, um sich schließlich entziehen zu können.

Baram und der Magier verlassen das Haus des alten Mannes und nehmen den direkten Weg durch das Dorf, auch wenn das bedeutet, dass sie im Kreis durch den Wald zurückkehren müssen, um den Stab und den Umhang des Magiers zu holen. Der Falke findet sie sofort wieder, fliegt auf Orris' Schulter und reckt den Hals, sodass Orris ihn am Kinn kraulen kann.

»Orris«, sagt Baram.

Der Magier sieht ihn fragend an.

»Dein Name. Orris.«

Orris lächelt dünn. »Ja.«

Als sie dorthin zurückkehren, wo Orris seine Sachen gelassen hat, zieht Baram die Wolljacke an. Sie kratzt, aber sie ist warm, und er ist dankbar dafür.

Die Kälte erinnert ihn an die Winter im Nal, an Feuer in großen Abfallbehältern und daran, wie er mit einer Uestra am Arm aus seiner Lieblingsbar im Zweiten Bezirk kam und rasch durch die Kälte in seine Wohnung zurückeilte. Er erinnert sich in diesen Tagen an immer mehr. Seit dem Fluss sind die Bilder immer klarer geworden und leichter zu deuten. Er weiß nicht, warum. Vielleicht war es der Schreck darüber, beinahe zu ertrinken, oder von dem Magier zu hören, dass sie wirklich auf dem Weg ins Nal sind. Aber was auch immer der Grund sein mag, er kann es sich wieder vorstellen, wie damals, bevor sie ihn ins Gefängnis gebracht hatten. Er kann die glatten, perfekten Gebäude sehen, die sich hoch über die Straßen erheben, und die präzise Biegung der Höhe, die sich über den Bezirk zieht. Er kann das sanfte Surren eines Werfers in der Hand spüren. Wenn er es wirklich versucht, kann er sogar das Zischen eines Getränkespenders hören und das duftende, süße dunkle Bier schmecken.

Er erinnert sich auch an andere Dinge. Namen. Gesichter. Die Dinge, die er getan hat, bevor Calbyr ihn für den Auftrag in Tobyn-Ser auswählte. Und er begreift langsam wieder, was diese Dinge bedeuten und was er tun wird, wenn er wieder zu Hause ist.

Der Magier braucht ihn, das weiß er. Das hat der Magier ihm gesagt. Aber Baram versteht nun, dass das nur die Hälfte war. *Du musst mir bei dem helfen, was ich in Lon-Ser tun muss,* hat der Magier gesagt. *Ich bringe dich zurück, um das Kämpfen zu beenden. Um Frieden zu schließen.* Ja. Aber er braucht Baram auch als Führer. Ohne ihn wird der Magier sich im Nal nicht zurechtfinden. Baram grinst finster bei dem Gedanken.

Der Magier hat ihn ernährt und bewacht, und nun, erkennt Baram, als er einen Blick auf die Wolljacke wirft, hat er ihm auch noch Kleidung gegeben. Er hat Baram sogar das Leben gerettet. Aber all das hat er nur aus einem Grund getan: Er braucht Barams Hilfe. Und obwohl Baram akzeptiert hat, dass sie im Augenblick zusammenarbeiten müssen, hat er nicht vergessen, wie es war, bedroht, geschlagen und gefesselt zu werden. Wieder und wieder hat der Magier seine Kenntnis dieses Landes benutzt und mit seiner Zauberkraft gedroht, um Baram zu etwas zu zwingen. Aber bald werden sie in Barams Land sein; sie werden in Bragor-Nal sein. Er gestattet sich ein weiteres Lächeln, denn er weiß, dass Orris hinter ihm geht und es nicht bemerkt. *Dann werden wir sehen, wie du mit meinen Bedingungen zurechtkommst, Sohn Amarids,* sagt er zu sich. *Dann werden wir sehen, wie du alleine im Nal zurechtkommst.*

# 11

*Die Angriffe durch die Fremden hatten so viele verstörende Aspekte, dass es schwierig ist, einen als furchterregender als die anderen herauszuheben. Die Kraft ihrer Waffen, die unheimlichen Fähigkeiten ihrer »Vögel«, sich wie lebendige Geschöpfe zu verhalten, ihre heimtückische Taktik – all dies ist gleichermaßen beunruhigend. Und dennoch war für mich und für viele, mit denen ich gesprochen habe, ein Bestandteil ihrer gewaltsamen Kampagne herausragend: ihre Vorbereitung. Sie wussten genau, wie sie die Kleidung und die Traditionen von Magiern nachahmen sollten. Sie bewegten sich mit einer Leichtigkeit durch unser Land, die von verblüffender Kenntnis des Geländes zeugt. Sicher hat ihnen der Verräter Sartol dabei geholfen. Aber wenn man Baram glauben darf, haben sie sich erst nach ihrer Ankunft in Tobyn-Ser mit Sartol zusammengetan. Sie haben ihre Vögel, Stäbe und Umhänge schon aus Lon-Ser mitgebracht, und die Grundlagen ihrer Mission waren offenbar bereits festgelegt, bevor sie ihre Heimat verließen. Baram konnte mir nicht sagen, woher seine Auftraggeber so viel über den Orden und Tobyn-Ser wussten, aber aus seiner Beschreibung der intensiven Ausbildung, die sie zuvor erhielten, wird klar, dass unsere Feinde viel mehr über uns wissen als wir über sie.*

Aus Kapitel Sieben des »Berichts von Eulenmeister Baden über seine Verhöre des Ausländers Baram«, vorgelegt auf der 1014. Versammlung des Ordens der Magier und Meister, im Frühjahr des Gottesjahres 4625.

Sie erwachte schaudernd und nach Luft schnappend und musste sich nach dem Licht ihrer Vision nun wieder an das Dunkel der Nacht gewöhnen. Sie zitterte, und sie konnte spüren, wie ihr feuchtes Haar an ihrem verschwitzten Gesicht klebte. Sie spürte einen trockenen Schmerz in Hals und Mund. Sie zwang sich, sich hinzusetzen, und tastete nach dem Becher Wasser neben ihrem Bett. Als sie ihn gefunden hatte, trank sie gierig. Sie blieb im Bett sitzen, mit dem Rücken an die Wand gelehnt, und atmete tief, um sich zu beruhigen.

Nach einer Vision war es immer so. Nicht dass sie eine Bestätigung dafür brauchte, dass ihr Traum prophetischer Art gewesen war. Sie hatte es schon gewusst, als er begonnen hatte. Sie war eine Gildriitin, sie hatte ihr Leben lang solche Visionen gehabt. Und nach einer Weile lernte man, sie zu erkennen.

Sie spähte zu der Uhr mit den Leuchtziffern auf ihrem Nachttisch. Die Sonne würde noch mehrere Stunden lang nicht aufgehen. Sie wusste, sie brauchte ihren Schlaf: Die Ausbildung war anstrengend, geistig und körperlich, und sie durfte als Anführerin keinesfalls hinterherhinken, während ihre Männer das Tempo bestimmten. Aber sie musste auch über die Vision nachdenken, und sie kannte sich gut genug, um zu wissen, dass sie sich auf nichts anderes konzentrieren konnte, ehe sie nicht darüber nachgedacht hatte. Erschöpfung konnte man beiseite schieben, aber es konnte gefährlich sein, sich von seinen eigenen Gedanken ablenken zu lassen.

Also schaltete Melyor das Licht an, stand auf und zog einen Morgenmantel über. Sie ging zu dem einzigen Fenster des kargen Zimmers, starrte auf die Lichter des Nal hinaus und begann, ihre Erinnerungen an den Traum durchzugehen.

Sie hatte einen Mann gesehen, groß und kräftig gebaut, mit langem blondem Haar, dunklen Augen und einem Bart. Er trug einen Vogel auf der Schulter, einen großen, dunkel gefiederten Falken, und hielt einen Stab mit einem bernsteinfarben leuchtenden Stein in der Hand. Sein Umhang war grün, ganz ähnlich wie die, die Melyor und ihre Männer bei ihrer Ausbildung trugen. Vor einem Jahr noch hätte eine solche Vision sie erschreckt, aber wenn man bedachte, was das Ziel ihrer derzeitigen Ausbildung war, hätte es sie eigentlich nicht überraschen sollen. Nur dass sie den Zauberer im Traum nicht in den Wäldern oder Bergen von Tobyn-Ser gesehen hatte, sondern hier im Nal, wenn auch in einem Teil, den sie nicht wiedererkannte. Und sie hatte ihn nicht als ihren Feind betrachtet, sondern hatte sich selbst erblickt, wie sie an seiner Seite kämpfte, wie ihr Werfer und sein Stab tödliche rote und bernsteinfarbene Blitze auf unsichtbare Feinde abfeuerten.

Sie konnte sich nicht vorstellen, was das bedeuten sollte, aber sie war sicher, dass die Anwesenheit des Zauberers in Lon-Ser ihren Plänen nur schaden konnte. Selbst wenn sie aus irgendeinem Grund zusammen kämpften, hatte das für ihre Position im Nal nichts Gutes zu bedeuten. Und wenn der Fremde in einer Friedensmission nach Lon-Ser kam, was nach Calbyrs Mission wahrscheinlich schien, dann würde das ihre eigene Tobyn-Ser-Initiative gefährden. Die Initiative wiederum war jedoch der Eckpfeiler ihrer Pläne, die Grundlage von allem, worauf sie sich vorbereitet und wofür sie gearbeitet hatte.

Wenn die Initiative Erfolg haben sollte – und Melyor

erwartete das –, würden ihr Macht und Reichtum zufallen. Cedrych würde mit einiger Sicherheit zum Herrscher werden, wenn Durell die Position aufgab oder starb, und sie selbst würde dann seine Position als Oberlord einnehmen. Und wenn Cedrychs Zeit als Herrscher zu Ende ginge, wäre sie die erste Wahl, ihn zu ersetzen. Sie würde über Bragor-Nal herrschen. Und das bedeutete im Grunde Herrschaft über ganz Lon-Ser.

Jeder, der auch nur den geringsten Verstand hatte, begriff die Verteilung der Macht im Herrscherrat. Marar, Herrscher von Stib-Nal, schloss sich in allen wichtigen Entscheidungen Durell an, und das gab Bragor-Nal praktisch die Kontrolle über die Ratspolitik. Dies war schon so gewesen, bevor Durell, Marar und die derzeitige Herrscherin von Oeralla-Nal, Shivon, an die Macht gekommen waren. Es reichte bis in die Zeit der Festigung zurück. Als Dalrek, Herrscher von Bragor-Nal zu diesem Zeitpunkt, begriff, dass er Oerella-Nal nicht besiegen konnte, beschloss er, auch Stib-Nal nicht zu erobern. Stattdessen bot er dem Oberhaupt des kleinen Nachbarn von Bragor-Nal einen Handel an: Stib-Nals Unabhängigkeit gegen die Unterstützung im Rat. Der Herrscher von Stib-Nal ging darauf ein – wie hätte er sich auch weigern können? –, und seitdem hatten sich die Herrscherinnen von Oerella-Nal bei allen Entscheidungen in der Minderheit befunden. Und solange die Autonomie von Stib-Nal von diesem Übereinkommen und der jämmerlich kleinen Bergkette abhing, die die winzige Stadt von Bragor-Nal trennte, würde die Matriarchie in der Minderheit bleiben.

So konnte der Erfolg der Initiative sehr wohl über Melyors weiteren Weg zur Macht in Lon-Ser bestimmen. In der letzten Zeit hatte Melyor allerdings begonnen, über andere Möglichkeiten nachzudenken. Der Erfolg der Initiative würde Lon-Ser die Herrschaft über Tobyn-Ser verschaffen und die Errichtung einer provisorischen Regierung erfordern. Zumindest nahm sie das an. Cedrych hatte nichts darüber gesagt, aber es schien sinnvoll. Und wer wäre besser geeignet, eine solche Regierung anzuführen, als die Person, die für die Eroberung von Tobyn-Ser verantwortlich war? Von einem solchen Amt aus konnte sie vielleicht einen schnelleren Weg in den Herrscherrat finden. Lon-Sers Provinz auf der anderen Seite von Aricks Meer würde vielleicht schon bald einen eigenen Sitz im Rat haben. Und dieser Sitz konnte ihr gehören.

Ganz gleich, wie sie an den Status und den Einfluss gelangte, den sie sich so sehr wünschte – sie wusste, dass ihre Mission in Tobyn-Ser der erste Schritt sein würde. Und sie war ebenso überzeugt, dass der Zauberer, der ihr im Traum erschienen war, die Macht hatte, die Initiative aufzuhalten, noch bevor sie wirklich begonnen hatte. Er musste sterben. Aber wie?

Sie konnte niemandem von ihm erzählen, ohne dabei auch zu gestehen, dass sie zu den Gildriiten gehörte. Und das durfte sie niemandem verraten, nicht einmal Jibb. Die Einzigen, denen sie es je gesagt hatte, waren Menschen wie Savil gewesen, die sie einen Augenblick später getötet hatte. Sie wusste genug über die Geschichte der Gildriiten, um zu begreifen, wie gefährlich es war, anderen davon zu erzählen. Die Orakel waren seit tausend Jahren verfolgt worden, und hier im Nal, wo ohnehin jeder ein möglicher Rivale oder ein Informant der SiHerr war, würde es sie in große Gefahr bringen, wenn andere von ihrer Herkunft erfuhren.

Sie lachte leise und lehnte die Stirn an das kühle Fensterglas. Ihre Herkunft. Selbst sie wusste nichts darüber. Sie war nicht einmal sicher, ob sie das gildriitische Blut ihrem Vater oder ihrer Mutter verdankte, obwohl sie annahm, dass es ihre Mutter gewesen war. Sie hatte ihren Vater ziemlich gut gekannt, wenn sie auch noch klein gewesen war, als er gestorben war, und sie konnte sich an keine Anzeichen für Visionen oder ein solch bedeutsames Geheimnis erinnern. Sie würde es allerdings nie sicher wissen, und es war auch nicht wichtig. Ganz gleich, wessen Geheimnis es einmal gewesen war, nun war es ihres, und sie musste eine Möglichkeit finden, den Zauberer zu töten, ohne sich zu verraten – eine Aufgabe, die durch ihren derzeitigen Auftrag ungemein erschwert wurde.

Cedrychs riesiges Ausbildungszentrum befand sich inmitten des Ersten Bezirks. Tatsächlich war sie, in Blocks gesehen, nicht so weit vom Vierten entfernt. Aber Entfernung war noch das geringste ihrer Probleme. Cedrych hatte von Anfang an klar gemacht, dass sie im Ausbildungszentrum bleiben musste, bis sie und ihre Männer nach Tobyn-Ser aufbrechen würden. Niemand sollte erfahren, wo sie war und was sie tat. Der Vierte gehörte nun Jibb. Sie hatte nichts mehr damit zu tun. Sich aus irgendeinem Grund mit ihrem Leibwächter in Verbindung zu setzen hätte bedeutet, Cedrychs Befehlen zuwiderzuhandeln und sich den Zorn des Oberlords zuzuziehen.

Melyor schauderte, als wäre ein kalter Windstoß durchs Zimmer gefegt. Sie würde sehr vorsichtig sein und irgendwie eine Gelegenheit schaffen müssen. Aber wann? Ihre Tage waren voll. Sie standen stets im Morgengrauen auf und begannen den Tag, indem sie vierzigmal um das

Zentrum herumliefen – was einer Strecke von zehn Blocks gleichkam. Nach einem schnellen, leichten Frühstück verbrachten sie zwei Stunden mit Unterricht. Hier prägten sie sich die Landschaft von Tobyn-Ser ein, mit Hilfe der Karten, die Cedrychs Spezialisten nach Aussagen von Kaufleuten aus Abborij und von Spionen zusammengestellt hatten, die sich schon seit Jahrzehnten als Kaufleute ausgaben und Ducleas Meer besegelten. Hier wurden sie auch in der Sprache von Tobyn-Ser ausgebildet und erfuhren mehr über die Zauberer und die Bräuche und Besonderheiten des Volkes, das sie besiegen wollten.

Nach dem Unterricht gingen sie auf den Kampfplatz, wo sie zwei Stunden mit den lang gezogenen Werfern arbeiteten, die sie mit nach Tobyn-Ser nehmen würden, und dann trainierten sie abwechselnd mit den zwanzig mechanischen Falken, die für diese Mission entwickelt worden waren. Nach allem, was Cedrych ihr erzählt hatte, ging Melyor davon aus, dass diese Vögel und Waffen eine gewaltige Verbesserung gegenüber denen darstellten, die von Calbyr und seiner Truppe eingesetzt worden waren. Zum einen hatten die Steine dieser Waffen unterschiedliche Farben – wie die Steine der Zauberer in Tobyn-Ser. In Calbyrs Gruppe hatten noch alle rote Steine gehabt. Und Calbyrs Vögel waren allesamt groß und schwarz gewesen, aber diese Vögel hatten unterschiedliche Größen und Farben. Alle jedoch waren, ungeachtet ihre Größe oder ihres Aussehens, bemerkenswerte Maschinen. Sie reagierten sofort auf Befehle und flogen ebenso präzise und anmutig wie die echten Falken, die Melyor im Vogelgehege des Nal gesehen hatte.

Mittags legten sie eine kurze Pause für die größte Mahlzeit

des Tages ein. Danach kehrten sie eine weitere Stunde in den Unterrichtsraum zurück und später drei Stunden aufs Übungsgelände. Nach zwanzig weiteren Runden um das Zentrum erhielten sie ihr Abendessen und wurden für zwei Stunden privater Studien ins Quartier geschickt, bevor die Hauptbeleuchtung im Gebäude abgeschaltet wurde.

Diese Tage als mörderisch zu bezeichnen, wurde ihnen kaum gerecht. Cedrych hatte mit siebzig Männern angefangen. Das war gegen Mitte des Sommers gewesen. Nun war es Winter, und es waren noch sechsundzwanzig Kandidaten übrig. Viele waren einfach aus Erschöpfung ausgeschieden. Andere hatten wegen körperlichen oder geistigen Versagens weggeschickt werden müssen, und ebenso viele hatten aufhören müssen, weil sie es einfach nicht verkraften konnten oder ihnen die Idee nicht gefiel, so gequält zu werden, ohne genau zu wissen, um was es bei der Mission ging, oder weil ihnen eine Uestra im Bett wichtiger war als das Geld. Sechs waren bei der Ausbildung verstümmelt worden. Drei waren umgekommen.

Wie schon die Anzahl der mechanischen Vögel zeigte, wollte Cedrych zwanzig Leute nach Tobyn-Ser schicken: Melyor und die besten neunzehn Männer. Aber Melyor hatte ernste Zweifel, ob im Frühjahr noch so viele übrig sein würden. Calbyr war mit nur fünfzehn losgezogen, und sie war nicht einmal sicher, ob ihre Gruppe auch nur so groß sein würde.

»Die Ausfallrate wird nach den ersten Wochen geringer«, hatte Cedrych ihr vor einiger Zeit versichert. »Wir werden bald die Dummköpfe und die Unfähigen aussortiert haben, und dann können wir aus denen, die geblieben sind, eine gute Mannschaft zusammenstellen. Du wirst schon sehen«,

hatte er hinzugefügt, als er ihre Skepsis bemerkte, »wir haben hier ein paar gute Männer.«
Aber die Ausfallrate war beinahe gleich geblieben. In der letzten Zeit hatte sogar Cedrych angefangen, sich Sorgen zu machen. Er schien sogar noch ungeduldiger und gereizter als üblich, und er ließ keine Fehler durchgehen. Sie wollte lieber erst gar nicht wissen, was er tun würde, wenn er sie erwischte, wie sie sich mit Jibb in Verbindung setzte, um ihrem Leibwächter aufzutragen, den Zauberer zu töten.
Wieder musste sie lächeln. Tatsächlich konnte Cedrych ihr gar nicht so viel antun: Da die Anzahl der zur Verfügung stehenden Kandidaten stetig sank, konnte er sich kaum leisten, auch noch die Anführerin zu verlieren.
Sie schüttelte den Kopf und wandte sich vom Fenster ab. Es war sinnlos, darüber nachzudenken. Wenn sie wusste, dass es an der Zeit war, mit Jibb zu sprechen, würde sie eine Möglichkeit finden, sich davonzustehlen, ohne dass Cedrych davon erfuhr. Sie war nicht sicher, wie sie es tun würde, aber sie zweifelte nicht daran. Und sie hatte noch Zeit, sich etwas auszudenken. Nicht viel, wenn man von ihrer Vision ausging, aber genug.
Sie zog den Morgenmantel aus und legte sich wieder ins Bett, schaltete das Licht aus und rollte sich unter der Decke zusammen. Das Auftauchen dieses Fremden und seines Falken war eine Komplikation, nichts weiter. Jibb würde es vielleicht seltsam finden, dass sie von dem Zauberer wusste, aber er war loyal und diskret. Er würde nicht viele Fragen stellen. Es würde schwierig sein, sich mit dem Anführer ihrer Sicherheitskräfte in Verbindung zu setzen, aber nicht schwieriger, als es gewesen war, unbemerkt in Savils Bezirk und wieder herauszukommen. Nach allem, was sie über

die Falkenmagie erfahren hatte, wusste sie, dass es nicht leicht sein würde, den Zauberer zu töten, aber das würde Jibbs Sorge sein und nicht die ihre. Sie vertraute vollkommen darauf, dass er einen solchen Auftrag ausführen konnte. Der Zauberer würde nicht lange ein Problem darstellen.

Melyor schloss die Augen und wartete darauf, dass sie wieder einschlief. Aber stattdessen fand sie sich einem ganzen Schwarm unangenehmer Fragen gegenüber. Was, wenn Jibb versagte? Wies ihre Vision nicht darauf hin, dass das der Fall sein würde? Wie sonst wollte sie erklären, dass sie gesehen hatte, wie sie Seite an Seite mit dem Zauberer kämpfte? Und wie konnte so etwas überhaupt geschehen? Wieso sollte sie sich mit ihm zusammentun? Gegen wen hatten sie gekämpft? Sie setzte sich wieder hin und schaltete das Licht an.

»Ich muss schlafen!«, sagte sie sich, als könnte sie dem Zauberer befehlen, sie in Ruhe zu lassen. Sie rieb sich die Stirn und fluchte leise vor sich hin. Dann stand sie zum zweiten Mal in dieser Nacht auf, zog ihren Morgenmantel an und ging ans Fenster.

Obwohl sie Jibb vertraute, musste sie sich darauf vorbereiten, dass er vielleicht versagen würde. Sie hatte sich selbst mit dem Zauberer gesehen, und obwohl sie ihre Visionen nicht immer wörtlich nehmen konnte, waren sie zum größten Teil ziemlich akkurat. Es bestand also die Möglichkeit, dass sie dem Zauberer tatsächlich begegnen würde. Und das führte selbstverständlich zur nächsten Frage: Warum sollte sie sich mit ihm zusammentun? Wieder gelang es Melyor nicht zu ignorieren, was dieser Traum bedeuten konnte. Sie würden Verbündete sein. Aus irgendeinem Grund würde sie ihm helfen zu tun, wozu er hergekommen war. Kalte Angst durchzuckte ihren ganzen Körper. Oder würde er ihr helfen? Vielleicht sogar das Leben retten? Wenn sie nun Jibb beauftragte, ihn zu töten …

»Hör auf damit!«, fauchte sie angewidert von sich selbst. Warum ließ sie solche Gedanken auch nur zu? »Hör einfach auf!«

Wenn Jibb versagte, dann würde sie selbst mit dem Zauberer fertig werden müssen, aber sie würde ihrem Leibwächter eine Chance geben. Sie hatte lange und schwer gearbeitet, um so weit zu kommen. Sie seufzte und warf einen sehnsüchtigen Blick zu ihrem Bett. »Ich muss schlafen«, sagte sie abermals. Aber etwas störte sie immer noch.

Und als sie sich noch einmal die Vision vor Augen rief, begriff sie, dass es der Zauberer war, oder genauer gesagt das, wofür er stand.

Sie war Gildriitin. Sie hatte niemals viel darüber nachgedacht, sie hatte nur sofort begriffen, wie gefährlich es wäre, wenn jemand davon erfahren sollte. Sie hatte Gerüchte von einer Untergrundorganisation der Orakel in den Nals gehört. »Das Netzwerk« nannten sie sie. Und sie hatte sich gefragt, wie es wohl sein würde, anderen zu begegnen, die ebenfalls den Blick hatten. Aber ihre Neugier war nie groß genug gewesen, sich darauf einzulassen. Denn obwohl sie Gildriitin war, war sie doch in erster Linie Nal-Lord. Und wo die eine Identität die Gefahr von Verfolgung und Tod mit sich brachte, stand die andere für ein Versprechen von Macht und Gold. Die Wahl war ihr niemals schwer gefallen. Bis zu dieser Nacht.

Denn wenn sie die Augen schloss, sah sie wieder das strenge, aber durchaus angenehm anzuschauende Gesicht des Zauberers vor sich, dahinter allerdings auch noch eine andere Person. Sie sah ihre Mutter. Melyor war immer Tochter ihres Vaters gewesen: ein Nal-Lord, geschickt mit Messer oder Werfer und tückisch in Geschäftsangelegenheiten. Sie und ihr Vater waren so lange allein gewesen, dass es ihr ganz natürlich vorgekommen war. Aber als Frau in Lon-Ser trug sie den Namen ihrer Mutter und nicht den ihres Vaters. Sie hieß Melyor i Lakin. Und obwohl sie sich kaum an ihre Mutter erinnern konnte – oder vielleicht gerade deshalb –, trug sie diesen Namen mit Stolz und Liebe. Viel mehr hatte sie nicht von ihrer Mutter geerbt. Ihren Namen, ihre grünen Augen und das bernsteinfarbene Haar. Und den Blick.

Sie war erst neun Jahre alt gewesen, als sie ihre erste Vision hatte, und so überwältigt sie von der Lebendigkeit des Traums gewesen war, es hatte sie noch mehr verstört, als die Bilder dieses Traums am darauf folgenden Tag Wirklichkeit geworden waren. Ihre erste Prophezeiung hatte nur eine unwichtige Angelegenheit betroffen: einen Brand in einer Bar in der Nähe. Als sie älter wurde, hatten sich die Visionen auf wichtigere Dinge konzentriert: Kämpfe zwischen Nal-Lords im Herrschaftsbereich ihres Vaters, unerwartete Besuche des Herrschers und schließlich und zu spät, als dass sie etwas dagegen hätte tun können, das Bombenattentat auf den Transporter ihres Vaters. Sie hatte die anstrengenden Visionen und die quälenden durchwachten Nächte fürchten gelernt, in denen sie darauf wartete, dass das, was sie gesehen hatte, sich endlich ereignete. Und nach dem Tod ihres Vaters, als sie nicht im Stande gewesen war, mit ihrer Trauer und den Schuldgefühlen zurechtzukommen, hatte sie erfolglos versucht, sich umzubringen.

Aber obwohl es ihr nicht gelungen war, sich zu töten, hatte sie es geschafft, sich durch reine Willenskraft vor weiteren Visionen zu bewahren. Mehrere Jahre lang war ihre Fähigkeit, die Zukunft vorauszusehen, verschwunden gewesen. Die Erinnerung an ihre Träume war verblasst, und sie hatte sich zu fragen begonnen, ob sie sich nicht alles nur eingebildet hatte – ein Kind, das unter schlimmen Albträumen und tragischen Ereignissen litt, die zu diesen Albträumen zu passen schienen.

In der Zwischenzeit war sie aus der Wohnung ihrer Tante ausgerissen, ins Nal zurückgekehrt und mit fünfzehn zu einer Gesetzesbrecherin geworden. Nun, als sie hinaus aufs Nal starrte, musste sie bei der Erinnerung daran grinsen. Gesetzesbrecher zu werden bedeutete wenig mehr als Schwarz zu tragen, barsch zu reden und etwas Illegales und möglichst Gewalttätiges zu tun. Melyors erstes Verbrechen war ein einfacher Raubüberfall gewesen. Sie hatte sich einen wohlhabend aussehenden Fremden in mittleren Jahren ausgesucht, ihn bewusstlos geschlagen und sein Geld gestohlen. Und schon war sie eine Gesetzesbrecherin gewesen.

Aber sie war die Tochter eines Oberlords, und sie hatte sich nicht mit den kleinen Delikten und der Randexistenz einer Unabhängigen zufrieden geben können. Sicher, Unabhängige konnten reich werden, aber alle, denen das gelang, waren wie Jibb: intelligent, ausgesprochen kräftig und hervorragende Kämpfer. Mit fünfzehn war Melyor nichts davon gewesen. Für die meisten lag die beste Gelegenheit zum Aufstieg darin, sich einer Bande anzuschließen, einen Anführer zu finden, der direkt für einen Nal-Lord arbeitete, und ihn dazu zu bringen, einen aufzunehmen. Mehrere

Monate hatte Melyor das Nal durchstreift, von der Hand in den Mund gelebt und sich vor den SiHerr verborgen, die viel mehr darauf aus waren, die Gesetze zu hüten, wenn Unabhängige sie brachen, als wenn es Banden taten, und hatte auf die richtige Situation gewartet. Sie fand sie im Vierten Bezirk bei einem Bandenchef namens Mirk. Jedenfalls hatte sie das gedacht.

Sie hatte Mirk in einer Bar kennen gelernt, wo sie sich dreist selbst vorgestellt und ihm über das spöttische Lachen seiner Männer hinweg mitgeteilt hatte, dass sie sich seiner Bande anschließen wollte. Mirk schien sie ernst zu nehmen. Er nickte immer wieder und sah sie abschätzend an, bevor er ihr erklärte, dass er und seine Männer an diesem Abend zu tun hatten, dass er aber gerne am nächsten Abend in seiner Wohnung mir ihr über die Zukunft reden würde. Erstaunt über ihren Erfolg und überzeugt, dass sie kurz davor stand, in eine Bande aufgenommen zu werden, war Melyor in ihre Unterkunft zurückgekehrt und eingeschlafen.

Aber in dieser Nacht hatte sie zum ersten Mal seit beinahe vier Jahren eine Vision gehabt. Mirk hatte sie auf den harten, schmutzigen Boden einer billigen, trübe beleuchteten Wohnung gedrückt und sie vergewaltigt. Sie erwachte schaudernd und nass geschwitzt, und sie weinte darüber, dass sie so dumm gewesen war, dem Bandenführer zu vertrauen. Unsicher, was sie nun tun sollte, aber auch voller Angst, Misstrauen zu erregen, wenn sie nicht zum vereinbarten Zeitpunkt auftauchte, tat Melyor schließlich das Einzige, was sie tun konnte: Sie hielt die Verabredung ein, versteckte aber einen Dolch in ihrem Stiefel. Als Mirk sie angriff, genau auf die Art, wie ihre Vision es gezeigt hatte,

überraschte sie ihn, indem sie sich wegdrehte, bevor er sie überwältigen konnte, und ihm den Dolch ins Herz stieß.
»Wie ...« Er hatte die Augen weit aufgerissen, als er zu Boden sank.
»Wie ich wusste, dass du mich vergewaltigen wolltest?«, entgegnete sie und trat ihm in die Seite. »Ich bin eine Gildriitin, du Dreckskerl! Deshalb weiß ich es!«
Und bei diesen Worten hatte Mirk die Augen noch weiter aufgerissen und war gestorben.
Melyor floh aus der Wohnung, aber Mirks Männer hatten am Abend zuvor ihr Gespräch mit angehört. Sie brauchten nicht einmal zwölf Stunden, um Melyor zu finden. Aber statt sie zu töten, wie sie erwartet hatte, brachten sie sie zu Yumel, dem Nal-Lord des Vierten. Er war beeindruckt davon, dass ein so kleines, dünnes Mädchen einen seiner besten Männer getötet hatte. Vielleicht spürte er auch ihr Potenzial – jedenfalls machte er sie zum Bandenführer. Das war genau die Gelegenheit, die sie gebraucht hatte. Als Yumel sechs Jahre später einem Attentat zum Opfer fiel – niemand fand je heraus, wer dafür verantwortlich war –, bestimmte Cedrych Melyor zu seiner Nachfolgerin.
Aber das Wichtigste war, dass ihr Erlebnis mit Mirk Melyor deutlich gemacht hatte, dass der Blick ihr auch helfen, ja sogar das Leben retten konnte. Sie entwickelte einen gewissen Stolz auf ihr Geheimnis, und nach diesen ersten Worten zu dem Bandenführer machte sie es zu einer Art Ritual, ihr Geheimnis mit denen zu teilen, die sie tötete. Und je mehr sie von den Gildriiten und ihrer Geschichte erfuhr, desto näher fühlte sie sich ihrer Mutter. Sie fragte sich, ob ihr Vater je von Lakins Fähigkeiten gewusst hatte.
Als Mädchen hatte sich Melyor sehr angestrengt, ihre

Kräfte vor ihm zu verbergen, aber als sie nun älter war, fragte sie sich, ob das notwendig gewesen war oder ob sie und ihre Mutter in gewisser Weise ein Geheimnis geteilt hatten. Sie hätte lieber das Letztere geglaubt. Sie hatte schon so viel mit ihrem Vater gemeinsam, und ihre Mutter war schon so lange tot. Das hier war ihrer beider Geheimnis, Melyors und Lakins. Ihren Vater würde es nicht stören.

Diese Verbindung zu ihrer Mutter war eine Quelle von Kraft und Trost für sie geworden. Sie hatte ihre Visionen nun leichter akzeptieren können; sie hatte das Gefühl, nicht mehr allein zu sein, selbst wenn sie sich nicht dem Netzwerk angeschlossen hatte. Es ließ sie glauben, dass ihr Erfolg als Nal-Lord auf beide Eltern zurückzuführen war – auf Fissar, der ihr beigebracht hatte, wie man mit einem Bezirk umgeht, und auf Lakin, die ihr den Blick gegeben hatte. Aber nie zuvor hatte ihre Begabung dermaßen zwischen ihr und dem, was sie tun musste, gestanden.

Immer noch zum Fenster und den Lichtern des Nal gewandt, schüttelte Melyor nun den Kopf. Ein Zauberer war auf dem Weg nach Lon-Ser, der Erste seit Gildri selbst. Und in ihr lag der Teil von ihr, der von Fissar abstammte, mit dem Lakin-Teil im Widerstreit. Der Zauberer drohte, alles zu zerstören. Er musste sterben. Aber er hatte einen Vogel dabei und bediente sich der Falkenmagie. Melyors Blick und die Macht dieses Mannes entstammten der gleichen Quelle. Die Verbindung zwischen ihnen war alt und zerbrechlich, aber sie war dennoch echt. Melyor konnte es spüren.

Sie wandte sich vom Fenster ab und begann, ungeduldig auf und ab zu gehen. *Lächerlich,* dachte sie. *Ich habe die letzten beiden Jahre meines Lebens damit verbracht, mir diese Gelegenheit zu verschaffen, nach Tobyn-Ser zu gehen und die Falkenmagie zu zerstören. Und jetzt schrecke ich davor zurück, einen einzelnen Zauberer zu töten?* Sie blieb abrupt stehen und begann, ausführlich zu fluchen. Sie hatte keine Zeit für diese Dinge. Irgendwie würde sie sich morgen Nacht oder am Abend danach mit Jibb in Verbindung setzen und ihm sagen müssen, dass ein Zauberer unterwegs zum Nal war. Sollte er doch die Brauen hochziehen – sie vertraute ihm genug, um dieses Risiko einzugehen. Aber zumindest wäre sie die Sache damit los. Jibb würde sich um den Fremden kümmern, und damit wäre alles erledigt.

Sie riss sich den Morgenmantel herunter und warf ihn auf den Boden, fiel wieder ins Bett und schaltete das Licht so hektisch aus, dass sie beinahe die Lampe vom Nachttisch gestoßen hätte. Sie schloss die Augen wieder, aber sie wusste, dass es vergeblich war. Sie würde den Rest der Nacht wach bleiben. Also begann sie, Tobynmir zu üben. So wäre die Zeit wenigstens nicht vollkommen verschwendet, und sie würde keine Gelegenheit haben, über etwas anderes nachzudenken. Nicht einmal über den Zauberer.

# 12

*Ich gebe zu, dass der Bericht, den Eulenmeister Baden im vergangenen Sommer eingereicht hat, ein paar interessante Informationen über das Regierungssystem von Lon-Ser und die Probleme in diesem weit entfernten Land liefert. Es ist nicht dieser Teil des Berichts, der mich stört. Mir geht es um die Ratschläge, die sich der Eulenmeister in seinem Werk anmaßt ...*

*Eines Tages, wenn das Volk von Tobyn-Ser es für angemessen hält, werden wir vielleicht bereit sein, uns, wie Baden vorschlägt, über die Grenzen unseres Landes hinauszubegeben. Aber im Augenblick ist das nicht der Fall. Unser Land steht einer ganzen Reihe von Problemen gegenüber, die zuvor gelöst werden müssen und zu denen unter anderem die beunruhigende Entwicklung bezüglich des Kindes gehört, das sich derzeit in der Obhut der Hüter von Aricks Tempel befindet.*

Aus der »Antwort auf den Bericht von Eulenmeister Baden über seine Verhöre des Fremden Baram«, eingereicht von Eulenmeister Erland im Herbst des Gottesjahres 4625.

Der Winter kam rasch und unerbittlich zum Falkenfinderwald und zu den Hügeln oberhalb von Amarid. Tag um Tag fegte der grausame Wind von den Eisgipfeln der Parnesheimberge herab und brachte kalte Luft und trockenen, beißenden Schnee mit. Selbst die festen Steinmauern des Tempels ächzten unter dem Druck der Sturmböen und konnten die Kälte nicht abhalten. Zusätzliche Wandbehänge wurden überall befestigt, ihre kunstvollen Abbildungen der vier Götter und der Schöpfung von Tobyn-Ser eine letzte Verteidigungslinie gegen den Angriff des Winters. Aber in diesem Jahr konnte nicht einmal der zusätzliche Schutz durch die schweren Wollteppiche helfen.

Cailin saß in ihrem kleinen Zimmer dicht an der Feuerstelle, fest in eine schwere Wolldecke gewickelt, und versuchte, sich auf das Stück zu konzentrieren, das sie las. Es war nicht gerade Cearbhalls bestes Drama. Die kannte sie alle schon: *Die Krone von Abborij, Tränen für Leora, Götter im Tal* und all die anderen. Sie waren leicht zu lesen gewesen. Aber dieses hier, ein Frühwerk, das angemessenerweise *Kinderstreiche* hieß, hatte bei weitem nicht den Humor der anderen und war auch nicht so spannend. Cailins Gedanken waren den ganzen Morgen immer wieder abgeschweift; sie hatte den Blick aufs Feuer gerichtet, und das dicke Buch, ein besonderes Geschenk von Linnea, der Ältesten der Götter, war unberührt auf ihrem Schoß liegen geblieben, zwar immer noch aufgeschlagen, aber vergessen. Cailin wäre am liebsten draußen gewesen und hätte zugesehen, wie Marcran über der Lichtung oberhalb des Tempels auf dem Wind ritt oder sich auf einen achtlosen Spatzen stürzte.

Sie schaute hinüber zum Kopfende ihres Betts, wo der kleine Falke saß, die großen Augen geschlossen, das Gefieder leicht aufgeplustert. Er war kaum größer als ein Häher, viel kleiner als die beindruckenden Vögel, an die Cailin sich von ihrem kurzen Besuch in der Großen Halle erinnerte. Und sie wusste, dass sich die meisten Magier an weibliche Vögel banden. Aber das war ihr egal. Er war der schönste Vogel, den sie je gesehen hatte, mit seinem zimtbraunen Rücken und der Brust in derselben Farbe, den blaugrauen

Flügeln und dem roten und schwarzen Schwanz. Sein Bauch und die Seiten hatten schwarze Flecken, und im Gesicht waren zwei dunkle Linien zu erkennen, unter der blauen und rötlichen Krone. Er sah aus wie die Musiker und Tänzer, die jedes Jahr beim Arickfest ihre Vorstellungen gaben und sich dazu bunte Flickenkleider anzogen und das Gesicht anmalten. Außer, wenn er flog. Dann sah er aus wie ein regenbogenfarbener Komet, der durch den Himmel raste.

Sie hatten sich vor einem Jahr aneinander gebunden, aber es kam Cailin viel länger vor. Sie konnte sich kaum mehr daran erinnern, wie ihr Leben vor Marcran gewesen war. Oder genauer gesagt hatte sie kaum Erinnerungen daran, wie ihr Leben hier gewesen war. Sie erinnerte sich immer noch an Kaera, als wäre es gestern gewesen. Aber danach, nach dieser Nacht aus Feuer und Schrecken, die ihr Leben dort beendet hatte, war alles verschwommen. Bis zu ihrer Bindung.

Sie war auf der Lichtung gewesen. Sie war auch vor Marcran öfter dorthin gegangen. Diese Lichtung war nicht sonderlich groß, aber hier in den Wäldern nahe Amarid war es der einzige Ort, der sie ein wenig an die riesige Ebene erinnerte, auf der sie ihre frühen Jahre verbracht hatte. Es war der einzige Ort, an dem die Gedanken an ihre Eltern sie nicht zum Weinen brachten. An diesem Tag jedoch hatte sie nicht an zu Hause gedacht. Es war Herbst, und sie saß am Rand der Lichtung und sah zu, wie ein kalter Wind orangefarbene, goldene und braune Blätter von den Bäumen riss und sie zu Boden flattern ließ.

Nach einiger Zeit wurde sie sich einer anderen Präsenz

auf der Lichtung bewusst. Sie war nicht sicher, wie das geschehen war; sie wusste einfach, dass noch etwas anderes dort war. Und als sie sich umdrehte, sah sie den Falken. Er hockte auf einem niedrigen Ast, nur ein paar Fuß von ihr entfernt, und starrte sie mit großen, dunklen Augen an. Verblüfft und entzückt hatte sie ihn angesehen und nicht gewagt, sich zu rühren, um ihn nicht zu erschrecken.

Einen Augenblick später war eine Flutwelle von wirren Bildern und Gefühlen durch ihren Geist getobt und hatte ihr eigenes Bewusstsein beinahe ausgelöscht. Sie war ein Falke, segelte hoch über einer Wiese, legte die Flügel an, um auf eine Feldmaus herabzustürzen, riss mit ihrem gekrümmten Schnabel an Fell und Fleisch. Dann flog sie wieder, schraubte sich auf den Windströmungen immer höher, bis sie näher an den Wolken war als am Boden unter ihr; sie stürzte sich mit ausgestreckten Krallen auf einen größeren Falken, den Schnabel zu einem zornigen Schrei geöffnet, zerriss hungrig den noch warmen Kadaver eines Finken, kämpfte mit einem anderen kleinen Falken.

Die Bilder folgten so rasch aufeinander, dass Cailin sie über die urtümlichen Gefühle hinweg, die sie ihr vermittelten, kaum begreifen konnte. Einmal entdeckte sie sich selbst und stieß einen erstaunten Ruf aus, als sie sich erkannte. Aber auch dieses Bild war so schnell wieder weg, dass es ebenso gut eine Illusion hätte sein können. Sie konnte nichts gegen die Flut tun. Sie war vollkommen verwirrt. Sie spürte, wie ihr die Welt entglitt, als wäre sie der Falke, der in den Himmel aufstieg, um nie wieder zurückzukehren. Sie konnte überhaupt nichts tun. Sie spürte, dass sie bald das Bewusstsein verlieren würde.

Und dann hörte sie, wie eine Stimme ihre Namen rief und

damit beharrlich am letzten Rest ihres Geistes zerrte. Einen Augenblick lang glaubte sie, es wäre ihre Mutter, und das verwirrte sie nur noch mehr. Aber sie begriff rasch, dass es sich um Irrian handelte, die Schülerin, mit der sie sich im Tempel am engsten angefreundet hatte.

Cailin versuchte zu antworten, aber sie brachte kein Wort heraus. Sie konnte nicht einmal den Blick von dem Falken abwenden. Aber als die junge Frau näher kam, schaute der Falke weg, und für einen Sekundenbruchteil war die Bilderflut unterbrochen. Das war alles, was Cailin brauchte. Plötzlich war sie wieder sie selbst, saß auf der Lichtung und betrachtete einen kleinen, bunten Falken. Und als sich der Vogel ihr wieder zuwandte, war sie bereit. Aber der Falke sendete keine Bilder mehr, sondern flog auf, kreiste noch einmal über ihr und verschwand über den Bäumen.

»Cailin!«, rief Irrian vom Waldrand her. »Wieso antwortest du denn nicht?«

Cailin starrte dem Falken noch einen Augenblick hinterher, dann wandte sie sich ihrer Freundin zu. Ihr war schwindlig, und sie zitterte.

Irrians Wangen waren gerötet von der Anstrengung, die es kostete, den Abhang zur Lichtung hinaufzuklettern, und ihr kurz geschnittenes blondes Haar wurde vom Wind zerzaust. »Alles in Ordnung?«, fragte die junge Frau besorgt, als sie auf die Lichtung kam.

Cailin nickte. Es war schwierig zu sprechen.

»Warum sitzt du dann hier?«

Das Mädchen zuckte die Achseln. »Ich sehe nur zu, wie die Blätter fallen«, brachte sie schließlich mit einiger Mühe hervor. Sie war nicht ganz sicher, wieso sie log.

Irrian neigte den Kopf zur Seite. »Die Blätter«, wiederholte sie skeptisch und sah Cailin forschend an.
Cailin erwiderte schweigend den Blick ihrer Freundin.
Die Schülerin schaute sich auf der Lichtung um und holte tief Luft. »Ich verstehe, wieso es dir hier so gut gefällt«, sagte sie leise und sah Cailin dann wieder mit ihren braunen Augen an. »Aber es ist Zeit für deinen Nachmittagsunterricht.« Sie streckte die Hand aus.
Cailin kam ein wenig unsicher auf die Beine und nahm Irrians Hand.
»Bist du sicher, dass alles in Ordnung ist?«, fragte Irrian.
Wieder nickte das Mädchen.
Sie verließen die Lichtung und begannen mit dem Rückweg zum Tempel. Cailin, die immer noch zitterte, spähte zu den Baumkronen hoch und hielt nach dem Falken Ausschau, aber sie sah ihn nicht mehr.
»Du zitterst«, sagte Irrian besorgt. »Ist dir kalt?«
»Nein.« Cailin versuchte, mit dem Zittern aufzuhören, aber sie konnte nicht. Je länger sie an die Begegnung mit dem Falken dachte, desto mehr Angst bekam sie. Sie hatte selbstverständlich von Amarid gehört. Sogar im Tempel erfuhr man im Unterricht von der Magie, und trotz allem, was mit ihren Eltern und dem Dorf geschehen war – oder vielleicht sogar genau deshalb –, war sie fasziniert von den Geschichten über den Ersten Magier. Sie hatte sogar angefangen, die langweilige Geschichte seines Lebens zu lesen, die er selbst verfasst hatte. Sie war noch nicht fertig damit, aber sie hatte den Teil über seine erste Bindung schon gelesen. Also wusste sie, dass es für das, was da geschehen war, nur eine einzige Erklärung gab, besonders nach den Visionen, die sie im vergangenen Jahr gehabt hatte.

Im letzten Herbst hatte sie von zuckenden Blitzen und heftigen Regengüssen geträumt, und am nächsten Tag hatte ein schweres Gewitter, wie es zu dieser Jahreszeit sehr ungewöhnlich war, Feuer im Wald verursacht und den Larian über die Ufer treten lassen. Zu Beginn des Frühlings hatte sie von seltsamem Essen und exotischen Stoffen geträumt, und am nächsten Nachmittag war ein Hausierer im Tempel erschienen, der feine Stoffe und Delikatessen aus Abborij brachte. Und vor kurzem hatte sie von dem Angriff auf Kaera geträumt, wie sie es oft tat. Aber diesmal hatte sie gesehen, wie sie die Männer abwehrte, die ihr Zuhause angriffen. Sie hatte einen ganz ähnlichen Umhang getragen wie die Ordensmitglieder, obwohl er blau gewesen war und nicht grün. Ein riesiger brauner Vogel hatte auf ihrer Schulter gesessen, und strahlendes goldenes Feuer war aus dem Stab, den sie in der Hand hielt, auf die Männer zugerast und hatte ihre seltsamen Vögel zerstört.

Nach diesem Traum hatte Cailin Irrian schließlich von den beiden ersten Visionen berichtet, und die Schülerin hatte die Söhne und Töchter der Götter informiert. Seitdem hatte niemand mit ihr über ihre Visionen gesprochen; niemand hatte ihr gesagt, was sie zu bedeuten hatten. Aber das war auch nicht notwendig gewesen. Die dritte Vision, die sie für sich behalten hatte, hatte es nur zu deutlich gemacht.

Schon der Gedanke daran machte ihr Angst und bewirkte, dass ihr übel wurde. Sie hasste sie. Sie hasste sie alle. Und dennoch würde sie nun wegen dem, was auf der Lichtung geschehen war, zu einer von ihnen werden. Sie spürte, wie ihr Tränen in die Augen traten, und kämpfte dagegen an.

»Also gut, ich fühle mich wirklich ein bisschen krank«,

sagte sie zu Irrian, als der Tempel schon durch die Bäume zu sehen war.
»Ich hatte bereits das Gefühl, dass du nicht ganz ehrlich mit mir warst.« Irrian blieb stehen, hockte sich hin und legte eine Hand auf Cailins Stirn. »Könnte sein, dass du leichtes Fieber hast«, sagte sie, und die Sorgenfalten auf ihrer Stirn wurden ausgeprägter. »Wenn wir wieder im Tempel sind, solltest du lieber auf dein Zimmer gehen. Ich schicke nach einer der Hüterinnen.«
»Gut«, stimmte Cailin zu.
Sie erreichten dem Tempel einige Minuten später, und Cailin eilte in ihr Zimmer. Sie schloss die Tür hinter sich, warf sich aufs Bett und fing an zu weinen. Wie konnten die Götter ihr das antun? Was für ein grausamer Scherz war das? Wegen der Söhne und Töchter Amarids waren ihre Eltern tot. Alle in Kaera waren tot. Bis auf sie, selbstverständlich. Irgendwie war sie verschont geblieben. In den Jahren seitdem war sie ein lebendes Symbol für das Versagen des Ordens beim Schutz des Landes geworden, ein Symbol der gebrochenen Versprechen und des Verrats der Magier. Und nun war sie selbst eine von ihnen.
Kurz darauf klopfte jemand an die Tür. Cailin setzte sich rasch auf und wischte sich die Tränen weg.
»Herein«, rief sie und zuckte innerlich zusammen, als sie merkte, wie jämmerlich sie sich anhörte.
Die Tür ging auf und Zira, eine der jüngeren Töchter der Götter, streckte den Kopf herein.
»Hallo, Cailin«, sagte die kleine zierliche Frau voller Mitgefühl. »Ich höre, es geht dir nicht gut.«
Cailin spürte, wie sie errötete. »Ich bin ... es ist schon gut«, stotterte sie. »Irrian fürchtete, ich könnte Fieber haben.«

Zira hatte einen Becher mit dampfender Flüssigkeit dabei. »Ich hab dir Tee gebracht. Darf ich hereinkommen?«
Als Cailin nickte, schloss Zira die Tür hinter sich und setzte sich neben Cailin aufs Bett. Sie reichte dem Mädchen den Tee und legte dann den Handrücken an Cailins Wange. »Kommt mir ein bisschen warm vor«, bestätigte sie. »Wie fühlst du dich?«
Cailin setzte dazu an zu sprechen, aber dann weinte sie wieder, und ihr ganzer Körper wurde von Schluchzern geschüttelt. Zira legte ihr den Arm um die Schultern und versuchte sie zu trösten, aber Cailin hörte sie kaum. Sie war wieder in Kaera und erlebte noch einmal diesen letzten, schrecklichen Abend. Aber nun sah sie sich selbst wie in ihrem Traum, wie sie magisches Feuer auf die Fremden schleuderte. Sie konnte es einfach nicht ertragen.
»Lass mich in Ruhe«, sagte sie zwischen Schluchzern mit vor Kummer beinahe erstickter Stimme. »Ich will einfach nur allein sein.«
Zira blieb noch einen Augenblick, aber dann tat sie, worum Cailin sie gebeten hatte. Sie stand auf und ging. Als Cailin hörte, wie die Tür geschlossen wurde, legte sie sich wieder hin und weinte, bis sie schließlich in einen unruhigen Schlaf fiel.
Sie erwachte vom Klang der Glocke, die im Hof des Tempels zum Abendessen rief. Der letzte Rest des Tageslichts fiel durchs Fenster herein und verlieh dem kleinen Zimmer eine geisterhaft silbrige Beleuchtung. Cailin setzte sich auf und gähnte, dann ging sie über den kalten Steinboden zu dem Waschbecken, das in einer Ecke stand. Sie spritzte sich Wasser ins Gesicht, schauderte ein wenig von der Kälte und trocknete sich mit einem Tuch ab.

Sie holte tief Luft und erkannte, dass es ihr besser ging. Und dass sie eine Entscheidung getroffen hatte. Sie würde am nächsten Tag zur Lichtung zurückkehren. Wenn sie irgendetwas von den Kindern Aricks gelernt hatte, dann dass sie sich nicht vor der Zukunft verbergen konnte, für die die Götter sie ausersehen hatten, ganz gleich, wohin diese Zukunft sie führen würde. Aber wenn sie sie auch nicht vermeiden konnte, würde sie doch in der Lage sein, daraus zu machen, was sie wollte. Das schien alles zu sein, was ihr übrig blieb. Also würde sie sich an den Falken binden, wie Amarid es getan hatte. Sie würde Magier werden, aber zu ihren eigenen Bedingungen. Sie würde sich niemals dem Orden anschließen oder einen Umhang tragen oder auch nur den Schwur ablegen, sich an Amarids Gesetze zu halten.

Sie blieb für den Rest des Abends in ihrem Zimmer. Irrian brachte ihr etwas zu essen, aber Cailin hatte keinen Hunger. Sie schlief früh ein und stand im Morgengrauen auf, schlüpfte unbemerkt aus dem Tempel und kehrte zur Lichtung zurück, wo noch der Tau auf dem hohen Gras und dem frisch gefallenen Laub lag.

Wie erwartet fand sie der Falke beinahe sofort. Er flog von der anderen Seite der kleinen Wiese auf sie zu, glitt dicht über den Boden und landete auf einem Baumstumpf ganz in ihrer Nähe.

Cailins Herz schlug ihr bis zum Hals, aber sie wandte einige Zeit bewusst den Blick ab und versuchte, sich auf das vorzubereiten, was geschehen würde, wenn sie dem Falken direkt in die Augen sah. Nun, als sie dem Vogel wieder gegenüberstand, begann sie an ihrer Entscheidung zu zweifeln. Die Magier hatten zugelassen, dass Kaera niedergebrannt wurde. Die Magier hatten zugelassen, dass ihre Eltern umgebracht wurden. Und irgendwie erwarteten die Götter trotzdem, dass sie eine von ihnen wurde. Die gesamte Erfahrung ihres Lebens riet ihr zu fliehen, solange noch Gelegenheit dazu bestand. Und dennoch, allein die Anwesenheit des Falken ließ sie bleiben. Schließlich holte sie tief Luft und sah den Vogel an.

Trotz aller Vorbereitung ging sie beinahe wieder in dem Tumult von Erinnerungen und Emotionen unter, den das Geschöpf in ihren Geist ergoss. Sofort flog sie wieder, jagte, segelte, kämpfte. Sie fühlte sich, als würde ihr Geist angegriffen, obwohl sie keine Böswilligkeit von dem Vogel spürte, und sie versuchte verzweifelt, sich an ihren eigenen Gedanken und ihrer Identität festzuklammern. Aber während der Wirbelwind aus Bildern abermals durch ihr Hirn fegte, begann sie, sich an einige davon zu erinnern. Es gab eine Art Muster. Der Vogel übermittelte ihr etwas – etwas Bestimmtes.

Wie auf ein Stichwort begann der Falke, ihr andere Bilder zu schicken. Und die erkannte Cailin sofort. Sie sah Irrian und Zira. Sie sah die anderen Kinder, die im Tempel wohnten. Sie sah die Große Halle in Amarid. Sie sah Tobyns Ebene und die Läden und Bauernhöfe von Kaera. Und endlich, mit solch quälender Klarheit, dass sie zu weinen begann, sah sie ihr Zuhause und ihre Eltern. Das da war ihr eigenes Leben, es waren Bilder aus ihrem eigenen Kopf, die ihr der Vogel anbot, so, wie er – und gleichzeitig verstand sie, dass es ein »er« war –, so, wie Marcran ihr eine Vorstellung seines Lebens gezeigt hatte. Wieder kamen die Bilder. Fliegen, jagen, segeln, kämpfen. Und nun begriff sie.

Nach und nach wurde der Fluss der Bilder träger, und

Cailin merkte, dass sie wieder fühlen und sich bewegen konnte. Aber sie wusste, dass sie sich verändert hatte. Sie spürte Marcrans Präsenz in ihrem Kopf, sie war sich seiner Empfindungen bewusst, sie spürte, dass sie ihre Umgebung nun deutlicher wahrnahm; alles war durch die Wahrnehmung des Falken schärfer und klarer geworden. Sie seufzte tief und wurde wieder von einem Strudel von Emotionen überwältigt. Diesmal waren es ihre eigenen, nicht die des Vogels. Und sie waren ausgesprochen widersprüchlich, kämpften in ihr wie Armeen in einem Krieg in Abborij. Sie war ein Magier. Ob sie es nun wollte oder nicht, sie war ein Magier.

Sie hatte damals geglaubt, dass sie wusste, was das bedeutete, aber sie begriff schnell, dass sie sich geirrt hatte. Zweifellos hatte sie nicht begriffen, dass Marcrans Auftauchen in ihrem Leben der Einsamkeit und dem Kummer ein Ende machen würde, die sie seit dem Tod ihrer Eltern gequält hatten. Er war immer bei ihr, auf ihrer Schulter, in ihrem Kopf. Und obwohl sie immer noch häufig an ihre Eltern dachte und sie ihr schrecklich fehlten, kam sie sich nicht mehr heimatlos und allein vor. Sie gehörte zu Marcran, und er gehörte zu ihr. Er war jetzt ihre Familie.

Inzwischen hatte sie begriffen, wie sehr die Bindung ihr Leben verändert hatte. Sie hatte genug über die Geschichte von Tobyn-Ser gelernt, um zu wissen, dass die Kinder Amarids und die Kinder der Götter seit Amarids Entdeckung der Magie so etwas wie Rivalen gewesen waren. Also hatte sie erwartet, dass die Hüter des Tempels ihre Bindung zweifellos nicht gutheißen, sie aber für ihre Weigerung, sich Amarids Gesetzen zu unterwerfen, loben würden. Niemals hätte sie sich vorstellen können, dass sie

Angst vor ihr haben oder sie zwingen würden, sich an die Gesetze des Ordens zu halten.
Linnea, die Älteste der Götter, mit der Cailin in ihren ersten drei Jahren im Tempel nur zwei- oder dreimal zu tun gehabt hatte, begann sie täglich aufzusuchen, angeblich, um Cailins Fortschritte beim Lernen zu überprüfen. Cailin wusste es besser. Ihr fiel auf, wie unruhig die Söhne und Töchter der Götter in ihrer Nähe waren, besonders, wenn sie die Nerven verlor. Selbst die anderen Kinder behandelten sie nun anders als zuvor. Sie waren nicht so ängstlich wie die Erwachsenen, aber sie spielten auch nicht mehr mit ihr. Sie sprachen sogar kaum noch mit ihr, außer um zu fragen, ob sie Marcran einmal halten oder ihn streicheln durften. Anfangs hatte sie das zugelassen, weil sie ihnen einen Gefallen tun wollte. Aber als sie merkte, dass sie sie danach immer noch nicht mitspielen ließen, hatte sie begonnen, sich zu weigern. Sie und Marcran verbrachten mehr und mehr Zeit allein. Aber je mehr sich Cailin isolierte, desto häufiger kam Linnea zu Besuch.
Cailin hatte die Älteste eigentlich ganz gern. Die rundliche Frau behandelte sie freundlich, und anders als die anderen schien sie keine Angst vor ihr zu haben. Aber sie stellte ständig Fragen. Manchmal ging es dabei nur um den Unterricht und was Cailin von den anderen Kindern hielt. Aber oft waren ihre Fragen auch persönlicher. »Erzähl mir von deiner Beziehung zu dem Falken«, sagte sie zum Beispiel. Oder sie sagte: »Hast du schon gelernt, wie du deine Kräfte einsetzen kannst?« Ein paarmal bot sie sogar an, einen Magier zum Tempel zu bringen. »Sie können dir beibringen, wie du die Magie beherrschen kannst«, erklärte sie dann. »Keiner von uns wird dir dabei helfen können.«

Linnea mochte vielleicht so tun, als wäre sie nicht beunruhigt, begriff Cailin, aber die Älteste hatte ebenso viel Angst wie alle anderen.
Tatsächlich hatte Cailin nicht viel unternommen, um ihre Macht zu entwickeln oder auch nur herauszufinden, welche Fähigkeiten sie besaß. Sie war einfach nur froh, Marcran zu haben, und sie misstraute der Magie. Sie hatte das Gefühl, dass es falsch wäre, sie zu benutzen. Erst als die Älteste immer wieder nachfragte, begann Cailin selbst darüber nachzudenken, worin denn nun ihre Macht bestand. Sie war nicht vollkommen sicher, wie es funktionierte. Sie wusste, dass es von Marcran ausging – oder genauer gesagt von ihrer Bindung an den Falken. Aber sie hatte keinen Magierstab. Und sie wusste nicht, ob sie ohne den Kristall überhaupt Zugang zu ihrer Macht haben würde.
Nach mehreren Monaten der Unsicherheit, nachdem sie viele Nächte wach gelegen und darüber nachgedacht hatte, wie es sein würde, über solche Magie zu verfügen, entschloss sich Cailin schließlich, es herauszufinden. Am nächsten Tag stahl sie sich nach ihrem Unterricht zur Lichtung. Es war ein wunderschöner Nachmittag, sonnig und windig, und ungewöhnlich warm für einen Vorfrühlingstag. Als sie schließlich auf der Wiese saß, mit einem Haufen trockener Zweige und Laub vor sich, schauderte sie allerdings vor Aufregung. Sie war nicht sicher, was sie eigentlich tun sollte, und starrte das Holz an, glaubte, es würde sich vielleicht entzünden, wenn sie nur lange genug wartete. Nichts geschah. Sie schloss die Augen und stellte sich im Geist Feuer vor. Immer noch geschah nichts.
Sie öffnete die Augen wieder und verzog das Gesicht. »Vielleicht brauche ich doch einen Stab.«

Marcran stieß einen leisen Ruf aus.
Und da fiel ihr etwas ein. Sie schloss die Augen abermals, stellte sich noch einmal Feuer vor, und dann tastete sie im Geist nach Marcran, wie sie es immer tat, wenn sie ihn zu sich rufen oder ihn bitten wollte, hoch in den Himmel zu fliegen. Sofort spürte sie, wie etwas ihren Körper erfüllte, so warm und stark, als wären es Sonnenstrahlen. Sie hörte ein Knistern, und als sie die Augen wieder öffnete, sah sie, dass das Holz und das Laub brannten.
Sie sprang auf und trat das Feuer schnell wieder aus. Schwer atmend sah sie sich um und schämte sich dessen, was sie getan hatte, und ihres rasenden Pulsschlags. Sie war immer noch allein. Niemand hatte sie beobachtet. Gleichzeitig angewidert und fasziniert, verstört und entzückt, sammelte sie mehr Zweige und wiederholte, was sie getan hatte. Diesmal war es leichter, obwohl ihr ein wenig schwindlig wurde. Wieder löschte sie die Flammen rasch.
»Das genügt«, sagte sie, als müsse sie Marcran erklären, wieso sie aufhörten. »Wir sollten nach Hause gehen.«
Am nächsten Tag war sie wieder auf der Lichtung, und auch am Tag danach. Und bald schon ging sie jeden Tag hin, und sie übte sogar, wenn es regnete. Sie hatte zwar keinen Stab, aber sie stellte fest, dass sie nicht nur Feuer entzünden, sondern auch ihre eigenen Schnittwunden und blauen Flecken heilen und Holz formen konnte. Anfangs war das ausgesprochen schwierig. Sie wurde schnell müde, und oft war ihr vor Erschöpfung schwindlig, sodass sie sich längere Zeit ausruhen musste, bevor sie wieder anfangen oder in den Tempel zurückkehren konnte. Darüber hinaus hatte sie wenig Kontrolle über ihre Macht. Ihre Versuche, Holz zu formen, endeten oft so jämmerlich, dass sie die

Stücke, mit denen sie gearbeitet hatte, lieber verbrannte, als sie liegen zu lassen, wo jemand sie vielleicht entdecken könnte. Und einmal setzte sie einen ganzen Baum in Brand, obwohl sie nur ein kleines Feuer entzünden wollte. Es war reines Glück, dass das Feuer ausbrannte, bevor es auf den Wald übergreifen konnte.

Je mehr sie allerdings übte, desto geschickter wurde sie und desto mehr genoss sie es. Sie freute sich auf das Gefühl der Macht, das sie durchströmte. Sie fühlte sich wie ein Prisma, durch das Licht hindurchfiel und gebündelt, verändert, zu ihrem eigenen Licht wurde. Sie war Marcran in diesen Augenblicken näher, als sie sich je einem anderen Menschen oder Tier gegenüber gefühlt hatte. Und jeden Tag spürte sie, wie ihre Macht größer wurde.

Die Scham darüber, was aus ihr geworden war, verließ sie niemals vollkommen, aber sie wurde mit der Zeit geringer. Die anderen hatten vielleicht Angst vor ihr, aber sie zeigten nicht, dass sie sie wegen ihrer Bindung an Marcran verurteilten. Und als Cailin schließlich Linnea gegenüber zugab, dass sie ihre Fähigkeiten ein- oder zweimal eingesetzt hatte, schien die Älteste erstaunlicherweise erfreut zu sein. Sie stellte Cailin viele Fragen darüber, wie es sich anfühlte, Magie einzusetzen, und wie sie bei der Ausbildung ihrer Fähigkeiten weiterkam, aber sie tadelte sie nicht und wirkte keineswegs verärgert.

Als Cailin an diesem Wintertag in warme Decken gewickelt in ihrem Zimmer saß und Marcran ansah, musste sie bei dem Gedanken an ihre Bindung und ihre erste Erforschung ihrer Macht lächeln. Das schien alles so lange her zu sein. Sie hatte sich daran gewöhnt, Magierin zu sein. Sie dachte sogar von sich selbst auf diese Weise. Ein Teil ihrer alten Ablehnung war geblieben, aber nicht viel. Dass sie Macht hatte, schien Cailin weniger wichtig zu sein, als was sie damit machte. Ihre Bindung an Marcran als solche war kein Verrat an ihren Eltern. Ja, wenn sie sich dem Orden angeschlossen hätte – aber das würde sie niemals tun. Stattdessen würde sie ihre eigene Möglichkeit finden, dem Land zu dienen und das Geschenk zu ehren, das die Götter ihr gemacht hatten.

Selbst als ihr Vater geglaubt hatte, dass der Orden Tobyn-Ser verraten hatte, hatte er dennoch seinen Glauben an Amarid und alles bewahrt, was der Erste Magier getan hatte. »Amarid ist immer noch der größte Mann, der je in Tobyn-Ser lebte«, hatte er ihr an dem Abend, als er gestorben war, gesagt, und versucht ihr zu erklären, dass ein Geschenk Amarids immer noch Glück bringen konnte, auch wenn die Söhne und Töchter Amarids ihren Schwur, dem Land zu dienen, gebrochen hatten. Damals hatte sie das nicht begriffen, und sie hatte nie die Gelegenheit gehabt, ihn später danach zu fragen. Aber seit ihrer Bindung hatte sie nach und nach verstanden, was ihr Vater gemeint hatte. Die Vision des Ersten Magiers hatte weiterhin ihren Wert, ganz gleich, was aus dem Orden geworden war. Der Orden hatte kein alleiniges Recht auf Leoras Geschenk, und ganz gleich, was diese Leute damit anfingen oder nicht, sie konnten es nicht wirklich ändern. Es gehörte dem Land. Und nun, da Cailin es selbst erhalten hatte, nun, da sie sich davon durchdrungen fühlte, wusste sie, dass es etwas Gutes war. Immer vorausgesetzt, die Person, die sich dieser Macht bediente, hatte gute Absichten.

Sie klappte das Buch zu, das noch auf ihrem Schoß gelegen

hatte, und legte es beiseite. Sie stand auf, behielt die Decke aber um die Schultern, während sie sich streckte und seufzte. Sie war ruhelos, und für einen Moment beneidete sie Marcran, der immer noch auf dem Betthaupt saß und schlief. Wenn sie doch auch die langweiligen Winternachmittage einfach hätte verschlafen können, damit sie schneller vorübergingen! Aber eigentlich wollte sie nicht schlafen. Eigentlich wollte sie zur Lichtung gehen. Aber sie konnte immer noch den Wind draußen heulen hören, und die trockenen Schneeflocken stießen gegen ihr Fenster. Resigniert schüttelte sie den Kopf, setzte sich wieder ans Feuer und griff nach dem Buch. Aber bevor sie es aufschlagen konnte, klopfte jemand an die Tür.

»Herein«, rief sie und legte das Buch wieder weg.

Die Tür ging auf, und Linnea streckte den Kopf herein. »Störe ich dich, Cailin?«

»Älteste!«, rief Cailin, sprang auf und ließ die Decke auf den Boden fallen. »Nein, überhaupt nicht. Ich war gerade am Lesen. Komm doch herein!«

Linnea lächelte, aber sie wirkte ein wenig nervös und blieb an der Tür stehen. »Setz dich bitte hin, Kind«, sagte sie. Sie schaute über die Schulter hinweg jemanden an, den Cailin nicht sehen konnte. Dann wandte sie sich wieder dem Mädchen zu. »Ich habe jemanden mitgebracht, der dich besuchen möchte. Sie kommt von weit her, und ich möchte, dass du dich einmal mit ihr unterhältst.«

Cailin zuckte die Achseln. »Selbstverständlich, Älteste. Wer ist es denn?«

Statt einer Antwort kam Linnea nun ins Zimmer und bedeutete der Besucherin, ihr zu folgen. Cailins erster Eindruck von der Fremden war recht vage. Sie war groß und schlank und sie hielt sich wie jemand, der daran gewöhnt ist, Autorität auszuüben. Aber Cailin war viel interessierter an der Kleidung und an dem, was die Frau mitbrachte: der waldgrüne Umhang, der lange Holzstab mit dem leuchtenden grünen Kristall und selbstverständlich die große, rundköpfige Eule auf ihrer Schulter. Es kostete Cailin einige Anstrengung, den Blick von diesem beeindruckenden Vogel loszureißen und stattdessen die Frau anzusehen. Sie war etwa in Linneas Alter. Ihre Züge waren schärfer als die der Ältesten, aber ihre Miene war freundlich. Sie hatte helle, grüne Augen und weizenblondes Haar, das sie im Nacken zusammengebunden hatte, und sie lächelte Cailin an.

»Das hier ist Eulenweise Sonel«, sagte die Älteste und schaute unsicher von der Magierin zu dem Mädchen. »Eulenweise, das ist Cailin.«

Die Weise trat einen Schritt vor, immer noch mit einem Lächeln auf den Lippen. »Guten Tag, Cailin.«

Cailin schwieg. Eulenweise Sonel. Sie hatte gewusst, dass ihre Weigerung, sich dem Orden anzuschließen oder zu schwören, dass sie sich an Amarids Gesetze halten würde, die Magier verstören würde. Tatsächlich hatte sie schon lange Besuch aus der Großen Halle erwartet. Aber sie hätte nie gedacht, dass die Eulenweise selbst kommen würde.

Sonel warf über die Schulter hinweg der Ältesten einen Blick zu.

»Oh!«, sagte Linnea immer noch nervös. »Ich sollte wohl lieber gehen.«

»Wenn du so gut sein könntest, Älteste«, antwortete Sonel höflich.

Cailin hätte Linnea gerne gebeten zu bleiben, aber sie wagte es nicht.

Mit einem Rascheln ihres silbergrauen Gewands verließ Linnea das Zimmer und schloss die Tür hinter sich.
Sonel sah sich in dem kleinen Raum um. »Darf ich mich hinsetzen?«, fragte sie und zeigte auf Cailins Bett.
Das Mädchen zuckte die Achseln und ließ sich wieder neben dem Feuer nieder.
Abermals mit einem Lächeln – wenn es auch dünner geworden war – setzte sich die Weise hin und legte den Stab quer über das Bett, sodass der leuchtende Stein auf Cailins Kissen zu liegen kam. Sie bemerkte Marcran und kraulte sein Kinn. Der Falke schreckte aus dem Schlaf, und als er Sonels Eule sah, stieß er einen leisen verängstigten Ruf aus.
»Dein Falke ist wunderschön«, sagte Sonel leise. »Wie heißt er?«
Cailin zögerte. Sie hatte erwartet, dass die Eulenweise ihr sagen würde, wie wichtig es sei, Mitglied des Ordens zu werden und seinen Gesetzen zu folgen. Sicher war das doch der Grund, wieso sie hergekommen war? Und Cailin hatte sich bereits entschieden, dass sie nichts sagen würde. Aber auf eine so direkte und harmlose Frage war sie nicht vorbereitet gewesen. »Marcran«, erwiderte sie schließlich kaum lauter als im Flüsterton.
»Marcran«, wiederholte die Magierin. »Das gefällt mir.« Sie streichelte wieder das Kinn des Vogels, und diesmal reckte er den Hals und schloss die Augen, ganz ähnlich, wie er es tat, wenn Cailin ihn kraulte. »Es macht Spaß, nicht wahr?«, fragte sie nach kurzem Schweigen.
»Was?«
»An einen Falken gebunden zu sein«, antwortete Sonel lächelnd. »Mit ihm zu fliegen, ihn jagen zu sehen. Ich liebe es. Du nicht?«

Cailin nickte und konnte sich ein Grinsen nicht verkneifen.
»Ich habe festgestellt, dass ich die Falkensicht über Stunden hinweg einsetzen kann, ohne müde zu werden«, fuhr die Weise fort und wurde dabei immer lebhafter. »Wenn ich meine Macht auf irgendeine andere Art so lange einsetze, bin ich hinterher vollkommen erschöpft, aber nicht bei der Falkensicht.« Sie schüttelte sehnsuchtsvoll den Kopf und sah ihre Eule an.
»Was ist die Falkensicht?« Cailin war verlegen, weil sie es nicht wusste.
»Die Falkensicht lässt einen Magier die Welt durch die Augen seines Vogels betrachten. So kannst du deine Verbindung zu Marcran benutzen, um weiter sehen zu können.«
Cailin runzelte die Stirn. »Das verstehe ich nicht.«
»Es ist auch schwer zu verstehen, solange du es nicht versucht hast«, sagte Sonel. »Sagen wir mal, du wolltest etwas oben auf dem Tempelgebäude sehen. Du kannst dich anstrengen, es vom Boden aus zu erkennen, oder aufs Dach klettern. Oder du kannst deine Verbindung zu Marcran benutzen und es sehen, wie er es sieht.«
»Ich begreife es immer noch nicht.«
Sonel lächelte. »Warum versuchen wir es nicht einfach?«, schlug sie vor. »Mach die Augen zu und taste mit dem Geist nach Marcran.«
Cailin tat es und spürte die vertrauten Bilder und Gefühle, die immer in ihrem Kopf waren, wenn sie sich auf die Verbindung mit dem Falken konzentrierte.
»Jetzt taste weiter«, wies Sonel sie einen Moment später an. »Geh über die übliche Verbindung hinaus, bis du siehst, was er sieht.«

Cailin war nicht sicher, was die Eulenweise meinte, aber sie versuchte so gut wie möglich, tiefer in die unzähligen Gedanken und Gefühle einzutauchen, die von Marcran zu ihr strömten. Zunächst war das einfach ein großes Durcheinander und fast so verwirrend wie in den ersten Tagen ihrer Bindung. Aber dann kam es ihr beinahe so vor, als spüre der Vogel, was sie suchte. Cailin wurde durch das Durcheinander von Bildern geführt, bis sie sich plötzlich selbst am Boden beim Feuer sitzen sah.

»Ich habe es geschafft!«, rief sie, und ihr Ausbruch erschreckte Marcran so, dass die Verbindung abbrach. Aber nun wusste sie, was sie tun musste, und einen Augenblick später betrachtete sie sich wieder selbst. »Ich habe es geschafft!«, sagte sie leiser.

»Schön!«

Cailin wandte sich der Eulenweisen zu. Oder genauer gesagt, Marcran tat es. Die Weise sah durch die Augen des Vogels seltsam aus: irgendwie verzerrt, aber unnatürlich lebendig. Selbst die Farben waren anders. Marcran wandte den Kopf wieder Cailin zu, der ein wenig schwindlig wurde. Es fiel ihr schwer, die Verbindung aufrechtzuerhalten, und noch schwerer, sich zu orientieren, wenn sie die Welt durch die Augen des Vogels sah. Schließlich öffnete sie ihre eigenen Augen wieder und brach die intensivierte Verbindung mit dem Vogel ab.

»Es ist schwer«, sagte sie zu Sonel. »Mir ist schwindlig geworden.«

Die Weise nickte. »Es braucht einige Zeit, bis man sich daran gewöhnt hat, aber sobald es so weit ist, wird es dir gefallen. Stell dir doch einmal vor, wie es sein wird, mit deinem Falken zu fliegen!«

»Das geht?«, fragte Cailin. Sie konnte sich so etwas kaum vorstellen.
»Aber sicher! Und es ist genauso wunderbar, wie du jetzt denkst.« Sonel schaute zum Fenster. »Wenn das Wetter besser wäre, würde ich dich gleich mit nach draußen nehmen und es dir zeigen.«
»Kannst du es mir im Frühjahr zeigen?«
»Es wäre mir ein Vergnügen.«
Aber noch während die Eulenweise diese Worte sprach, spürte Cailin, wie sie plötzlich zornig wurde, ganz sicher auf Sonel, aber noch mehr auf sich selbst. Immerhin hatte sie vorgehabt zu schweigen; sie hatte Sonel kein einziges Wort sagen wollen, und stattdessen hatte sie die Frau gerade eingeladen, wieder in den Tempel zu kommen.
Cailin warf der Weisen einen wütenden Blick zu. »Ich weiß, was du zu tun versuchst.«
Sonels Lächeln verschwand langsam. »Ich versuche nur, deine Freundin zu werden, Cailin.«
»Du machst das nur, damit du mich dazu bringen kannst, mich dem Orden anzuschließen.«
Die Frau schüttelte ernst den Kopf. »Ich möchte deine Freundin sein, weil die Älteste mir erzählt hat, was für ein bemerkenswertes Mädchen du bist, und weil ich dachte, dass es dir vielleicht gefällt, eine Freundin zu haben, die weiß, wie es ist, an einen Falken gebunden zu sein.«
Cailin zögerte, aber nur einen Augenblick. »Ich brauche keine Freunde!«, sagte sie und wandte sich ab. »Und dich erst recht nicht.«
»Ich habe auch nicht gesagt, dass du mich brauchst«, entgegnete Sonel ruhig. »Ich bin sicher, dass Marcran dir mehr gibt, als jeder menschliche Freund je könnte. Aber einen

Magier zum Freund zu haben, könnte seine Vorteile haben«, schloss sie sanft. »Ich könnte dir einiges beibringen, wie zum Beispiel die Falkensicht.«

Eine einzelne Träne lief über Cailins Wange, und sie wischte sie ungeduldig weg, unsicher, warum sie überhaupt weinte, und wütend auf sich selbst, weil sie der Eulenweisen verriet, wie durcheinander sie war. »Du bringst mir also Dinge bei, und ich bedanke mich, indem ich mich dem Orden anschließe, ja?«

»Niemand kann dich zwingen, dich dem Orden anzuschließen, Cailin«, sagte die Eulenweise. »Magier, die ihre Umhänge annehmen, müssen zunächst schwören, dass sie sich an Amarids Gesetze halten werden, aber das muss freiwillig geschehen.«

»Das werde ich nie tun!«

»Ja, ich weiß.«

Cailin blickte scharf zu ihr auf.

»Linnea hat es mir gesagt«, erklärte die Weise. »Sie erzählte, dass du das sehr deutlich gemacht hast. Um ehrlich zu sein, ich glaube, ich kann dich verstehen.«

»Ich glaube dir nicht«, murmelte Cailin und wandte sich wieder ab.

»Falls wir tatsächlich Freunde werden sollten, Kind«, erwiderte Sonel mit einer Spur von Zorn, »dann wirst du schnell begreifen, dass ich nicht lüge!« Cailin antwortete nicht, und einen Augenblick später fuhr Sonel wieder ruhiger fort: »Ich kann dich nicht dazu zwingen, dich dem Orden anzuschließen, und ich werde auch nicht versuchen, dich zu überreden. Aber ich fühle mich dafür verantwortlich, dass du lernst, deine Magie zu beherrschen, ganz gleich, ob du mir nun zustimmst oder nicht.«

»Selbst wenn ich nicht dem Orden angehöre?«

»Besonders wenn du nicht dem Orden angehörst. Als Eulenweise bin ich dafür verantwortlich, dass Amarids Gesetze befolgt werden.«

Cailin setzte zum Widerspruch an, aber Sonel hob abwehrend die Hand.

»Es ist mir gleich, ob du den Schwur ablegst oder nicht. Ich werde dafür sorgen, dass du dich an den Geist der Gesetze hältst – Linnea hat mir versprochen, dabei zu helfen.« Die Weise hatte wohl Cailins Überraschung bemerkt, denn sie hielt inne und lächelte. »Ja, Cailin. Trotz unserer Differenzen sind Linnea und ich in dieser Sache einer Meinung. Diese Angelegenheit ist für uns beide zu wichtig, um uns mit kleinlichen Streitereien zu befassen. Wenn wir der Ansicht sind, dass du gegen die Gesetze des Ersten Magiers verstößt«, erklärte sie, und nun war ihr Lächeln gänzlich verschwunden und ihre Stimme kühl, »dann werden wir dir Marcran wegnehmen, und wir werden alles tun, was in unserer Macht steht, damit du dich nie wieder binden wirst. Hast du mich verstanden?«

Cailin hatte plötzlich das Gefühl, als hätte eine kalte Hand ihr Herz gepackt, immer fester und fester, bis sie sich fragte, ob ihr Blut überhaupt noch floss. *Dann werden wir dir Marcran wegnehmen.* Ihr Mund war trocken und sie konnte den Blick nicht von der Eulenweisen abwenden. Es war gut möglich, dass sie bereits gegen Amarids Gesetze verstoßen hatte, ohne es zu wissen, und ihnen damit Grund gegeben hatte, ihr ihren geliebten Falken wegzunehmen.

Sonel sah sie nachdenklich an. »Kennst du Amarids Gesetze überhaupt, Cailin?«, fragte sie, als hätte sie die Gedanken des Mädchens gelesen. »Weißt du, was sie sagen?«

Cailin spürte, wie sie rot wurde. »Nein«, flüsterte sie.
Sie hatte erwartet, die Magierin würde wieder zornig werden, aber stattdessen lächelte Sonel sogar ein wenig. »Das ist kein Problem. Sie sind sehr schlicht und vernünftig. Ich glaube nicht, dass es dir schwer fallen wird, dich daran zu halten, selbst wenn du keinen Schwur ablegst. Sie verlangen nur, dass wir unsere Macht nutzen, um den Menschen zu helfen, und dass wir sie niemals einsetzen, um einen Vorteil gegenüber jenen zu erlangen, die nicht so stark sind wie wir. Wir benutzen sie niemals, um gegeneinander zu kämpfen, und wir tun nichts, was unseren Vögeln schaden könnte.«
»Das ist alles?«, frage Cailin.
Sonel grinste. »Das ist alles. Das sind Amarids Gesetze. Glaubst du, du kannst dich daran halten?«
Cailin sah sie skeptisch an. »Ich bin nicht dumm.«
»Ich versuche nicht, dich durch irgendeinen Trick dazu zu bringen, den Schwur abzulegen«, versicherte ihr die Eulenweise. »Um den Schwur abzulegen, würdest du die Gesetze laut wiederholen müssen, Wort für Wort. Ich möchte nur wissen, ob du glaubst, dich an diese Regeln halten zu können.«
»Ich denke schon«, antwortete Cailin, nachdem sie einen Augenblick lang nachgedacht hatte. »Ich würde solche Dinge sowieso nicht tun.«
Sonel sah sie ernst an. »Das hatte ich auch nicht angenommen.«
Beide schwiegen. Sonel starrte aus dem Fenster in den wirbelnden Schnee, und Cailin sah ins Feuer, das zu einem Haufen glühender Holzkohle und Asche niedergebrannt war. Die Zeit zum Mittagessen war lange vergangen, und ihr Magen

war leer und knurrte. Das Gespräch hatte sie erschöpft, und sie wünschte sich, die Eulenweise würde gehen.
»Was hast du schon gelernt, mit deiner Macht zu tun?«, fragte Sonel plötzlich und sah Cailin wieder an.
Es war zu spät, es noch mit Schweigen zu versuchen. Sonel hatte längst dafür gesorgt, dass diese Möglichkeit nicht mehr bestand. »Ich kann Feuer entzünden und Holz formen«, antwortete Cailin leise. »Und ich kann mich selbst heilen, wenn das notwendig ist.«
Die Weise nickte und schaute wieder aus dem Fenster. »Gut«, erklärte sie mit einer Stimme, die von weit her zu kommen schien. »Das ist sehr gut.«
Wieder schwiegen beide. Dann hörte Cailin das Rascheln von Sonels Umhang, als die Eulenweise aufstand. »Ich sollte jetzt lieber gehen«, sagte sie, griff nach ihrem Stab und ging zur Tür. Sie streckte die Hand nach der Türklinke aus, aber dann hielt sie noch einmal inne. »Ganz gleich, was du denkst, Cailin«, sagte sie und sah das Mädchen noch einmal an, »ich wäre gerne deine Freundin.«
Cailin starrte die Eulenweise schweigend an. Es wäre leichter gewesen, wenn sie ihr nicht geglaubt hätte. Schließlich nickte sie.
Sonel lächelte, obwohl ihr Blick traurig blieb, und sie öffnete die Tür.
»Warum bist du ausgerechnet heute gekommen?«, fragte Cailin impulsiv.
Die Weise hielt inne.
»Die Älteste wusste schon lange von meiner Macht«, fuhr Cailin fort. »Warum bist du nicht eher gekommen?«
Die Frau stand reglos da, die Türklinke immer noch in der Hand. »Ich hatte Angst«, sagte sie schließlich.

Cailin blinzelte. »Angst?«
Das brachte ein Lächeln auf die Lippen der Frau, und sie schloss die Tür wieder. »Ja, Cailin«, erwiderte sie und sah das Mädchen an. »Ich hatte Angst, dir zu begegnen. Ich weiß, was du durchgemacht hast, und ich weiß, wie du über den Orden denkst. Und ein Teil von mir hatte Angst, mich dem zu stellen.«
»Und warum bist du dann überhaupt gekommen?«
Die Eulenweise zuckte die Achseln. »Wie ich schon sagte, es ist meine Verantwortung zu wissen, wie deine Macht sich entwickelt.« Sie zögerte. »Und ich habe andere ... Sorgen, die mir das Gefühl gaben, ich sollte mich jetzt darum kümmern.«
»Die Fremden«, flüsterte Cailin entsetzt.
»Nein«, sagte Sonel rasch und schüttelte heftig den Kopf. »Das brauchst du nicht zu fürchten. Sie werden uns nicht wieder überraschen können. Nein, es ging um andere Dinge. Nichts, um was du dir Gedanken machen müsstest.«
Aber etwas in Sonels Ton sagte Cailin, dass die Eulenweise sich Sorgen machte, und sie spürte, wie ihre eigene Angst wuchs.
Sonel seufzte. »Ich habe dich erschreckt«, stellte sie entschuldigend fest. »Es ist wirklich nichts, Kind. Ich verspreche es dir. Ordenspolitik, nichts weiter.« Sie sah Cailin direkt in die Augen. »Ich verspreche es dir«, wiederholte sie.
Cailin hörte die Wahrheit in den Worten der Frau, sah sie in ihren grünen Augen, und sie spürte, wie etwas in ihrer Brust sich löste. Sie nickte.
Die Weise öffnete die Tür wieder. »Pass auf dich auf, Cailin«, sagte sie mit einem freundlichen Lächeln. »Arick behüte dich!«

Cailin antwortete nicht, aber sie sah die Eulenweise weiterhin an. Schließlich wandte Sonel sich ab, immer noch lächelnd, aber wieder mit traurigem Blick. Ohne ein weiteres Wort drehte sie sich um und ging.
Cailin blieb noch lange sitzen, in ihre Decke gewickelt, und betrachtete ihren schlafenden Falken. Dann allerdings knurrte ihr Magen wieder, und sie stand auf, ließ die Decke fallen und rief Marcran zu sich. Das Gespräch mit der Eulenweisen war ganz anders verlaufen, als sie gewollt hatte, aber sie war auch nicht sicher, dass es so verlaufen war, wie Sonel es sich vorgestellt hatte. Es überraschte sie, wie sehr sie das freute.

An Tagen wie diesem, wenn der Wind wie ein streunender Hund vor der Tür heulte und sich Schnee und Eis auf der Fensterbank sammelten und gegen das Glas drückten, als wollten sie unbedingt hineingelassen werden, freute sich Erland noch mehr als sonst über sein kleines Haus. Noch vor ein paar Jahren hätte er an einem Tag wie diesem Zuflucht in einem muffigen Gasthaus in einem der Dörfer in der Nähe gesucht oder sich wohlmeinenden Freunden aufgedrängt. Aber heute konnte er die Wärme seines eigenen Feuers in seinem eigenen Wohnzimmer genießen und die Pflanzen gießen und beschneiden, die er aus seinem eigenen Garten zum Überwintern hereingebracht hatte. Vor drei Sommern, als die Leute aus Kiefernhain ihm angeboten hatten, zum Dank für seine Jahre des Dienens in ihrem Dorf und dem Rest des Falkenfinderwalds ein Haus für ihn zu bauen, hatte er dankend abgelehnt. Das Angebot hatte ihn verlegen gemacht, und er hatte befürchtet, er würde gegen Amarids Erstes Gesetz verstoßen, wenn er es annähme.

Aber sie hatten ihn immer wieder bedrängt und ihm versprochen, dass sie ihm dieses Geschenk freiwillig böten, als Zeichen ihrer Dankbarkeit und Freundschaft.
Also hatte er sich schließlich doch davon überzeugen lassen, dass dieses Angebot zulässig war, und er musste zugeben, dass es ihn wirklich verlockte. Er war in den vergangenen Jahren des Umherziehens müde geworden. Immerhin war er ein alter Mann, und er hatte nun seit mehr als dreißig Jahren kein Zuhause mehr gehabt. Und ein Haus ganz in der Nähe von Kiefernhain würde ihm gestatten, sich niederzulassen, ohne diese Menschen zu verlassen, denen er so lange gedient hatte. Er hatte gesehen, was aus Meistern wurde, die ihr Leben aktiven Dienens aufgaben, um sich in Amarid niederzulassen: Sie verschrumpelten wie Trockenobst. Sie wurden träge und schlaff und ließen sich ohne Ziel und Leidenschaft durch ihre letzten Jahre treiben. Auf solche Weise würde Erland diese Welt ganz bestimmt nicht verlassen. Er hatte noch viel zu viel zu tun. Am Ende gab er also nach und gestattete den Dorfbewohnern, ihm dieses Haus zu bauen.
Es war ein bescheidenes Haus, aber mehr als angemessen für seine Bedürfnisse. Es hatte ein kleines Wohnzimmer, eine ebenso kleine Küche mit Feuerstelle und ein bequemes Schlafzimmer. Wie die Häuser von Kiefernhain und der meisten anderen Dörfer der Umgebung bestand es aus geschälten Stämmen und Lehm. Der Kamin war aus Ziegeln gemauert, und das Dach hatte Holzschindeln. Die einzige Extravaganz des Entwurfs bestand in den vielen Glasfenstern. Während die meisten Häuser in Kiefernhain nur ein oder zwei Glasfenster hatten, verfügte Erlands Heim über mindestens zwei in jedem Zimmer. Vielleicht, so dachte der

Magier oft, hatten die Dorfbewohner geglaubt, dass sie für ihre eigene Sicherheit sorgten, wenn sie ihm viele Fenster gaben, durch die er seine Umgebung im Auge behalten konnte. Was immer der Grund gewesen sein mochte, die Fenster wirkten sich nicht nachteilig auf die Festigkeit des Gebäudes aus. Das Haus hatte schon mehreren schweren Unwettern widerstanden, und es kam Erland so vor, als ob es besonders in diesem Winter an jedem Tag erneut auf die Probe gestellt wurde.

Die größte Ironie dabei bestand jedoch darin, dass Erland zwar nicht vorhatte, in Amarid alt zu werden wie so viele andere Meister, aber auch nicht plante, den Rest seiner Tage in diesem Haus zu verbringen. Oh, das war durchaus anders gewesen, als er eingezogen war. Er erinnerte sich noch an seinen ersten Abend im Haus, als er von einem Zimmer zum anderen gegangen war und immer wieder gedacht hatte: Das hier ist mein Zuhause, das letzte, das ich je haben werde. Ich werde hier sterben.

Erland grinste und schüttelte den Kopf bei dieser Erinnerung, während er die vertrockneten Blüten der Akeleien pflückte. Schwer zu glauben, dass er sich jemals solch jämmerlichen, selbstmitleidigen Gedanken hingegeben hatte. Aber das war vor Odinans Tod gewesen, bevor Erland zum Anführer der älteren Eulenmeister geworden war und, wie er manchmal glaubte, die einzige Stimme der Vernunft unter jenen, die im Versammlungssaal das Wort ergriffen. Und es war gewesen, bevor Erland begriffen hatte, dass es nur einen Weg gab, um zu verhindern, dass Baden Eulenweiser wurde und den Orden und Tobyn-Ser in eine katastrophale Auseinandersetzung mit Lon-Ser führte – nämlich selbst Eulenweiser zu werden. Nein, er hatte nicht vor,

vor sich hin zu siechen, und er hatte auch nicht vor, in diesem Haus hier zu sterben, so schön es auch sein mochte. Er würde in der Großen Halle sterben, wahrscheinlich in der Wohnung des Weisen. Welche andere Wahl hatte er schon? Das lag allerdings noch weit in der Zukunft. In den dazwischenliegenden Jahren würde er viel zu tun haben. Sicher, der größte Teil davon würde warten müssen. Sonel war ein kompetentes Oberhaupt, aber kein mutiges. Sie neigte nicht zu dramatischen Aktionen. Falls sie dazu geneigt hätte, hätte sie längst etwas unternommen. Erland wusste, dass Baden ihr Geliebter war – es war so offensichtlich, dass er sich eigentlich nur wunderte, dass es noch kein anderer bemerkt zu haben schien – und er war sicher, dass der Eulenmeister diese Beziehung genutzt hatte, um sie zu ermutigen, einer der Empfehlungen seines verfluchten Berichts zu folgen. Und dennoch, man musste es Sonel hoch anrechnen: Sie hatte nichts unternommen. Sie hatte Erland und den Rest des Ordens ziemlich überrascht, als sie sich mit dem Herrscherrat von Lon-Ser in Verbindung gesetzt hatte. Danach hatte sie die Dinge allerdings wieder auf sich beruhen lassen. Der Tumult bei der letzten Versammlung hatte sie offenbar verstört, vielleicht sogar verängstigt, und sie hatte rasch nach Kompromissen gesucht.
Aber während Sonel offenbar nicht dazu neigte, irgendetwas Unerwartetes oder Bemerkenswertes zu unternehmen, glaubte Erland durchaus, dass man sie dazu bringen konnte, kleine Schritte zu machen. Zweifellos steckte Baden hinter ihrem fehlgeleiteten Entschluss, diesen Brief nach Lon-Ser zu schicken. Also würde Erland sie vielleicht auch zu einigem drängen können. Er hatte sich entschlossen, mit Baram zu beginnen.

Dass der Fremde immer noch lebte, war für Erland ein Affront gegen das Andenken an jeden einzelnen Menschen, der in Kaera und Wasserbogen umgekommen war. Jeder Atemzug, den Baram machte, besudelte die Opfer, die Peredur, Jessamyn und Niall gebracht hatten. Wie konnte Baden das nicht erkennen? Der Eulenmeister und Jessamyn waren gute Freunde gewesen. Baden hatte seine Eule auf Phelans Dorn verloren. Und dennoch kämpfte er um das Leben des Fremden und setzte seine eigene Stellung im Orden aufs Spiel. Erland konnte das einfach nicht verstehen.

Aber wenn schon die Tatsache, dass Baram nur im Gefängnis saß, ein Affront war, so war der Gedanke, ihn nach Lon-Ser zurückzuschicken, eine Unverschämtheit sondergleichen. Schon der Gedanke daran erfüllte ihn mit Zorn. Er würde es niemals zulassen – er würde eher sterben. Er würde den Orden zerreißen, falls das notwendig wäre. Und tatsächlich hatte er das Gefühl, dass diese Auseinandersetzung durchaus zu einer Spaltung führen könnte. Es war das gefährlichste Thema, über das die Magier zu seinen Lebzeiten diskutiert hatten.

Und um diese Gefahr zu verringern, hatte sich Erland nun entschlossen, alle Energie darauf zu verwenden, Baram hinrichten zu lassen. Es war die einzige Möglichkeit für den Orden, aber noch mehr als das: Es war das einzig Angemessene. Durch diese schlichte Tat konnten die Magier ein gewisses Maß an Rache für den Tod der Eulenmeister und die Angriffe auf das Land nehmen; sie konnten sich das Vertrauen und den Respekt der Bevölkerung zurückerobern, und sie konnten sich die größte Gefahr für die Einigkeit des Ordens vom Hals schaffen. Es kam ihm so klar, so logisch vor, dass er kaum glauben konnte, dass noch niemand vor ihm diese Schlüsse gezogen hatte. Baden war, wie er zugeben musste, ziemlich überzeugend gewesen. Und selbst wenn die Argumente des hageren Eulenmeisters die Mehrheit des Ordens nicht überzeugt hatten, so hatte doch Sonel offenbar noch vor kurzem an sie geglaubt. Als der Orden dafür stimmte, Baram hinzurichten, hatte sie ihr Vetorecht als Eulenweise genutzt, um das zu verhindern.

Aber auch Erland konnte überzeugend sein. Und in dieser Sache konnte er außerdem davon ausgehen, dass er für die Mehrheit des Ordens sprach. Daher hatte er bei seinem letzten Besuch in Amarid, bei dem es nach außen hin vor allem darum gegangen war, seine Antwort auf Badens Bericht zu überreichen, mit dem langsamen, vorsichtigen Prozess begonnen, die Eulenweise von seiner Sicht der Dinge zu überzeugen.

»Das hier hat nichts mit den Differenzen zu tun, die ich in der Vergangenheit mit Baden hatte«, hatte er ihr gesagt, als sie im Zimmer der Weisen Shan-Tee getrunken hatten. »Ich gebe sogar zu, dass ich mich am Anfang geirrt habe. Es hatte zunächst vielleicht einen gewissen Nutzen, dass Baden sich darum bemüht hat, den Fremden vor der Hinrichtung zu schützen. Aber das ist lange vorbei, Sonel. Das weißt du. Baram ist zu einem Mühlstein am Hals des Ordens geworden. Solange er lebt, werden die Menschen uns nie vertrauen, und wir werden weiter gegeneinander kämpfen.«

Als er nun in seinem gemütlich warmen Haus stand und sich über einen Rosenstock beugte, hielt Erland inne und erinnerte sich an den Ausdruck von Unentschlossenheit und Unbehagen, der kurz in den Augen der Eulenweisen aufgeblitzt war. Sie hatte sich allerdings rasch erholt und das Thema gewechselt, bevor er sie weiter bedrängen konnte. Aber dann war sie später selbst darauf zurückgekommen. »Ich werde über deine Empfehlung, was Baram angeht, nachdenken, Erland«, hatte sie gesagt, als sie ihn zu dem massiven Tor der Großen Halle gebracht hatte. »Ich kann nichts versprechen, aber ich werde darüber nachdenken.«

Ihre Miene jedoch hatte ihm viel mehr als das gesagt. Er hielt es nicht mehr für eine Frage, *ob* sie die Hinrichtung Barams zulassen würde. Es ging nur noch um den Zeitpunkt.

Irgendwann im kommenden Sommer wahrscheinlich, dachte er und griff nach einer vertrockneten Blüte, die mitten in den Rosenbusch gefallen war. Vielleicht schon früher, nach ein paar weiteren Besuchen in Amarid. Er hatte sogar daran gedacht, Mahnwachen vor dem Gefängnis zu organisieren, in dem Baram sich befand. Er warf einen Blick aus dem Fenster in den grauen Himmel und den vorbeiwehenden Schnee. Nein, nicht jetzt, aber im Frühjahr. Solche Demonstrationen könnten die Angelegenheit enorm beschleunigen. Wenn die Bevölkerung von Amarid laut nach Barams Tod rief, würde das seinen eigenen Argumenten gewaltigen Nachdruck verleihen. Ja, eine Mahnwache wäre eine hervorragende Idee.

Er trennte mit dem Blumenmesser eine vertrocknete Rose ab und schnitt sich dabei in den Finger. Er zog die Hand zurück und sah einen Tropfen Blut aus der Wunde dringen. Als er den Finger in den Mund steckte, musste er über seine Achtlosigkeit lächeln. Eine Lektion, dachte er. Lass nicht zu, das man dich von deiner Aufgabe ablenkt, sei es Rosenschneiden oder der Kampf für eine gerechte Sache. Sein Lächeln wurde ausgeprägter. Es gab durchaus das eine oder andere, was mitunter für ein wenig Blutvergießen sprach.

# 13

*Angesichts unserer Erfahrungen mit den Fremden und der Informationen, die ich in anderen Kapiteln dieses Berichts gegeben habe, könnte man leicht versucht sein anzunehmen, dass Bragor-Nal ausschließlich von Dieben und Mördern bewohnt ist. Tatsächlich könnte dies nicht weiter von der Wahrheit entfernt sein. Baram berichtet, dass seine Mitschurken und ihre Auftraggeber nur einen winzigen Bestandteil der Bevölkerung ausmachen. Die große Mehrheit der Bewohner von Bragor-Nal ist in ein komplizierten System von Handel und Produktion eingebunden, das für die Herstellung von so vielen erstaunlichen Waren verantwortlich ist. Diese Menschen stehen früh auf, arbeiten schwer, um sich und ihre Familien zu ernähren, und halten sich an die Gesetze des Landes. In dieser Hinsicht wie in so vielen anderen, die nicht direkt offensichtlich sind, ist Lon-Ser Tobyn-Ser ausgesprochen ähnlich. Was Bragor-Nal so seltsam und so gefährlich macht, ist, dass zwar die Mehrheit seiner Bewohner friedliche, ehrliche Menschen sind, die Herrschenden des Landes aber nicht.*

Aus Kapitel Acht des »Berichts von Eulenmeister Baden über seine Verhöre des Ausländers Baram«, vorgelegt auf der 1014. Versammlung des Ordens der Magier und Meister, im Frühjahr des Gottesjahres 4625.

»Es ist Zeit, Steinträger«, sagte der hagere Mann, und sein Flüstern war über das Brummen der Transporter und das Pfeifen des kalten Windes, der um die Stützen der erhöhten Straßen herumfegte, nur schwer zu verstehen. Gwilym sah sich vorsichtig um, aber er konnte kaum etwas erkennen. Die Füße immer noch auf der steilen Treppe, die aus einer der unterirdischen Passagen herausführte, und den Kopf gerade so auf Straßenebene, konnte er nur feststellen, dass es dunkel war. Aber er hatte den Männern und Frauen des Netzwerks bis hierher vertraut und würde nun nicht anfangen, Fragen zu stellen.

Der hagere Mann rannte über eine breite Straße auf einen hohen Zaun aus Metallplatten auf der anderen Seite zu. Gwilym holte tief Luft, rückte seine Rucksack noch einmal zurecht und schaute ein letztes Mal nach, ob sein Stein auch wirklich vollkommen zugedeckt war, dann stieg er die restlichen Stufen hinauf und folgte dem Mann, wobei er sich tief vorgebeugt bewegte. Als er den Zaun erreichte, hatte sein Führer bereits eine der Metallplatten zurückgeschoben und dadurch eine Öffnung geschaffen – oder genauer gesagt gezeigt, dass es schon die ganze Zeit eine gegeben hatte. Er sah sich wachsam um und bedeutete Gwilym, durch die Öffnung zu schlüpfen. Sie war eng, wenn auch eher für den Steinträger als für seinen Führer. Sobald sie auf der anderen Seite waren, schob der hagere Mann die Zaunplatte wieder zurück.

Gwilym seufzte tief. Er nahm an, so müsse sich jemand fühlen, der gerade aus einem Gefängnis entlassen worden war. Er hatte Oerella-Nal verlassen. Es hatte mehr als die Hälfte des Winters gebraucht, seit er das Nal an der Schlucht betreten und die ersten Kontakte zum Netzwerk aufgenommen hatte, aber nun war er auf der anderen Seite angelangt. Er war zu Fuß und per Transporter gereist, ober- und unterirdisch, manchmal verkleidet, manchmal in Säcken oder Kisten oder halb gefüllten Behältern mit Flüssigkeiten. Unmengen von Männern und Frauen hatten ihn beschützt, ohne auch nur ein einziges Mal im Gegenzug um etwas zu bitten. Er kannte nicht einmal ihre Namen. Tatsächlich war dies die erste Regel.

Er war zu der Stelle gegangen, die Kham beschrieben hatte, und hatte das Tuch von seinem Stein genommen, genau, wie der Mann ihm gesagt hatte. Innerhalb von Minuten war eine attraktive blonde Frau auf ihn zugekommen, ihre Miene neutral, aber die Neugier in ihrem Blick war unverkennbar.

»Kann ich dir helfen, Steinträger?«, hatte sie freundlich gefragt und dabei den Blick kaum von dem schimmernden Kristall wenden können.

»Ja«, erwiderte er. »Ich bin ...«

»Keine Namen!«, unterbrach sie ihn und blickte ruckartig auf. »Wir werden dich als Steinträger ansprechen, und du nennst uns Schwester oder Bruder. So ist es sicherer.«

Gwilym nickte, bevor er fortfuhr. »Ich wurde von ...« Er zögerte und schluckte. »Von einem Freund hergeschickt. Ich muss zu Beginn des Frühjahrs in Bragor-Nal sein. Ein Mann ist unterwegs dorth...«

Aber sie hob den Finger an die Lippen und schüttelte den Kopf. »Mehr brauche ich nicht zu wissen: Bragor-Nal zu Frühlingsbeginn. Komm«, fügte sie hinzu und führte ihn dann in eine Gasse, die ihm zuvor nicht aufgefallen war. »Wir haben Essen und einen Schlafplatz für dich.«

So war es seitdem immer gewesen. Einer nach dem anderen hatten sie ihn ernährt, bewacht, ihn zum nächsten Treffpunkt geführt und an andere weitergereicht. Es waren so viele, dass ihre Züge nach einer Weile zu verschwimmen begannen. Jung und alt, hell- und dunkelhäutig, bewegten sie sich durch sein Leben wie die anonymen Gesichter, die aus den Fenstern der großen Transporter herausspähten, die er auf den Straßen des Nal gesehen hatte. Die einzigen Gesichter, die er sich für kurze Zeit merkte, waren die seines jeweiligen Führers, wer immer das sein mochte, und er erinnerte sich auch noch relativ gut an die junge Frau, die ihn in der Schlucht angesprochen hatte. Und dennoch waren alle diese Menschen Gildriiten wie er selbst; es konnte gut sein, dass Gwilym sogar mit einigen von ihnen verwandt war.

»Hier entlang, Steinträger«, sagte der hagere Mann leise und ein wenig entspannter als zuvor.

Sie gingen über eine unfruchtbare Ebene mit verkrüppelten Büschen und kiesigem Boden. Der Mond schien nicht, aber das Licht des Nal wurde von dem schmutzigen Dunst reflektiert, der über allem hing, und daher war es hell genug, sich zwischen den Büschen und dicken Büscheln trockenen Grases zurechtzufinden. Vor ihnen, gehüllt in Dunst und Wolken, ragten die steilen Hänge und vereisten Gipfel des Mediangebirges auf.

»Sind wir hier in Sicherheit?«, fragte Gwilym ein wenig atemlos. Sein Führer bewegte sich mit lang gezogenen, anmutigen Schritten, und der Träger musste sich anstrengen, nicht hinter ihm zurückzufallen.

»Relativ sicher, ja«, antwortete der Mann, und wieder war er über den Wind hinweg kaum zu verstehen. »Die Sicherheitskräfte von Oerella-Nal interessieren sich nicht sonderlich für Leute, die das Nal verlassen. Sie werden uns nicht stören.«

»Aber wie wirst du zurückgelangen?«

Der Mann grinste. »Ich muss eben vorsichtig sein.«

Gwilym nickte und erinnerte sich an das Credo des Netzwerks: Je weniger gesagt wurde, desto besser.

»Die Sicherheitskräfte von Bragor-Nal sind eine andere Sache«, fuhr der Führer einen Moment später fort. »Sie sind in ganz Lon-Ser für ihre Wachsamkeit und ihren, nun, sagen wir, Eifer bekannt. Sie interessieren sich für alles, was an ihren Grenzen passiert, ebenso wie für alles dahinter. Also pass gut auf dich auf.« Der Mann sprach lässig, aber auch das hatte Gwilym inzwischen begriffen: Die gesamte Existenz der Männer und Frauen des Netzwerks fußte auf dieser vorgeblichen Lässigkeit. Ihr Leben hing von ihre Fähigkeit ab, sich unauffällig zu verhalten. Sie gingen stets davon aus, dass sie beobachtet wurden, und daher achteten sie stets darauf, durch ihren Tonfall oder ihre Mienen nichts preiszugeben. Selbst wenn sie wussten, dass sie in Sicherheit und allein waren, sprachen sie von geheimen Zusammenkünften und Razzien wie andere vom Wetter.

»Ich werde vorsichtig sein«, sagte Gwilym und hoffte, ebenso gefasst wie sein Begleiter zu klingen. »Danke.«

Sie zogen schweigend etwa eine Stunde weiter, erreichten das Ende der Ebene und begannen mit dem langsamen Aufstieg in die Ausläufer des Gebirges. Die Büsche und das Gras wichen Krüppelkiefern und Wacholder, und der Boden wurde felsig und uneben. Gwilym konnte keinerlei Anzeichen erkennen, dass sie einem bestimmten Weg folgten, aber sein Führer schien sich seiner Sache sicher zu sein. Und als sie schließlich einen schmalen, aber deutlichen Pfad erreichten, der weiter in die Berge führte, war Gwilym stolz, wie er es schon so viele Male bei seiner Reise durch Oerella-Nal gewesen war. Er war weit von seinen Freunden und seiner Familie im Dhaalmar entfernt, aber in gewisser Weise waren auch diese Menschen hier seine Leute.

Der Führer blieb stehen und folgte dem Weg in die Berge mit dem Blick. »Weiter komme ich nicht mit, Steinträger. Du musst die Berge allein überqueren. Tut mir Leid.«

*Es tut dir auch noch Leid,* dachte Gwilym demütig und stolz. »Schon gut«, brachte er hervor. »Ihr alle habt so viel für mich getan ...« Er schüttelte den Kopf. Was immer er sagen würde, konnte dem, was sie ihm gegeben hatten, ohnehin nicht gerecht werden. Also würde er lieber ihrem Beispiel folgen und schweigen.

»Der Weg wird drei Abzweigungen haben, bevor du den ersten Gipfel erreichst, und zwei weitere, wenn du auf dem Abstieg nach Bragor-Nal bist«, erklärte der Führer und starrte Gwilym in die Augen, als könnte er den Steinträger damit zwingen, sich alles noch besser einzuprägen. »Nimm immer die linke Abzweigung. Das macht deinen Weg ein bisschen länger, aber so kannst du die Bergbaulager meiden, die westlich von hier liegen.«

Gwilym nickte.

»Von hier an, und bis du den Fluss auf der anderen Seite der Berge erreichst«, fuhr der hagere Mann fort, »kannst du deinen Stein benutzen, um den Weg zu beleuchten. Du hast in diesem Teil des Gebirges wenig zu befürchten. Sobald du den Drei-Nals-Fluss erreicht hast, solltest du allerdings vorsichtiger sein.«

»Ich verstehe. Wie finde ich die nächste Kontaktperson?«

»Sie wird dich finden. Dieser Weg endet an einer scharfen Biegung des Flusses. Von dort aus solltest du Bragor-Nal bereits im Süden sehen können. Am Flussufer befindet sich ein riesiger verrottender Baumstumpf – er ist nicht zu übersehen; es gibt andere Baumstümpfe, aber keiner ist annähernd so groß. In der Nähe ist ein Steinhaufen. Lege einen Stein auf den Stumpf und geh zweihundert Schritte den Weg entlang zurück. Dann wird jemand zu dir kommen.«

Wieder nickte Gwilym. Es gab nichts mehr zu sagen.

»Leb wohl, Steinträger«, sagte der Mann und legte Gwilym einen Moment die Hand auf die Schulter. »Arick möge dich leiten.«

»Dich ebenfalls«, entgegnete Gwilym.

Ohne ein weiteres Wort drehe sich der Führer um und machte sich auf den Rückweg nach Oerella-Nal. Gwilym sah ihm noch einen Moment lang nach, dann wickelte er das Tuch von seinem Stein und folgte dem Weg in die Berge. Es war ein steiler Aufstieg, und Gwilym hatte einen langen, schweren Tag hinter sich. Schon nach kaum einer Stunde hielt er inne und setzte den Rucksack ab. Er hatte immer noch die Ausrüstung dabei, die er aus seiner Siedlung im Dhaalmargebirge mitgenommen hatte, und das Netzwerk hatte ihm genug Vorräte für die nächste Strecke gegeben. Damit war sein Rucksack so schwer wie am ersten Tag seiner Reise. Er war jetzt kräftiger und besser an das Gewicht gewöhnt, aber Gwilym war kein junger Mann mehr.

Er packte seinen Schlafsack und etwas zu essen aus. Das Essen im Nal war seltsam und nicht sehr angenehm. Es hatte kaum Geschmack und Substanz, obwohl seine Führer ihm mehrmals versichert hatten, dass es nahrhaft war. Und alles war in dünne, durchsichtige Folien verpackt, die, wie man ihm gesagt hatte, das Zeug unendlich lange haltbar machten. Dennoch, er hätte viel für ein Stück Hartkäse und

Trockenfleisch gegeben oder, noch besser, eine Schale mit Herthas Wurzel-und-Lamm-Eintopf.

Es tat immer noch weh, an sie zu denken. Nicht mehr so sehr wie direkt nach seinem Abschied aus der Siedlung, als die Sehnsucht nach ihr wie eine Klinge in sein Herz gedrungen war. Der Schmerz war nun matter, aber konstant, als wäre die Klinge herausgezogen worden, die Wunde aber unheilbar. Der Schmerz war ein Teil von ihm geworden, eine Erinnerung an das Leben und die Liebe, die er zurückgelassen hatte. Und er klammerte sich daran wie an einen Schatz. Wenn er schon Hertha nicht haben konnte, dann würde er zumindest die Trauer haben, die an die Stelle von Liebe und Leidenschaft getreten war.

Er aß nur ein paar Bissen des seltsamen Zeugs, dann steckte er den Rest wieder in den Rucksack. Er konnte sich nicht daran erinnern, wann er zum letzten Mal wirklich hungrig gewesen war. Sein Magen wurde leer und er füllte ihn, aber das Essen hatte ihm nicht mehr geschmeckt, seit er von zu Hause weg war. Andererseits kam es ihm so vor, als wäre er ununterbrochen erschöpft. Er erwachte morgens schon müde und wurde mit jeder Stunde, die verging, müder. Und dennoch schlief er kaum: Der Schmerz in seinem Herzen schien bei Nacht schlimmer zu werden. Er träumte oft von Hertha – manchmal konnte er sich sogar bewusst dazu bringen, von ihr zu träumen. In den meisten dieser Träume unterhielten sie sich einfach oder gingen zusammen über die Weiden oberhalb der Siedung. Manchmal liebten sie sich inmitten von Blüten und Gras. Aber wenn er morgens aufwachte, war es immer das Gleiche. Er war allein und hatte Schmerzen und war so müde, dass er am liebsten die Augen wieder geschlossen hätte. Und dennoch, wenn es

Abend wurde, versuchte er abermals, Hertha in seine Träume zu holen.
Gwilym legte sich auf den Schlafsack und starrte in die Nacht hinaus. Selbst hier in den Bergen verdeckte die schmutzige Luft von Oerella-Nal den größten Teil der Sterne. Er konnte Aricks Faust und Arm hoch am westlichen Himmel erkennen, aber das war alles. Und das war auch ganz gut so. Er musste schlafen. Er hatte noch einen weiten Weg vor sich, und die Zeit verging viel zu schnell. Er schloss die Augen und fragte sich, ob Hertha wohl in dieser Nacht zu ihm kommen würde.
Aber als er schließlich träumte, war es nicht seine Liebste, die erschien. Stattdessen sah er sich selbst, wie er eine belebte Straße entlangging, allein unter tausend fremden Gesichtern. Er hielt seinen Stab vor sich und teilte damit die Menschenmassen, während er langsam weiterging. Die Straße war breit und mit dekorativen Fliesen in Blau und Gold gepflastert. Riesige Bäume, deren Zweige mit frischen hellgrünen Blättern bedeckt waren, säumten diese Straße, so weit sein Auge reichte, und in der Ferne schimmerten die hohen Gebäude von Oerella-Nal in der Sonne.
Zunächst nahmen die Menschen keine Notiz von ihm. Niemand sah ihn direkt an, und die Gespräche umsurrten ihn wie Fliegen an einem Sommernachmittag, aber niemand sagte ein Wort zu ihm. Dann blieben jedoch plötzlich alle stehen, und alle Augen waren auf ihn gerichtet. Und der Traum-Gwilym hob, als hätte er auf diesen Augenblick gewartet, seinen Stab hoch und stieß ihn dann auf die Straße. Irgendwie drang das Holz durch die Fliesen, und sofort veränderte sich die Farbe des Steins von Gwilyms Goldbraun zu Scharlachrot. Ansonsten schien der Stab unbeschädigt,

er ragte nur ein wenig schräg aus dem Straßenpflaster und vibrierte von der Wucht, mit der Gwilym ihn zu Boden gestoßen hatte. Unbegreiflicherweise drehte sich der Traum-Gwilym dann um und ging davon, ließ den Stab einfach, wo er war, ließ den Stein zurück, den sein Vater und sein Großvater und all die Steinträger, die vor ihm gekommen waren, so lange behütet hatten.

Er erwachte zitternd, sowohl von dem kalten Wind, der durch seine schweißnasse Kleidung drang, als auch von dem Traum. Er zog seinen Umhang fest um sich, aber das half nicht viel. Also setzte er sich hin, holte ein trockenes Hemd aus dem Rucksack und zog es statt des schweißfeuchten an. Er dachte kurz daran, ein Feuer zu machen, aber er hatte nicht die Energie dazu. Stattdessen lehnte er sich einfach wieder zurück und rollte sich fest zusammen. Verwirrt starrte er den schimmernden Stein an, der neben ihm auf dem Boden lag.

Er hatte seit der Vision von dem Zauberer, bevor er die Siedlung verlassen hatte, keine anderen Visionen mehr gehabt. Und so seltsam und beunruhigend dieser Traum auch gewesen war, er konnte sich zumindest mit dem Wissen trösten, dass es sich um keinen Wahrtraum gehandelt haben konnte. Dieser Traum war nicht von einem Bild seiner Eltern eingeleitet worden, wie das sonst bei jeder Vision der Fall gewesen war. Sie hatten ihm den Stab nicht überreicht. Dieser Traum war Fantasie, sonst nichts. Das sagte er sich zumindest.

Denn obwohl sein Vater und seine Mutter nicht aufgetaucht waren, hatte sich dieser Traum doch sehr nach einer echten Vision angefühlt. Die Bilder waren so lebendig gewesen wie in seinen Visionen. Er war körperlich und geistig erschöpft, genau wie nach einem Blick in die Zukunft. Und irgendwie spürte Gwilym, dass sich das, was er da geträumt hatte, als wahr erweisen würde.

Und das war selbstverständlich unmöglich. Er hatte gesehen, wie sein Stab in die Straße gedrungen war, als wären die Pflastersteine lockerer Boden. Er hatte gesehen, wie sein Stein die Farbe veränderte, als er die Straße berührte, als wäre das Nal selbst ein Gildriite. Und er hatte sich selbst gesehen, wie er dem Stab den Rücken kehrte und das wichtigste Zeichen seines Erbes einfach stehen ließ, als wäre es Abfall. Er konnte sich diese Dinge nicht erklären, und ganz bestimmt konnte er sich nicht vorstellen, wie so etwas geschehen sollte.

Er schüttelte den Kopf, frustriert von der Unklarheit seines Traums und seiner Unfähigkeit, sich über die Bedeutung klar zu werden. *Ich bin der Träger des Steins,* sagte er sich zornig. *Ich sollte mich eigentlich mit meinen eigenen Visionen auskennen.*

Wie zur Antwort hörte er eine andere Stimme in seinem Kopf – die Stimme seines Vaters. *Mag sein,* sagte sie, *aber du bist weit von zu Hause entfernt, weit weg von deiner Frau und deinem Bett und den Menschen, die dich daran erinnern, wer und was du bist. Dein Blick kommt ebenso sehr von ihnen wie aus dir selbst.*

Und als er da so auf dem kalten Boden lag und spürte, wie der Wind sich über ihn hinwegbewegte wie Wasser über einen Stein, lächelte Gwilym wehmütig. Zumindest war er immer noch in der Lage, die Wahrheit zu erkennen, wenn er sie hörte. Er rollte sich auf den Rücken und starrte hinauf in den Dunst und zu den trüben Sternen und zwang seine Gedanken durch eine weitere Welle von Heimweh hindurch. Wo wohl der blonde Zauberer im Augenblick war? Befand er sich schon in Bragor-Nal? War er allein wie Gwilym? Hatte er Frau und Kinder in Tobyn-Ser zurückgelassen, oder hatte man ihn für diesen Auftrag ausgewählt, weil er keine Familie hatte?

»Begreifst du, was ich für dich geopfert habe?«, fragte Gwilym laut, als könnte der Fremde ihn hören.

Ein Vogel rief aus einem Baum in der Nähe und weiter entfernt eine Eule.

*Du tust das nicht für ihn,* berichtigte die Stimme in seinem Kopf. *Und du tust es auch nicht für dich. Es wäre besser, wenn du das nicht vergisst.*

Gwilym starrte stirnrunzelnd in die Nacht hinaus. Sein Vater hatte nie ein Blatt vor den Mund genommen.

Nun war er hellwach; Schlaf schien so weit entfernt wie das Dhaalmargebirge. Er fällte einen Entschluss, kam auf die Beine, rollte seinen Schlafsack zusammen und lud sich den Rucksack wieder auf. Wenn er nicht schlafen konnte, hatte es auch keinen Sinn, liegen zu bleiben. Außerdem würden er im Gehen besser über seinen Traum nachdenken können. Und zumindest würde dies einmal kein Morgen sein, an dem er einsam aufwachte.

Noch bevor er vollkommen wach war, wusste er, dass er nicht allein war, dass sich außer ihm noch jemand in seinem Schlafzimmer befand. Er versuchte, seinen hektischen Puls zu beruhigen, und öffnete langsam die Augen. Es war immer noch dunkel. Das verlieh ihm einen gewissen Vorteil. Sein Werfer befand sich am Fußende seines Betts, und der Dolch lag wie immer unter dem Kopfkissen. Wenn er herausfinden konnte, wo der Eindringling sich aufhielt, würde er vielleicht beide Waffen einsetzen können, bevor er in Deckung ging.

Jibb lag auf der rechten Seite, nur unter einem Seidenlaken und einer leichten Decke. Langsam und lautlos bewegte er den linken Fuß, bis er das Gewicht des Werfers durch das Bettzeug hindurch spürte. Gleichzeitig schob er die Hand unter das Kissen und packte die Dolchspitze zwischen Daumen und Zeigefinger. *Eine einzige fließende Bewegung,* sagte er sich und holte noch einmal lautlos Luft, um sich zu beruhigen. *Eine einzige* –

»Wenn ich gekommen wäre, um dich zu töten«, hörte er eine nur zu vertraute Stimme an seinem Ohr, während ein Werfer gegen seinen nackten Rücken gedrückt wurde, »dann wärst du schon tot. Wie oft habe ich dir schon gesagt, du solltest den Werfer zusammen mit dem Dolch unter das Kopfkissen legen?«

Dann griff ein schlanker Arm über ihn hinweg und schaltete die Nachttischlampe an. Er drehte sich um und sah Melyor auf seiner Bettkante sitzen, ein spöttisches Grinsen auf ihrem makellos schönen Gesicht. »Hallo, Jibb«, sagte sie leise.

»Nal-Lord!« Rasch setzte er sich auf. Dann erinnerte er sich, dass er nichts anhatte und errötete und zog die Decke fest um die Taille. »Was machst du hier?«

»Was ist los, Jibb?«, fragte sie vergnügt und zupfte ein wenig an der Decke. »Versteckst du etwa etwas vor mir?«

Jibb spürte, wie er noch röter wurde, und Melyor lachte.

»Was machst du hier?«, fragte er abermals und ein wenig gereizter.

Sie stand auf und begann, durch sein Schlafzimmer zu schlendern. Selbst in der weiten schwarzen Hose und dem ebenfalls weiten weißen Hemd sah sie geschmeidig und muskulös aus; ihre Bewegungen waren so anmutig wie die einer Katze. Sie blieb stehen, um eine kleine Glasfigur von seinem Schreibtisch zu nehmen. »Ich hatte Heimweh«, sagte sie und warf ihm über die Schulter hinweg einen Blick zu. »Der Vierte Bezirk hat mir gefehlt.«

Jibb starrte sie weiterhin an, aber er schwieg. Schließlich lachte Melyor auf und kehrte zum Bett zurück. Als sie näher kam, bemerkte Jibb die dunklen Ringe unter ihren grünen Augen, und er sah, dass ihr Gesicht immer noch schön, aber ein wenig spitzer geworden war.

»Du musst mir einen Gefallen tun, Jibb.«

»Selbstverständlich, Nal-Lord«, erwiderte er, ohne zu zögern. »Was immer du willst.«

Sie lächelte. »Ich bin kein Nal-Lord mehr, Jibb – das bist jetzt du. Ich denke, es wird Zeit, dass du mich Melyor nennst.«

Er nickte. »Also gut. Du siehst müde aus. Du solltest in deinem Bett sein – wo immer das sein mag.«

Melyor verzog das Gesicht. »Ich habe gesagt, du sollst mich mit meinem Namen ansprechen, nicht, dass du mir sagen sollst, wie mies ich aussehe.«

Jibb zuckte die Achseln, und ein verlegenes Grinsen umspielte seine Mundwinkel. »Entschuldigung. Um welchen Gefallen geht es?«

Sie schüttelte den Kopf. »Erst musst du mir ein paar Dinge versprechen: keine Fragen, vollkommene Diskretion, und nur deine besten Männer dürfen es wissen.«

»Du hast mein Wort«, sagte Jibb. Er sah sie forschend an. »Und jetzt bin ich neugierig.«

»Ich habe von Spionen erfahren, dass ein Fremder auf dem

Weg zum Nal ist«, begann sie. »Er könnte auch bereits hier sein, ich bin nicht sicher. Er ist ein Zauberer aus Tobyn-Ser.«

Jibb zog die Brauen hoch, aber er schwieg weiter und wartete.

»Ich weiß nicht, wieso er herkommt, aber seine Anwesenheit in Lon-Ser könnte zu ... Komplikationen bezüglich des Projekts führen, an dem ich gerade arbeite.« Sie hielt inne, und einen Moment lag so etwas wie Unsicherheit in ihrem Blick. Aber nicht für lange. »Dieser Mann muss sterben, Jibb. Es muss schnell und lautlos geschehen. Keine Spuren, kein Durcheinander. Verstanden?«

»Ja.«

»Er hat einen Bart und blondes Haar. Groß und kräftig. Er trägt einen grünen Umhang und hat einen großen, dunkel gefiederten Falken dabei.«

»Das muss ein verdammt guter Spion gewesen sein«, sagte Jibb.

Sie errötete leicht und hob warnend den Finger. »Ich habe doch gesagt, keine Fragen.« Sie wandte kurz den Blick ab, dann sah sie Jibb weder an. »Tut mir Leid, Jibb, mehr kann ich dir nicht verraten.«

»Du brauchst dich nicht zu entschuldigen, Nal-... Melyor.« Er warf einen Blick auf die Uhr neben seinem Sprechschirm. Es war mitten in der Nacht. »Ich werde gleich morgen früh meine besten Männer beauftragen. Genügt das?«

Melyor nickte, den Hauch eines Lächelns auf den Lippen. »Selbstverständlich. Ich bin sicher, dass ich dir das nicht sagen muss, aber diese Falkenmagie ist nicht zu unterschätzen. Pass auf dich auf.«

»Das werde ich. Keine Sorge, ich kümmere mich um die Sache.«

»Ich weiß. Danke, Jibb.« Es sah einen Augenblick lang so aus, als wollte sie mehr sagen, aber dann wandte sie sich wieder ab. »Ich sollte gehen, bevor mich jemand vermisst.«

»Wohin gehen? Was treibst du überhaupt?«

Sie lächelte, obwohl der Ausdruck in ihren Augen eher traurig war. »Das kann ich dir auch nicht verraten. Es tut mir Leid. Ich möchte es gerne, aber ...« Sie verstummte.

Jibb winkte ab. »Ich hätte nicht fragen sollen. Gibt es irgendetwas, was ich tun kann, damit du schneller dorthin zurückkehren kannst? Brauchst du einen Transporter oder einen Fahrer?«

»Nein«, sagte sie kopfschüttelnd. »Ich komme allein besser zurecht.« Sie stand auf und ging zu der offenen Tür, die zum Rest seiner Wohnung führte. Auf der Schwelle blieb sie noch einmal stehen. »Du bist ein guter Freund, Jibb«, sagte sie, ohne sich umzudrehen. »Glaub nicht, dass mir das entgangen ist.«

»Schon gut«, erwiderte er. »Pass auf dich auf, Melyor. Und mach dir wegen dieser Sache keine Sorgen mehr, ich kümmere mich darum.«

Sie nickte, und dann ging sie.

Jibb schaltete das Licht aus und legte sich wieder hin. Er wartete darauf zu hören, wie die Tür zu seiner Wohnung geöffnet und dann wieder geschlossen wurde.

*Ein Zauberer ist unterwegs zum Nal,* dachte er. Er hatte Geschichten über die Falkenmagie gehört, seit er ein kleiner Junge gewesen war, und seit einiger Zeit gab es Gerüchte über eine Initiative, Tobyn-Ser zu erobern. Aber er hatte diesen Gerüchten nicht viel Glauben geschenkt, jedenfalls bis jetzt nicht. Im Licht dessen, was Melyor darüber gesagt hatte, dass der Fremde ihr derzeitiges Projekt gefährdete, gab es allerdings nicht mehr viele Zweifel daran, um was es dabei ging. Kein Wunder, dass sie den Vierten aufgegeben hatte. Wenn sie Erfolg haben sollte, würde sie die Erste in der Nachfolgereihe sein, wenn Cedrych Herrscher würde, was sicher irgendwann der Fall wäre. Und wenn die Anwesenheit des Zauberers in Bragor-Nal die Initiative gefährdete, dann hatte Melyor Recht: Der Mann musste sterben.

Jibb hatte nie geglaubt, dass er eines Tages einen Zauberer sehen würde, und ganz sicher hatte er nicht erwartet, einen töten zu müssen. Aber was er zu Melyor gesagt hatte, stimmte: Er würde alles tun, worum sie ihn bat. Dass sie schön und er halb verliebt in sie war, zählte dabei kaum. Sie war der beste Lord in Bragor-Nal. Selbst vor dieser Nacht hatte Jibb erwartet, dass sie irgendwann einmal Oberlord werden würde. Und wenn sie wirklich Tobyn-Ser erobern konnte, dann würde sie vielleicht sogar eines Tages Herrscherin sein. Was immer sie erreichte, Jibb hatte vor, ihr zur Seite zu stehen. Er hatte seine Zukunft schon vor langer Zeit fest an die ihre gebunden, und er hatte es nie bereut. Sie hätten ihn bitten können, Cedrych selbst zu töten, und er hätte es getan. Obwohl er für den Oberlord sieben oder acht weitere Männer rekrutiert hätte. Für den Zauberer würde er nicht mehr als zwei brauchen. Darel und Chev waren wohl die beste Wahl. Sie waren schlau und diskret, und sie waren mit ihren Werfern so tödlich wie alle seine Männer. Ja, sie wären sehr geeignet. Jibb grinste im Dunkeln. »Ich werde einen Zauberer töten«, sagte er laut.

Er gab es auf, in Richtung Tür zu lauschen; Melyor war

schon vor Minuten gegangen. Sie war weg, das wusste er. Er hatte keinen Laut gehört.

*Du hättest es wirklich wissen sollen,* hätte Cedrych ihr gerne gesagt, als er aus dem Fenster auf das Nal hinausschaute, das ins goldene Morgenlicht getaucht war. *Du hättest wissen sollen, dass ich dich beobachte, dass ich sehe, wie du dich davonstiehlst, dass ich dich verfolgen lasse und zuschaue, wie du ins Ausbildungszentrum zurückschleichst, noch bevor es hell wird. Du hättest es wissen sollen.* Er wollte sie wegen ihrer Dummheit und ihres Leichtsinns anschreien. Sie stand kurz vor dem Beginn einer Mission, die Geduld und Präzision erforderte, und nun trieb sie sich im Nal herum wie ein ungezogenes Kind. Er wollte ihr wehtun, sie bestrafen. Er wollte sie schlagen, bis sie blutete, er wollte ihr eine Lektion erteilen, die sie so schnell nicht wieder vergessen würde. Er wollte so vieles tun. Arick allein wusste, wie liebend gerne er sich in ihr bewegen wollte! Aber mehr als alles andere wollte er wissen, was sie vorhatte. Cedrych hatte schon erwartet, dass Melyor so etwas versuchen würde, bevor sie nach Tobyn-Ser ging. Alles, was der Oberlord über sie wusste, hatte ihn das annehmen lassen. Ja, sie war ein bisschen leichtsinnig, aber das war ein Nebeneffekt ihres Mutes und ihrer Findigkeit. Cedrych hätte es Melyor gegenüber zwar niemals zugegeben, aber sie hatte Recht gehabt, als sie sagte, Savil sei nicht die richtige Wahl für den Auftrag gewesen. Er war zu vorhersehbar. Bei Melyor hatte Cedrych erst gelernt, ihre Aktionen vorauszuahnen, nachdem er sie lange Zeit sorgfältig beobachtet hatte; Savil hatte er schon fünf Minuten nach ihrer ersten Begegnung im Wesentlichen durchschaut.

Er hatte gewusst, dass Melyor versuchen würde, das Ausbildungszentrum zu verlassen, weil er sie praktisch dazu herausgefordert hatte. Er hatte sich ausführlich über die Wirksamkeit seiner Sicherheitsmaßnahmen ausgelassen und darüber, wie wichtig es war, dass sie während der gesamten Ausbildung dort bliebe. Eine Frau wie Melyor musste das einfach als Herausforderung betrachten. In gewisser Weise war ihr gar nichts anderes übrig geblieben, als sich davonzustehlen. Und man musste es ihr lassen: Sie hatte es auf recht beeindruckende Weise getan.

Aber das änderte nichts daran, dass sie sich ihm widersetzt hatte. Cedrych hatte für Ungehorsam nichts übrig. Als junger Mann, als er noch versuchte, sich als Nal-Lord einen Namen zu machen, hatte er seine Untergebenen schon getötet, wenn sie auch nur leicht von seinen Anweisungen abwichen. Und selbst nachdem er Oberlord geworden war, hatte er auf jeden Hauch von Trotz bei seinen Untergebenen rasch und mit außerordentlicher Härte reagiert. Calbyr, der vor dieser misslichen Aktion in Tobyn-Ser Cedrychs bevorzugter Nal-Lord gewesen war, hatte sich einmal mit ihm über eine Angelegenheit gestritten, die so unwichtig gewesen war, dass sich Cedrych nicht einmal mehr daran erinnern konnte, um was es gegangen war. Und als Ergebnis hatte der Nal-Lord eine Narbe davongetragen, die von seiner linken Schläfe bis zum Mundwinkel reichte und ihn für den Rest seines Lebens gezeichnet hatte.

Im Lauf der Jahre hatte Cedrych gelernt, sich besser zu beherrschen; es war möglich, dass Melyor nie erfahren würde, wie zornig er in diesem Augenblick war. Und wenn er in ihrer Position gewesen wäre – monatelang eingeschlossen in diesem Zentrum, angesichts einer langwierigen Mission in einem fremden Land mit unbekannten Gefahren –, hätte er wohl auch versucht, sich davonzumachen. Nur für eine Nacht, für ein paar Gläser in einer Bar oder eine Uestra oder einfach nur für den Geschmack der Freiheit im Nal.

Was ihn beunruhigte, war, dass Melyor nichts davon getan hatte. Der Mann, der ihr gefolgt war – ein Mann, dem Cedrych vertraute –, berichtete, sie sei zur Wohnung ihres Leibwächters gegangen und dort nur ein paar Minuten geblieben. Nicht lange genug, um sich zu betrinken, sicherlich nicht lange genug für eine befriedigende sexuelle Begegnung, aber zweifellos lange genug, um einen Befehl zu übermitteln oder Informationen weiterzugeben oder zu erhalten.

Der Oberlord war nicht sicher, was er damit anfangen sollte. Er gestattete sich selten, überrascht zu sein; Überraschungen konnten, wie er dank des Attentatsversuchs vor ein paar Jahren gelernt hatte, tödlich sein. Und dennoch hatte Melyor ihn in dieser Nacht, trotz aller Vorbereitungen und all der Dinge, die er im Lauf der Jahre über sie gelernt hatte, überrascht.

Er verzog unwillig das Gesicht. In Bragor-Nal geschah wenig, ohne dass er es erfuhr. Was immer Melyor vorhatte, er würde es erfahren. Sie hatte ihn einmal überraschen können, aber das würde nicht wieder geschehen.

# 14

*Während man sich die Größe der Nals von Lon-Ser kaum vorstellen kann, ist der Bauplan einer solch riesigen Stadt laut Baram recht einfach. Alle Nals sind wie riesige Honigwaben und in Einheiten aufgeteilt, die man als »Blocks« bezeichnet. Jeder Block besteht aus einem Platz in der Mitte, umgeben von unglaublich hohen Gebäuden, in denen sich Wohnungen und Läden befinden und die durch breite Straßen, die von allen vier Ecken des Platzes ausgehen, mit den anderen Blocks verbunden sind. Kleinere Straßen und Gassen führen zwischen den Gebäuden hindurch und bilden ein Netz, das in jedem Block gleich aussieht. Wegen der genauen Symmetrie dieser Einheiten wird der Begriff »Block« auch als Maßeinheit verwendet. Ich habe zwar die genaue Länge eines solchen Blocks nicht ermitteln können, aber nach dem, was Baram beschrieben hat, dürfte sie etwa einer unserer Meilen entsprechen. Basierend auf dieser Einschätzung habe ich mit Hilfe des Fremden berechnen können, dass Bragor-Nal allein schon mindestens zweihunderttausend Quadratmeilen umfasst.*

Aus Kapitel Fünf des »Berichts von Eulenmeister Baden über seine Verhöre des Ausländers Baram«, vorgelegt auf der 1014. Versammlung des Ordens der Magier und Meister, im Frühjahr des Gottesjahres 4625.

Die Winter im Dschungel der Lon-Tobyn-Landenge waren überwiegend mild, aber feucht. Mit Aricks Meer im Norden und dem wärmeren Wasser des Südmeeres im Süden wurde die Landenge in den kälteren Monaten von heftigen Unwettern heimgesucht. Die mächtigen warmen Stürme, die von der See über die Landenge hereinbrachen, brachten zwar Sturzbäche von Regen zu dem kleinen Streifen dicht bewaldeten Landes, sorgten aber auch dafür, dass die Luft warm blieb.

Dies war es zumindest, was Orris in der Vergangenheit von Kaufleuten aus Abborij und von Kapitänen gehört hatte. Aber in diesem Jahr hatte der Nordwind, der schon der Südseite der Seeberge so frühen Schnee gebracht hatte, den Winter sogar bis in den Dschungel getragen. Baram und der Falkenmagier stießen auf keinen Schnee mehr, nachdem sie die Landbrücke betreten hatten, die Tobyn-Ser und Lon-Ser miteinander verband, aber der Regen, der sich beinahe jeden Tag über sie ergoss, war kalt und stechend, und der eisige Wind schnitt durch ihre Kleidung wie Dolche. Mehrere Tage lang blieb der Himmel bedeckt und grau, bis Orris sich kaum mehr erinnern konnte, wie es war, blauen Himmel durch die Lücken im Blätterdach zu erspähen oder die Wärme der Sonne auf Gesicht und Rücken zu spüren. An den wenigen klaren Tagen blies der Wind immer noch heftig, zerrte Wolkenfetzen über sie hinweg und trieb mit beunruhigender Geschwindigkeit den nächsten Sturm auf die Landenge zu.

Der dichte Bewuchs aus riesigen, seltsamen Pflanzen bot ein gewisses Maß an Schutz vor dem Wetter, aber längst nicht genug. Das Gleiche ließ sich auch von Orris' Umhang und Barams Wolljacke sagen: Sie lieferten den Reisenden ein wenig Wärme – ohne diese Kleidungsstücke hätten sie wahrscheinlich nicht überlebt –, aber beide Männer froren beinahe die gesamte Zeit. Orris hatte manchmal das Gefühl, dass ihre Kleidung, ihr Haar und das Essen wohl nie wieder trocken werden würden, und sobald sie abends ihr Lager aufschlugen, entzündete er sofort ein Feuer und drängte seinen Begleiter, sich dicht an die Flammen zu setzen. Er wusste, er würde Baram heilen können, wenn der Mann Fieber bekam, aber was, wenn er selbst krank wurde oder am Ende Anizir etwas zustieß? Das konnte sie beide das Leben kosten.

Der einzige Vorteil des schlechten Wetters bestand darin, dass sie den gefährlicheren Bewohnern dieses Dschungels nicht begegneten. Die Geschichten, die Orris von den Insektenschwärmen der Landenge gehört hatte, ließen alles, was er im Südsumpf erlebt hatte, als sie dort mit der Delegation zu Therons Hain unterwegs gewesen waren, im Vergleich harmlos wirken. Und der Dschungel war berüchtigt für die zahllosen Arten von Giftschlangen, die hier lebten. Aber dank der Kälte begegneten Baram und Orris relativ wenigen davon. Einmal, zu Beginn des Winters, war Baram hingefallen und hatte sich dabei an den Dornen einer giftigen Pflanze verletzt. Aber nachdem Orris vorsichtig die mit Widerhaken versehenen Sporen aus dem Arm des Fremden entfernt und das Gift aus den Wunden gesaugt hatte, fiel es dem Magier nicht schwer, die Wunden zu heilen. Und von diesem Vorfall einmal abgesehen, entgingen die beiden Männer den Gefahren, die üblicherweise mit dem Dschungel in Verbindung gebracht wurden.

Trotz des miserablen Wetters und den wirr ineinander verhakten Wurzeln und Ranken, die ihnen immer wieder im Weg waren, kamen die Reisenden relativ schnell voran. Als er am Morgen des Tobynfestes, das in Tobyn-Ser zu Mittwinter gefeiert wurde, an der sandigen Küste der Landenge stand, schätzte Orris, dass sie mehr als die Hälfte des Weges nach Lon-Ser hinter sich gebracht hatten. In Tobyns Wald oder der Großen Wüste wäre ihr Tempo dem Magier zu langsam vorgekommen, aber hier im Dschungel war es das Beste, was sie erreichen konnten.

Es gab hier nichts, was auch nur vage an einen Weg erinnerte, und sie waren gezwungen, sich ihren Weg rund um dicht zugewachsene Gehölze, schlammigen feuchten Sand und die Ranken der Giftpflanzen zu suchen. An klaren Tagen folgten sie der Küstenlinie, um schneller voranzukommen, und genossen diesen direkten Weg und die Möglichkeit, weiter als ein paar Fuß sehen zu können. Aber wenn es wieder zu regnen begann, wie es unvermeidlich geschah, waren sie gezwungen, in den relativen Schutz des Dschungels zurückzukehren. Dass sie überhaupt vorankamen, schien Orris mitunter schon an ein Wunder zu grenzen. Wenn man bedachte, wie erschöpft sie am Ende eines jeden Tages waren, konnte er sich sicherlich nicht über ihr Tempo beschweren.

Das Verhalten seines Begleiters allerdings beunruhigte ihn. Für kurze Zeit nach dem Vorfall in der Großen Wüste hatte Orris sich einreden können, dass ihr Verhältnis besser geworden war, und schon allein die Tatsache, dass Baram dem Falkenmagier gestattete, seine Wunden zu heilen, schien ein Beweis dafür zu sein. Aber im Lauf des Winters bemerkte Orris immer verstörendere Elemente. Wann immer sie sich unterhielten, benutzten sie die Sprache von Tobyn-Ser. Selbst nachdem Orris mehrmals deutlich gemacht hatte, dass er Barams Sprache lernen wollte, weigerte sich der Fremde, ihn zu unterrichten. Baram erzählte Orris auch wenig über Lon-Ser. Er reagierte auf die meisten von Orris' Fragen über seine Heimat oder die Sprache, indem er behauptete, alles über sein früheres Leben vergessen zu haben, eine Antwort, die er jedes Mal Lügen strafte, wenn er in seiner eigenen Sprache vor sich hin zu murmeln begann, was er erschreckend häufig tat. Orris wäre dumm gewesen, nicht das Muster zu erkennen, das sich da herausbildete. Baram nahm gerne das Essen an, das Anizir brachte, und er hatte nichts gegen die Wärme von Orris' Feuern. Er ließ sich sogar von der Magie heilen. Aber er weigerte sich strikt, Orris irgendetwas mitzuteilen, das dem Magier auf seinem Weg durch Bragor-Nal helfen würde.

Anfangs hatte der Magier Barams Weigerung, über Lon-Ser zu sprechen, für ein Symptom des Wahnsinns des Fremden gehalten, der schwächer geworden, aber nicht vollkommen verschwunden war. Als aber die Tage wieder länger wurden, war Orris gezwungen anzunehmen, dass hinter Barams anhaltender Sturheit andere Gründe standen. Und nach und nach – Tag um Tag, Meile um Meile – starb Orris' Glaube an den Fremden, den der Magier seit dem Vorfall in der Wüste so sorgfältig genährt hatte. Seit Monaten war der Magier ungeduldig gewesen, Lon-Ser zu erreichen. Je früher er mit dem Herrscherrat sprach und mit ihnen ein Übereinkommen erreichte, das Tobyn-Ser vor weiteren Angriffen schützen würde, desto eher würde er nach Hause und zu seinen Freunden zurückkehren können. Aber je näher die beiden Männer Lon-Ser kamen, desto größer wurden Orris' Bedenken, bis der Magier schließlich die Ankunft in Barams Nal geradezu fürchtete. Er hatte keine Ahnung, was ihm dort bevorstehen würde, aber er war sich immer sicherer, dass er alleine damit zurechtkommen musste.

Zwei Wochen nach dem Tobynfest sah es zum ersten Mal so aus, als ginge der Winter zu Ende. Der Morgen war sonnig und warm, und die beiden Männer wanderten an der Küste entlang und genossen den milden Wind. Zum ersten Mal seit Wochen spürte Orris, wie seine Stimmung besser wurde. Sie hatten die Stürme noch längst nicht alle hinter sich, das wusste er. Er konnte bereits die nächsten dunklen Wolken erkennen, die sich am Horizont hinter den Inseln von Ducleas Halsschmuck bildeten. Aber der Wind hatte sich gedreht; dieser nächste Sturm würde aus dem Süden kommen und das Versprechen wärmerer Luft und schließlich auch von Frühling mit sich bringen.

Als Orris sich weiter nach Westen wandte, entdeckte er etwas, das sein Herz beinahe aussetzen ließ: eine andere Landmasse, heller als die waldigen Inseln, aber deutlich näher.

Der Fremde schien zu bemerken, wohin Orris schaute. Er zeigte auf den hellgrünen Landvorsprung und sagte etwas, das der Magier nicht verstand. Orris brauchte einen Augenblick um zu begreifen, dass Baram in seiner eigenen Sprache gesprochen hatte.

»Was sagst du?«, fragte er.

Baram wiederholte den Satz. Dann lächelte er. »Ihr würdet ›Landengenfinger‹ sagen.«

Orris' Mund war plötzlich trocken geworden. »Du weißt, was das ist?«

»Ja. Das ist Lon-Ser.«

Der Magier nickte. »Wie hast du es genannt?«

»Landengenfinger.«

»Nein, vorher. Wie hast du es beim ersten Mal genannt?«

Baram schüttelte den Kopf und ging weiter. »Das ist unwichtig.«

Orris eilte ihm hinterher, packte ihn am Arm und veran-

lasste ihn stehen zu bleiben. »Es ist allerdings wichtig!«, erklärte er zornig. »Ich muss eure Sprache lernen.«
Der Fremde sah ihn einen Augenblick lang ruhig an, und nahm dann demonstrativ Orris' Hand von seinem Arm. »Du hast doch vor, mich mit nach Lon-Ser zu nehmen, oder?«
Der Magier blinzelte verwirrt. »Ja.«
»Warum ist es dann so wichtig, dass du Lonmir lernst?«
»Lonmir?« Orris stürzte sich auf das Wort wie ein Falke.
Baram errötete ein wenig. »So nennen wir unser Sprache«, gab er schließlich zu und wandte den Blick ab. Dann sah er Orris wieder an. »Antworte – wieso ist es so wichtig?«
Der Falkenmagier zögerte. Er konnte nicht wahrheitsgemäß antworten, ohne zuzugeben, dass er dem Fremden misstraute. »Es ist wichtig«, sagte er vorsichtig, »weil ich auch dann zu Ende bringen will, weshalb ich gekommen bin, wenn dir etwas zustößt.«
»Was sollte mir zustoßen?«, fragte Baram misstrauisch.
»Hoffentlich nichts!«, erwiderte Orris gereizt. »Aber das Nal ist ein gefährlicher Ort, oder?« Der Fremde antwortete nicht. »Ich möchte einfach nur vorbereitet sein«, erklärte der Magier vorsichtig.
»Ich bin vorbereitet«, sagte Baram, wandte sich ab und ging weiter den Strand entlang. »Alles andere ist unwichtig.«
Orris starrte ihm einen Moment lang hinterher, bevor er ihm folgte. Er war sich plötzlich Anizirs Gewicht auf der Schulter bewusst, ihrer Krallen auf dem Polster im Umhang und ihrer Empfindungen, die seinen Geist berührten. Wie immer beruhigte ihn ihre Anwesenheit. Aber heute war dieser Trost mit etwas anderem vermischt. Er betrachtete seinen Umhang und den Stab, den er trug. *Wir werden nicht gerade unauffällig sein,* dachte er bedauernd. Wenn

er und Anizir im Nal auf sich allein angewiesen sein würden, wie er es befürchtete, dann würde es unmöglich sein, irgendetwas zu unternehmen, ohne dass die Menschen dort auf ihn aufmerksam wurden.

Anizir flatterte plötzlich von seiner Schulter auf den Dschungel zu und verschwand zwischen den Bäumen.

Noch eine Sorge mehr, dachte der Magier, als er ihr hinterherschaute: Würde es im Nal genügend Nahrung für Anizir geben? Oder für ihn? Er hatte kein Geld dabei; er wusste nicht einmal, welche Münzen in Lon-Ser gültig waren. Er seufzte. »Sieht so aus, als wäre dein Plan doch nicht so gut«, murmelte er laut. Er musste plötzlich an Baden denken, und er sah regelrecht vor sich, wie der hagere Eulenmeister über den Mangel an Voraussicht, den sein jüngerer Kollege da an den Tag gelegt hatte, den Kopf schüttelte. Trotz allem musste Orris leise lachen. *Ich werde schon einen Weg finden, sagte er sich. So ist es doch immer. Und außerdem ist es viel zu spät, um noch umzukehren.*

Am nächsten Tag stürmte es wieder, und obwohl die Luft warm blieb, wie Orris es erwartet hatte, schien es sogar noch heftiger zu regnen als den ganzen Winter über. Die beiden Männer waren gezwungen, wieder Schutz im Dschungel zu suchen, und zogen dort beinahe zwei Wochen lang weiter, bevor die Vegetation schließlich weniger dicht wurde und die Ranken einem Wald wichen, der Orris schon ein wenig mehr an die Wälder von Tobyn-Ser erinnerte. Sie kamen nun auch schneller voran und waren erst vier Tage in diesem Wald gewesen, als sie den Rand eines riesigen Sumpfes erreichten. Inzwischen war es, wenn man dem Kalender von Tobyn-Ser folgte, schon beinahe Frühling.

Orris blieb am Waldrand stehen und starrte auf die Landschaft aus Schlamm und Grasbüscheln, die vor ihnen lag. In den Sommermonaten, aufgeheizt von einer glühenden Sonne und wimmelnd von Insekten, würde dieser Sumpf vielleicht ebenso bedrohlich aussehen und riechen wie der Südsumpf in Tobyn-Ser. Aber nachdem Orris und Baram die Landenge hinter sich gelassen hatten, war es wieder kälter geworden. Es gab noch keine Insekten, und der Geruch, der von dem Schlamm aufstieg, war unangenehm, aber nicht überwältigend. Es würde schwierig sein, den Sumpf zu durchqueren, und es würde sie aufhalten, aber das stellte immer noch keinen Vergleich mit der Durchquerung des Südsumpfes dar, die Orris hinter sich gebracht hatte.

Baram, der neben ihm stand, zeigte zum Horizont. Die Luft dort sah bräunlich und schwer aus, als würde etwas brennen.

Orris sah den Fremden an. »Was ist das?«, fragte er.

Baram grinste. »Bragor-Nal.« Er wandte sich dem Magier zu. »Es ist nicht mehr weit; das hier ist der Schutzsumpf. Danach sind wir im Nal.«

»Wie groß ist der Sumpf?«

Baram zuckte die Achseln. »Vielleicht zwanzig von euren Meilen. Nicht mehr.«

Orris schluckte und nickte. »Also gut. Gehen wir«, sagte er grimmig und marschierte weiter.

In den ersten beiden Tagen erwies sich der Weg sogar als einfacher, als Orris angenommen hatte. Die gewaltige Fläche dunklen Schlamms war fest genug, ihr Gewicht zu tragen, und sie wurde häufig von breiten Inseln taillenhohen Grases unterbrochen, auf denen sie gut vorankamen.

Da es nur wenig Bäume gab, bot der Sumpf allerdings kaum Schutz vor dem Wind, der kalt von Norden her wehte und die beißenden Gerüche des Nal mit sich brachte. Aber obwohl der Himmel trüb blieb, regnete es nicht mehr, und solange sie in Bewegung blieben, war ihnen warm genug.

Am dritten Tag begann der Sumpf allerdings, unangenehmer zu werden und mehr zu stinken, weniger, wie Orris begriff, wegen einer Veränderung des Wetters oder des Windes, sondern weil sie dem Nal näher kamen. Der Schlamm stank nach menschlichen Ausscheidungen, und die wenigen offenen Wasserflächen, die es gab, waren von Ölflecken bedeckt und von seltsamen, fauligen Algen durchzogen. Je näher sie der riesigen Metropole kamen, desto schlimmer wurde der Gestank und mischte sich mit anderen durchdringenden Gerüchen, die Orris nicht erkannte. Unnatürliche Farben erschienen im Schlamm: Rosa-, Blau-, Gelb- und Orangetöne, die so grell waren, dass sie zu leuchten schienen. Es ragten immer noch Gräser aus diesem Dreck, aber sie waren verkrüppelt und braun, als würden sie von der stinkenden Luft erstickt. Orris hatte das Gefühl, dass es selbst im Sommer hier keine Insekten geben würde. Der bräunliche Dunst, den sie vor ein paar Tagen aus der Ferne gesehen hatten, hing nun über ihnen, so dick und dunkel, dass Orris nicht hätte sagen können, ob der Himmel klar oder bedeckt war; es schien keine Rolle mehr zu spielen. Nachts schimmerte der Dunst Unheil verkündend von dem Licht, dass die Stadt abstrahlte, und schuf eine groteske Palette aus Gelb, Rot, Blau und selbstverständlich dem allgegenwärtigen Braun.

Am Morgen des fünften Tages konnten sie das Nal selbst

am Horizont aufragen sehen, die dunklen, massiven Gebäude, zum Teil verhüllt von der trüben Luft, wie nebelverhangene Berge. Ein helleres Gebäude, höher und dünner und von etwas gestützt, was aussah wie dünne Stelzenbeine, zog sich in Biegungen und Windungen mit seltsamer Anmut um die anderen Gebäude herum, als hätte jemand das Nal mit einem weißen Band geschmückt. *Wir werden bei Einbruch der Nacht dort sein,* dachte Orris und schauderte leicht im Wind. *Es können nicht mehr als drei oder vier Meilen sein.*

Während er auf einer kleinen Insel verkrüppelten Grases stand und den dunklen Nebel betrachtete, der das Nal wie eine alte Decke umschloss, und dann über den schmutzigen Sumpf hinwegblickte, der ihn umgab, musste Orris wieder daran denken, was Baden über die Gründe der Angriffe auf Tobyn-Ser gesagt hatte. Sie hatten in Amarid an einem Ecktisch im Adlerhorst gesessen, zusammen mit Jaryd, Alayna und Trahn. Baden hatte gerade sein erstes Verhör mit Baram hinter sich gebracht, und er war erschüttert gewesen von dem, was er erfahren hatte.

»Ihre Städte – diese Nals – sind zu eng geworden«, hatte er erklärt. »Sie haben die Atemluft verschmutzt und ihr Trinkwasser verseucht. Kurz gesagt, sie suchen eine neue Heimat oder zumindest eine zusätzliche Heimat. Und wir haben genau, was sie brauchen.«

Orris hatte nie bezweifelt, dass Baden das richtig erkannt hatte, aber er hatte auch nie richtig begriffen, was der Eulenmeister an diesem Abend beschrieb. Tatsächlich hätte er es auch nicht begreifen können – das wurde ihm jetzt klar, als seine Umgebung förmlich auf seine Sinne eindrosch und er spürte, wie Anizir mit instinktivem Unbehagen vor diesem Anblick zurückschreckte. Nichts in Tobyn-Ser hätte ihn darauf vorbereiten können. Mehr als alles andere auf der Welt wollte er sich vom Nal abwenden und nach Hause zurückkehren. Und dennoch, als er sich nun wieder an Badens Worte erinnerte, wurde ihm nur noch deutlicher, wie wichtig seine Aufgabe war. Es war vollkommen klar, dass die Bewohner von Bragor-Nal ihre Probleme inzwischen nicht gelöst hatten – sie brauchten Tobyn-Ser immer noch. Der Gedanke daran, dass seine geliebte Heimat in so etwas verwandelt werden sollte, erzürnte ihn und stärkte seine Entschlossenheit.

Er warf Baram einen Blick zu und stellte fest, dass der Fremde ihn bereits beobachtete, einen erwartungsvollen Ausdruck in den seltsamen hellen Augen. Er sah aus, als wollte er etwas sagen, aber er schwieg.

»Du bist beinahe zu Hause«, sagte Orris und schaute wieder zum Nal hin. »Sieht es noch so aus, wie du es in Erinnerung hast?«

Baram wandte sich wieder den entfernten Gebäuden zu. Er schien beinahe innerlich zurückzuweichen, als befürchtete er, dass schon der Anblick des Nal ihm wehtun könnte, aber er schwieg lange Zeit. »Es sieht groß aus«, sagte er schließlich. »Ich habe es kleiner in Erinnerung.«

Orris zeigte auf das »Band«, das auf hohen Stützen verlief. »Was ist dieses helle Ding?«, fragte er.

Der Fremde sagte wieder etwas in seiner eigenen Sprache, dann schaute er Orris an und fügte hinzu: »Es ist eine Straße.«

»Eine Straße«, wiederholte der Magier und fragte sich, was für eine Straße wohl so durch die Luft verlief. Irgendwie wusste er, dass er auf dieser Straße mehr als nur Pferde und

Kaufmannswagen finden würde. »Eine Straße«, wiederholte er und schüttelte den Kopf.

Baram grinste auf eine Weise, die Orris ein vages Unbehagen verursachte.

Sie blieben noch einen Augenblick stehen, dann gingen sie weiter auf die riesige Stadt zu. Orris ließ den Fremden vorausgehen. Baram benahm sich seltsam, sah sich wiederholt um, murmelte vor sich hin und lachte manchmal laut auf. Orris traute dem Fremden im Moment nicht genug, um ihn hinter sich hergehen zu lassen; es war ihm lieber, wenn er ihn sehen konnte. Aber tatsächlich machte sich der Magier größere Sorgen wegen Anizir, die auf seiner Schulter saß. Die Unruhe, die er am vergangenen Abend schon bei ihr wahrgenommen hatte, war im Laufe des Morgens größer geworden, bis sie begonnen hatte, seine eigene Wahrnehmung zu trüben. Der Falke schien sich in sich selbst zurückzuziehen, unwillig, sich diesem fremden Land zu stellen.

*Ich brauche dich,* sendete Orris und versuchte, sie aus ihrer Isolation herauszulocken. *Ohne dich werde ich es nicht schaffen.*

Ihre Antwort bestand aus einem Bild eines felsigen Strandes. Brecher donnerten an die Küste und ließen hohe Gischt aufspritzen, und ein dunkler Wald aus Föhren und Schierlingstannen erhob sich in der Nähe. Es war der Ort, an dem sie sich aneinander gebunden hatten.

Orris lächelte traurig. *Ich weiß. Mir fehlt es auch. Wir werden dorthin zurückkehren, das verspreche ich dir. Aber wir haben hier etwas zu tun.*

Ein zweites Bild kam in seinen Kopf: Anizir, die den warmen Kadaver einer Wachtel zerriss.

Orris spürte, wie ihm Angst die Brust zuschnürte, und er versuchte sofort, das Gefühl zu unterdrücken. Es wäre nicht gut, wenn Anizir erführe, wie sehr er sich fürchtete. Je schmutziger der Sumpf geworden war, desto weniger Tiere hatten sie gesehen. Orris hatte seit einem Tag keine Vögel mehr gesehen, und Anizir hatte seit beinahe zwei Tagen nichts mehr gefressen. Und Orris war nicht sicher, ob die Situation besser werden würde, wenn sie den Sumpf hinter sich hätten und das eigentlich Nal betreten würden. Er spürte, dass der Falke auf Trost wartete, und er wusste nicht, was er ihr sagen wollte. Es war nicht leicht, seinem Vogel etwas vorzumachen.

*Ich werde alles tun, was ich kann,* sendete er schließlich. *Wenn es hier etwas zu essen gibt, dann werden wir es finden.*

Zur Antwort knabberte der Vogel sanft an seinem Kopf. Der Magier lächelte wieder, und seine Augen trübten sich ein wenig. *Du bist die tapferste Seele, die ich kenne,* sagte er ihr aufrichtig. *Wir werden es schon schaffen.*

Spät am Nachmittag wich der stinkende Schlamm festem, trockenem Boden. Ein breiter, rasch dahinströmender Fluss trug die Abfälle des Nal zum Sumpf, aber obwohl der Rest der Landschaft karg blieb, schien sie weniger schmutzig zu sein. Gleichzeitig erschien eine riesige Mauer in der Ferne, direkt vor den beeindruckenden Gebäuden und Straßen des Nal. Als sie in Sicht kam, blieb Baram stehen.

»Was ist?«, fragte Orris. »Was ist los?«

Abermals, wie nun schon so oft zuvor, sagte der Fremde etwas in seiner eigenen Sprache, bevor er Orris in Worten antwortete, die der Falkenmagier verstehen konnte. »Wachen«, sagte er schließlich. »Die Wachen des Herrschers.«

»Ich sehe niemanden«, erwiderte Orris, der ebenfalls zu der Mauer hinspähte.
Baram warf ihm einen geringschätzigen Blick zu. »Das hat hier nichts zu bedeuten.«
Der Magier starrte zurück. Das war mehr Information über das Nal, als Baram ihm den ganzen Winter über gegeben hatte. Er schwieg und hoffte, dass der Fremde weitersprechen würde.
Stattdessen winkte Baram Orris, ihm zu folgen, und machte sich nach Westen auf, parallel zur Südgrenze des Nal, ohne dabei die Mauer aus den Augen zu lassen.
»Wohin gehen wir?«, fragte Orris, der selbst den Blick nicht von der Mauer abwenden konnte.
»Es gibt eine bessere Stelle.«
»Wozu?«
Baram warf Orris einen Blick zu, als wäre dieser ein Idiot. »Um reinzukommen.«
»Woher weißt du das?«, wollte der Magier wissen. »Du warst jahrelang weg! Ändern sich die Dinge hier nie?«
Baram blieb stehen, und er schaute zweifelnd von Orris zu der riesigen Stadt. Dann ging er weiter.
»Warte!«, rief Orris und zwang ihn damit, noch einmal stehen zu bleiben. »Ich will zum Herrscherrat – warum sollte ich vor den Wachen des Herrschers Angst haben?«
»Du hast mir gesagt, dass ich dein Führer sein soll!«, entgegnete Baram hitzig. »Ich soll dich zu den Herrschern bringen, ja?«
Orris konnte nur verblüfft nicken.
»Also machen wir es auf meine Art.«
Schließlich nickte Orris ein zweites Mal. »Du hast Recht«, sagte er. »Bring uns ins Nal. Ich folge dir.«

»Komm«, befahl Baram, drehte sich um und ging weiter nach Westen.

Sie folgten dieser Richtung etwa zwei Stunden und sahen, wie die Sonne riesig und rostbraun vor ihnen hinter dem Horizont verschwand, dann änderten sie ihre Marschrichtung ein wenig, sodass sie sich nun wieder direkt auf das Nal zubewegten, auf eine Biegung in der Mauer. Und als es dunkler wurde, begriff Orris, dass es Baram zum Teil einfach darum gegangen war, sich dem Nal erst nach Einbruch der Dunkelheit zu nähern. Das Nal selbst leuchtete hell in der Nacht, aber die Mauer war nicht beleuchtet, ebenso wenig wie das Land vor der Stadt. Ihre Chancen, die Mauer unentdeckt zu erreichen, waren nun viel größer als ein paar Stunden zuvor.

Wie um das zu bestätigen, warf Baram einen Blick über die Schulter zu Orris. »Kannst du den Stein weniger hell machen?«, fragte er leise.

»Ja«, antwortete Orris.

»Dann tu das. Sonst sehen uns die Wachen.«

Der Falkenmagier tat, was Baram von ihm verlangt hatte. Er glaubte nicht, dass er von den Wachen des Herrschers etwas zu befürchten hatte, aber Baram schien eindeutig dieser Ansicht zu sein. Und im Augenblick hatte Orris das Gefühl, dass es besser wäre, in dieser Sache den Instinkten des Fremden zu trauen, auch wenn er dem Mann selbst nicht so recht trauen konnte. Lieber ein Feind, den er kannte, als von einem gefangen genommen zu werden, der sich als viel gefährlicher erweisen konnte.

Orris hatte erwartet, dass sie über die Mauer klettern würden, aber als sie näher kamen, erkannte er, dass das unmöglich war. Die Mauer war noch höher, als es aus der

Ferne ausgesehen hatte, und ihre Oberfläche war so glatt wie Glas.
»Ein Seil?«, fragte Orris leise, als die beiden im Schatten am Fuß der Mauer standen.
Baram schüttelte den Kopf. Er zögerte, als suche er nach den richtigen Worten. »Sie ist oben ... scharf«, sagte er schließlich.
Orris starrte ihn an. »Wie bitte?«
Baram verzog das Gesicht und zeigte nach oben.
Als der Magier mehrere Schritte zurücktrat und zur Mauerkrone spähte, entdeckte er mehrere Gegenstände, die wie Messerklingen glitzerten. »Ich verstehe«, sagte er zu Baram. »Was nun?«
»Komm mit.«
Baram ging direkt auf die Mauer zu und begann, langsam und sehr dicht daran entlangzugehen, wobei er den Boden so genau betrachtete, als suche er etwas. Schließlich blieb er stehen und drehte sich mit triumphierender Miene zu dem Magier um. Er bückte sich und hob etwas auf, das aussah wie ein Stein, der am Fuß der Mauer lehnte. Es erwies sich als der Griff einer kleinen Falltür, die zu einem Loch im Boden führte.
Orris riss erstaunt die Augen auf und starrte seinen Begleiter an. »Wissen die Wachen denn nichts davon?«
»Nur Bandenmitglieder«, erwiderte Baram, als beantworte das die Frage des Magiers. Offenbar waren in dem Loch Leitersprossen angebracht, und Baram verschwand schnell in der Tiefe. »Beeil dich«, drängte er.
Orris folgte ihm und stieg in einen dunklen, schmalen Gang hinunter.
»Dein Stein«, flüsterte Baram.

Orris ließ seinen Ceryll wieder heller leuchten, bis sie sehen konnten, was vor ihnen lag. Der Gang führte mehrere Schritte weit geradeaus, zweifellos unter der Mauer hindurch. Aber dann wurde er breiter, und es gab eine Abzweigung. Orris eilte hinter Baram darauf zu und entdeckte, dass auch diese beiden Gänge wieder Abzweigungen hatten. Er befand sich offenbar am Rand eines riesigen Labyrinths, das sich vielleicht sogar von einem Ende des Nal bis zum anderen erstreckte. Es würde nicht viel brauchen, sich hier zu verirren, dachte er schaudernd.
Baram führte ihn in den linken Gang hinein und nahm dann bei der nächsten Möglichkeit die rechte Abzweigung. Kurz darauf kamen sie zu einer dunklen Treppe. »Hier entlang«, flüsterte Baram.
Sie gingen die Treppe hinauf zu einer weiteren kleinen Tür. Orris konnte sehen, dass von draußen ein wenig Licht hereinfiel. *Ich werde gleich Bragor-Nal betreten,* sagte er sich.
Baram drehte sich um. »Dein Stein«, sagte er wieder.
Orris dämpfte den Ceryll, bis er beinahe vollkommen erloschen war.
Baram nickte zufrieden, schob langsam die Tür auf, und die beiden Reisenden traten ins Nal hinaus.
Sie kamen in eine kleine Gasse zwischen zwei riesigen Gebäuden, die aus Glas und einem schimmernden Metall bestanden. An beiden Enden der Gasse fiel Licht aus einer kleinen Glaskugel, die oben auf einem hohen Pfosten angebracht war. Darauf war Orris vorbereitet gewesen. Aber hinter einer der Lampen befand sich eine glatte schwarze Straße, auf der sich Wagen aus Glas und Metall, viel größer als der Handwagen eines Kaufmanns und auf Rädern, mit

tiefem Summen rasch hin und her bewegten. Orris konnte erkennen, dass Menschen in diesen Wagen saßen.

»Was ist denn das?«, fragte er atemlos und zeigte zu der Straße hin.

Baram sah sich nervös um. Er hatte Orris' Frage offenbar nicht gehört.

Auf der anderen Seite der Straße ragten weitere Gebäude auf, alle so riesig wie jene an der Gasse selbst.

Orris hatte noch keinen einzigen Schritt zurückgelegt, und er war schon vollkommen überwältigt. Anizir beäugte die Gebäude misstrauisch und stieß einen leisen Schrei aus, als wieder eines dieser Dinger auf Rädern am Eingang zur Gasse vorbeiraste. Der Magier sandte beruhigende Gedanken zu ihr und hob die Hand, um ihr das Kinn zu kraulen, aber in diesem Augenblick geschahen mehrere Dinge gleichzeitig.

Ein Schwarm grauer Tauben tauchte am Ende der Gasse auf und flog dann weiter die Hauptstraße entlang. Anizir flatterte bei diesem Anblick so rasch von Orris' Schulter auf, dass ihre Krallen sich durch das Polster im Umhang in seine Haut bohrten. Orris zuckte zusammen und griff nach seiner Schulter. Und mit dieser Bewegung fing er, ohne es geplant zu haben, einen Fausthieb Barams ab, der auf sein Kinn gezielt hatte. Baram rief etwas, das wahrscheinlich ein Fluch war, und versuchte, Orris den Stab aus der Hand zu reißen.

Aber nun war Orris bereit. Er packte den Stab gerade noch rechtzeitig fester, und die beiden Männer fielen zu Boden, wo sie weiter um den Stab rangen. Orris lag unter Baram, aber der Magier war der Stärkere von beiden. Einen Augenblick später hörte Orris Anizir hinter sich und wusste, dass sie zurückgekehrt war, um ihm zu helfen. Auch Baram sah das. Er schob sich von dem Magier weg, schlug noch einmal zu und traf Orris am Mund, kam dann auf die Beine und floh die Gasse entlang. Auch Orris sprang auf und setzte zur Verfolgung an, aber dann blieb er stehen. Selbst wenn er Baram jetzt erwischte, war es nur eine Frage der Zeit, wann der Fremde wieder versuchen würde zu fliehen. Und beim nächsten Mal würde er Orris vielleicht ernsthafter verletzen. Der Magier betastete vorsichtig seine Lippe und bemerkte, dass er blutete.

»Mistkerl!«, fauchte er. Anizir landete vor ihm auf dem Boden und starrte ihn mit ihren klugen dunklen Augen an.

»Geh und such die Tauben«, sagte er leise. »Mir geht es gut.«

Der Falke sah ihn noch einen Moment länger an, dann flog er auf, um sich etwas zum Fressen zu beschaffen. Orris lehnte sich an ein Gebäude und holte tief Luft. Er hatte nun schon seit Wochen befürchtet, dass so etwas geschehen könnte. Tatsächlich hatte er es in gewisser Weise die ganze Zeit gewusst. Aber das machte es nicht einfacher. Er und Anizir waren nun in Bragor-Nal und vollkommen auf sich allein gestellt.

# 15

*Mir ist vollkommen klar, dass dieser Bericht von vielen meiner Kollegen im Orden scharf kritisiert werden wird. Ich begreife auch, dass kein Aspekt meiner Ergebnisse und Vorschläge hitziger diskutiert werden wird als mein Beharren darauf, dass die Bevölkerung von Tobyn-Ser viel mit der von Lon-Ser gemeinsam hat. Aber wir dürfen nicht vergessen, dass unsere beiden Länder einen gemeinsamen Ursprung haben. Bevor Arick in seinem Zorn das Land, das er seinen Söhnen gegeben hatte, teilte, waren Tobyn-Ser und Lon-Ser eins. Es sollte also nicht überraschen, dass die Sprache von Lon-Ser der unseren in gewisser Weise ähnelt oder dass die Bewohner von Lon-Ser – mit der Ausnahme, dass sie selbstverständlich Lon und nicht Tobyn verehren – dieselben Götter anbeten. Zweifellos müssen wir nach unserer Erfahrung mit den Fremden zunächst annehmen, dass die beiden Länder seit der Spaltung der Landmasse sehr unterschiedlichen Wegen gefolgt sind. Aber wenn wir eine friedliche Lösung für den Konflikt finden wollen, der sich zwischen uns entwickelt hat, sollten wir nicht die Unterschiede, sondern die Gemeinsamkeiten betonen.*

Aus Kapitel Eins des »Berichts von Eulenmeister Baden über seine Verhöre des Ausländers Baram«, vorgelegt auf der 1014. Versammlung des Ordens der Magier und Meister, im Frühjahr des Gottesjahres 4625.

Es war noch sehr früh am Morgen, als sein Sprechschirm ihn mit leisem Piepen weckte. Er stand langsam auf, ging zu dem Gerät und fragte sich ein wenig verärgert, wer ihn so früh am Morgen belästigte. In den ersten Wochen nach Melyors nächtlichem Besuch war er jedes Mal eilig aufgesprungen, wenn der Schirm gepiept hatte, und war mit klopfendem Herzen und trockenem Mund zu seinem Schreibtisch geeilt. Aber wie die Erinnerung an das Gespräch mit dem Nal-Lord verblasste, so verging auch die Dringlichkeit, die er wegen des bevorstehenden Eintreffens des Zauberers in Bragor-Nal zunächst empfunden hatte. »Ich habe von Spionen erfahren, dass ein Fremder auf dem Weg zum Nal ist«, hatte sie gesagt. Und Jibb hatte ihre Worte nicht angezweifelt. Immerhin war es Melyor, und ihre Beschreibung des Mannes war recht detailliert gewesen.

Zu detailliert, hatte er im Lauf der Zeit begriffen: viel genauer, als jeder Bericht eines Spions, den er je gehört hatte. Er wusste, dass Melyor zum Aberglauben neigte, und obwohl die Entscheidungen, die sie aufgrund ihrer seltsamen Überzeugungen getroffen hatte, sich im Lauf der Jahre immer als ausgesprochen günstig erwiesen hatten, hatte er diesen Aberglauben stets für ihren einzigen wesentlichen Makel als Anführerin gehalten. Offensichtlich hatte sie es in diesem Fall einfach zu weit getrieben. Offensichtlich hatte sie einiges aufs Spiel gesetzt, um ihn aufzusuchen, und wozu? Um über eine Sache sprechen, die wahrscheinlich auf einem Traum oder falscher Intuition beruhte.

Jedenfalls dachte Jibb das inzwischen. Aber als er seinen Sprechschirm einschaltete und Chevs rundes, narbiges Gesicht ihn anstarrte, begriff er, dass Melyor doch Recht gehabt hatte. Wieder einmal.

»Guten Morgen, Nal-Lord«, sagte der Gesetzesbrecher mit

schiefem Grinsen. »Tut mir Leid, wenn ich dich geweckt habe.«
»Schon in Ordnung, Chev«, erwiderte Jibb. Nal-Lord. Er hatte sich immer noch nicht an diese Anrede gewöhnt. »Was ist los?«
»Ich habe es vor etwa einer Stunde erfahren: Der Zauberer ist im Nal gesehen worden.«
Jibb holte tief Luft. Wirklich außergewöhnlich. »Wo?«, fragte er.
»Einundzwanzigster Bezirk. Knapp nördlich der Mauer.«
Jibb nickte. »Gut. Das bedeutet, dass er noch nicht lange hier ist.«
»Sicher nicht länger als zwei Tage. Er befindet sich noch nicht in Cedrychs Herrschaftsbereich. Sollen wir warten ...«
»Nein«, unterbrach ihn Jibb. »Das könnte sich sogar zu unserem Vorteil auswirken. Ich habe vor einiger Zeit in diesem Teil des Nal als Unabhängiger gearbeitet. Ich kenne mich aus. Und bei diesem Auftrag könnte es vorteilhaft sein, sich so weit wie möglich vom Oberlord fern zu halten.«
Chev sah fragend in seinen Schirm. »Hm?«
Jibb hatte laut gedacht, eine Angewohnheit, die er ablegen musste, wenn er ein erfolgreicher Nal-Lord sein wollte. »Schon gut, Chev. Wir treffen uns heute Nachmittag im Einundzwanzigsten. Es gibt eine Bar im Block zwanzig im Südosten, die ein Leuchtbild eines Transporters im Fenster hat. Ich habe den Namen vergessen.«
»Ich weiß, welchen Laden du meinst.« Chev grinste wieder, in Reaktion auf Jibbs hochgezogene Brauen. »Ich habe auch einzige Zeit im Einundzwanzigsten verbracht«, erklärte der Mann.

»Offensichtlich«, erwiderte Jibb nun ebenfalls grinsend. »Ich erwarte, dass du bis dahin genau weißt, wo dieser Zauberer zu finden ist«, fuhr er dann wieder im Befehlston fort. »Verstanden?«

Chev nickte. »Selbstverständlich, Nal-Lord. Darel folgt ihm gerade.«

»Gut.«

»Also heute Nachmittag, Nal-Lord.«

»Heute Nachmittag. Und, Chev ...«

»Ja?«

Jibb gestattete sich ein Lächeln. »Gut gemacht.«

»Danke, Nal-Lord.«

Dann war der Schirm wieder leer. Der Nal-Lord ging von seinem Schreibtisch zum Fenster, öffnete die Jalousien und sah, dass ein weiterer grauer Tag bevorstand. Es regnete, Transporter surrten vorbei und wirbelten feinen Nebel auf. Alles in allem ein typischer Frühlingstag im Nal.

Außer, dass Jibb an diesem Tag – genauer gesagt an diesem Abend – einen Zauberer töten würde. Er schüttelte den Kopf und staunte wieder einmal über die unfehlbare Präzision von Melyors Spionen. Wenn sie denn ihre Informationen tatsächlich von Spionen erhielt. Es fiel ihm schwer, ihre Anfälligkeit für Aberglauben mit den Leistungen ihres Informantennetzes in Einklang zu bringen. Jibb hatte tatsächlich schon häufiger darüber spekuliert, dass es noch einen anderen Grund dafür geben könnte, wieso sie immer auf alles vorbereitet war, was im Nal geschah. Aber nie war ihm etwas eingefallen, das einer Prüfung durch gesunden Menschenverstand standgehalten hätte. Es gab eine Möglichkeit, die Jibb einerseits wahrscheinlicher vorkam als alles andere, aber sie war andererseits zu weit hergeholt, als dass man sie wirklich hätte ernst nehmen können. Selbst Melyor mit ihren scharfen Instinkten und ihrer Klugheit hätte ein so gewaltiges Geheimnis nicht so lange vor anderen verbergen können. Nicht vor jedem anderen Lord im Nal und ganz bestimmt nicht vor Cedrych.

Er schüttelte ein zweites Mal den Kopf. Es war egal, und er hatte Wichtigeres zu tun. Wieder hatte Melyor in einer Angelegenheit von gewaltiger Bedeutung Recht gehabt. Und deshalb hatte Jibb heute im Einundzwanzigsten Bezirk etwas zu erledigen.

Sobald er erwachte, wusste er, dass der Tag, auf den er gewartet hatte, angebrochen war – dass er noch vor dem nächsten Morgen entweder das Leben des blonden Zauberers retten oder bei dem Versuch sterben würde. Er befand sich in einer kleinen unterirdischen Kammer im Südosten von Bragor-Nal, immer noch unter dem Schutz des Netzwerks. Aber obwohl auch jene, die er auf dieser Seite des Mediangebirges kennen gelernt hatte, Gildriiten waren, unterschieden sie sich so sehr von den Orakeln aus Oerella-Nal wie ihre riesige Metropole von der Nachbarstadt. Die reservierte Freundlichkeit der Gildriiten von Oerella-Nal kam einem im Vergleich mit dem grüblerischen Schweigen, das im Netzwerk von Bragor-Nal herrschte, beinahe überschäumend vor. Die Gildriiten hier sprachen kaum, es sei denn, sie mussten ihm Anweisungen geben. Und selbst dann taten sie das knapp und monoton, sodass keinerlei Gefühle dahinter zu erkennen waren. Die Wachsamkeit, die Gwilym bei den Gildriiten von Oerella-Nal beobachtet hatte, war hier von einer ununterbrochenen unterschwelligen Panik ersetzt worden, sodass Gwilym bald selbst bei jedem unerwarteten Geräusch zusammenzuckte. Die Orakel von Oerella-Nal führten ihr Leben vorsichtig, die Orakel von Bragor-Nal waren von finsterer, bedrückender Angst erfüllt.

Das Verstörendste daran war, dass Gwilym das nach nur ein paar Tagen in Bragor-Nal vollkommen verstand. Selbst nach den Tagen, die er in Oerella-Nal verbracht hatte, war er vollkommen unvorbereitet gewesen auf das, was er auf dieser Seite des Gebirges vorgefunden hatte. Die stinkende braune Luft, der Dreck auf den Straßen, die ständige Gefahr von Gewalt, die er selbst in den wenigen Minuten spürte, die er oberirdisch verbrachte; all diese Dinge ließen Bragor-Nal eher wie ein Gefängnis als wie eine Stadt wirken. Das ausgedehnte System von Gängen und Kammern, das sich unterhalb der Stadt befand, bot den Gildriiten ein gewisses Maß an Sicherheit, denn sie teilten es mit den Gesetzesbrechern des Nal, die, wie es Gwilym vorkam, viel mehr Freiheit hatten als die gewöhnlichen gesetzestreuen Bürger.

Bei mehreren Gelegenheiten waren der Steinträger und seine schweigsamen Führer beinahe von Banden bewaffneter Männer entdeckt worden. Zweimal war er aus einem Versteck heraus Zeuge von Morden geworden, und einmal hatten zwei Männer Gwilym und seinen Begleiter mit großen Handfeuerwaffen angegriffen, die rotes Feuer spuckten. Zum Glück hatten sie fliehen können. Und dennoch, bei allen Gefahren, denen er gegenübergestanden hatte, und trotz der scheinbaren Gleichgültigkeit der Mitglieder des Netzwerks war er ziemlich weit gekommen. Man hatte ihm genug zu essen gegeben, und er hatte immer einen Schlafplatz gehabt. Ich habe kein Recht, mich zu beschweren, sagte er sich. Ich mag einen weiten Weg hinter mir haben, aber der des Zauberers war noch weiter.

Dieser letzte Gedanke bewirkte, dass er sich von dem schmalen Feldbett erhob. Er griff nach seinem Stab und dem Rucksack und ging aus der Kammer hinaus in einen trüb beleuchteten Gang, der nach Urin und schalem Bier roch. Eine Frau, die er nicht kannte, lehnte draußen an der Wand. Ihr Haar war kurz und dunkel, wenn man von ein paar dünnen Silbersträhnen absah. Sie war bleich und ihr Gesicht war nicht mehr glatt, aber ihre Augen wirkten erstaunlich jung.

»Hast du Hunger, Steinträger?«, fragte sie mit tonloser Stimme und reichte ihm ein großes Stück dunkles Brot, ein Stück Hartkäse und einen versiegelten Wasserbehälter.

»Ja, danke.« Da die Frau gleich losmarschierte, folgte er ihr und aß im Gehen. »Ich muss heute Abend draußen sein«, sagte er zwischen zwei Bissen.

Sie warf ihm einen Blick zu, aber ihre Miene verriet nichts. »Ist das denn klug?«, fragte sie schließlich und wandte sich wieder nach vorn.

»Wahrscheinlich nicht«, erwiderte er lächelnd. Die Frau reagierte nicht, und Gwilym sprach weiter. »Klug oder nicht, es bleibt mir nichts anderes übrig. Heute Abend wird sich die Vision erfüllen, die mich hierher gebracht hat.«

Wieder sah sie ihn an, dann nickte sie. Die Orakel hier mochten nicht so freundlich sein wie die in Oerella-Nal, aber sie verstanden, was es bedeutete, den Blick zu haben. »Also gut. Wo?«

Gwilym schüttelte den Kopf. »Ich bin nicht sicher. Im Süden, in dem Teil des Nal, der der Lon-Tobyn-Landenge am nächsten liegt. Eine Gasse zwischen zwei großen Gebäuden. In der Nähe war eine gelbe Straßenlampe.«

Die Frau verzog das Gesicht. Gwilym brauchte einen Moment, um zu begreifen, dass sie versuchte zu lächeln. »Das könnte jeder Block im Südosten von Bragor-Nal sein, Steinträger. Du musst schon ein bisschen mehr verraten.«

»Bring mich einfach raus auf die Straße«, sagte er. »Die Götter werden sich schon um den Rest kümmern.«

Sie starrte ihn einem Augenblick schweigend an, dann zuckte sie die Achseln.

Sie gingen weiter, und es kam Gwilym so vor, als wären sie lange Zeit unterwegs, aber das war in der ewigen Dunkelheit der Gänge schwer zu sagen. Vielleicht nach einer Stunde kamen sie an einem der kleinen blauen Leuchtzeichen vorbei, die, wie man Gwilym gesagt hatte, die Grenze zwischen zwei Bezirken von Bragor-Nal markierten. Gwilyms Begleiterin ließ sich allerdings nicht anmerken, dass dies eine Bedeutung hatte; sie blickte nur kurz zu dem Licht auf, ohne einen Schritt langsamer zu werden. Sie führte ihn mit verblüffender Sicherheit durch die verzweigten Gänge, nahm Abzweigung um Abzweigung, ohne sichtbar zu zögern. Gwilym vermutete, dass sie sich bereits in die richtige Richtung bewegten, aber er hätte es nicht mit Sicherheit sagen können. Wieder einmal musste er sich, wie so oft, seit er das Dhaalmargebirge verlassen hatte, vollkommen auf den guten Willen und die Kompetenz anderer verlassen. Da er selbst ein Anführer gewesen war, war er daran gewöhnt, dass sich die Menschen um Anleitung und Schutz an ihn wandten. Diese neue, umgekehrte Rolle fiel ihm immer noch nicht leicht.

Nach einiger Zeit achtete Gwilym nicht mehr sonderlich

auf die Frau vor sich und den Weg, den sie durch das unterirdische Labyrinth nahmen. Wieder einmal hatte er in der Nacht zuvor schlecht geschlafen, und er war müde von Monaten ununterbrochenen Reisens. Hier stand er nun kurz vor der Begegnung mit dem Mann, dessen Erscheinen in einem Traum ihn dazu getrieben hatte, Frau und Heim zu verlassen, und er war nur noch in der Lage, hinter seiner Führerin herzuschlurfen und aufzupassen, dass er zumindest nicht stolperte. Und ausrechnet er sollte diesem Zauberer das Leben retten? Er schüttelte den Kopf und verfluchte seine Dummheit. Er konnte das nicht, nicht allein, und es war auch vollkommen unmöglich, jemanden vom Netzwerk um Hilfe zu bitten. Sie taten bereits alles, was sie konnten, denn für alle Gildriiten, besonders die in Bragor-Nal, war es überlebensnotwendig, ihre Abstammung und ihre Mitgliedschaft im Netzwerk zu verheimlichen. »Wir haben alle eine Giftpille in unserer Kleidung eingenäht«, hatte eine ungewöhnlich gesprächige Frau ihm vor einer Woche erzählt, »falls wir gefangen genommen werden. Es heißt, die Sicherheitskräfte des Herrschers sind deshalb so gute Folterer, weil es ihnen so viel Spaß macht. Wenn einer von uns gefangen wird, könnte das den Tod für uns alle bedeuten.« Es war eine Sache, Gwilym durch das Nal zu helfen, aber eine ganz andere, das Leben des Zauberers zu retten. Nein, das war allein seine Aufgabe. Und nicht zum ersten Mal war Gwilym wütend auf sich selbst, weil er auch nur im Entferntesten geglaubt hatte, dass ihm dies gelingen könnte.

Er war immer noch damit beschäftigt, sich selbst zu tadeln, und hatte den Blick auf den Boden gerichtet, als die Frau schließlich stehen blieb. Er wäre beinahe mit ihr zusam-

mengestoßen. Er bemerkte den schlanken jungen Mann, der mitten im Gang vor ihnen stand, erst, als der Fremde etwas sagte.
»Ihr seid spät dran«, erklärte der Mann leise, den Blick auf Gwilyms Führerin gerichtet.
»Ich weiß«, erwiderte sie. »Aber es ging nicht anders.« Sie wies mit einer knappen Kopfbewegung auf Gwilym, als wollte sie andeuten, dass es sein Fehler war. Und das musste Gwilym nach einem Moment des Nachdenkens akzeptieren – die Frau war schon abmarschbereit gewesen, als er aufgewacht war.
Der Mann wandte sich Gwilym zu. »Komm, Steinträger. Ich bringe dich zum nächsten Treffpunkt.«
»Er hat es eilig«, sagte die Frau, als Gwilym an ihr vorbei auf seinen neuen Führer zuging. »Und er will heute Abend auf der Straße sein.«
Der Mann warf Gwilym einen scharfen Blick zu. »Warum?«
»Weil es so sein soll«, antwortete Gwilym und lächelte innerlich. *Seht ihr, ich kann genauso rätselhaft sein wie ihr.*
»Wo?«, fragte der neue Führer.
Gwilym warf der Frau einen verlegenen Blick zu. »Im Südosten des Nal. Genauer weiß ich das nicht.«
»Das wäre der Einundzwanzigste Bezirk«, sagte der Mann, als dächte er laut. »Wir sind hier im Zwanzigsten, also sollte das kein großes Problem sein.« Wieder warf er Gwilym einen Blick zu. »Ich kann uns einen Transporter organisieren, aber du musst hier eine Weile warten.«
Gwilym nickte. »In Ordnung.«
Der Mann verschwand einen schmalen Gang entlang, der Gwilym zuvor nicht einmal aufgefallen war, und Gwilym blieb mit der Frau, die ihn hierher geführt hatte, allein. Es

gab keine Sitzgelegenheit, also blieben die beiden einfach in dem dunklen Gang stehen, schweigend und unruhig, und warteten darauf, dass der Mann zurückkehrte. Die Zeit verging nur langsam, aber der Mann kam recht bald zurück.

»Ich habe einen Transporter«, erklärte er, als er, einen dunklen, nietenbesetzten Mantel über dem Arm, wieder in den Gang zurückkam. »Er steht oben auf der Straße. Bist du bereit?«

»Ja.«

»Gut«, sagte der Mann und reichte Gwilym den Mantel. »Zieh das hier an, und decke deinen Stein zu.«

Der Träger des Steins zog den Mantel an, steckte seinen Stab seitlich darunter und griff nach seinem Rucksack. Der junge Mann schlüpfte wieder in den schmalen Gang und winkte Gwilym, ihm zu folgen.

»Leb wohl«, sagte Gwilym zu der Frau. »Und danke.«

Sie nickte, dann drehte sie sich um und ging wieder den Tunnel entlang, durch den sie und Gwilym gekommen waren.

»Schnell, Steinträger!«, flüsterte der Mann. »Wir haben noch einen langen Weg vor uns.«

Gwilym eilte hinter dem Mann her und folgte ihm eine Treppe hinauf. Der Führer wartete oben auf ihn, die Hand auf dem Griff einer kleinen Tür. Er sah Gwilym forschend an, als wollte er sich überzeugen, dass der Steinträger keine Aufmerksamkeit erregen würde. Dann schob er die Tür auf.

Nachdem er so lange Zeit unterirdisch verbracht hatte, war Gwilym nicht auf das helle Tageslicht gefasst, in das sie nun hinauskamen. Seine Augen brauchten einige Zeit, um sich daran zu gewöhnen. Als er schließlich wieder richtig sehen konnte, erkannte er, dass sie sich in einer Gasse zwischen zwei großen Gebäuden befanden. Die Straße war nass, aber es regnete nicht mehr. Gwilym bemerkte, dass die Gasse derjenigen aus seinem Traum sehr ähnlich sah. Zu ähnlich. Er seufzte. Sein Führer erklärte, dass sie noch nicht einmal im richtigen Bezirk waren, und schon hatte er eine Gasse gefunden, die den wenigen Einzelheiten entsprach, an die er sich aus seiner Vision erinnerte. Die Frau hatte Recht gehabt: Aufgrund dessen, was er gesehen hatte, würden sie die richtige Stelle niemals finden können. *Bring mich einfach raus auf die Straße,* hatte er gesagt. *Die Götter werden sich schon um den Rest kümmern.* Er hatte es tatsächlich geglaubt, als er diese Worte ausgesprochen hatte, aber nun kamen sie ihm arrogant und dumm vor.

»Steig ein«, sagte der Mann und öffnete die Türen eines kleinen, schäbigen Transporters. Gwilym eilte hinter ihm her und versuchte, sein Misstrauen zu verbergen, als er das Fahrzeug näher betrachtete.

Aber so heruntergekommen er aussah, der Transporter setzte sich sofort in Bewegung, und noch bevor Gwilym die Tür richtig hinter sich geschlossen hatte, waren sie schon auf dem Weg zur nächstgrößeren Straße. Von dort aus fuhren sie auf eine Straße auf Pfeilern, die der Führer »die Höhe« nannte und die ihnen gestatten würde, das Südostende des Einundzwanzigsten Bezirks in einem Bruchteil der Zeit zu erreichen, die es gebraucht hätte, wenn sie durch die einzelnen Blocks gefahren wären.

Von der Höhe aus hatte man einen erstaunlichen Blick auf das Nal. Gwilym konnte die präzise Symmetrie und geisttötende Gleichheit der Blocks erkennen, die sich endlos in alle Richtungen erstreckten. Als er aufblickte, bemerkte er auch, wie nahe sie den dichten braunen Wolken waren, die ununterbrochen über dem Nal hingen. Sie erinnerten ihn an die schweren grauen Sturmwolken, die sich im Winter auf das Dhaalmargebirge herabsenkten. Er lächelte traurig in sich hinein und fragte sich, wieso ausgerechnet diese Masse schmutziger Luft der Aspekt des Nal sein sollte, der ihm noch am vertrautesten vorkam.

Sie blieben länger als eine Stunde auf der Höhe, bis sie weit im Süden eine breite, schlammige Ebene erkennen konnten.

»Das ist der Schutzsumpf«, sagte sein Führer, als Gwilym danach fragte. »Wir sind nun schon über dem Einundzwanzigsten, aber ich möchte uns noch ein wenig näher zum Rand des Nal bringen, bevor ich von der Höhe abbiege.«

Gwilym nickte, aber er hörte dem Mann eigentlich nicht mehr genau zu. Sein Herz hatte angefangen, laut zu schlagen – nicht schneller als üblich, aber lauter, als müsse es sich mehr anstrengen, weil sein Blut dicker geworden war. Es fiel ihm schwer, den Blick auf etwas zu konzentrieren, und er fragte sich einen Moment, ob er wohl krank war. Aber er wusste es besser. Denn obwohl sein Blick getrübt war, schienen seine übrigen Sinne viel schärfer geworden zu sein. Irgendwie wusste er, dass der blonde Zauberer hier war, ganz in der Nähe, und sich durch das Gitterwerk von Straßen und Häusern bewegte, das unter ihnen lag. Und trotz der Anspannung in seiner Brust, trotz der plötzlichen Trockenheit in seiner Kehle musste Gwilym lächeln. Offenbar standen ihm die Götter immer noch bei.

»Wir brauchen nicht mehr viel weiter zu fahren«, sagte Gwilym leise, während er immer noch aus dem Fenster starrte. Er spürte, wie der Transporter langsamer wurde.

»Was sagst du da?«, fragte der Mann.
Auch ohne sich umzudrehen wusste Gwilym, dass sein Führer ihn anstarrte. »Er ist ganz in der Nähe«, sagte Gwilym. »Wir müssen bald zu dieser Gasse kommen.«
»Wer ist in der Nähe?«, wollte der Mann wissen. »Woher weißt du das auf einmal?«
Gwilym sah ihn an. »Ich weiß es einfach. Der Mann, um dessentwillen ich hergekommen bin, ist da unten im Nal. Wir müssen von der Höhe herunter.« Er hatte seine Stimme nicht erhoben, aber etwas in seiner Haltung schien sich dem Mann zu vermitteln, denn er nickte und lenkte bei der nächsten Gelegenheit den Transporter von der Höhe herunter und auf die Blocks zu.
Am Ende der Abfahrt hielt der Mann den Transporter an und wandte sich an Gwilym. »Welche Richtung, Steinträger?«
Wieder lächelte Gwilym innerlich. Zum ersten Mal an diesem Tag hatte der Mann ihn mit einer gewissen Hochachtung angesprochen. »Hier entlang«, antwortete Gwilym und zeigte in die entsprechende Richtung. »Aber nicht weit.«
»Das ist Norden«, erklärte der Mann.
»Dann nach Norden.«
Das kleine Fahrzeug bewegte sich weiter und fädelte sich in den Strom von Transportern ein, der langsam durch die Straßen des Einundzwanzigsten Bezirks floss. Gwilym schaute aus dem Fenster und betrachtete die Gesichter der Menschen auf den Gehwegen. Er wusste, den Zauberer würde er unter ihnen nicht finden. Inzwischen hatte der Mann aus Tobyn-Ser sicher begriffen, dass er in den Gassen und Seitenstraßen besser dran war als auf den Hauptstraßen. Aber Gwilym sah sich dennoch um und suchte

nach allem, was ihm vielleicht sagen könnte, wo sich der Zauberer befand.

Sie fuhren eine ganze Weile umher, umkreisten Block für Block, sodass Gwilym sich jede Gasse ansehen konnte. Das Selbstvertrauen, dass er empfunden hatte, als sie von der Höhe abbogen, ließ langsam nach und wich einer Unsicherheit und Angst, die ihm in den vergangenen Wochen nur allzu vertraut geworden war. Er suchte – inzwischen verzweifelt, denn das graue Tageslicht begann zu schwinden – nach einem einzelnen Mann, und das an einem so unmöglich großen Ort, wie er ihn sich nicht einmal hätte vorstellen können, bevor er sein Heim verlassen hatte. Er spürte, wie ihm die Verzweiflung wie Eiswasser ins Herz sickerte. Er musste an Hertha denken und befürchtete, in Tränen auszubrechen.

Als sie zum nächsten Block kamen und die Straßenlampen des Nal angeschaltet wurden, fiel Gwilym etwas gleichzeitig Fremdes und Vertrautes auf. Auf der anderen Seite des Platzes leuchtete eine der Lampen unregelmäßig. Als er genauer hinsah, erkannte Gwilym, wieso. Der Schirm war gesprungen und hatte auf einer Seite einen Fleck, genau wie die Lampe, die er in seinem Traum von dem Zauberer gesehen hatte.

»Dort!«, rief er so plötzlich, dass sein Führer zusammenzuckte und den Transporter gefährlich nah an ein anderes Fahrzeug heranlenkte.

»Hast du ihn entdeckt?«, fragte der Mann und sah sich aufgeregt um.

»Nein!« Gwilym konnte sich kaum mehr beherrschen. »Diese zerbrochene Straßenlampe da drüben«, sagte er und zeigte darauf. »Dort muss ich hin.«

Der Mann starrte ihn skeptisch an. »Bist du sicher?«, fragte er.
Bevor Gwilym antworten konnte, begann es zu nieseln, und der Regen verschmierte die Scheiben des Transporters. *Das ist meine Vision,* dachte Gwilym. *Es wird geschehen.*
»Ja«, sagte er schlicht. Er packte den Türgriff. »Ich steige hier aus.«
»Weißt du, wie du dich wieder mit uns in Verbindung setzen kannst?«
Gwilym zögerte.
»Siehst du die Gasse dort?«, fragte der Mann und zeigte auf eine schmale Straße, die etwa auf halbem Weg zwischen dem Transporter und Gwilyms Straßenlampe abzweigte. »Geh zur entsprechenden Straße drei Blocks westlich und zwei nördlich von hier«, erklärte er und sah sich, während er sprach, weiterhin wachsam um. »Genau in der Mitte der Gasse gibt es eine kleine Tür. Klopfe erst einmal, dann zweimal. Ich werde dich reinlassen.«
Gwilym nickte und wiederholte die Anweisungen noch einmal, um sie sich gut einzuprägen. Er spähte in die Gasse hinein, die sein Führer ihm gezeigt hatte, und seufzte. Diese Blocks waren alle so gleich und so symmetrisch; er konnte sich hier kaum orientieren. Er war nicht sicher, die entsprechende Gasse im nächsten Block finden zu können, ganz zu schweigen von einer, die so weit entfernt lag. »Ich werde sie finden«, sagte er trotzdem so zuversichtlich wie möglich. »Danke für alles.«
Der Mann hatte sich wieder nach vorn gewandt, als mache ihn Gwilyms Dankbarkeit verlegen. »Geh schon, Steinträger«, sagte er und hielt den Transporter an. »Lass den Stein zugedeckt, und pass auf dich auf.«

Gwilym steckte den Stab in den Mantel, den er immer noch trug, griff nach den Riemen seines Rucksacks und stieg aus dem Transporter in den kalten Nieselregen. Er eilte zum Gehweg und sah von dort zu, wie sich das verbeulte alte Fahrzeug weiterbewegte. Dann ging er auf die Lampe mit dem zerbrochenen Schirm zu. Der Himmel wurde schnell dunkler, und Gwilym begriff, dass er keine Ahnung hatte, wann der Zauberer auftauchen würde. In seiner Vision war es dunkel gewesen, aber das hätte jeden beliebigen Zeitpunkt des Abends und der Nacht beschreiben können. Er beschleunigte seine Schritte.

Als er die Gasse erreicht hatte, sah Gwilym sich um, um sich zu überzeugen, dass niemand ihn beobachtete. Dann betrat er die Gasse. Nun war er vollkommen wach und aufmerksam, und sein Pulsschlag raste. Die Mörder warteten vielleicht schon. Sie haben selbstverständlich keinen Grund, nach dir Ausschau zu halten, sagte er sich, solange du ihnen keinen Grund gibst. Er strengte sich an, sich lässig zu bewegen, und ging die Gasse entlang bis zu ihrem Ende, wo sie in eine der Seitenstraßen des Blocks mündete, dann drehte er sich wieder um und ging zurück. Nun überzeugt, dass er allein war, suchte er nach einer Stelle, an der er sich verstecken und warten konnte. Das Geräusch tröpfelnden Wassers erregte seine Aufmerksamkeit. Als er darauf zuging, fand Gwilym die Stelle, an der er sich im Traum gesehen hatte, in sich zusammengekauert, um sich vor der Kälte zu schützen. Es sah nicht sonderlich bequem aus, und er überlegte, ob er sich nicht ein besseres Versteck suchen sollte.

Aber in diesem Augenblick hörte er Stimmen, und er duckte sich sofort. Drei Männer kamen in die Gasse. Gwi-

lym erkannte zwei von ihnen als die Männer, die in seiner Vision auf den Fremden geschossen hatten. Einer war mittelgroß und hatte ein rundes, narbiges Gesicht und dunkles Haar. Der andere war größer und schlanker, mit hellem Haar und tief liegenden, zornig blitzenden Augen. Aber es war der Dritte, von dem Gwilym den Blick nicht abwenden konnte. In seiner Vision hatte er nur zwei Männer gesehen, und dieser hier wäre ihm sicher in Erinnerung geblieben. Er war von gewaltiger Größe und sehr muskulös, aber er bewegte sich mit einer Leichtigkeit, die seine Größe und sein Gewicht Lügen strafte. Er hatte dunkle Augen, und sein Haar war wirr und lockig. Gwilym wusste schon auf den ersten Blick, dass dieser Mann erheblich gefährlicher war als die beiden anderen. Und dennoch hatte er ein entwaffnend freundliches Gesicht und ein liebenswertes Lächeln, mit dem er nun seine Begleiter bedachte, obwohl er gerade darüber sprach, den Zauberer umzubringen.
Gwilym schüttelte wieder einmal den Kopf über seine eigene Dummheit. Er hatte von Anfang an angenommen, dass zwei Männer dem Fremden hier auflauern würden, dass alles, was er wissen musste, in seiner Vision bereits vorhanden gewesen war. Aber offenbar hatte er sich geirrt. Hier warteten drei Mörder, nicht zwei. Gab es sonst noch etwas, das er nicht gesehen hatte? Und hier saß er nun in der Falle, hockte im Schatten zwischen einem Müllkübel und dem Abflussrohr eines Hauses und war nicht in der Lage, irgendetwas anderes zu tun, als darauf zu warten, dass sich die erschreckende Szene noch einmal abspielte.
Die drei Männer sprachen noch einen Augenblick miteinander, dann nahmen sie in der Gasse ihre Stellungen ein. Die beiden, die Gwilym aus seiner Vision erkannt hatte,

gingen zusammen ans andere Ende der Gasse, und der große Mann fand eine Stelle erschreckend nahe an Gwilyms Versteck. Er hörte, wie sich die Männer noch eine Weile bewegten, während sie versuchten, die richtige Position zu finden, um auf den Zauberer zu warten. Aber bald schon wurde es in der Gasse unheimlich still, bis auf den Regen und das Wasser, das von den Häusern herunterfloss. Die Muskeln in Gwilyms Rücken und Beinen begannen wehzutun, und trotz des Mantels wurde ihm langsam kalt. Er hätte nur zu gerne die Beine ausgestreckt oder sich zumindest ein kleines bisschen bewegt, aber er hatte Angst, dass der große Mann dann auf ihn aufmerksam werden würde. Die Zeit kroch vorwärts, und er konnte sie nur am Geräusch seines eigenen Atems messen, der sich schrecklich laut anhörte, und an den wachsenden Schmerzen.

Nach eine Weile begann es heftiger zu regnen, und das Wasser tropfte von dem Gebäude neben ihm auf seinen Kopf, kalt und unangenehm, und bewirkte, dass er sich abermals erinnerte. Er hörte eine Frau lachen. In der Ferne stritten sich zwei Männer. Gwilym hatte das Gefühl, als hätte sein Herz aufgehört zu schlagen, als hielte die gesamte Welt in Erwartung dessen, was geschehen würde, inne. Er wusste, was er als Nächstes vernehmen würde, aber dennoch zuckte er so heftig zusammen, als er das Geräusch schließlich hörte, dass er beinahe das Gleichgewicht verloren hätte: Schritte, leicht und vorsichtig, aber unmissverständlich. Gwilym wartete, bis das Geräusch näher kam; er musste einfach ganz sicher sein. Er hörte, wie der große Mann das Gewicht verlagerte, als mache er sich für den Angriff bereit. Es war so weit. Gwilym holte tief Luft, schloss die Augen und dachte ein letztes Mal an Hertha.

Dann sprang er aus seinem Versteck, schrie dem Zauberer eine Warnung zu und erwartete, im nächsten Augenblick zu sterben.

Als er dort in der Gasse stand, immer noch mit blutender Lippe von Barams Schlag, und darauf wartete, dass Anizir zu ihm zurückkehrte, war Orris nicht sicher, was er als Nächstes tun sollte. Er hatte keine Ahnung, wo er sich befand und wohin er sich wenden musste, um den Herrscherrat zu finden. Und obwohl er noch keine anderen Menschen außer denen in diesen seltsamen Wagen gesehen hatte, die am Eingang zur Gasse vorbeigerast waren, nahm er an, dass mit dem Morgengrauen hier Unmengen von Leuten auf den Straßen sein würden. Er wollte lieber nicht wissen, wie sie auf einen Fremden im Umhang eines Magiers reagieren würden, der einen Vogel wie Anizir auf der Schulter trug. Er konnte selbstverständlich in die unterirdischen Gänge zurückkehren – bei diesem Gedanken warf er einen Blick auf die kleine Tür, durch die er und Baram die Gasse betreten hatten –, aber er wusste, dort würde seine Chance, sich zurechtzufinden, noch geringer sein als auf den Straßen von Bragor-Nal.
Anizir kam auf ihn zugeflogen, eine Taube in ihren Krallen. Sie landete zu Orris' Füßen und begann sofort, den Vogel zu zerreißen. Orris lächelte. Zumindest eine seiner Sorgen war unbegründet: Sein Falke würde im Nal nicht verhungern. Der Magier schaute wieder zur Straße hin, als ein weiteres dieser Objekte auf Rädern vorbeirollte. Er hätte eigentlich müde sein sollen. Er war beinahe ein Jahr unterwegs gewesen, und er hatte erst vor kurzem mit Baram gekämpft. Aber er fühlte sich seltsam wach und energiege-

laden. Je mehr er darüber nachdachte, desto klarer wurde ihm, dass es nur eine Möglichkeit gab.

»Früher oder später wird uns ohnehin jemand sehen«, sagte er laut. »Dagegen können wir kaum etwas tun.«

Anizir warf ihm einen kurzen Blick zu, dann konzentrierte sie sich wieder auf ihre Mahlzeit.

Orris lachte. »Ich betrachte das als Zeichen deiner Zustimmung.«

Ein paar Minuten später war der Falke fertig und flog wieder auf seine Schulter. Der Magier sah sich noch einmal um, dann ging er in die Richtung, in die Baram geflohen war. Als er das Ende der Gasse erreichte und die Straße entlangspähte, riss Orris erstaunt die Augen auf. Auf beiden Seiten der Straße, in beide Richtungen, gab es so viele riesige Gebäude, dass der Magier gegen den Impuls ankämpfen musste, sich wieder in die Gasse zurückzuziehen. Mehrere Objekte auf Rädern in unterschiedlichen Größen rollten an Orris vorbei. Er bemerkte, dass einige der Leute, die in diesen Dingern saßen oder standen, ihn anstarrten. Er sah auch, dass auf der gegenüberliegenden Straßenseite eine weitere Gasse begann. Er eilte über die breite Straße und folgte dieser Gasse, bis sie in eine schmale Straße mündete, an der noch mehr große Gebäude standen. Er wandte sich nach rechts und folgte dieser Straße bis zu ihrem Ende. Dann bog er nach links ab, dann nach rechts, dann wieder nach links.

Dann entdeckte er eine weitere Hauptstraße und eilte darauf zu. Aber als er sie erreichte und sich umsah, konnte er es kaum glauben: Es schien dieselbe Straße zu sein, die er gesehen hatte, als er aus der ersten Gasse gekommen war. Einen Augenblick lang befürchtete er, dass er sich diese

Dinge nur einbildete, und als er dann zu der schmalen Straße zurückschaute, aus der er gerade gekommen war, fragte er sich, ob er nicht im Kreis gegangen war. Dann betrachtete er die Hauptstraße noch einmal und entdeckte eine weitere Gasse gegenüber. Diesmal passte er genau auf, was er tat, und wiederholte seine Bewegungen aus dem letzten Irrgarten von Straßen und Gassen, bis er zur nächsten Hauptstraße kam. Wieder fand er diese identisch mit den beiden vorhergehenden.

Er kehrte zurück in die letzte Gasse, um Atem zu schöpfen. Diesmal war er überzeugt, dass er sich nicht im Kreis bewegt hatte. Was bedeutete, dass alle Häuser und Straßen hier gleich aussahen. Orris schüttelte den Kopf. Wie fanden diese Leute jeden Tag zur Arbeit und wieder nach Hause? Er wagte sich wieder auf die Hauptstraße und entdeckte ein Schild, das an einer der großen Lampen angebracht war. Darauf stand einfach nur »SO-27«. Ebenso aus schlichter Neugier wie aus dem Bedürfnis heraus, das Nal besser begreifen zu können, ging Orris in die nächste Gasse und wiederholte das Muster ein drittes Mal. Als er zu einer weiteren Hauptstraße kam, entdeckte er sofort ein anderes Schild. Auf diesem stand »SO-26«.

»Es gibt also tatsächlich ein Muster«, sagte er laut, und Anizir antwortete mit einem leisen Ruf. Er kraulte ihr Kinn und flüsterte ihr etwas Beruhigendes zu, und dann überquerte er die Straße zur nächsten Gasse und ging weiter in die gleiche Richtung wie zuvor.

Bei Tagesanbruch, als das Morgenlicht ihm gestattete, sich zu orientieren, änderte er seine Marschrichtung ein wenig. Er war direkt nach Westen gegangen, und nun änderte er das Muster, dem er durch die kleineren Straßen folgte, so dass es ihn nach Nordwesten brachte. Er war nicht sicher, ob das wirklich die richtige Richtung war; er bewegte sich überwiegend nach Instinkt. Aber es war anzunehmen, dass er am schnellsten tief ins Nal hineinkam, wenn er sich in die dem Sumpf entgegengesetzte Richtung bewegte. Zumindest aber war es besser, als einfach irgendwo stehen zu bleiben.

Als der Himmel heller wurde, begegnete er mehr und mehr Menschen. Sie starrten ihn ganz offen neugierig an, einige riefen ihm sogar Worte in ihrer Sprache zu, aber er kümmerte sich nicht darum. Er hatte immer noch seine Macht; er konnte sich schützen. Und nun, da er begonnen hatte, die Struktur des Nal zu begreifen, kehrte sein Selbstvertrauen zurück. Gegen Mittag jedoch holte ihn die schlaflose Nacht ein. Er suchte eine der kleinen Türen, die zu den unterirdischen Gängen führten, fand dort eine dunkle Ecke und sank sofort in tiefen, traumlosen Schlaf.

Er erwachte mit heftig knurrendem Magen und aß seine letzten Vorräte, die er während der Durchquerung des Sumpfes schon streng rationiert hatte. Er würde bald etwas Neues finden müssen, aber zumindest im Augenblick war er satt. Als er wieder auf die Straße hinausging, stellte er erstaunt fest, dass es bereits dunkel war – er hatte keine Ahnung, wie lange er geschlafen hatte. Anizir übermittelte ihm ein Bild von den grauen Tauben und machte sich davon, um zu jagen. Orris brauchte nur ein paar Minuten, um sich wieder zu orientieren, und sobald der Falke zurückkam und gefressen hatte, machten sie sich auf den Weg, wobei sie sich abermals an die Gassen und engen Straßen hielten, die die breiteren Straßen miteinander verbanden. Sie zogen die ganze Nacht weiter, legten am Morgen des nächsten

Tages eine Rast ein und tauchten in der Abenddämmerung wieder aus den unterirdischen Gängen auf.

Orris eilte mit grimmiger Entschlossenheit vorwärts. Er hatte immer noch nichts gegessen, und er dachte schon daran, ein kleines Feuer zu entzünden, um eine der grauen Tauben zu braten. Es war kein sonderlich reizvoller Gedanke – nicht nur, weil die Vögel dürr und wenig appetitanregend aussahen, sondern auch, weil er keine Aufmerksamkeit auf sich lenken wollte. Seine Verzweiflung wurde allerdings immer größer.

Er dachte immer noch über diese Möglichkeit nach, als er über eine weitere Hauptstraße eilte und die nächste Gasse betrat. Er hatte sich länger nicht mehr um die Nummern auf den Schildern gekümmert, und er dachte einen Augenblick daran, zurückzukehren und sich das letzte Schild anzusehen. Aber stattdessen beschloss er, das nächste besser zu beachten, und ging weiter.

Er hatte allerdings erst ein paar Schritte zurückgelegt, als plötzlich jemand direkt vor ihm aus dem Schatten gesprungen kam. Er war ein älterer, rundlicher Mann. Er trug einen dunklen Mantel über etwas, das einem Magierumhang ähnelte, und so verblüffend das auch war, er hatte einen Stab in der Hand, auf dem ein Ceryll angebracht war, der in der Farbe Orris' eigenem Kristall ähnelte. Er brüllte Orris hektisch an, aber der Magier verstand kein Wort. Einen Augenblick später jedoch erschienen zwei Männer ein paar Schritte hinter dem ersten, und sie waren beide bewaffnet.

Orris richtete seinen Stab auf sie und wollte sie mit magischem Feuer überziehen, aber bevor er das tun konnte, stieß der ältere Mann wieder einen Warnschrei aus, und Orris hörte ein Geräusch hinter sich. Eine Falle, konnte er gerade noch denken, bevor rote Flammen aus den Waffen der Männer vor ihm schossen. Orris sprang vorwärts und riss den älteren Mann zu Boden. Gleichzeitig umgab er sich mit einer Rüstung aus schimmernder bernsteinfarbener Macht, die das Feuer der beiden Männer vor ihm abwehte, ebenso wie das des Angreifers hinter ihm.

Orris hörte die erstaunten Rufe seiner Gegner, und er nutzte die Gelegenheit und suchte Deckung hinter einer großen Metallkiste, die nach verfaulenden Essensresten roch. Er tastete im Geist nach Anizir, die über ihnen kreiste, und bat sie, sich auf den einzelnen Angreifer zu stürzen, der hinter ihm gewesen war. Schon hörte er den Mann vor Zorn fauchen, und dann rief er seinen Komplizen etwas zu. Einer setzte zu einer Reaktion an. Doch bevor er etwas tun konnte, sprang Orris wieder aus seiner Deckung, richtete den Stab auf die beiden Männer und entsandte einen bernsteinfarbenen Blitz, der sich in letzter Sekunde gabelte. Einer der Männer konnte noch ausweichen, aber der andere reagierte nicht schnell genug. Das magische Feuer traf ihn direkt in die Brust und stieß ihn um wie eine riesige glühende Faust.

Als der andere Angreifer sich von Anizirs Angriff erholt hatte – sie hatte ihm einen tiefen Kratzer auf der Stirn verpasst –, schoss er mehrere Flammensalven auf den Falken ab. Anizir konnte dem grellroten Feuer ausweichen, aber ihre Schreie wurden schriller.

»He!«, rief Orris, fuhr zu dem Mann herum und schleuderte noch in der Bewegung eine Feuerkugel nach ihm. Der Angreifer sprang zur Seite, rollte sich am Boden ab und feuerte auf Orris, noch bevor er sich wieder vollständig aufgerichtet hatte. Der Magier fing die Salve mit einer weiteren Mauer aus Magie ab, aber er spürte, dass Anizir müde wurde, und er wusste, dass sich der andere Mann wahrscheinlich von dem Schreck erholt hatte, seinen Freund sterben zu sehen. Die Zeit für den Magier und seinen Vogel wurde knapp.

Er hörte etwas hinter sich zischen, und im nächsten Augenblick sah er rote Flammen in die Wand des Hauses schlagen, direkt oberhalb der Stelle, an der der Mann, der ihm geholfen hatte, sich nun zu verstecken versuchte. Eine Sekunde später musste er eine weitere Salve des einzelnen Angreifers abwehren. Orris schleuderte magisches Feuer nach ihm, aber der Mann warf sich zur Seite. Ohne zu zögern, wandte sich Orris wieder dem zu, der hinter ihm war. Sein Instinkt sollte sich als richtig erweisen: Der Mann verließ gerade seine Deckung. Orris sah, wie er die Augen aufriss, sah, dass er versuchte, wieder in Deckung zu gehen. Aber das magische Feuer war bereits unterwegs. Dennoch gelang es dem Mann beinahe auszuweichen. Der bernsteinfarbene Blitz traf ihn oberhalb des Kinns, und mit solcher Kraft, dass sich Orris sofort abwandte, denn er wollte nicht sehen, was er verursacht hatte.

Der verbliebene Attentäter allerdings hatte es gesehen, und statt den Kampf fortzusetzen, floh er aus der Gasse und verschwand um eine Ecke. Orris blieb mit dem Mann, der ihm das Leben gerettet hatte, zurück.

Langsam und beinahe schüchtern kam der rundliche Mann auf die Beine, hob seinen Stab auf, der ein paar Schritte weiter am Boden lag, und trat auf Orris zu. Der Magier atmete schwer, und als Anizir sich auf seiner Schulter niederließ, kraulte er sie und sah nach, ob sie auch wirklich unverletzt war.

Der Fremde blieb vor ihm stehen und streckte die Hand aus.

Orris ergriff sie und wagte ein Lächeln. »Danke«, sagte er. »Ohne dich wäre ich tot.«

Der ältere Mann runzelte dir Stirn. Er hatte ein freundliches, rundes Gesicht, das Orris in so mancher Weise an den Falkenmagier Radomil erinnerte. Tatsächlich hätte dieser Mann mit seinem Bauch und dem kahlen Kopf Radomil sehr ähnlich gesehen, wenn er auch noch einen Bart gehabt hätte. Aber er hatte offensichtlich kein Wort von dem verstanden, was Orris gesagt hatte.

»Ich spreche eure Sprache nicht«, sagte Orris. Und als er sich dann an ein Wort erinnerte, das Baram einmal erwähnt hatte, schüttelte er den Kopf und sagte: »Nicht Lonmir.«

Der Mann lächelte bedauernd und schüttelte den Kopf, und dann sagte er etwas, das mit dem Wort »Tobynmir« endete.

»Na wunderbar«, murmelte Orris. »Es ist uns gelungen, uns gegenseitig zu sagen, dass wir nicht miteinander sprechen können.«

Der andere begriff offenbar, was Orris gesagt hatte, denn er begann leise zu lachen und schüttelte abermals den Kopf.

Und Orris wusste plötzlich, dass er diesen Mann mochte, obwohl sie nicht einmal miteinander sprechen konnten. Dabei half selbstverständlich die Tatsache, dass der Fremde ihm das Leben gerettet hatte.

Der rundliche Mann sagte noch etwas und streckte zögernd die Hand nach Anizir aus. Orris nickte und übermittelte seinem Vogel, er solle sich von dem Fremden berühren lassen. Anizir reckte den Hals, und der Mann kraulte sie am Kinn.

Dann sah er Orris wieder an, sagte etwas und winkte dem Falkenmagier, ihm zur nächsten großen Straße zu folgen.

»Gwilym«, sagte der Mann, als sie die Straße erreicht hatten und begannen, nach Westen zu gehen. Es klang wie ein Name.

»Orris«, erwiderte der Magier und streckte nun selbst die Hand aus.

Gwilym ergriff sie und grinste.

Orris lächelte ebenfalls. Vielleicht würden sie nach einiger Zeit ja lernen, miteinander zu sprechen. Im Augenblick war er schon froh, dass er und Anizir nicht mehr allein waren.

# 16

*Ich habe wieder und wieder versucht, Barams Beschreibungen der hoch entwickelten Waren und Werkzeuge, die in seinem Land hergestellt werden, zu begreifen, aber sie gehen so weit über alles hinaus, was wir hier in Tobyn-Ser haben, dass unsere Sprache der Aufgabe nicht gewachsen scheint. Zu behaupten, dass diese Fähigkeit, die Natur nachzuahmen, jeden Aspekt des Alltagslebens in Lon-Ser prägt, ja das gesamte Leben der Menschen dort beherrscht, wird den Eindrücken des Lebens in Lon-Ser nicht gerecht, die ich bei meinen Gesprächen mit Baram erhalten habe ...*
*Nach allem, was ich von ihm erfahren habe, scheint die zwingendste Frage nicht zu sein: »In welcher Weise prägt diese Fähigkeit das Leben der Menschen?«, sondern eher: »Wie kommen sie mit den Grenzen zurecht, die die Natur ihnen dennoch setzt und die sie nicht beherrschen können?«*
*Wenn keine Weiden und Felder mehr existieren, wo bauen sie dann all die Dinge an, die als Nahrung gebraucht werden? Wenn ihr Wasser so verschmutzt ist, was trinken sie stattdessen? Wenn sie ihre Wälder aufgebraucht haben, wie können sie weiterhin Gegenstände herstellen, für die sie Holz benötigen? Wenn wir versuchen, diese Fragen zu beantworten, können wir unsere Feinde vielleicht als Menschen verstehen. Und vielleicht wird dies im Lauf der Zeit gestatten, sie nicht nur als Feinde zu betrachten.*
Aus Kapitel Fünf des »Berichts von Eulenmeister Baden über seine Verhöre des Ausländers Baram«, vorgelegt auf der 1014. Versammlung des Ordens der Magier und Meister, im Frühjahr des Gottesjahres 4625.

So etwas war Melyor noch nie passiert. Niemals. Sicher hatte sie hier und da wiederkehrende Träume, Albträume, die sich ihr wieder und wieder im Schlaf aufdrängten. Sie hatten den Tag der Ermordung ihres Vaters unzählige Male im Traum erlebt. Aber das waren einfach nur Träume. Niemals zuvor war hatte sie eine Vision mehr als ein einziges Mal gehabt.

Bis zu dieser Nacht. Sie hatte von dem Zauberer geträumt, was seltsam genug war, denn inzwischen hätte er tot sein sollen. Aber sie hatte ihn nicht nur wiedergesehen, sondern diese Vision war auch absolut identisch mit der gewesen, die sie einige Wochen zuvor gehabt hatte. Jede Einzelheit, jede Nuance war dieselbe gewesen. Sobald sie wach geworden war, verschwitzt und atemlos wie immer nach einer Vision, wusste sie, was es bedeutete. Jibb hatte versagt. Sie versuchte, wütend zu werden, aber stattdessen stellte sie fest, dass sie sich eher vage erleichtert fühlte. *Dumme Kuh!*, knurrte sie sich selbst zu. *Das stellt alles in Frage! Und dennoch ...*

Sie schüttelte den Kopf und schaute auf die Uhr. Es war immer noch früh genug. Sie sprang aus dem Bett, zog sich an und schlich zur Tür. Sie hatte das elektronische Schließsystem schon einen Tag nach ihrer Ankunft in Cedrychs Ausbildungszentrum ausgetrickst, und an den Wachen vorbeizuschlüpfen, die Melyor und ihre Leute im Zentrum festhalten sollten, war lächerlich einfach gewesen, als sie Jibb das letzte Mal aufgesucht hatte. Das Hauptproblem bestand darin, die Alarmauslöser und Überwachungsgeräte zu umgehen, die an den Toren zum eigentlichen Zentrum angebracht waren. Das war ihr beim letzten Mal gelungen, aber nur, nachdem sie viel zu viel Zeit darauf verschwendet hatte. In dieser Nacht konnte sie sich das nicht leisten. Sie hatte auch bei ihrer Begegnung mit Cedrych am folgenden Morgen etwas Merkwürdiges gespürt und war seitdem davon ausgegangen, dass ihr geheimer Ausflug ins Nal doch nicht so geheim geblieben war.

Also beschloss sie, es auf eine andere Art zu versuchen. Genau wie beim letzten Mal schlich sich Melyor durch die hell beleuchteten Flure zum Heber und drückte den Knopf für die Ebene des Gebäudes, auf der sich die Anlagen für die Kampfausbildung befanden. Nachdem sie dort angekommen war und sich überzeugt hatte, dass der Heber wieder zu einer anderen Ebene gefahren war, setzte sie die Schutzvorrichtungen an den Toren zum Heberschacht außer Kraft und kletterte die Wartungsleiter hinunter, diesmal jedoch nicht nur bis zur Hauptebene, sondern den ganzen Weg bis zur zweiten Unterebene. Dort setzte sie wiederum die Türschlösser außer Kraft. Von der zweiten Unterebene aus war es, wie sie erwartet hatte, nur eine Kleinigkeit, durch einen der Schächte des Luftaufbereitungssystems zu entkommen.

Sie eilte zur nächsten Gasse und von dort ins unterirdische Tunnelsystem, und bald schon war sie bei dem kleinen Transporter angekommen, den sie in einer wenig benutzten Seitenstraße ein paar Blocks vom Zentrum entfernt abgestellt hatte. Eine Stunde später war sie in Jibbs Wohnung, wo sie das Schloss öffnete, als wäre es ein Kinderspielzeug.

Aber sie hätte genauso gut klopfen können. Jibb war schon wach – vielleicht auch immer noch – und er saß zusammengesackt auf dem Sofa in seinem Wohnzimmer, sein rundes Gesicht von Müdigkeit gezeichnet, seine dunklen Locken sogar noch wirrer als sonst. Er hatte einen hässlichen roten Riss über dem linken Auge und immer noch getrocknetes Blut im Gesicht.

»Wenn ich es nicht besser wüsste, würde ich sagen, du wartest auf mich«, meinte Melyor, nachdem sie die Tür hinter sich geschlossen und sich in einen großen, weichen Sessel gesetzt hatte.

Jibb zuckte nicht mit der Wimper. »Genau das habe ich getan.«

Sie starrte ihn an. »Was?«

»Ich habe auf dich gewartet«, wiederholte er. »Ich wusste, dass du kommen würdest, um zu hören, was passiert ist.«

»Ich verstehe nicht, wovon du redest.« Sie hatte sich regelrecht zwingen müssen, diese Worte auszusprechen. Ihr Mund war plötzlich trocken, und ihr Herz hämmerte hektisch. »Ich wollte hören, wie es mit dem Zauberer gelaufen ist. Ich habe angenommen, dass du ihn inzwischen längst gefunden und getötet hast.«

»Hör auf, mit mir zu spielen, Melyor!«, fauchte Jibb und sprang auf. Er steckte die Hände in die Manteltaschen und begann, im Zimmer auf und ab zu gehen. »Du weißt, dass ich versagt habe, und nun willst du wissen, warum.«

»Jibb –«

»Lass das!«, warnte er sie, blieb stehen und zeigte mit dem Finger auf sie. »Du wusstest, dass er auf dem Weg hierher war, du wusstest, wie er aussah, du hast wahrscheinlich sogar gewusst, wo er sein würde. Und irgendwie wusstest du auch, dass ich versagt habe.«

Melyor schüttelte den Kopf. »Nein. Ich habe nur –«

Wieder unterbrach er sie, diesmal, indem er die Hand hob. »Es ist erst heute Abend passiert, Melyor. Erst vor ein paar Stunden. Und nun bist du hier. Erkläre mir das.«

Sie schwieg einen Augenblick. Dann gab sie ihm die einzig mögliche Antwort, die zufällig auch der Wahrheit entsprach, wenn auch nicht so, wie sie es vorbrachte. »Das kann ich nicht«, sagte sie leise. »Ich wünschte, ich könnte es erklären, aber ich kann nicht.«

Jibb setzte dazu an, etwas zu sagen, aber dann schloss er den Mund wieder und ging weiter auf und ab.

»Erzähl mir doch einfach, was heute Abend passiert ist«, bat sie ihn sanft. »Ich muss es wissen, und ich habe nicht viel Zeit.«

Er schwieg und ging noch ein paarmal hin und her. »Es war ein zweiter Mann da«, sagte er schließlich. »Ich nehme an, ein zweiter Zauberer.«

»Was?«, hauchte sie. »Bist du sicher?«

»Selbstverständlich«, antwortete er gekränkt. »Glaubst du, ich würde lügen, damit ich besser dastehe?«

Melyor schüttelte den Kopf. »So habe ich das nicht gemeint, Jibb. Bist du sicher, dass es ein weiterer Zauberer war?«

»Was hätte er denn sonst sein können?«

»Vielleicht ...« Sie hielt inne. *Ich habe keine Zeit für solche Dinge,* sagte sie sich ungeduldig. »Das ist egal. Was ist passiert?« Sie musste sich gewaltig anstrengen, ruhig zu bleiben.

Jibb zuckte die Achseln. »Darel war dem Zauberer schon mehrere Stunden gefolgt und hatte ein eindeutiges Muster seiner Bewegungen festgestellt. Er hielt sich an kleine Straßen und bewegte sich so direkt wie möglich nach Nordwesten. Also legten wir in einer Gasse im Einundzwanzigsten einen Hinterhalt. Im Südost-Block zehn. Chev und Darel waren an dem Ende, das auf die Seitenstraße hinausging, ich sorgte dafür, dass ich hinter ihm war. Der Zauberer kam ungefähr eine Stunde nach Anbruch der Dunkelheit in die Gasse, genau, wie wir erwartet hatten. Wir wollten ihn gerade erledigen, als dieser andere Mann in die Gasse sprang und den Zauberer warnte.«

»Und warum glaubst du, dass dieser Mann ebenfalls ein Zauberer war?«

Jibb zuckte zum zweiten Mal die Achseln. »Er hatte einen Stock mit einem leuchtenden Stein dabei, genau wie der Zauberer. Und ein grünes Gewand unter dem Mantel.«

Melyor runzelte die Stirn. »Er trug einen Mantel?«

»Ja.«

»Und einen Vogel?«

Jibb hob die Hand an seine verletzte Stirn, als hätte ihn Melyors Frage an die Wunde erinnert. »Nein«, antwortete er, nachdem er offenbar eine Weile nachgedacht hatte. »Er hatte nur den Stock und dieses seltsame Gewand. Keinen Vogel.«

Melyor beugte sich vor und sah ihn forschend an. »Als er dem Zauberer etwas zurief, hast du verstanden, was er gesagt hat?«

»Ja«, erwiderte Jibb. »Er sagte etwas über eine Falle und dass der Zauberer aufpassen sollte.«

Melyor lehnte sich wieder zurück, und sie versuchte zu begreifen, was Jibb da gesehen hatte. »Ein Steinträger«, murmelte sie. »Es muss ein Steinträger gewesen sein.«

Jibb starrte sie an. »Ein was?«

»Du hast doch sicher schon mal von den Gildriiten gehört?«, fragte sie ihn

Er wandte nervös den Blick ab. »Selbstverständlich«, sagte er und klang plötzlich sehr merkwürdig.

Sie wusste, was er dachte, was er gedacht hatte, seit sie in seine Wohnung gekommen war. Sie kämpfte verzweifelt gegen ihre Angst an. »Die Oberhäupter der gildriitischen Siedlungen im Dhaalmargebirge nennt man Träger des Steins«, erklärte sie und freute sich zu hören, wie fest ihre Stimme klang. »Angeblich handelt es sich dabei um die ursprünglichen Steine, die von Gildri und seinen Anhängern nach Lon-Ser gebracht wurden. Dieser zweite Mann, den du gesehen hast, muss ein Steinträger gewesen sein.«

Wieder sah Jibb sie an. »Woher weißt du das?« Er klang beinahe wie ein quengelndes Kind.

»Es ist die vernünftigste Erklärung, Jibb«, erwiderte sie gereizt. »Er beherrschte unsere Sprache, also kam er wahrscheinlich nicht aus Tobyn-Ser. Er hatte einen Stab, aber keinen Vogel. Und so, wie du beschrieben hast, was geschehen ist, klingt es für mich, als wäre er nicht mit dem Zauberer zusammen unterwegs gewesen.«

Nach einiger Zeit nickte Jibb beinahe widerstrebend.

Melyor warf einen Blick auf die Wanduhr. »Erzähl mir den Rest«, drängte sie, aber nun wieder sanfter. »Ich kann nicht mehr lange bleiben.«

Jibb kehrte zum Sofa zurück und setzte sich hin. »Sobald der Zauberer wusste, dass wir dort waren, hatten wir keine Chance mehr. Er hat seine Magie sowohl als Schild als auch als Waffe benutzt. Er hat Darel und Chev getötet.« Er zeigte auf seine Stirn. »Das da verdanke ich seinem Vogel.«

Melyor grinste. »Das dachte ich mir schon.«

»Und was jetzt?«

Melyor schüttelte den Kopf. »Ich weiß es nicht. Wenn ein Steinträger es den ganzen Weg bis zum Einundzwanzigsten geschafft hat, ohne dass du davon wusstest, dann muss er Helfer gehabt haben.«

»Das Netzwerk?«

»Wahrscheinlich. Und in diesem Fall kann der Zauberer inzwischen überall sein.«

Jibb seufzte und starrte seine Hände an. »Es tut mir Leid, Nal-Lord.«

Melyor war unendlich erleichtert, aber sie schob das Gefühl rasch beiseite. »Es ist nicht deine Schuld, Jibb. Wir haben alle keine Erfahrung mit Zauberei. Und es klingt, als hättest du wirklich nichts tun können. Wir können solche Dinge schließlich nicht vorhersehen«, fügte sie hinzu und bereute ihre Worte auf der Stelle.

Jibb sah sie scharf an, und Melyor wappnete sich gegen die Fragen, von denen sie wusste, dass sie nun fällig waren. Aber wie so oft in ihren vier gemeinsamen Jahren überraschte der Mann sie. »Wenn du einen Nachfolger für mich suchen willst, würde ich das verstehen.«

Melyor starrte ihn stirnrunzelnd an. »Wieso sollte ich das wollen?«, fragte sie spitz.

»Ich habe versagt«, erklärte Jibb. »Du hast mir einen offensichtlich sehr wichtigen Auftrag gegeben, und ich habe ihn nicht ausführen können.«

»Ich will dich nicht durch einen anderen ersetzen, Jibb.« *Du bist mein bester Freund.* »Ich vertraue dir vollkommen.« Sie sah ihm in die Augen. »Die Frage ist, möchtest du lieber für einen anderen arbeiten?«

Er schüttelte den Kopf. »Nein. Warum sollte ich?«

Melyor lächelte. »Aus diversen Gründen«, sagte sie vorsichtig.

Der Mann wandte den Blick ab. »Mir fallen keine guten Gründe ein.«

Melyor stand auf und ging zur Tür. »Gut«, sagte sie. »Ich freue mich sehr, das zu hören.«
»Melyor«, sagte er, als sie die Hand schon nach dem Türgriff ausstreckte. Sie drehte sich noch einmal um und wartete. Er sah sie forschend an, und sie konnte sehen, dass er innerlich mit etwas rang. Aber wieder sollte er sie mit seiner Zurückhaltung überraschen. »Pass auf dich auf«, murmelte er schließlich und wandte sich wieder ab. »Cedrych wird nicht besonders verständnisvoll sein.«
Sie nickte. »Ich war immer vorsichtig.« Es war eine Art Geständnis, aber ihr war es plötzlich egal, ob Jibb es wusste oder nicht.
Ohne ein weiteres Wort verließ sie die Wohnung, sprang in ihren Transporter und fuhr rasch zum Zentrum zurück. Sie würde es noch vor dem Morgengrauen erreichen, aber es würde knapp werden.
Als sie die Höhe entlangraste, fiel ihr abermals auf, wie seltsam beruhigend sie es fand zu wissen, dass der Zauberer Jibbs Hinterhalt entgangen war. Der Konflikt, den sie in der Nacht gespürt hatte, in der sie den Entschluss zur Ermordung des Zauberers traf, war nun gelöst; in gewisser Weise lagen ihre Eltern nicht mehr im Widerstreit miteinander. Sicher, die Probleme, die Jibbs Versagen aufwarf, würden zahlreich und kompliziert sein, aber Melyor dachte nicht einmal daran. Sie hatte wieder von dem Zauberer geträumt – sie hatte wieder dieses Bild ihrer selbst gesehen, wie sie Seite an Seite mit diesem Mann und seinem wunderschönen Falken kämpfte, als wären sie beide Verbündete in einer großen und wichtigen Sache. Aber es gab noch mehr. Jibb hatte einen Steinträger gesehen. Der Zauberer hatte sich bereits mit den Gildriiten von Lon-Ser verbün-

det. War er gekommen, um den tausend Jahren der Unterdrückung der Gildriiten ein Ende zu machen? War das der Grund, wieso sie am Ende an seiner Seite kämpfen würde? War das der Grund, wieso der Träger hier war?

Vielleicht weil sie so in Gedanken versunken war, kam ihr die Fahrt zurück ins Zentrum kürzer vor als die zu Jibbs Wohnung. Sie stellte den Transporter wieder am gewohnten Platz ab, dann eilte sie durch die Tunnel und Gassen, bis sie den Lüftungsschacht erreicht hatte. Von dort aus folgte sie ihrem vorherigen Weg durchs Zentrum, wobei sie darauf achtete, den Heber noch einmal auf dem Stockwerk anzuhalten, in dem sich die Trainingseinrichtungen befanden.

Trotz ihrer Sicherheitsvorkehrungen wusste sie allerdings sofort, als sie ihr Zimmer wieder erreichte, dass es Ärger geben würde. Zum einen piepte ihr Sprechschirm. Arick allein wusste, wie lange das schon so war. Und als sie das Gerät schließlich mit zitternden Händen einschaltete, war es keine große Überraschung zu sehen, dass es sich um eine Botschaft von Cedrych handelte.

Die Nachricht lautete schlicht: »Ich will dich sehen.«

Es bestand keine Notwendigkeit, noch »sofort« hinzuzufügen. Dennoch duschte Melyor, bevor sie sich zum Oberlord aufmachte, weil es einfach notwendig war und weil Cedrych das von ihr erwarten würde, wenn sie eine ganze Nacht auf dem Kampfgelände verbracht hatte. Es war ein Spiel, beziehungsweise die Fortsetzung eines Spiels, das sie seit Jahren gespielt hatten. Wenn Cedrych wusste, dass sie ihr Zimmer verlassen hatte – und das war anzunehmen, da er sich nach ihrem letzten nächtlichen Besuch bei Jibb so seltsam verhalten hatte –, dann hätte er sie als Erstes auf dem Kampfgelände gesucht. Und dann wüsste er selbstverständlich auch, dass sie nicht dort gewesen war. Aber falls ihr Trick doch funktioniert haben sollte, musste sie die Sache bis zum Ende durchziehen.

Als sie vor der Tür zu Cedrychs Büro im Ausbildungszentrum stand, das sich drei Stockwerke oberhalb ihres Zimmers befand, nahm ihr ein stoischer, muskulöser Gardist Werfer, Klinge und Stiefel ab und benutzte ein Handsuchgerät, um sie nach weiteren Waffen zu überprüfen. Selbst hier ging Cedrych kein Risiko ein.

Melyor betrat das Büro und fand Cedrych in der vertrauten Pose vor: Er stand am Fenster und schaute aufs Nal hinaus. Dieses Zimmer hatte wenig Ähnlichkeit mit seinem Büro in seinem Palast. Der Teppichboden war der gleiche wie in Melyors Zimmer, die Möbel waren schlicht, aber angemessen. Insgesamt war alles viel weniger opulent als in den Räumlichkeiten, in denen sie den Oberlord für gewöhnlich traf.

»Setz dich«, sagte er, ohne sie anzusehen.

Melyor spürte, wie ihr kalt wurde, und als sie dem Befehl Folge leistete, versuchte sie gleichzeitig, die Beschleunigung ihres Pulsschlages zu beherrschen.

»Es gibt ein Problem«, sagte der Oberlord und schaute weiter auf das Nal hinaus. »Eines, das wir schnell, aber mit größter Vorsicht lösen müssen.«

»Du machst mich neugierig«, erwiderte Melyor, die immer noch mit ihrer Nervosität rang.

Cedrych drehte sich um und spießte sie mit dem Blick seines gesunden Auges förmlich auf. Melyor hielt diesem Blick so lange wie möglich stand, aber schließlich musste sie sich doch abwenden. Sie schluckte. Als sie ihn einen

Augenblick später ansah, bemerkte sie ein Lächeln, das über seine vernarbten Züge huschte. Er weiß es, sagte sie sich. Das hier ist nur noch ein Spiel – er weiß alles.
»Es befindet sich jemand aus Tobyn-Ser in Bragor-Nal«, sagte er schließlich. »Und zwar seit drei oder vier Tagen.«
»Jemand aus Tobyn-Ser?«, erwiderte sie und versuchte verzweifelt, überrascht zu klingen und auszusehen, wie er es von ihr erwartete. »Bist du sicher?«
»Ich habe meine Leute überall, Melyor. Im Nal geschieht nicht viel, was ich nicht erfahre.«
Melyor hörte die Warnung in seinen Worten, aber sie zwang sich, sie im Augenblick zu ignorieren. »Wo ist er?«, fragte sie und zuckte sofort innerlich zusammen, denn das war ein Fehler gewesen. Eine Sekunde lang fragte sie sich, ob ihm das vielleicht entgangen war, aber das hier war Cedrych: Er war nicht so weit gekommen, weil er sich die Fehler anderer entgehen ließ.
»Er?«, stürzte sich der Oberlord auf das Wort wie eine Katze. Er grinste. »Wieso glaubst du, es sei ein Mann?«
Melyor spürte, wie sie bleich wurde. »Ich habe es einfach angenommen«, brachte sie heraus.
Wieder breitete sich dieses Grinsen über Cedrychs Gesicht aus, dreist und beutegierig. »Angenommen?«, wiederholte er und zog eine Braue hoch. »Ausgerechnet du?« Er starrte sie noch einen Moment an, dann wandte er sich wieder dem Fenster zu. »Aber du hast zufällig Recht. Es ist ein Mann. Und offenbar ist er einer dieser Zauberer. Um deine nächste Frage gleich vorwegzunehmen: Nein, ich bin *nicht* vollkommen sicher. Er war im Einundzwanzigsten – Wildons Herrschaftsbereich –, aber meine Spione haben ihn aus den Augen verloren. Inzwischen könnte er überall

sein«, schloss er, ganz ähnlich wie sie selbst bei ihrem Gespräch mit Jibb.

Melyor beobachtete den Oberlord erwartungsvoll, sagte aber nichts. Schließlich warf er ihr über die Schulter einen Blick zu. »Möchtest du nicht wissen, wie er entkommen ist?«

»Ich nahm an, dass du mir das schon noch sagen würdest«, erwiderte sie ein wenig gereizter, als sie geplant hatte.

»Tatsächlich«, murmelte er. »Dieser Zauberer geriet offenbar in einen Hinterhalt.«

»Und er hat ihn überlebt?«, fragte Melyor unschuldig.

Cedrych presste die Lippen zu einem dünnen Lächeln zusammen. »Es sieht ganz so aus. Wir fanden die Leichen zweier Männer – bis zur Unkenntlichkeit verstümmelt – und Blut von einem dritten. Aber es gab kein Anzeichen, dass dem Zauberer etwas passiert war. In dem Durcheinander nach dem Kampf muss er entkommen sein.«

Melyor wartete auf mehr und fragte sich, ob Cedrych von dem Steinträger wusste. Aber nun starrte der Oberlord sie an, als wartete er selbst auf etwas. »Und?«, sagte er schließlich.

Sie neigte den Kopf ein wenig zur Seite. »Und was, Oberlord?«

Er wandte sich wieder dem Fenster zu, aber sie konnte sehen, wie sich die Muskeln in seinem Nacken anspannten. Sie befand sich auf sehr gefährlichem Boden. »Findest du es nicht seltsam, dass er schon so bald nach seiner Ankunft im Nal in einen Hinterhalt gerät?«

Melyor zuckte die Achseln. »Ich dachte gerade, da du von ihm wusstest, hättest du den Hinterhalt vielleicht selbst angeordnet.«

»Das habe ich nicht!«, fauchte er und fuhr zu ihr herum.
Melyor wich zurück. »Vielleicht war es ein Zufall«, sagte sie verzweifelt, und ihr Herz begann heftig zu schlagen.
»Es war eine Falle!«, entgegnete er. »Sie haben in dieser Gasse auf ihn gewartet! Die beiden, die umgekommen sind, waren die, die ihm direkt entgegentraten; der Mann hinter ihm konnte fliehen.«
»Vielleicht hat Wildon es angeordnet«, schlug sie vor. Sie hatte sich immer noch nicht ganz von Cedrychs Ausbruch erholt. »Du sagtest doch, es war in seinem Gebiet.«
Der Oberlord tat diesen Gedanken mit einer ungeduldigen Geste ab und umklammerte mit den Fingern die Lehne seines Schreibtischstuhls. »Wildon könnte einen Zauberer nicht von einem Gildriiten unterscheiden«, erklärte er verächtlich, und das ließ Melyor erschaudern. Zum Glück starrte Cedrych bei diesen Worten auf seinen Schreibtisch. »Er hätte vielleicht angeordnet, den Fremden töten zu lassen, aber er und seine Männer hätten sich nicht gut genug ausgekannt, um Gesetzesbrecher hinter ihm herzuhetzen statt Gardisten.« Er schüttelte den Kopf. »Es muss jemand anders gewesen sein.« Er blickte auf, und das blaue Auge blitzte. »Wo warst du gestern Nacht, Melyor?«
Das war's dann also mit unserem Spiel, dachte sie und war verblüfft über die Direktheit seiner Frage. Es hatte keinen Sinn mehr zu lügen. »Ich habe Jibb besucht«, sagte sie ohne Umschweife.
»Warum?«
»Weil es mir schwer fällt, die Herrschaft über meinen Bezirk aufzugeben«, gab sie zu. »Ich war jetzt zweimal da. Ich vertraue Jibb. Aber ich kann offenbar nicht –«
»Warte«, sagte er, schüttelte den Kopf und ging um den

Schreibtisch herum, um sich direkt vor sie zu stellen. »Willst du mir sagen, dass du dich zweimal aus dem Zentrum geschlichen hast, weil du nachsehen wolltest, wie es in deinem Bezirk läuft?«

Melyor unterdrückte ein Grinsen. Sie wusste, dieser Gedanke war absurd. So absurd, dass Cedrych ihr offenbar glaubte. »Ja.« Sie holte tief Luft und gestattete sich ein Lächeln. »Und weil ich sehen wollte, ob ich es konnte.«

Er starrte sie an, ohne etwas zu sagen. Seine Züge waren wie Stein. Dann nickte er schließlich. »Das Letztere hatte ich mir schon gedacht«, sagte er.

»Dann hast du es also gewusst«, bemerkte sie.

»Dass du das Zentrum verlassen hattest? Ja.« Nun lächelte er sogar. »Aber sei nicht enttäuscht. Hier herauszukommen, ohne den Alarm in Gang zu setzen oder meine Wache aufmerksam zu machen, ist keine Kleinigkeit.«

Sie erwiderte sein Lächeln, aber nur kurz. Der Oberlord hielt noch etwas zurück. Sie spürte das in seiner Stimme, seinem Verhalten. Sie hatte ihn vielleicht kurz abgelenkt, aber sie verzögerte nur das Unvermeidliche.

»Und, wie laufen die Dinge in deinem Bezirk?«, fragte Cedrych, setzte sich wieder hin und lehnte sich bequem zurück.

»Gut. Kein Anlass zur Sorge.«

»Es geht Jibb gut?«

Melyor rutschte unruhig auf ihrem Sessel herum. Diese Wendung gefiel ihr überhaupt nicht. »Ja.«

»Gut. Ich weiß, wie wichtig er dir ist.«

Sie starrte ihn an und fragte sich, ob die vage Drohung in seinen Worten Absicht gewesen war. Aber da sie Cedrych kannte, hatte sie kaum Zweifel daran. *Halte ihn aus dieser*

*Sache raus, du Mistkerl. Wenn du etwas willst, wende dich an mich, aber halte ihn raus.* »Er ist ein guter Mann«, sagte sie, sorgfältig um einen neutralen Tonfall bemüht.

»Und er hat viel zu tun.«

Zu spät erkannte sie, dass sie sich selbst in den Hinterhalt begeben hatte. »Wie meinst du das?«, fragte sie, aber sie wusste schon, was er sagen würde.

»Genau das. Ich habe nicht nur von dem Zauberer gehört, sondern auch, dass Jibb gestern einen Ausflug in den Einundzwanzigsten unternommen hat. Dort hat er sich mit zweien deiner Männer – entschuldige, *seiner* Männer – getroffen und ist mit ihnen in den Tunneln verschwunden.« Er hielt inne, drückte die Fingerspitzen aneinander und starrte Melyor dabei unverwandt an. »Ein seltsamer Zufall, findest du nicht auch, dass ausgerechnet Jibb und zwei seiner Männer in diesem Bezirk waren, als der Zauberer in den Hinterhalt geriet?«

Melyor regte sich nicht. In ihrem Kopf überschlugen sich die Gedanken. Sie hatte im Grunde nur zwei Möglichkeiten, und beide waren nicht sonderlich begeisternd. Sie konnte behaupten, dass Jibb ohne ihr Wissen gehandelt hatte – sie kannte Jibb und wusste, dass er jederzeit die alleinige Verantwortung dafür übernehmen und sie niemals verraten würde –, oder sie konnte zugeben, dass sie ihrem Sicherheitschef befohlen hatte, den Zauberer zu töten, und die Verantwortung für die Flucht des Fremden selbst übernehmen. Das war das Richtige – sie war es Jibb schuldig. Aber diese Möglichkeit beinhaltete auch, dass Cedrych eine Frage stellen würde, die sie nicht beantworten konnte.

»Was willst du eigentlich, Cedrych?«, fragte sie schließlich und hoffte, den Oberlord zum zweiten Mal mit ihrer Offenheit zu verwirren.

Und wieder schien es zu funktionieren. »Weißt du, wo der Zauberer ist?«, fragte er begierig und beugte sich ein wenig vor.

Melyor schüttelte den Kopf. »Nein. Aber ich nehme an, dass er bei Leuten vom Netzwerk ist.«

»Das denke ich auch«, sagte Cedrych. »Er muss beim Netzwerk sein. Wie sonst hätte er so schnell entkommen können?« Er stand auf und ging zum Fenster. »Ich möchte mit diesem Mann sprechen, Melyor«, sagte er und starrte auf die Blocks hinaus. »Es ist mir gleich, wie du es machst, aber ich will, dass du ihn zu mir bringst. Wir müssen wissen, wieso er hier ist und wie viel er von unserer Initiative weiß.«

»Was ist mit der Ausbildung?«, fragte sie und stand ebenfalls auf, als könnte sie das Gespräch dadurch von sich aus beenden.

»Mach dir deshalb keine Sorgen. Ich lasse sie weiter trainieren. Du konzentrierst dich darauf, den Zauberer zu finden.«

»Heißt das, dass ich das Zentrum verlassen darf?«

Cedrych drehte sich um. Er hatte ein Lächeln auf den Lippen, aber es drang nicht bis zu seinen Augen vor. »Das ist ein seltsamer Zeitpunkt, sich um diese Dinge Sorgen zu machen.« Melyor errötete, und Cedrych wandte sich wieder dem Fenster zu. »Ja, du darfst das Zentrum verlassen«, antwortete er schließlich. »Setze Jibb und seine Leute ein, und alles andere, was notwendig sein sollte. Aber bring mir diesen Zauberer.«

Melyor blieb wartend stehen.

»Das ist alles, Melyor«, sagte der Oberlord schließlich und

drehte sich ein wenig, um sie anzusehen. »Du kannst gehen.«
Sie machte einen Schritt auf die Tür zu.
»Melyor«, hielt er sie noch einmal auf. Sie spürte, dass er sich wieder umgedreht hatte und sie beobachtete, aber sie schaute nicht zurück. »Du kannst es dir nicht leisten zu versagen.«
Sie nickte, dann ging sie rasch zur Tür und auf den Flur hinaus. Sie ließ sich von dem Gardisten ihre Waffen und Stiefel zurückgeben und eilte zum Heber. Erst als sie in der Kabine war und die Doppeltür sich geschlossen hatte, gestattete sie sich, tief Luft zu holen und einen Moment die Augen zu schließen und sich zu sammeln. Irgendwie war es ihr gelungen, das Büro des Oberlords zu verlassen, ohne sich irgendwelchen Fragen über ihre Vorfahren stellen zu müssen. Sie war nicht ganz sicher, wie sie das geschafft hatte. Es musste wohl Glück sein; ein seltenes Versehen von Cedrych, ein Zufall, der sich so nicht wiederholen würde. Sie hatte nur Aufschub bis zum nächsten Gespräch.
Sie öffnete die Augen wieder, erkannte, dass der Heber sich nicht bewegte, und drückte den Knopf fürs Erdgeschoss. Sie musste den Zauberer finden, nicht nur um Cedrychs willen, sondern auch für sich selbst. Plötzlich begriff sie, dass sie hier im Nal kaum mehr eine Zukunft hatte – es war nur eine Frage der Zeit, bis Cedrych ihr Geheimnis erfuhr. Und wenn er es erfuhr, würde er sie entweder töten oder ihre Visionen als etwas betrachten, was er ausnutzen konnte, etwas, das die Vorteile der Zauberer, die er in Tobyn-Ser besiegen wollte, ausgleichen würde. In diesem Fall würde sie immer noch, sobald es wärmer wurde, nach Tobyn-Ser geschickt werden. Aber in beiden Fällen, das wusste sie

jetzt, war der Zauberer der Schüssel zu ihrer Zukunft, ganz gleich, ob diese Zukunft in dem fremden Land lag oder, wie ihre wiederkehrende Vision andeutete, an der Seite des Fremden hier in Lon-Ser, im gemeinsamen Kampf gegen einen Feind, den sie noch nicht identifizieren konnte.

Als sie das Erdgeschoss erreicht hatte, ging sie zu der schwer bemannten Wachstation, die den Haupteingang blockierte. Wie erwartet hatte Cedrych seine Gardisten bereits informiert, dass sie das Gebäude verlassen durfte.

»Dein Transporter wartet, Nal-Lord«, sagte einer der Männer, als sie näher kam.

Einen Moment war sie verwirrt genug, dass sie sich nur den kleinen Transporter vorstellen konnte, den sie ein paar Blocks entfernt abgestellt hatte, und sie fragte sich, wieso dieser Mann davon wusste. Dann begriff sie, dass er von einem größeren Transporter mit Chauffeur sprach. Ich bin wieder Nal-Lord, erinnerte sie sich und fand den Gedanken gleichzeitig tröstlich und beunruhigend, nachdem sie den ganzen Winter wegen ihrer Ausbildung in relativer Abgeschiedenheit zugebracht hatte. »Ja«, sagte sie nach kurzem Zögern. »Danke.«

Der Mann nickte und machte eine Geste zu einem seiner Kollegen. Die Tore und die verstärkte Glastür der Wachstation öffneten sich und erlaubten Melyor, in den kalten, grauen Nebel hinauszutreten, der im Nal herrschte.

Ein großer schwarzer Transporter wartete vor dem Zentrum auf sie. Sie stieg hinten ein und warf einen Blick auf den Fahrer. Er war einer von Cedrychs Männern, einer, den sie nicht wiedererkannte, obwohl das nichts bedeuten musste. Sie sahen irgendwie alle gleich aus: groß, kräftig, glatt rasiert, auf eine kalte, unattraktive Art gut aussehend und makellos in Schwarz gekleidet.

»Wohin darf ich dich bringen, Nal-Lord?«, fragte er.

»Zu Jibbs Wohnung«, sagte sie, ohne nachzudenken. »Ich muss Jibb sehen.«

»Selbstverständlich, Nal-Lord«, sagte er unsicher, »aber wo ...?«

Melyor schüttelte den Kopf. Ich darf nicht zulassen, dass ich mich in Gedanken verheddere, sagte sie sich. Es steht zu viel auf dem Spiel. »Vierter Bezirk«, erklärte sie. »Ich gebe weitere Anweisungen, wenn wir dort sind.«

»Sehr wohl, Nal-Lord«, antwortete der Mann, und der Transporter fuhr los.

Sie starrte kurz aus dem Fenster, als der Transporter um das Zentrum herum zu der Straße fuhr, die sie zur Höhe bringen würde. Dann lehnte sie sich in die weichen Lederpolster zurück und begann darüber nachzugrübeln, was sie über das Gildriiten-Netzwerk in Bragor-Nal wusste.

# 17

*Ich habe versucht, so viel wie möglich über die Gildriiten herauszufinden, aber Barams Wissen über ihre Geschichte und ihre Bräuche ist sehr begrenzt. Sie sind ein geheimnisvolles Volk, und wie ich schon an anderer Stelle angemerkt habe, ist Baram kein Historiker. Aus diesen Gründen wäre es gefährlich, zu viel in die wenigen Einzelheiten hineinzulesen, die er anzubieten hatte. Dennoch, ich glaube, zumindest einige allgemeine Schlüsse ziehen zu dürfen.*

*Die Gildriiten haben ein gewisses Maß an Macht, obwohl ich das Ausmaß ihrer Fähigkeiten nicht einschätzen kann. Zweifellos haben sie den Blick – tatsächlich werden sie oft als »Orakel« bezeichnet –, aber sie haben keine Cerylle, und sie binden sich nicht an Tiere. Überwiegend wegen ihrer Macht, wie beschränkt diese auch sein mag, sind die Gildriiten Ausgestoßene. Viele haben sich aus den Nals in abgelegene Berggegenden zurückgezogen. Jene, die in den Städten blieben, mussten ihre Fähigkeiten verbergen, um sich vor Verfolgung zu schützen. Nach dem, was Baram mir erzählt hat, hat sich daran in Lon-Ser offenbar seit Jahrhunderten nichts geändert. Wenn sie überhaupt jemals von der Bevölkerung von Lon-Ser verehrt oder auch nur toleriert wurden, dann ist das schon sehr lange Zeit her.*

*Und dennoch, ich finde allein die Tatsache, dass diese Menschen existieren, ermutigend. Denn wenn die Götter ihnen immer noch Kräfte geben, die auch nur vage der Magie ähneln, dann können die Unterschiede zwischen Lon-Ser und Tobyn-Ser nicht so gewaltig sein.*

Aus Kapitel Fünf des »Berichts von Eulenmeister Baden über seine Verhöre des Ausländers Baram«, vorgelegt auf der 1014. Versammlung des Ordens der Magier und Meister, im Frühjahr des Gottesjahres 4625.

Cedrych starrte noch lange, nachdem Melyor sein Büro verlassen hatte, die Tür an, als könnte er weiterhin sehen, wie sich ihre schlanke, kurvenreiche Gestalt unter dieser weiten Kleidung bewegte. Nur ein einziges Mal hätte er gern die Haut berührt, die er vor seinem geistigen Auge so deutlich sah, hätte ihre festen Brüste umschlossen, gespürt, wie er in sie eindrang, so tief er nur konnte. Nur ein einziges Mal, bevor er sie umbrachte.

Dass sie gefährlich war, war eine Selbstverständlichkeit: Niemand wurde Nal-Lord, ohne mit einer Klinge und einem Werfer umgehen zu können. Wer Melyor anschaute und nur die schöne Frau in ihr sah, oder wer die Kraft und Schnelligkeit dieser schlanken Gestalt unterschätzte – Savil war der Letzte gewesen, der diesen Fehler gemacht hatte –, zahlte für gewöhnlich einen hohen Preis. Cedrych war klug genug, Melyors Rücksichtslosigkeit und Bereitschaft, Gewalt anzuwenden, als wünschenswert zu betrachten und zu seinem Vorteil zu nutzen. Dennoch war sogar er schockiert gewesen, als er den Bericht des Gerichtsarztes über Savils Leiche gelesen und die Bilder gesehen hatte, die diesem Bericht beigefügt waren. *Vor seinem Tod,* hatte der Arzt geschrieben, *der auf einen einzigen Werferschuss in die Brust zurückzuführen ist, wurde dem Verstorbenen der Kehlkopf zerschmettert und ein Nierenriss zugefügt. Bei diesen schwerwiegenden Verletzungen war er vermutlich bereits bewusstlos, als er getötet wurde. Er hatte keine*

*Schnittwunden und hat nicht geblutet.* Und das war Savil gewesen, der gefürchtetste Nal-Lord im gesamten Nal! Melyor hatte ihn ohne eine Klinge besiegt.

Danach hätte Cedrych nie wieder den Fehler gemacht, ihre Fähigkeiten als Kämpferin zu unterschätzen. Darum ging es ihm allerdings auch gar nicht wirklich. Cedrych war sich seiner eigenen Kraft zu sicher, als dass er andere gefürchtet hätte. Was ihn bei Melyor mehr und mehr beunruhigt und schließlich davon überzeugt hatte, dass sie sterben musste, war ihre Schlauheit, und dann gab es da noch diese andere Sache, die so unerwartet und verstörend war, dass er es wirklich kaum glauben konnte.

Er war daran gewöhnt, die Gespräche, an denen er teilnahm, zu beherrschen. Es war egal, mit wem er sprach – Gesetzesbrecher, Nal-Lords, andere Oberlords, selbst der Herrscher –, Cedrych war derjenige, der entschied, wohin eine Diskussion führte und wann sie ein Ende hatte. Und genau dadurch wurde das, was Melyor heute getan hatte, nur noch erstaunlicher. Seit Jahren waren sie beide in einen fortwährenden Wettbewerb der Schlauheit und Tücke verwickelt. Jede ihrer Begegnungen war eine Art Kampf gewesen, und Melyor hatte sich sehr zu Cedrychs Zufriedenheit jedes Mal als größere Herausforderung erwiesen. Aber heute hatte sie ihn zum ersten Mal geschlagen, und das war eine ganz andere und vollkommen inakzeptable Sache. Er hatte sie fragen wollen, woher sie von dem Zauberer wusste. Wie war es möglich, dass sie Jibb und seine Männer geschickt hatte, um den Mann zu töten, während Cedrych erst gestern von der Ankunft des Fremden im Nal erfahren hatte, nur Stunden vor dem Hinterhalt? Er musste es wissen. Er hatte niemals vorgehabt, sie gehen zu lassen, bevor er eine Erklärung gefordert und erhalten hatte. Und dennoch war sie nun weg, und er hatte sie noch nicht einmal gefragt. Mit ihrer Tücke, ihrem Charme und ihrem ausgewählten Einsatz der Wahrheit war sie der Angelegenheit vollkommen aus dem Weg gegangen.

Und das hatte sie mit Absicht getan. Daran zweifelte er nicht. Was wiederum die Frage nach dem Warum aufwarf. Seit sie Nal-Lord geworden war, hatte Cedrych über Melyors Voraussicht gestaunt: ihre verblüffende Fähigkeit, die Fehler ihrer Feinde im Voraus zu erkennen oder sich in die richtige Position zu bringen, um von scheinbar unvorhersehbaren Gelegenheiten zu profitieren. Das hatte gezeigt, dass sie etwas Besonderes war, noch bevor sie sich als einer seiner besten Nal-Lords erwies. Aber er hatte nie gefragt, woher diese Erfolge kamen. Diese letzte Geschichte um den Zauberer jedoch war zu ungewöhnlich, um einfach nur Melyors offensichtlicher Intelligenz oder schlicht dem Glück zugeschrieben werden zu können. Es musste eine andere Erklärung geben.

Es war möglich, dass sie ein Spionagenetz besaß, das dem seinen gleichkam, aber Cedrych bezweifelte das. Wenn so etwas existierte, dann hätte er schon längst davon erfahren. Damit blieben nur noch zwei Möglichkeiten. Sie hatte entweder mit dem Zauberer oder anderen Personen in Tobyn-Ser in Verbindung gestanden, die sie von dem bevorstehenden Eintreffen des Mannes unterrichtet hatten, was bedeutete, dass sie die Initiative und Cedrych selbst verraten hatte. Aber eine solche Theorie warf etliche Probleme auf. Wie konnte jemand in Tobyn-Ser sich mit ihr in Verbindung gesetzt haben, wenn man bedachte, dass es diesem Land vollkommen an entwickelter Technologie fehlte? Wenn sie sich tatsächlich eines Kommunikationsgeräts bemächtigt hatten, vielleicht eines jener Geräte, die Calbyr und seine Leute benutzt hatten, warum sollten sie dann mit einem Nal-Lord kommunizieren? Warum nicht mit einem Oberlord oder wahrscheinlicher noch mit einem der Herrscher? Und wenn sie sich, aus welchem Grund auch immer, dennoch mit Melyor in Verbindung gesetzt hatten, warum hatten die Sensoren des Ausbildungszentrums das dann nicht wahrgenommen? Zu viele Fragen. Cedrych schüttelte den Kopf, als er zu den grauen Wolken hinausschaute, die tief über den grauen Gebäuden des Nal hingen. Nein, das war unmöglich.

Also wandte er sich abermals widerstrebend und mit einer gewissen Furcht der anderen Erklärung zu, der einzigen, die noch blieb: Melyor hatte von der Ankunft des Zauberers erfahren, weil sie über ... übernatürliche Begabungen verfügte. Das war im Grunde ein schlüssigerer Gedanke als der, dass sie die Initiative verraten oder die Mittel hatte, ein Spionagenetz über das gesamte Nal zu ziehen. Tatsächlich erklärte es so vieles, was in den vergangenen vier Jahren in Cedrychs Herrschaftsgebiet geschehen war, dass der Oberlord überrascht war, dass er nicht schon viel früher daran gedacht hatte.

Melyor war eine Gildriitin. Aber selbstverständlich! Und als solche war sie sowohl die wertvollste Untergebene, die er jemals gehabt hatte, als auch die gefährlichste. Zumindest im Augenblick war sie so nützlich, dass er sie am Leben lassen würde, trotz des Risikos, das sie darstellte. Er brauchte ihre Hilfe, um herauszufinden, warum der Zauberer nach Lon-Ser gekommen und wie groß die Gefahr für seine Initiative war. Und Cedrych konnte es sich kaum leisten, einen weiteren Bandenführer zeitraubend einzuarbeiten, der dann die Mission in Tobyn-Ser fortsetzen würde. Aber am Ende würde er sie töten müssen. Wenn die Initiative Erfolg hatte, würde sie keine Untergebene mehr sein. Sie wäre eine Rivalin, die Einzige, bei der er sich vorstellen konnte, dass sie am Ende seinen Ehrgeiz vereiteln würde.

Er schauderte. Er neigte nicht zur Angst, aber die uralten Kräfte, die Gildriiten wie Melyor befähigten, in die Zukunft zu schauen, waren ihm unheimlich. Es war eine Sache, eine Bande von Söldnern über Aricks Meer zu schicken, damit sie gegen die Zauberer kämpfte. Aber es war etwas ganz anderes, so eng mit einer Frau zusammenzuarbeiten, die die Magie im Blut hatte, oder, wie er dachte, als er sich an den Auftrag erinnerte, den er ihr gerade gegeben hatte, einen von diesen Magiern zu einem Gespräch in sein Büro zu bitten. Erst in der Nacht zuvor hatte dieser Zauberer zwei von Jibbs Männern getötet. *Bis zur Unkenntlichkeit verstümmelt,* hatte er selbst vor kurzem zu Melyor gesagt. Es war nicht schwer gewesen, sich die Bilder der beiden Leichen anzusehen und zu akzeptieren, dass sie in einem Kampf mit dem Zauberer umgekommen waren. Der Mann selbst war eine Waffe. Er verfügte über eine Macht, die älter war als selbst das älteste Gebäude in Bragor-Nal. Er konnte Flammen einfach aus dem Nichts heraufbeschwören.

Der Oberlord schüttelte den Kopf. »Ich hätte sie einfach beauftragen sollen, ihn zu töten«, sagte er laut. »Was habe ich mir nur dabei gedacht?«

Orris hatte die vergangenen zwei Tage überwiegend in den dunklen, übelriechenden unterirdischen Gängen verbracht und sich von Männern und Frauen, die im Schatten erschienen und wieder verschwanden wie unbehauste Geister, eine verwirrende Menge von Tunneln und Abzweigungen entlangführen lassen. Sie hatten ihm zu essen gegeben und ihm zu schlafen gestattet, wenn er das brauchte, und obwohl das Essen nicht schmeckte und die Strohsäcke, die man ihm gab, unbequem waren, konnte er sich nicht beschweren. Aber er ertrug es nicht mehr, in diesem Steinkäfig eingeschlossen zu sein. Er musste Tageslicht sehen. Manchmal, wenn es zu dunkel wurde, ließ er seinen Ceryll heller leuchten, aber das bernsteinfarbene Licht brachte ihm nur tadelnde Blicke seiner Führer ein. Und magisches Licht war ein jämmerlicher Ersatz für Sonne und löste nur einen Teil des Problems. Denn obwohl er sich danach sehnte, wieder ans Tageslicht zu gelangen, wusste er auch, dass er hier unten so lange überleben konnte, wie es notwendig war. Im Gegensatz zu Anizir. Seit sie in die Gänge hinabgestiegen waren, hatte sie sich unwohl gefühlt, immer wieder beunruhigte Rufe ausgestoßen und sich an ihn gedrückt, als suche sie Trost. Sie war ein wildes Tier – hier eingesperrt zu sein fiel ihr schwerer als ihm. Aber noch mehr als das musste sie fliegen und jagen können.

Orris versuchte, das Gwilym zu vermitteln, während sie einem anderen Führer folgten, einem kleinen, untersetzten Mann mit zottigem braunem Haar. Gwilym hatte sich seit ihrer ersten Begegnung vor zwei Tagen nicht von Orris' Seite gerührt. Es kam Orris beinahe so vor, als hätte der rundliche Mann die Verantwortung für Orris' Wohlergehen übernommen, und der Magier musste zugeben, dass er die Anwesenheit des anderen Mannes beruhigend fand. Nun legte er die Hand auf Gwilyms Schulter, um ihn zu veranlassen, einen Augenblick stehen zu bleiben. Gwilym drehte sich zu ihm um und rief ihrem Führer etwas zu. Der Mann blieb ebenfalls stehen und wartete.

Orris zeigte auf den Falken. »Anizir«, sagte er, »hat Hunger.« Er tat so, als stecke er sich Essen in den Mund.

Gwilym nickte. Dann streckte er die Hände in einer fragenden Geste aus. *Was braucht sie?,* schien er zu fragen.

Orris holte tief Luft, lächelte verlegen und flatterte mit den Armen, als wären es Flügel. Dann zeigte er nach oben.

Gwilym schnaufte, nickte abermals und sprach dann mit dem Führer. Wenn man von der Reaktion des Mannes ausging, hatte Gwilym Orris gut verstanden. Der Führer schüttelte heftig den Kopf, und er und Gwilym begannen zu streiten. Die Diskussion dauerte allerdings nur ein paar Momente, und als Gwilym sich wieder zu Orris umdrehte und nickte, wusste der Magier, was dabei herausgekommen war.

Die drei gingen zu einer dunkeln Treppe, die zu einer der oberirdischen Gassen führte. Als sie die Tür erreichten, legte Gwilym allerdings eine Hand auf Orris' Arm. Er zeigte auf Anizir und nickte; dann zeigte er auf den Magier und schüttelte den Kopf. *Dein Vogel darf nach draußen,* wollte er mit dieser Geste offenbar sagen, *aber du nicht.*

Orris nickte zustimmend. Gwilym sagte etwas zu ihrem Führer, und der Mann öffnete die Tür. Orris übermittelte Anizir das Bild einer grauen Taube, und sie sprang von seiner Schulter und flog durch die Tür ins graue Tageslicht. Der Führer wollte die Tür wieder schließen, aber Orris hielt ihn mit einem Wort und einem Kopfschütteln auf. Wieder begann der Mann, mit Gwilym zu streiten, und wieder setzte Orris' Freund sich durch: die Tür blieb offen. Der Führer

schüttelte missbilligend den Kopf, ging die Treppe hinunter und ließ Orris und Gwilym allein in der Tür stehen.
Orris hatte so viele Fragen, die er seinem neuen Freund stellen wollte, dass er selbst dann nicht gewusst hätte, wo er anfangen sollte, wenn sie tatsächlich im Stande gewesen wären, sich zu unterhalten. Waren sie einander zufällig begegnet, oder hatte Gwilym gewusst, wo Orris auftauchen und dass er Hilfe brauchen würde, und wenn ja, wie? Wohin gingen sie? Wer waren diese Leute, die ihnen halfen? Wer waren die Männer, die versucht hatten, ihn umzubringen? Woher hatte Gwilym seinen Umhang und seinen Stab? Orris lächelte innerlich – das war vermutlich die unwichtigste Frage, und dennoch war es auch die leichteste und in so mancher Hinsicht die interessanteste.
Er machte Gwilym auf sich aufmerksam und zeigte dann auf den Stab mit dem leuchtenden braunen Stein. Gwilym hielt ihn Orris hin, als wollte er ihn ihm anbieten. Orris tat dasselbe mit dem seinen, und die beiden Männer tauschten die Stäbe. Gwilyms Stab fühlte sich erstaunlich leicht an, als wäre er uralt, und das Holz war vom langen Gebrauch so glatt wie Glas. Selbst der Kristall sah alt aus, die Ecken und Kanten abgeschliffen. Orris konnte sehen, dass einmal Runen in den Stab geschnitzt gewesen waren, aber sie waren beinahe vollkommen abgegriffen. Nur unten am Ende des Stabs waren einige Schnitzereien besser erhalten geblieben. Als Orris sie sich näher ansah, konnte er es kaum glauben – die Runen stammten aus dem Mi-rel, der alten Sprache von Tobyn-Ser.
Er sah Gwilym erstaunt an und stellte fest, dass der ältere Mann ihn bereits forschend anschaute, als wartete er auf Orris' Reaktion auf die Schnitzereien.

»Dieser Stab kommt aus Tobyn-Ser«, flüsterte Orris.
Gwilym schien ihn verstanden zu haben und nickte.
»Aber wie ist das möglich?«
Gwilym sagte ein einzelnes Wort und wiederholte es dann.
Orris brauchte einige Zeit, um zu begreifen, dass es sich um einen Namen handelte.
»Was?«
»Gildri«, wiederholte der Mann noch einmal.
Orris schüttelte den Kopf. »Gildri? Wer in Aricks Na...« Er hielt inne. Es hatte einmal einen Gildri im Orden gegeben, in den frühesten Tagen der Magie. Er war ein leidenschaftlicher Anhänger Therons gewesen, als der Erste Eulenmeister mit Amarid um die Führung im Orden kämpfte. Als die lange Freundschaft, die Amarid und Theron miteinander verbunden hatte, in eine Fehde umschlug, weil die beiden sehr unterschiedliche Ansichten darüber hatten, welche Position der Orden in Tobyn-Ser einnehmen sollte, hatte dieser Konflikt auch die Anhänger der beiden Meister erfasst und gedroht, den neu gegründeten Orden zu zerreißen. Dieser Kampf erreichte seinen Höhepunkt, als man Theron wegen des Todes eines Mannes in der Heimatstadt des Eulenmeisters vor ein Gericht des Ordens stellte. Angeführt von Amarid stimmte eine Mehrheit von Magiern für Therons Hinrichtung. Theron reagierte, indem er den finsteren Fluch aussprach, der alle Magier, die ungebunden starben, zu ewigem Umhergeistern verdammte, und dann nahm er sich das Leben und wurde selbst der erste Unbehauste. Nach dieser Tragödie hatte eine kleine Gruppe von Therons treuesten Anhängern, geführt von einem Mann namens Gildri, den Orden und schließlich auch, wie man glaubte, Tobyn-Ser verlassen. Die Geschichte verlor sie

bald aus den Augen – niemand in Tobyn-Ser hatte je erfahren, was aus ihnen geworden war und wohin sie gegangen waren.

Aber hier stand nun Gwilym vor Orris, in einer Tür inmitten dieser riesigen, schmutzigen Stadt in Lon-Ser, und behauptete offensichtlich, dass er Gildris Stab besaß. Und so, wie das Holz und der Kristall aussahen, musste Orris ihm einfach glauben.

»Wie ist das möglich?«, fragte er und starrte seinen neuen Freund an.

Gwilym runzelte die Stirn. »Gildri«, wiederholte er.

»Gildri, ja, ich weiß«, erwiderte Orris, und seine Frustration über ihre Unfähigkeit, miteinander zu sprechen, wuchs. »Aber woher hast du ihn?«

Das Stirnrunzeln wurde heftiger, und schließlich zuckte Gwilym resigniert die Schultern und schüttelte den Kopf.

Orris zwang sich zu einem Lächeln. »Schon gut«, sagte er sanft. Er reichte seinem neuen Freund den Stab zurück und erhielt wieder seinen eigenen. Aber er starrte weiterhin Gwilyms leuchtenden Ceryll an und fragte sich, wie dieser Stab, wenn er denn tatsächlich Therons Schüler Gildri gehört hatte, schließlich bei diesem Mann gelandet war. Er bemerkte auch wieder das Gewand, das Gwilym unter seinem dunklen Mantel trug. Es war schlichter als Orris' eigener Umhang, aber in jeder anderen Hinsicht sehr ähnlich. Hatte Gildri hier vor all diesen Jahrhunderten Anhänger gefunden? Existierte die Magie oder etwas Ähnliches bis auf den heutigen Tag? Bei dem Kampf mit den drei Männern hatte Gwilym kein Anzeichen von Macht an den Tag gelegt, aber er hatte schließlich auch keinen Vogel. War er im Moment einfach nur ungebunden? Erklärte das seinen

Mangel an Macht, oder war die Macht, die Gildri mit sich gebracht hatte, im Laufe der letzten tausend Jahre geschwunden? Orris hätte Gwilym leidenschaftlich gerne gefragt, und wieder einmal verfluchte er Baram dafür, ihm die Sprache von Lon-Ser nicht beigebracht zu haben.

Dann kehrte Anizir mit einer fetten Taube in den Krallen zurück. Sie landete in der Gasse direkt vor der Tür und begann, den toten Vogel so wild zu zerreißen, dass Orris lachen musste. Sie beendete ihre Mahlzeit innerhalb kürzester Zeit und flog sofort wieder davon, um nach mehr zu suchen.

Gwilym warf Orris einen Blick zu und lächelte. Orris grinste zurück und war überrascht, wie erleichtert der ältere Mann zu sein schien. Offenbar hatte Gwilym Orris' Ärger über die Sprachprobleme auf sich bezogen. Der Magier schüttelte bedauernd den Kopf. Es war nicht das erste Mal, dass sein aufbrausendes Temperament und seine mürrische Art einen möglichen Freund abschreckten. Alayna und Jaryd hatten ihm schon mehrmals gesagt, dass es sehr schwer war, ihn richtig kennen zu lernen, aber sie fügten auch immer rasch hinzu, dass seine Freundschaft die Mühe wert war.

»Tut mir Leid«, sagte er zu Gwilym. Der wiederum neigte den Kopf ein wenig zur Seite, weil er offensichtlich nicht verstand, was Orris wollte. Orris grinste abermals, was dem rundlichen Mann ein weiteres Lächeln entlockte. *Das muss im Augenblick genügen,* dachte Orris. *Mehr können wir beide nicht tun.*

Bald darauf kehrte Anizir zurück, fraß die zweite Taube beinahe so schnell wie die erste und ließ sich dann wieder auf Orris' Schulter nieder. Offensichtlich war sie sehr zufrieden, als sie sich zu putzen begann. Orris und Gwilym stiegen wieder in die Tunnel hinab und fanden den Führer, der unten an der Treppe auf sie wartete. Er sagte etwas Zorniges zu Gwilym, der einfach nur die Achseln zuckte, und schließlich drehte der Mann sich um und begann, sie weiter durch die Tunnel zu führen.

Es kam Orris so vor, als wären sie noch mehrere Stunden weitergegangen, wobei sie nur für eine leichte Mahlzeit, die man ihnen in einem kleinen Raum direkt neben einem der Gänge bereitgestellt hatte, eine kurze Pause einlegten und ihren Weg dann fortsetzten. Orris hatte keine Ahnung, in welche Richtung sie unterwegs waren, aber er hatte das deutliche Gefühl, dass sie auf ein bestimmtes Ziel zumarschierten. Die Biegungen und Abzweigungen der Gänge, die Entscheidungen ihres Führers, wenn sie an eine Abzweigung kamen, erschienen ihm nicht mehr so zufällig wie vorher. Und obwohl er keine Ahnung vom Nal hatte, beruhigte das den Magier ein wenig. Er mochte ihren Führer nicht besonders, aber er zweifelte auch nicht an den Motiven des Mannes. Gwilym vertraute ihm offenbar, und im Augenblick musste das auch für Orris genügen.

Sie waren noch eine weitere Stunde unterwegs, dann begegneten sie einem hoch gewachsenen, dunkelhäutigen Mann, der ihnen direkt entgegenkam, als hätte er sie schon erwartet. Orris bemerkt, dass Gwilym nervös wurde, aber er sah auch, dass ihr Führer diesen Mann kannte, obwohl er ebenso überrascht war wie Gwilym, ihn dort zu sehen. Der Führer und der Fremde sprachen längere Zeit miteinander, und dann kehrte der Führer zu Gwilym und Orris zurück und sprach mit Gwilym. Orris' neuer Freund wurde immer aufgeregter, während sie miteinander redeten, sodass der

Fremde schließlich zu ihnen ging und sich dem Gespräch anschloss. Er schien keinen großen Erfolg dabei zu haben, Gwilyms Angst zu beschwichtigen, aber was immer er dem älteren Mann sagte, überzeugte ihn offenbar von etwas, denn Gwilym nahm abrupt den Rucksack ab und setzte sich auf den kalten Steinboden. Die beiden anderen taten das Gleiche, und Orris folgte ihrem Beispiel und setzte sich neben Gwilym.

Er warf dabei einen Blick auf seinen Freund und hoffte, in seiner Miene etwas zu erkennen, das erklären würde, was hier los war, aber Gwilym lächelte nur dünn, und das half nicht sonderlich gegen Orris' wachsende Unruhe. Einen Augenblick später wandte Gwilym sich wieder ab, und sie saßen schweigend im trüb beleuchteten Gang. Es dauerte einige Zeit, bis Orris hörte, dass sich Stimmen näherten, zunächst kaum hörbar, aber dann immer deutlicher werdend. Bald schon hörte er auch Schritte, und dann kamen zwei Personen in Sicht. Beide waren Frauen. Eine war mittelgroß und von durchschnittlichem Körperbau. Wie der Fremde, der auf Orris, Gwilym und ihren Führer gewartet hatte, hatte sie dunkle Haut. Ihr Augen waren grünbraun, und sie trug ihr schwarzes Haar straff aus dem hageren Gesicht zurückgebunden.

Aber es war die andere Frau, die Orris' Aufmerksamkeit auf sich zog. Sie war schlank und nicht sehr groß, aber trotz der weiten Hose und des weiten Hemds, die sie trug, war deutlich, dass sie stark und geschmeidig war. Sie hatte eine Waffe an den Oberschenkel geschnallt, und obwohl Orris es nicht sehen konnte, wusste er, dass sie irgendwo verborgen auch ein Messer hatte. Und er war sicher, dass sie wusste, wie man damit umging. Sie hatte bernsteinfarbenes Haar, das ihr bis auf die Schultern gefallen wäre, hätte sie nicht ein breites schwarzes Tuch so um den Kopf geschlungen gehabt, dass es ihr die Augen verband.

Der Fremde und der Führer standen auf, ebenso wie Gwilym und Orris, und der Fremde sprach kurz mit der dunkelhäutigen Frau. Dann sagte er etwas zu Gwilym, der plötzlich im Ceryll-Licht sehr blass geworden war. Er schien zu zögern, bevor er schließlich nickte. Der Führer, der Fremde und die dunkelhäutige Frau drehten sich zu Orris' großer Überraschung um, gingen davon und ließen Orris und Gwilym mit der zweiten Frau allein.

Gwilym holte tief Luft. Dann nahm er der Frau die Waffe ab, die sie am Oberschenkel trug, reichte sie Orris, und schließlich löste er das Tuch, das ihr die Augen verband. Die Frau sah ihn an, sagte etwas und lächelte kurz. Dann wandte sie sich Orris zu und betrachtete ihn mit unverhohlener Neugier. Sie war sehr schön, erkannte Orris, mit zarten, makellosen Zügen, intensiv grünen Augen und einem vollen, sinnlichen Mund. Aber als er ihren Blick erwiderte, fühlte er sich vage beunruhigt von dem, was er dort sah. An ihrer Schönheit war etwas Kaltes, Kompromissloses, das ihm verriet, dass diese Frau ebenso gefährlich wie verlockend war.

»Ich habe mich schon darauf gefreut, dich endlich kennen zu lernen«, sagte sie. Dann warf sie einen Blick zu Anizir. »Und deinen Vogel zu sehen.«

Orris starrte sie ungläubig an.

Sie grinste. »Ja, ich spreche eure Sprache. Überrascht dich das?« Ihr Akzent war seltsam, aber Orris konnte sie mühelos verstehen.

»Ein wenig, ja«, erklärte er schließlich. »Du bist die Erste hier, die meine Sprache versteht.«

»Das überrascht mich nicht«, erwiderte sie. »Mein Volk hält für gewöhnlich nicht viel von Fremden.« Sie streckte die Hand aus. »Ich heiße Melyor.«

»Orris«, erwiderte der Magier und spürte ihren kräftigen Griff. Er sah, dass sie zwei parallele Narben auf dem Handrücken hatte. Sie sahen aus, als stammten sie von Messerwunden.

Melyor bemerkte seinen Blick und zog die Hand weg. »Dein Vogel ist wunderschön«, versuchte sie abzulenken.

»Danke. Du kannst sie streicheln, wenn du willst. Es stört sie nicht.«

Melyor schüttelte den Kopf, als behagte ihr der Vorschlag nicht so recht. »Danke, nein.« Sie schaute zu Gwilym. »Wie hast du den Steinträger kennen gelernt?«

»Wie nennst du ihn?«, fragte Orris.

»Sein offizieller Titel ist Träger des Steins.«

Er ging einen Schritt näher an sie heran und starrte ihr in die Augen. »Was weißt du über diesen Stein?«, wollte er wissen.

Sie lächelte. »Viel, und ich werde dir gerne alles erzählen, was du wissen möchtest. Aber nicht jetzt.« Sie winkte Gwilym zu sich heran, dann wandte sie sich wieder an Orris. »Ich bin hergekommen, um eine Botschaft zu übermitteln. Ich habe einen Freund, einen wichtigen Mann in Bragor-Nal, der dich unbedingt sprechen möchte.«

Der Magier sah sie misstrauisch an. »Warum? Wer ist er?«

»Er heißt Cedrych. Er interessiert sich schon lange für Tobyn-Ser und seine Zauberer, besonders für eure Macht und eure Vögel. Er hat mich geschickt, um ein Treffen zu arrangieren – er wird mit dir sprechen, wann immer du willst.«

Orris spürte, wie ihm plötzlich kalt wurde, als fegte ein Winterwind durch die Gänge unter dem Nal. *Er interessiert sich schon lange für Tobyn-Ser ...* »Hört sich so an, als sollte ich ihn kennen lernen«, stimmte er zu.
»Es freut mich, dass du so denkst.« Sie wandte sich an Gwilym und sagte etwas. Der Steinträger schüttelte den Kopf, aber Melyor wiederholte, was sie ihm gesagt hatte, und zeigte mit einem Nicken auf Orris. Sie sprachen weiter. »Dein Freund hier möchte ihn nicht kennen lernen«, sagte Melyor, wieder an Orris gewandt. »Er fürchtet um sein Leben.«
»Hat er Recht?«
Sie zögerte. »Ich kann verstehen, wieso er so denkt.«
»Das habe ich nicht gefragt«, hakte Orris nach. »Woher weiß ich, dass dein Freund – wie heißt er noch? Cedrych? Woher weiß ich, dass er nicht versuchen wird, mich zu töten?«
»Ich gebe dir mein Wort«, sagte Melyor.
Orris schüttelte den Kopf. »Ich kenne dich nicht besser als ihn. Warum sollte ich dir vertrauen?«
Melyor starrte ihn längere Zeit schweigend an. Dann wandte sie sich an Gwilym und redete auf ihn ein. Am Ende starrte der Steinträger sie verdutzt an und stellte mit angespannter Stimme eine Frage. Sie nickte und sagte noch etwas, dann schaute sie wieder Orris an.
»Ich glaube, dein Freund vertraut mir jetzt«, sagte sie.
Orris sah Gwilym an, der immer noch erstaunt dreinschaute, nun aber nickte. »Wie hast du das gemacht?«, fragte der Magier.
Sie zuckte die Achseln. »Ich habe ihm ein Geheimnis verraten, das mich das Leben kosten könnte, wenn jemand anders etwas davon erfährt.«

»Klingt interessant. Warum verrätst du es mir nicht auch?«
Sie lächelte. »Ich glaube nicht, dass du es im Augenblick verstehen würdest. Es genügt vielleicht zu sagen, dass dein Freund und ich etwas gemeinsam haben, das mit diesem Stein zu tun hat, der ihm anvertraut wurde.«
»Ich verstehe«, sagte Orris. »Hätte ich Unrecht, wenn ich annähme, dass du auch etwas mit mir gemeinsam hast?«
Die Farbe wich abrupt aus Melyors Wangen, und sie starrte den Magier lange an. »Nein«, antwortete sie schließlich leise. »Du hättest vollkommen Recht.«

Das Abenteuer geht weiter in

**Die Chroniken von Amarid IV:**
Die Retterin des Landes

# DANKSAGUNG

Wieder einmal gibt es viele Menschen, bei denen ich mich gerne bedanken möchte: Harold Roth, mein Agent und guter Freund; Tom Doherty für seinen ungebrochenen Glauben an mich; James Frenkel, mein Lektor, dessen Freundschaft und Anleitung meine Fähigkeiten als Autor verbessert und den gesamten Prozess bereichert haben; Karen Lovell, Jim Minz, Jennifer Hogan und all die anderen wunderbaren Menschen bei Tor; meine Freunde Alan Goldberg und Chris Meeker, die wieder einmal frühe Entwürfe des Romans gelesen und mir mit Anmerkungen und Vorschlägen geholfen haben, und meine Geschwister Bill, Liz und Jim, die mir wie immer ihre Liebe und Unterstützung gaben.

Mein größter Dank gilt abermals meiner Frau, Nancy Berner, und unserer Tochter Alex. Nancys kluge Anmerkungen zu dem Manuskript und ihre stetige Liebe und Ermutigung haben dieses Buch möglich gemacht. Und Alex' vergnügtes Wesen und ihre unermüdliche Erforschung ihrer Umgebung haben mich daran erinnert, dass es im Leben außer Magiern und Ceryllen auch noch andere Wunder gibt.

*David B. Coe*